Buch

1948. Ein Kriegsgefangenenlager in der Sowjetunion. Ehemalige deutsche Soldaten arbeiten in der Traktorenfabrik »Roter Morgen«. Für ihre Leistungen erhalten sie gewisse Vorteile, unter anderem weitgehende Selbstverwaltung.
Karl-Heinz Krieger, der deutsche Lagerkommandant, übt sein Amt despotisch aus. Er fordert eiserne Disziplin, die er, unterstützt von dem gefürchteten Schläger Pratzke, wenn nötig erzwingt. Auch in dem angeschlossenen Frauenlager »greift« er gern »durch«.
Doch über ihm thront, gleichsam der liebe Gott höchstpersönlich, der sowjetische Lagerkommandant, ein Major der Roten Armee. Ein robuster Typ, lärmend und polternd, bleibt er dennoch Mensch. Um den Deutschen das Leben in der Unfreiheit zu erleichtern, gründet er eine fünfte Verwaltungsabteilung, »Kultura 5«, und zu ihrem Leiter, der ein Kulturzentrum aufbauen soll, macht er den Dolmetscher Wolfgang Grunert.
Den muß man freilich erst aus einer der Stehzellen des Lagergefängnisses holen, in das man ihn gesperrt hat, weil er angeblich mit einer Sowjetfahne den Fußboden hat aufwischen lassen. Grunert ist ein zäher, vitaler Bursche, der nicht kleinzukriegen ist und vor der neuen Aufgabe nicht zurückschreckt. Glücklicherweise ahnt er nichts von den dramatischen Vorgängen, die sein Handeln auslösen wird. Die wachsende Zuneigung der russischen Lagerärztin gibt ihm zudem immer wieder Kraft, das durchzuführen, was er für richtig erkannt hat.

Autor

Hans Hellmut Kirst wurde am 5. Dezember 1914 in Osterode in Ostpreußen geboren. Seine Vorfahren waren Bauern, Beamte und Handwerker. Im zweiten Weltkrieg nahm er an den Feldzügen in Polen, Frankreich und Rußland teil. Später versuchte er sich in vielen Berufen, war landwirtschaftlicher Angestellter, Straßenarbeiter, Gärtner, Dramaturg und Kritiker. Sein erstes Buch veröffentlichte er 1950, jetzt sind es 33 mit einer Weltauflage von 12 Millionen Exemplaren in 28 Sprachen.

Eine Übersicht über die als Goldmann-Taschenbücher erschienenen Werke von Hans Hellmut Kirst finden Sie am Schluß dieses Bandes.

Hans Hellmut

KIRST

Kultura 5 und der Rote Morgen

Roman

GOLDMANN VERLAG

Ungekürzte Ausgabe

Made in Germany · 12/85 · 2. Auflage

Umschlagentwurf: Design Team München
Umschlagfoto: Studio Schmatz, München
Druck: Elsnerdruck, Berlin
Verlagsnummer: 6844
MV · Herstellung: Sebastian Strohmaier/Voi
ISBN 3-442-06844-4

Ein General des Darius pflegte, wenn einer seiner Leute in der Schlacht gefallen war, zu sagen: »Wieder ein Rindvieh weniger.«

Der Mann lachte. Sein Lachen klang hoch und fast ein wenig schrill. Es flatterte durch den schmalen Kellergang und schien sich dann in der Nacht zu verlieren, als werde es hinter allen Ecken erwürgt.

»Das ist die Lösung«, sagte der Mann nahezu beglückt; und dann lachte er wieder.

Aus einer Einzelzelle, die sich nahe dem Eingang befand, quälte sich müdes, hilfloses Fluchen hervor. Eilige, unruhige Schritte kamen näher. Ein Körper drückte sich hastig gegen die Tür, stieß sie auf und drohte, in den Gang hineinzufallen: Der Wärter war also alarmiert — und nicht nur seine Nachtruhe war in Gefahr, auch das Wohlwollen seiner Auftraggeber.

Abermals lachte der Mann in der Stehzelle. Und jetzt schien in seinem Lachen echte Heiterkeit. Sie übertönte das Stöhnen mühelos, das aus einem der Nebenkäfige kam.

»Was fehlt dir, Grunert?« rief der aufgescheuchte Bewacher. Ehrliche Besorgnis war ihm anzumerken. Er war den ihm ausgelieferten Gefangenen sehr zugetan und durchaus gewillt, mit ihnen nicht mehr geschehen zu lassen, als vorgesehen war. »Bist du verrückt geworden?«

Selbst diese Frage stellte der Kerkermeister dem ihm anvertrauten Kameraden in einem Tonfall, der echte Fürsorge verriet. Denn er nahm sein Amt sehr ernst; weder die Russen noch seine Mitgefangenen hätten sich einen aufmerksameren Bewacher wünschen können. Seit geraumer Zeit schon verwaltete er im Sonderlager 13 713 die Stehzellen. Hier sollten besonders renitente, arbeitsscheue oder kriminelle Elemente zu Besinnung und Besserung gebracht werden. Und nur selten war es vorgekommen, daß Gefangene aus diesen Stehzellen heraus direkt auf den Lagerfriedhof gebracht worden waren; denn der emsige Bewacher hatte fast immer gefährliche Krisen rechtzeitig erkannt und gemeldet. Auch darauf glaubte er, in bescheidener Weise stolz sein zu dürfen.

Das Lachen dieses Grunert jedenfalls war ganz dazu angetan, ihn heftig zu beunruhigen. Noch niemals vorher hatte hier jemand gelacht! Wer hier gelandet war, der stöhnte, der blieb stumm, der versuchte, ihn anzubetteln oder gar, was jedoch völlig sinnlos war, ihn zu beschimpfen – gelacht jedoch hatte hier noch niemand. Hier bahnte sich entweder ein Wunder oder Wahnsinn an – wobei das letztere, den Erfahrungen nach, weit eher erwartet werden konnte.

Krause, der Bewacher, hob seine Petroleumlaterne hoch. Ihr Schein fiel durch die Gitterstäbe; deren Schatten wurden schärfer und dichter, je mehr er sich dem Gesicht dieses Grunert näherte. Es war ein überaus freundliches Gesicht, das der Wärter zu sehen bekam; und dieser Anblick erschreckte ihn. Er glaubte nämlich, höhnische Zufriedenheit zu entdecken, eine herausfordernde, diabolische Lustigkeit, die auf ihn in alarmierender Weise schockierend wirkte. Er befürchtete Schlimmes.

»Du blendest mich«, sagte Grunert. Und er sagte das mit einer derartigen Ruhe, daß sich Krauses besorgte Erregung abermals heftig steigerte. Er nahm die Laterne hastig zurück, und es war, als habe er sich die Finger verbrannt. Das Licht fiel grell auf sein verzerrtes Gesicht.

»Jetzt«, sagte Grunert, »zwingst du mich dazu, deine Visage zu betrachten – warum willst du mich mit aller Gewalt zum Lachen bringen?«

»Du bist krank, Grunert«, glaubte Krause feststellen zu müssen; und er zwang sich dazu, das mit einiger Gelassenheit zu sagen. Er schien sich beinahe wie ein alter Hausarzt aufführen zu wollen, der kleinen Kindern gutmütig zuredet, sich gegen ihre Medizin nicht zu sträuben. Aber sein grellbeschienenes Gesicht verriet lauerndes Interesse und kaum noch zu beherrschende Angst.

Abermals lachte Grunert herzhaft auf, so daß Krause schaudernd erzitterte. Er lenkte besorgt, mit hastigen Bewegungen, den fahlen Schein seiner Laterne über die zahlreichen Gitter im Kellergang, als müsse er sich eilig vergewissern, daß er nicht von gefährlichen, aufgeputschten und brutal entschlossenen Ausbrechern umlauert werde. Aber die anderen Gefangenen standen fast regungslos in ihren schmalen, hochgestellten Betonkisten; so wie sie hier oft wochenlang standen, immer aufmerksam und nicht ohne Mitgefühl bewacht. Kerkermeister Krause sah in bleiche, verzerrte, willenlose, gleichgültige Gesichter – dieser Anblick ließ ihn befreit aufatmen.

»Du bist eine Ratte, Krause«, sagte jetzt Grunert nahezu gemütlich. »Du nagst an allem, was dich nicht treten kann. Nur um zu vegetieren, bist du bereit, Exkremente zu fressen, und dann noch gewillt, zu behaupten, daß sie dir schmecken.«

»Du bist sehr krank, Grunert«, sagte Krause schwer. Er schien jetzt ehrlich betrübt. Denn einen Kameraden, der ihm anvertraut war, sah er nicht gerne vorzeitig scheiden. Ein derartiger Vorgang könnte zu Mißdeutungen Anlaß geben; in Besonderheit bei einem so umstrittenen Subjekt wie diesem Grunert. Jetzt schien es fast, als habe dieser gefährliche, renitente, aufsässige Bursche seinen Verstand verloren: vier sogenannte Abreibungen, drei Kaltwasserbäder, fünf Tage ohne Verpflegung — das war wohl selbst für ihn zuviel gewesen. Er lachte!

»Krause«, sagte jetzt Grunert freundlich, »du mußt nicht etwa denken, daß du mich anekelst.«

»Ich tue doch nur meine Pflicht!« rief Krause sofort. Und er rief das mit der beschwörenden Erregung jener, die sich in ehrenrühriger Weise mißverstanden fühlen. »Das solltet ihr alle endlich begreifen! Ich opfere mich für euch auf. Wenn ich nicht wäre, würde ein anderer an meiner Stelle sein — einer, der nicht mit sich spaßen läßt, ein Sadist, ein Krimineller, ein echter Strafvollzugsbeamter oder sogar ein ehemaliger Unteroffizier.«

»Mein lieber Krause«, sagte jetzt Grunert begütigend, »ich will nicht gerade behaupten, daß dein Anblick mir Freude bereitet — aber Spaß macht er mir schon. Früher einmal waren mir Ratten widerlich. Dann kam eine Zeit, in der sie mir leid taten; ein Fluch Gottes, so dachte ich, liegt über ihnen. Heute aber bringen sie mich zum Lachen. Selbst die Besessenheit, mit der sie in den Abfällen wühlen, hat einige nachgerade menschliche Züge. Auch ihre Tätigkeit ist ihnen Bedürfnis, und sie üben sie mit Wonne aus; kurz: sie fühlen sich dabei sauwohl. Ist das nicht ein Gelächter wert?«

Krause zuckte bei dem, was er sich anhören mußte, mehrfach mit den schmalen Schultern. Dann pendelte er den Kopf, schwer und mit heftiger Besorgnis. Was er befürchtet hatte, schien sich zu bewahrheiten. Unruhige Traurigkeit umflorte seine wässerigen Augen. Er ließ die Hand mit der Laterne sinken; dann drehte er sich herum und schlurfte davon. Dabei glich er, große Schatten werfend, einem weitschlotternden Sack.

Grunert lachte hinter ihm her. Und dieses Lachen schien

Krause in den Rücken zu fallen und ihn zum Stolpern zu bringen. Hastig schloß er die Tür hinter sich und riegelte sie zweimal ab. Sorgfältig, mit schnelltastenden Händen, überprüfte er den Verschluß. Er fand ihn in Ordnung und lächelte befriedigt.

Krause begab sich hierauf in seine Hütte, die noch zum Kellerbau der Stehzellen gehörte. Er drehte an der Kurbel eines gebrechlichen Feldtelefons großdeutscher Herkunft, produzierte schnarrende, schabende, knarrende Geräusche mit Eifer und Ausdauer. Nach geraumer Zeit meldete sich der diensttuende Telefonist auf der gemeinsamen Vermittlung der sowjetischen und der deutschen Lagerkommandantur. Krause verlangte das Lazarett, den Bereitschaftsdienst, den leitenden Arzt.

Es meldete sich eine spürbar um Sachlichkeit bemühte Frauenstimme. Ihr dunkler Klang war dennoch irritierend sanft; fast war es, als singe sie, ein wenig verträumt und nicht ohne Gefühl, wie etwa Heimatlieder an lauen Abenden gesungen werden. Krause begann hastig zu berichten.

Wenige Minuten später tauchte aus der baumschwarzen Nacht der Umriß einer stämmig wirkenden Gestalt vor Krause auf. Der erwartete die Ärztin vor dem Eingang, nahezu strammstehend. Er hielt nunmehr zwei Laternen, mit leicht angewinkelten Unterarmen. Das Licht fiel jetzt voll auf eine kleine, gereckt dastehende Person. Und es wurde deutlich, daß sie nur deshalb eckig und gedrungen wirkte, weil sie in einer ihr sichtlich zu weiten Uniform steckte. Ein straffsitzendes Koppel schien sie in zwei Teile zu zerschnüren; zu ihrer Linken baumelte eine Pistole.

»Handelt es sich tatsächlich um diesen Grunert?« fragte die Ärztin; und durch ihre Stimme schwang Mißtrauen. Sie schien die Meldung, die ihr gemacht worden war, für unglaubhaft zu halten. Aber das war keineswegs besorgniserregend; sie glaubte grundsätzlich immer nur an das, was sie sehen, hören, anfassen oder riechen konnte. Und an das, was bei Lenin und in der *Prawda* stand; selbstverständlich.

Sie hieß Katerina und wurde allgemein Katja genannt, der Einfachheit halber, ohne jeden Anflug von Zärtlichkeit. Denn weder die Russen noch gar die deutschen Kriegsgefangenen wären jemals auf die Idee gekommen, diese reichlich robust wirkende Person mit sanften Bezeichnungen zu versehen. Dabei hatte sie niemals ernsthaft den Versuch gemacht, wie ein Mann zu wirken. Aber wer ihr begegnete, der prallte auf ernüchternde

Sachlichkeit. Sie pflegte jedermann zu betrachten, als sei es geboten, zunächst eine Diagnose zu stellen. Und es gab keinen Kriegsgefangenen im Lager, den sie nicht nackend hatte vor sich stehen sehen. Sie hatte es gelernt, Männer zu mustern wie Flaschen, die mit einem Etikett zu versehen waren.

»Jawohl«, sagte Krause, »es handelt sich um diesen Grunert.« Er sagte das dienstbeflissen und doch sachlich; und er schien ernsthaft daran zu glauben, daß er nicht den geringsten Versuch machte, sich anzubiedern. Brettsteif stand er da. »Es ist derselbe Grunert, der auf persönlichen Befehl des sowjetischen Lagerkommandanten einer ausgedehnten Sonderbehandlung zugeführt und in Einzelhaft verwiesen wurde. Und jetzt lacht er!«

»Was hat er denn zu lachen?« wollte Katerina, die Ärztin, wissen.

Krause zuckte mit den Schultern; und es war, als habe er Schmerzen. Genau das, erlaubte er sich damit anzudeuten, frage er sich auch. Dieser Grunert hatte die Russen mehrfach herausgefordert; in bewußt beleidigender Weise überdies. So hatte er sich über ihre Fahne lustig gemacht, über ihre Gebräuche und ihre Aufrufe. Wahrscheinlich wollte er den Kameraden imponieren und deutscher Lagerkommandant werden. Dieser Grunert war schon immer unberechenbar gewesen; kein Wunder, wenn er jetzt verrückt geworden sein sollte.

»Er hat doch nichts zu lachen!« sagte die Ärztin überzeugt. Sie ergriff energisch eine der Laternen und schritt voran.

Krause überholte sie behende. Er entriegelte, zweimal, die Eingangstür. Er schloß den Keller auf, in dem sich die Stehzellen befanden. Dann eilte er voran, seine Laterne hochschwenkend.

Grunert grinste offenbar freudig erregt aus seiner Zelle. Und es war fast, als erblicke er eine Art Weihnachtsmann, der sich ihm verheißungsvoll näherte und einen wohlgefüllten Gabensack mitschleppte. Grunert klammerte die Hände krampfhaft um das Gitter, so daß die Knöchel fahlweiß zu werden schienen. Dann riß er seinen Mund weit auf, als gelte es, sich meilenweit verständlich zu machen.

»Heil Moskau, Genossin!« rief Grunert lautstark. »Es lebe die große bolschewistische Revolution, die herrliche Union der Sozialistischen Sowjetrepubliken und ihr einzigartiger Führer Stalin!«

Katerina, die Ärztin, schien erstarrt zu sein. Erschreckende

Leblosigkeit hatte Krause befallen. Ein schwaches, klagendes Stöhnen, das sich aus einer hinteren Stehzelle unbeachtet durch den schmalen Gang quälte, erstarb. Dann lag lastende Stille im kalten, stinkenden Keller. Krause hatte den Mund weit aufgeklappt.

»Er scheint tatsächlich nicht mehr normal zu sein«, sagte die Ärztin schließlich mühsam. Sie holte dann tief und energisch Luft und fügte, weitaus fester, hinzu: »Er kommt ins Lazarett!«

»Er war schon immer gefährlich«, sagte Krause tonlos; er war einem heimlich erregten Kind vergleichbar, das einen barbarischen Kraftakt bestaunt. »Aber jetzt scheint er wirklich seinen Verstand verloren zu haben – oder er ist noch gefährlicher geworden, als er es jemals war. Zuzutrauen ist dem alles!«

»Ich habe es nicht getan«, sagte hartnäckig der Kriegsgefangene und sah zu Krieger, dem deutschen Lagerkommandanten, lauernd auf. Er hatte ein unfrohes, faltiges Hamstergesicht. Seine Triefaugen bettelten um Gnade, aber im gleichen Augenblick schienen sie wissend zu fürchten, daß kein Pardon zu erwarten sei.

Karl-Heinz Krieger nickte dem Mann, der hinter dem Kriegsgefangenen stand, lässig zu. Dieser Mann hob ganz ruhig eine Hand, als wolle er sie zur Begrüßung ausstrecken. Dann schlug er mit dieser Hand kurz und heftig in das Hamstergesicht, das aufzuckte und in Sekundenschnelle von fahler Angst überzogen wurde.

»Dieses Schwein«, sagte Krieger, »ist ein Dieb.« Er sagte das mit der Gelassenheit eines Fischers, der die unvermeidlichen Löcher in seinen Netzen betrachtet. »Und da es seine Kameraden sind, die er bestohlen hat, ist er ein besonders gemeiner Dieb.«

»Und ein Feigling«, fügte der stämmige Mann hinzu. Und er schlug abermals in das jetzt wild zuckende Hamstergesicht. Er tat das offenbar ohne Haß oder Wut; es erinnerte an jene handwerkliche Exaktheit, mit der ein Metzger ein Kalb zerlegt.

»Ich habe kein Brot gestohlen«, gurgelte das Hamstergesicht. Und er sah sich hilfesuchend im Raum um, sah jedoch nichts als Bretter, Papiere, schäbige Möbel, ein verschmiertes Fenster und eine grob gezimmerte Balkentür, hinter der die Welt aufzuhören schien.

Krieger, der deutsche Lagerkommandant, lächelte Pratzke zu, der sein Adjutant war und gleichzeitig Chef der Lagerpolizei war. Es war ein Lächeln, das seinen Träger fast als einen verständnisvollen Mann auszuweisen schien. Es schien erfüllt von gewachsener Überlegenheit und dem Wissen um die letzten Dinge: Unter ihnen galt ihm der Tod eines Menschen freilich kaum mehr als der Fall eines Blattes von einem herbstlichen Baum.

»Du bist also ein Schwein«, sagte Karl-Heinz Krieger nahezu sanft. Pratzke nickte entschieden Zustimmung; er legte besitzergreifend eine Hand schwer auf die rechte Schulter des Kriegsgefangenen mit dem Hamstergesicht. Der schien wie unter einer großen Last weiche Knie bekommen zu haben und drohte zu taumeln.

»Du hast einen Kameradendiebstahl begangen und bist zu feige, das zuzugeben. Du hast damit die Ordnung gefährdet, ohne die wir hier nicht existieren können; und du hast die Kameradschaft verraten, die zu dieser Ordnung führt. Du weißt, was bei uns mit Schweinen passiert?«

»Sie werden geschlachtet«, erklärte Pratzke bereitwillig.

»Ich bin unschuldig!« schrie das Hamstergesicht, verzerrte sich grotesk und lief dann blau an. Pratzke schlug seine flache Hand hinein und schien sie dort liegenlassen zu wollen. Als er sie wieder wegzog, quoll grelleuchtendes Blut hervor. Das Hamstergesicht taumelte vorwärts, dem schmutzigen Fußboden entgegen, prallte dort auf und blieb liegen.

»Er verträgt nicht viel«, sagte Pratzke, und fast schien es, als müsse er sich dafür entschuldigen. »Das stimmt mich bedenklich. Schließlich ist das hier kein Erholungsheim – hier heißt es Arschbacken zusammenkneifen und durchhalten. Schlappschwänze können wir nicht gebrauchen.«

Peter Pratzke war ein Mann von gewaltiger Kraft, und es tat ihm nahezu körperlich weh, auf allzu große Muskelschwäche zu stoßen. Das, fand er immer wieder, war seiner nicht würdig. Der ständige Umgang mit diesen winselnden, feigen, schwächlichen kleinen Halunken schien ihm ganz dazu angetan, auf die Dauer seinen wahren Wert zu degradieren. Er litt unter dem Gedanken, hier weit unter seinem Niveau beschäftigt und schließlich verkannt zu werden. Er kam unter diesen entwürdigenden Umständen erst gar nicht dazu, gesunden Berufsehrgeiz zu entwickeln;

und er war doch schon in der Schule stets fleißig und strebsam und allen ein Vorbild gewesen.

Auf einen Wink von Krieger trat Pratzke erneut in Aktion. Er zog nahezu lässig mit der linken Hand Hamstergesicht über die Bretter, durch die aufgestoßene Tür in einen Abstellraum hinein. Hier ließ er ihn liegen und ging wieder zurück. Er säuberte seine Hände an seiner Uniformjacke. Dabei verzog er höchst unbefriedigt das Gesicht, als habe er einen Hering essen müssen, der mit Zucker bestreut worden war.

»Er wird die übliche Erklärung unterschreiben«, sagte Krieger. Er verspürte kein Verlangen, das mürrische, vorwurfsvolle Gesicht seines engsten Mitarbeiters näher zu betrachten. Pratzke lechzte spürbar nach handfester Tätigkeit — und vielleicht war jetzt die Gelegenheit gekommen, diese Körperkräfte zu mobilisieren. Krieger sah versonnen durch die schmutzigen Scheiben in den fahlgrauen Himmel, der aus nassen aufgespannten Tüchern zu bestehen schien: Irgend etwas Gefährliches lag in der Luft — er spürte es in den Knochen.

Der Adjutant und Polizeigewaltige nahm den Zettel, der vor Kommandant Krieger lag, an sich. Obwohl er dessen Inhalt genau kannte, las er ihn dennoch aufmerksam durch: Peter Pratzke legte Wert darauf, allzeit korrekt zu erscheinen — zumindest immer dann, wenn direkte Vorgesetzte zugegen waren.

»Ich gestehe hiermit, daß ich meine Kameraden mehrmals bestohlen habe, und zwar um Lebensmittel, in Besonderheit um Brot. Ich verspreche, daß das niemals mehr vorkommen wird, und bin zu jeder Sühne, die meine Kameraden beschließen, bereit.«

»Das ist widerlich«, sagte Karl-Heinz Krieger, ohne dabei aufzuhören, weiter in den Himmel zu starren. »Daß wir uns mit derartigen Dingen befassen müssen, ekelt mich langsam an. Aber schließlich tragen wir die Verantwortung für fünftausend Kameraden; sie müssen wir schützen. Mit allen Mitteln.«

Pratzke nickte. Sein breites, oftmals gutmütig wirkendes Bauernjungengesicht schien lebhaftes Interesse zu bekunden. Aber in seinen blassen Augen lag Gleichgültigkeit, und dahinter lauerte heimliche Wut. Er kannte derartige Erklärungs- und Entschuldigungsreden zur Genüge! Er wußte einzelne Formulierungen wortwörtlich auswendig und hatte sie selbst zu oft hergesagt, um sie jetzt nicht lästig zu finden.

»Man kann leider diese scheinbar geringen Erkenntnisse nicht oft genug wiederholen«, sagte Krieger. Und er sagte das herausfordernd plötzlich und mit leichter Schärfe, ohne dabei den Kopf zu wenden. Es war, als rede er die blaß und lieblos getünchte Wand an, als die der Himmel durch das verdreckte Fenster erschien. »Den Mist, den die kleinen Ferkel machen, den bereinigen wir routinemäßig – aber wenn eine große Wildsau auftaucht, dann wird es gefährlich. Dann dürfen wir nicht zögern.«

Auf Pratzkes Stirn bildete sich eine tiefe Falte, die von der Nasenwurzel aus senkrecht hochstieg und sich in den krausen rotblonden Haaren zu verlieren schien. »Du glaubst also auch nicht«, fragte er lauernd, doch ohne den Unterton ergebener Kameradschaftlichkeit vermissen zu lassen, »daß ein Mann wie Grunert zu Kreuz kriecht? Auch mir will das nicht in den Schädel. Ausgerechnet Grunert?«

»Ich traue ihm einiges zu«, sagte Krieger gedehnt. »Er ist gefährlich – aber die Russen sind das auch.«

»Durchaus möglich allerdings, daß ihn die Sowjets kleingekriegt haben«, sagte Pratzke nachdenklich. »Sie kriegen jeden klein. Es gibt überhaupt keinen Menschen, der nicht kleinzukriegen ist – einmal bricht jeder zusammen. Ein Mensch, der Hunger hat, der Durst spürt, dem dann noch der Hintern vollgehauen wird – der singt am Ende jede Nationalhymne, die du von ihm erwartest. Für ein Stück Brot und einen Becher Wasser!«

»Was willst du damit sagen?« fragte Krieger lauernd, und er drehte seinen Kopf langsam Pratzke zu. Seine Augen leuchteten interessiert auf; es war ein kaltes, sehr fernes Leuchten. »Ist das etwa deine Überzeugung, Pratzke?«

»Natürlich nicht«, beeilte sich der zu versichern. »Ich sprach weder von dir noch von mir. Ich sprach von Leuten wie Wolfgang Grunert. Dieser Grunert ist unkameradschaftlich veranlagt, er weiß nicht, was Disziplin ist, er hält auch nicht viel von den großen Werten. Im Grunde können wir durchaus einverstanden damit sein, daß ihm die Sowjets sein großes Maul gestopft haben.«

»Vielleicht hätten *wir* das tun sollen?« fragte sich Karl-Heinz Krieger nachdenklich.

»Das können wir ja noch nachholen«, empfahl Pratzke bereitwillig. »Doppelt genäht hält besser! Und erfreulicherweise ist Grunert nicht der Mann, der beim ersten Kinnhaken auf den Hintern knallt. Bei dieser Gelegenheit könnte ich endlich einmal dem ganzen Verein hier zeigen, wo die Vögel am kräftigsten singen.«

Krieger schüttelte den Kopf. Dabei lächelte er gelinde verächtlich; er war wie ein Klavierpädagoge, der einen Stümper spielen hört, dessen unzulängliche Darbietung aber zu erwarten gewesen war. »Grunert«, sagte er erklärend, »ist ein Querulant. Er hat überdies kein ausgeprägtes Nationalgefühl. Immerhin: bisher hat ihn sein Hang zu Revolten dazu verführt, den Sowjets bei jeder sich bietenden Gelegenheit Kontra zu geben. Ich glaube, in dieser Kühnheit eine besondere Art von Dummheit sehen zu können. Das beruhigte mich, und deshalb blieb ich zurückhaltend«

»Aber streng in deinem Sinne waren Grunerts Extratouren doch keinesfalls!« rief Pratzke lebhaft.

Er kannte Kriegers Einstellung genau und gab vor, sie voll und ganz zu teilen, wie fast jeder in diesem Lager. Auf der einen Seite standen die Sowjets, auf der anderen die deutschen Kriegsgefangenen; beide waren nach wie vor Gegner, da ja immer noch kein Friedensschluß erfolgt war. Die hier in diesem Lager zusammengefaßten, ausgesuchten Kriegsgefangenen lieferten den Sowjets und damit der Traktorenfabrik *Roter Morgen* wertvolle Arbeitskräfte; dafür gewährten die Sowjets den Deutschen einige Freiheiten durch eine vergleichsweise weitgehende Selbstverwaltung. Der Verstand gebot es, die endlich nach dreijähriger Gefangenschaft gewährten Vorteile anzunehmen; die Ehre forderte jedoch, daß ein eindeutiger, klarer Abstand gewahrt werde. Mit dem Feind paktiert man nicht — man redet nur das Allernotwendigste mit ihm, am besten: kein Wort!

»Grunerts Dummheiten hatten ihre Vorteile«, sagte Krieger versonnen. »Wer sich exponiert, ist leicht zu beobachten und damit verhältnismäßig einfach unter Kontrolle zu halten. Es würde mir fast ein wenig leid tun, wenn es den Sowjets gelungen sein sollte, Grunert zum Schweigen zu bringen.«

»Aber was dann«, warf Pratzke ein. »Wenn er zu den Russen

übergelaufen ist? Was dann, wenn aus einem Einzelgänger ein Vorreiter der Sowjets wird – mit einer tüchtigen Portion Macht im Hintergrund?«

»Dann«, sagte Krieger schwer, »gehört Grunert eben nicht mehr zu uns. Er existiert dann für uns nicht mehr.«

»Was praktisch heißt: Er hört auf, zu existieren!«

Krieger hielt es für überflüssig, hierzu irgendeine Äußerung zu tun; er nickte nicht einmal, auch andeutungsweise nicht. Er ging scheinbar konzentriert die Tagesmeldung durch. Dabei gab er seinem Adjutanten und Polizeichef Anweisung, die Unterschrift von Hamstergesicht einzuholen.

Pratzke erledigte diesen Auftrag innerhalb von sechs Minuten. Nach dieser Zeitspanne war Hamstergesicht bereit, alles zu unterschreiben, was ihm vorgelegt wurde – auch sein Todesurteil, selbstverständlich.

Pratzke legte auch diese »Aktennotiz« zu zahlreichen anderen, die sich bereits in Kriegers Schublade befanden. Der deutsche Lagerkommandant nickte zufrieden.

»Die Leiterin des Frauenlagers zu mir!« befahl er.

»Jawohl«, sagte Pratzke grinsend. Das war ein Auftrag, den er besonders gern ausführte: Besuche im Frauenlager waren ihm stets willkommen. Er liebte es, hier seine sichtlich bestaunte Männlichkeit zu präsentieren. Und er zögerte auch nicht, seine Anwesenheit bei den »Damen« mit Gesundheitsinspektionen zu verbinden – denn als rechte Hand des deutschen Lagerkommandanten unterstanden ihm nicht nur die dreißig Mann der deutschen Lagerpolizei, auch die fünf Sanitäter und die zwei Krankenschwestern, die außerhalb des Lazaretts eingesetzt waren.

Pratzke gab Hamstergesicht eine »kurze Schlußbehandlung«, sie endete mit einem kräftigen, von Pratzke als »herzhaft« bezeichneten Tritt in den Hintern. Hierauf warf er einen Blick in seinen Taschenspiegel und betrachtete sich nicht ohne Anerkennung. Er schob sich ein paar Haare, die er für eine Locke hielt, aus der Stirn und strebte dann dem Frauenlager zu.

Krieger hatte inzwischen die Überprüfung der Tagesmeldung beendet. Sie lautete:

Kriegsgefangenenlager 13 7 13.
(Anmerkung: Die Zahlen in Klammern bedeuten: davon weiblich)

Personalstärke:	5237	(604)
Hiervon		
Verwaltung: / Innendienst: / Küche etc.:	134	(28)
Lazarett:	97	(14)
Inhaftiert:	17	
Mithin: Arbeitseinsatz	4989	(562)

Diese Meldung unterschrieb Krieger sorgfältig. Er steckte sie sodann in einen bereitliegenden, stark abgegriffenen Umschlag. Derartige Utensilien des täglichen Gebrauches pflegten monatelang benutzt zu werden, bis sie praktisch auseinanderfielen. Dann erst wurden sie von dem Schreiber der sowjetischen Kommandantur nach längeren tadelnden Reden großmütig ersetzt. Bei Kleinigkeiten war man kleinlich – ein Briefumschlag vermochte diverse Gemüter mehr zu beschäftigen als ein paar Leichen. Briefumschläge waren seltener.

Pratzke erschien bald darauf mit der Simoneit. Sie wurde allgemein »Mutter« Simoneit genannt und leitete das Lager der Frauen. Sie war alt genug, um es sich leisten zu können, energisch zu sein; denn zarte Gefühle wurden nicht mehr von ihr erwartet, und sie hatte sich nicht ohne Würde damit abgefunden, inmitten eines riesigen Überangebotes an Männlichkeit kein gefragtes Objekt zu sein. Sie verspürte auch kein Bedürfnis mehr danach. Sie hatte in ihrem Leben die Männer zu gründlich kennengelernt, um noch Verlangen nach ihnen zu haben – diese letzten Erfahrungen in den kalten, stinkenden Treibhäusern des Lagers waren bei ihr gar nicht mehr nötig gewesen.

Krieger begrüßte die klobige, grob und robust wirkende Frau mit zweckmäßigem Wohlwollen. Eine bessere Mitarbeiterin hätte er sich kaum wünschen können; weit und breit war niemand, der energischer, vertrauenswürdiger und unproblematischer war als sie. Sie vereinte in sich die Gutmütigkeit einer Hauskuh und die Wachsamkeit einer Bulldogge; sie redete offen wie eine Hebamme mit Landpraxis und ertrug jede Deutlichkeit reaktionslos wie ein Skatspieler.

»Eine meiner Frauen ist im siebten Monat«, verkündete die Simoneit breit, noch ehe sie auf einem der kistenartigen Hocker im Raum Platz nahm.

»Diese Schweine!« rief Pratzke grollend.

»Es war kein Russe«, sagte die Simoneit prompt.

Krieger wurde bleichsteif. Er kniff die Augen ein wenig zusammen, als müsse er seinen Blick auf einen einzigen Gegenstand konzentrieren. Er sagte: »Dieses Lager besteht kaum länger.«

»Sie wird es eben besonders eilig gehabt haben«, erklärte die Simoneit ungerührt. Sie hatte längere Zeit über diese Sache nachgedacht und sich schließlich damit abgefunden. Sie hielt sie für unvermeidlich; und sie war sicher, daß dieses erste Lagerkind bestimmt nicht das letzte sein würde. In einigen Monaten, spätestens in ein, zwei Jahren, mußte eine Art Säuglingsheim eingeplant werden; später vielleicht sogar eine ganze Hilfsorganisation für die Kinder arbeitender Mütter.

»Wem haben wir diese Sauerei zu verdanken?« fragte Pratzke grob.

»Vielleicht Ihnen?« sagte die Simoneit. Und sie betrachtete den robusten Hüter der hiesigen Ordnung mit listigem Lächeln. Dann zwinkerte sie Krieger zu.

Der jedoch regte sich immer noch nicht. Er schien durch sie hindurchzustarren. »In den ersten Wochen hatten nur der deutsche Lagerkommandant, sein Polizeichef, der Pfarrer und der Dolmetscher im Frauenlager Zutritt«, sagte Krieger.

»Dann war es der Dolmetscher!« rief Pratzke. Und er sagte das mit so gutsitzender Überzeugung, daß die beiden ihn erstaunt anblickten. »Denn wer war damals Dolmetscher? Doch kein anderer als dieser Grunert!«

»Möglich ist alles«, sagte die Simoneit unbeeindruckt. Und in ihr war jene aufreizende Ruhe, wie sie nur Frauen eigen ist, die es lernen mußten, Männer in allen Situationen protestlos zu ertragen. »Aber ich glaube das nicht. Wenn sich Grunert überhaupt für eines der Mädchen interessiert, dann für Maria.«

»Ich dulde das nicht!« sagte Krieger heftig, ohne dabei die Steifheit, die ihn befallen hatte, aufzugeben. Empörung schien ihn erfaßt zu haben. »Ich kann und darf derartige Zustände nicht dulden. Die Folgen sind einfach nicht abzusehen. Hier hat sich keiner der Männer für irgendein Mädchen zu interessieren!

Ich werde den Trennungszaun vergrößern und die Wachen verdoppeln lassen. Wir sind hier Kriegsgefangene, aber doch keine Freudenhausinsassen.«

»Es soll auch Liebe geben«, sagte die Simoneit. »Das soll ein ganz natürlicher Vorgang sein – wenn man den Büchern glauben darf.«

»Nichts ist hier natürlich!« rief Krieger hart. »Nichts an dem Leben, das wir führen müssen, ist normal. Wen gibt diese Frau als den Vater ihres Kindes an?«

»Sie weigert sich, irgendeinen Namen zu nennen – vielleicht aus Scham, vielleicht aus Vorsicht, oder vielleicht glaubt sie auch nur, daß das zu ihrer Liebe gehört.«

Pratzke schien aufzuatmen. Im gleichen Augenblick aber schien er heimlich empört zu sein: Wenn er nämlich hier der Vater war, was im Bereich der Möglichkeiten lag, dann mußte er sich verschmäht fühlen – er wurde für nicht würdig gehalten oder seine Vaterschaft für nicht absolut sicher. Beides war gleich schlimm, seiner Meinung nach.

›Wir werden schon einen finden«, sagte er grimmig. »Einen oder mehrere! Oder wir hängen die ganze Sache den Russen an. Aber das ist vermutlich wenig zweckmäßig, dabei kommt doch nichts Praktisches heraus; nach den Massenproduktionen der Sowjets bei Kriegsende kommt es denen auf ein paar hundert Kinder mehr oder weniger doch nicht an – da zucken die nicht einmal mit der Wimper! Das beste wäre, einfach diesen Grunert zum Vater zu erklären! Dann schlagen wir gleich mehrere Fliegen mit einer Klappe!«

Wolfgang Grunert wurde unter schwerer Bewachung in das Gebäude gebracht, in dem sich die sowjetische Lagerkommandantur befand.

Die beiden Posten, die ihn begleiteten, schleppten Maschinenpistolen mit sich herum und hatten sich grimmige Nußknakkergesichter zugelegt. Kinder und Neulinge wären bei ihrem Anblick maßlos erschreckt gewesen; Grunert jedoch fand lediglich, daß sie brauchbare Statisten für ein zeitgemäßes Gruseltheater abgeben würden. Denn unter den modernen Massenmördern gab es alte, kränkelnde Männer mit väterlichem Getue, fröhlich-forsche Jünglinge und betuliche Vollzugsbeamte.

Vor ihnen schritt Katerina, die Ärztin. Ihre klobige Pistole baumelte heftig, denn ihre Bewegungen waren elastisch und hatten tänzerischen Schwung, den selbst die sackartige Uniform nicht ganz zu verbergen vermochte. Grunert fand diesen Anblick nicht nur bemerkenswert, sondern sogar völlig neuartig; er kam einer Entdeckung gleich, deren Konsequenzen keinesfalls abzusehen waren.

»Jedenfalls freue ich mich«, sagte Grunert mit sanfter Herausforderung, »daß gerade Sie mich auf meinem letzten Gang begleiten.«

»Ich weiß wirklich nicht genau«, sagte die Ärztin unwillig, »was ich dem Kommandanten über Ihren Geisteszustand berichten soll.«

»Ich habe die Segnungen des bolschewistischen Systems erkannt«, behauptete Grunert. »Ist das nicht ein überzeugender Beweis dafür, wie hervorragend mein Verstand funktioniert?«

»Sie scheinen leicht schwachsinnig geworden zu sein«, glaubte die Ärztin, an ihre Diagnose denkend, feststellen zu müssen. »Vielleicht sind Sie zu scharf angepackt worden – schärfer jedenfalls, als Sie es vertragen. Ihre Gesamtkonstitution ist vermutlich weit schwächlicher, als auf den ersten Anblick angenommen werden kann.«

»Ich bin viel leistungsfähiger, als Sie vermuten«, behauptete Grunert. »Ich stelle mich Ihnen gerne für jeden gewünschten Versuch zur Verfügung.«

Katerina, die Ärztin, schien kaum merklich zusammenzuzukken. Sie zog die Schultern ein wenig hoch, als müsse sie ihm den Anblick ihres Nackens zwischen Kurzhaar und Uniformkragen verwehren. Dann trat sie zur Seite und ließ ihn zwischen seinen Bewachern vorangehen, in das Kommandanturgebäude hinein.

Der Raum, in dem sie sich dann aufhielten, roch nach traniger Stiefelwichse, nach tierhafter Wärme und faulendem Holz. Vor einem schlesischen Bauernschrank stand ein Tisch mit einer alten amerikanischen Schreibmaschine. Die Tür zum Zimmer des Kommandanten war weit geöffnet – niemand sprach ein Wort. Sie warteten.

Sie warteten längere Zeit. Die Bewacher schienen die Wände abstützen zu wollen. Katerina war an das Fenster gegangen und fuhr mit dem ausgestreckten rechten Zeigefinger behutsam über die Scheiben; es war möglich, daß sie die Figur eines Sowjetsterns nachzeichnete. Der Schreiber saß sprung- oder schreibbereit vor seiner Maschine, ein Aktenhund und ein Notizbuchwiesel, still und lauernd – der Kommandant schien also bereits anwesend zu sein und sich in dem Raum zu befinden, dessen Tür weit geöffnet war.

Er war anwesend; plötzlich heftig aufpolternde Schritte bewiesen seine Gegenwart. Groß und massig wie der Riese aus der Flasche stand er überraschend im Türrahmen. Er war ein wenig dicklich, doch behende wie ein Elefant, lautstark wie ein Löwe und mit dem Dienstgrad Major der Roten Armee.

Sein Gebrüll klang nahezu melodisch, wobei er mit anklägerischer und triumphierender Geste zugleich die Hand weit ausstreckte, auf Wolfgang Grunert zu: »Da ist ja dieser Hundesohn, dieser Schurke, dieser schäbige, heimtückische Schuft – und lebt immer noch!«

»Jawohl, Herr Major«, sagte Grunert freundlich. »Und nichts würde mich mehr freuen, als wenn ich jetzt sagen dürfte: Genosse Major.«

Der also Angeredete stutzte, stockte; er schien für kurze Zeit die Sprache verloren zu haben; seine Augen funkelten wie die eines Tigers, der zum Sprung ansetzt. Er holte tief Luft; sein Bauch schien dabei fast zu verschwinden, und sein Brustkasten wölbte sich. Sein Gebrüll war noch weit lauter als vorher. »Man sollte diesen elenden Burschen mit Wasser übergießen und in den Frost hinausstellen!«

»Gestern noch hatte er hohes Fieber«, warf Katerina ein.

»Wenn er nur etwas Verstand hätte, wären seine Temperaturen immer normal!« rief der Major grollend. »Kommen Sie in mein Zimmer, Doktor«, forderte er sodann übergangslos die Ärztin auf. »Erstatten Sie mir Bericht.«

Doch ehe sie den Raum verließen, stellte sich der Major breitbeinig vor den Posten auf. »Paßt auf ihn auf, ihr schlampigen Burschen! Ihr haftet mir für ihn! Schlagt ihm den Schädel ein, wenn er türmen will! Schießt sofort scharf aus allen Rohren, wenn er sich nur regt! Schnürt ihn zusammen wie ein Postpaket, wenn er auch nur eine Bewegung macht, die euch verdächtig vorkommt!«

»Jawohl, Genosse Major!« riefen die Bewacher mit unerwartet fröhlicher Bereitschaft.

Der Major, der bereits hinter Katerina an der Tür seines

Arbeitszimmers angekommen war, sah sich noch einmal um; er betrachtete seine Soldaten mit grimmigen Blicken. »Aber daß ihr mir ja keine voreilige Dummheit macht!« schrie er sie an. »Ich ziehe euch sonst das Fell über die Ohren!« Hierauf knallte er die Tür hinter sich zu.

Die Zurückgebliebenen dösten grinsend vor sich hin. Der Major war ein gewaltiger Mann. Ab und zu wurde er mißverstanden, weil man seine wortreichen Meditationen für verbindliche Anordnungen hielt und sie allzu wörtlich nahm. Durch derartige Mißverständnisse, die niemals ganz aus der Welt zu schaffen waren, wurde allerdings der Lagerfriedhof kaum vergrößert. Gemessen an der Machtstellung des Majors, durfte er vergleichsweise noch als human gelten.

Nach knapp zehn Minuten kam Katerina, die Ärztin, zurück. Sie stellte sich wortlos wieder an das Fenster, wo sie unverzüglich begann, die vorhin unterbrochene Malerei fortzusetzen. Grunert näherte sich ihr, nachdem er mit weiten, freundlichen Gesten seine Bewacher zu Vorsicht und Großmut ermahnt hatte. Die Bewaffneten fühlten sich als Gönner und grinsten.

»Ich hoffe, Doktor«, sagte er behutsam, »Sie lassen Großmut und Einsicht walten – denn Sie sind ja hier nicht nur Offizier, sondern auch eine Frau. Das eine habe ich immer respektiert, aber ich habe das andere nicht vergessen können. Es wäre bedauerlich, wenn Sie vielleicht vorhin meine aufrichtig gemeinten Worte mißverstanden hätten.«

»Ich habe nicht die geringste Veranlassung und lege auch keinen Wert darauf, Sie zu verstehen«, sagte Katerina abweisend. Und sie hatte dabei ihre kleine Nase erhoben wie eine Hirschkuh, die ferne Gefahr zu wittern glaubt. Ihre braunen Augen schienen jetzt ein wenig in jenem satten Grün zu schimmern, das Fichten im Hochwinter haben.

»Sie sollten trotzdem versuchen, für meine besondere Situation Verständnis aufzubringen«, sagte Grunert; und er hatte dabei den Einfall, geschickte väterliche Untertöne zu produzieren. »Vielleicht könnte es sich lohnen – für beide Teile.«

Der Major stieß die Tür seines Arbeitszimmers auf und rief: »Herein zu mir mit dem Burschen! Die Wache kann draußen bleiben – mit dem werde ich ganz allein fertig. Ehe er auch nur einen Finger krumm machen kann, um eine Faust zu ballen, atmet er nicht mehr. Wenn ihr einen dumpfen Aufschlag hört, ist sofort zu veranlassen, daß ihm ein Grab geschaufelt wird. Also – los!«

Wolfgang Grunert deutete eine kurze Verbeugung an, zuerst vor Doktor Katerina, dann in Richtung des Kommandanten. Hierauf schritt er, als begebe er sich im *Relais Bisson* in Paris zum Diner, an dem staunenden Major vorbei, in dessen Arbeitszimmer hinein. Der Major vergaß, die Tür zuzuknallen, und folgte Grunert mit bedrohlich dröhnender Schwere. Fast schien er sprungbereit darauf zu warten, daß der ihm vorgeführte Kriegsgefangene in einem Stuhl Platz nehmen würde. Aber diesen Einfall hatte Grunert klugerweise und in guter Kenntnis seiner Grenzen nicht.

»Grunert«, sagte der Major, indem er sich gewichtig und nicht ganz ohne natürliche Würde hinter seinem Schreibtisch aus Fichtenholz niederließ. Der Stuhl, der ihn aufzunehmen hatte, stieß knarrende Warntöne aus. »Du fällst mir immer mehr auf die Nerven.«

»Sie brauchen einen neuen Stuhl, Herr Major«, sagte Wolfgang Grunert; und er sagte das mit verbindlichem Lächeln, das ihn jedoch einige Mühe kostete. Er war jetzt einem Akrobaten vergleichbar, der sich mitten in einem schwierigen, atemberaubenden Trick zu lächelnder Selbstverständlichkeit zwingt. »Auch ein neuer Schreibtisch wäre empfehlenswert – möglichst einer aus Eiche, wie ihn die Generaldirektoren bei Krupp besessen haben; Ihnen würde er zustehen. Und alles könnte, wenn Sie nur wollten, in kürzester Zeit geliefert werden – soll ich Ihnen sagen, wie ich mir das vorstelle?«

»Grunert«, sagte jetzt der Major mit einer Stimme, die bei ihm völlig ungewöhnlich klang: alarmierend leise und bedrohlich konzentriert. »Daß du die Sowjetunion beschimpfst, das nehme ich in Kauf, von einem Nazi erwarte ich nichts anderes.«

»Ich bin kein Nazi«, erklärte Grunert unverzüglich, »ich bin nie einer gewesen – ich war immer nur ein Individualist.«

»Wie du dich hier bezeichnest«, sagte der Major unverändert gefährlich, »ist mir völlig gleichgültig. Für mich bist du immer nur das, was ich in dir sehe: ein geschickter Dolmetscher, ein guter Organisator, überall in der Fabrik zu gebrauchen – und allein deshalb, Grunert, lebst du noch! Deine Fähigkeiten haben mich immer wieder zur Nachsicht verführt. Aber das eine sage ich dir, Grunert – wenn du etwa auf die Idee kommen solltest, dich über die Sowjetunion lustig zu machen, und ich merke das, dann bist du ein toter Mann.«

In den Augen des Majors lag die tiefe Betrübnis eines Bernhardiners darüber, eventuell beißen zu müssen. Er sehnte sich heimlich danach, ein Menschen- und Friedensfreund zu sein, mit Umarmungen und Wangenküssen, unter dem Geklirr von Gläsern und dem Wodkahauch aus brüderlichen Mündern. Daß aber der Lauf der Welt ihm dieses edle Verlangen zu verbieten schien, das ließ ihn gelegentlich in Melancholie verfallen und oftmals auch in eine barbarische Wut über die Verführer, Betrüger und Ausbeuter der Menschen, über ihre wilden Handlanger und dummen Opfer.

»Warum eigentlich«, fragte Grunert, ruhig und ohne jedes Aufbegehren, so, als bäte er lediglich um eine wohlgeneigte Auskunft, »bin ich mehrfach durchgeprügelt worden? Warum bekam ich tagelang nichts zu essen? Und warum bin ich in einen dieser aufrechtstehenden Särge, die Stehzellen genannt werden, hineingestopft worden?«

»Weil du Strafe verdient hast. Du hast mit einer Sowjetfahne den Fußboden aufwischen lassen!«

»Ich schwöre es, sie sah wie ein Lappen aus!«

»Du bist klug genug, um derartige Unterschiede zu bemerken, Grunert. Und außerdem bist du auch heimtückisch genug, um so etwas mit voller Absicht zu tun.«

»Ich werde immer wieder verkannt«, versicherte Grunert wie ein Handlungsreisender, der hartnäckig um Vertrauen wirbt. »Ich bin heiter veranlagt, und das mißverstehen viele. Die Welt ist zu dumpf für mich und meinesgleichen. Aber dennoch kann und will ich nicht glauben, daß der Bolschewismus die Fröhlichkeit verbietet.«

»Natürlich nicht!« brüllte der Major empört. »Wir sind gerne fröhlich! Wir singen an den Abenden und tanzen an den Feiertagen auf der Straße. Wir sind ein verdammt glückliches Volk! Kapiert?«

Wolfgang Grunert nickte mühsam. Er vermochte nicht, dem Kommandanten in das Gesicht zu sehen. Er starrte auf die zerknitterte, ein wenig fleckige Majorsuniform: erdhaftes Tuch, verregnet und durchschwitzt, von Schnaps durchtränkt und mit winzigen Fettspritzern übersprüht, Spuren von Blut waren nicht zu erkennen.

»Nun gut«, sagte Grunert schließlich, »ich bin also bestraft worden. Aber ist nicht bei jedem Kulturvolk die Strafe lediglich ein Mittel? Der Zweck ist die Besserung, die Einsicht, die Läuterung!«

»Wir sind ein Kulturvolk!« erklärte der Major kraftvoll und mit schlichter Größe.

»Und ich«, sagte nunmehr Grunert, nachdem er intensiv Atem geholt hatte, gleich einem Taucher, bevor er in die Tiefe steigt, »ich bin sogar bereit, das zu glauben. Aber auch Sie sollen versuchen, zu glauben; daran nämlich, daß ich mich geändert habe. Nehmen Sie sogar an: Ich habe mich gebessert. Ziehen Sie weiterhin in Erwägung, daß Sie mich überwältigt haben, Herr Major, Sie und Ihre Genossen, mit Ihren Argumenten, mit Ihrem Verhalten, mit Ihrer Weltanschauung. Ich bin dabei, die Leistungen der sowjetischen Nation zu bewundern und zu bestaunen. Ich bin der Ansicht, daß es auf die Dauer nicht gut sein kann, wenn wir immer nur nebeneinander herleben. Wir sollten versuchen, uns zu verständigen — das Gemeinsame zu erkennen, das Trennende zu überwinden.«

»Bist du bereit, den Beweis dafür anzutreten, daß du dies ehrlich meinst?« fragte der Major suggestiv. Er hatte sich vorgebeugt, Spannung war ihm anzumerken; er hatte die Haltung eines Pferdeliebhabers, der gebannt auf die Schlußphase eines Rennens starrt. »Bist du dazu bereit?«

»Jederzeit«, sagte Grunert, ohne auch nur eine Sekunde zu zögern. Und er leistete es sich, dabei dem Major nahezu treuherzig in die Augen zu schauen.

»Wie willst du das beweisen, Grunert?«

»So überzeugend, wie nur irgend möglich! Dabei kommt es aber ganz auf die Möglichkeit an, die Sie mir bieten, Herr Major — oder darf ich vielleicht jetzt sogar sagen: Genosse Major?«

»Du bist weder in der Partei noch in der Roten Armee, noch bist du Sowjetrusse — alles das kannst du aber eventuell einmal werden, wenn du dir Mühe gibst. Viel Mühe, ungeheuer viel Mühe! Ein Faschist bist du vermutlich nicht — das ist immerhin schon etwas. Also — was willst du tun?«

Grunert zögerte, hierauf zu antworten; es war gewagt, zuviel zu verlangen, und es wäre dumm gewesen, zuwenig zu fordern. Er tat, als denke er angestrengt nach. Er sah auf die weiße Wand, die sich hinter dem Kegelkugelkopf des Majors befand, und er sah dort eine Serie Bilder von Parteiführern hängen: Lenin und Stalin brüderlich Hand in Hand, ein verkniffenes Pokergesicht in Uniform, noch ein Uniformierter mit Metzgerschädel, Molotows einschläfernde Durchtriebenheit – und ein bärtiger, altmodisch gekleideter Mann, der melancholisch vor sich hinblickte.

»Tschaikowskij«, sagte Grunert; und er sagte das nicht ohne suggestiv wirkende Versonnenheit und dabei zugleich mit impulsiv erscheinendem Schwung. ›Unsere Leute kennen Tschaikowskij kaum und Gorki überhaupt nicht.«

»Kultur also?« fragte der Major; und er schien nicht unangenehm überrascht. Fast war es, als beginne er ein wenig zu lächeln, sehr heimlich und nicht ohne inneren Lustgewinn. »Nicht schlecht – Kultur!«

»So ungefähr«, sagte Grunert bereitwillig. »Kultur als Hilfsmittel zur Verbesserung der allgemeinen Lebensbedingungen, zur Verschönerung des Daseins – was dann automatisch zu Leistungssteigerungen in der Fabrik führt. Und ein neuer Schreibtisch für Sie aus Eiche kann ebenso dazugehören wie eine hygienisch einwandfreie Latrine, ein Konzert gleichermaßen wie ein Fußballspiel. In kurzer Zeit kann so, planvolles Vorgehen und sinnvolle Unterstützung vorausgesetzt, das Kriegsgefangenenlager dreizehn-sieben-dreizehn zum Musterlager der Sowjetunion werden. Und Sie, Herr Major, sind sein Kommandant.«

»Das klingt nicht schlecht«, sagte der Major zögernd. Er legte seine klobigen Fleischerhände zusammen und schien sie mit Andacht zu betrachten. Auf seine Hände war er heimlich stolz; er hielt sie für ungewöhnlich kraftvoll, für symbolträchtige Arbeiterhände: Sie hatten mitgeholfen, die Sowjetunion aufzubauen, sie zu verteidigen und den Sieg für sie zu erkämpfen – vielleicht war es an der Zeit, sie auch für die Verschönerung und den Glanz seines Vaterlandes werken zu lassen.

»Gut, Grunert«, sagte er schließlich. »Ich will dir die Möglichkeit geben, zu zeigen, was du kannst. Ich habe eine Schwäche für dich, mein Junge – aber ich warne dich, sie zu mißbrauchen. Du hast das große Glück, unter Menschen zu weilen, für die Kultur kein leerer Wahn ist, sondern eine Verpflichtung ersten Ranges – und für mich persönlich eine Herzensangelegenheit. Ich sage das, damit du weißt, daß ich meinen Daumen auf der Sache halten werde – du hast es also, wenn du versagst, nicht nur mit dem Major zu tun, sondern auch mit dem Menschen. Vergiß das nicht! Du wirst hier also eine Sonderabteilung aufbauen; sie wird neben Polizei, Gesundheitswesen, Verpflegung und innerer Verwaltung die fünfte in meinem Lager sein. Kennwort Kultura. Deine Abteilung heißt also Kultura fünf. Abgekürzt: K fünf.«

»K fünf«, wiederholte Grunert nahezu mechanisch.

Er war leicht verwirrt. Die Entscheidung des Majors war ungewohnt schnell erfolgt; geradezu verdächtig schnell. Mithin bestand die Möglichkeit, daß es sich um eine Falle handelte: Der Kommandant könnte sie seit langem vorbereitet haben; vielleicht gemeinsam mit seinem politischen Kommissar. Aber möglich war auch, daß hier lediglich offene Türen eingerannt worden waren. Er, Grunert, war blind auf einen Befehl gestoßen, den vielleicht schon vor Tagen oder Wochen Moskau gegeben hatte. Wie dem auch sein mag, entschied Grunert: Eine ganze Abteilung, Kultura 5, kam vorläufig erst einmal in seine Hand — und das war die Hauptsache.

»Diese Abteilung K fünf«, sagte der Major nunmehr mit beruhigend zufriedenem Lächeln, »untersteht aber nicht der deutschen Lagerkommandantur, sondern mir direkt. Ist das klar? Was das zu bedeuten hat, wirst du vermutlich bald merken.«

»Wir hatten dich schon abgeschrieben!« rief Pratzke. Er sagte das mit der ihm eigenen rabiaten Gemütlichkeit, als er Wolfgang Grunert entgegenkam. »Die Maße für deinen Sarg befinden sich bereits seit Tagen in der Tischlerei.«

Peter Pratzke pflegte kein Vergnügen zu versäumen, das sich ihm bot. Er hatte es sich daher auch nicht nehmen lassen, persönlich zur sowjetischen Kommandantur zu wandern, um hier, in seiner Eigenschaft als Chef der deutschen Lagerpolizei, den entlassenen Häftling in Empfang zu nehmen. Die Tatsache, daß man Gefangener sein und trotzdem noch zusätzlich eingesperrt werden konnte, pflegte ihn stets aufs neue zu erheitern. Daß es aber ausgerechnet dieser Grunert war, dem das passieren mußte, bereitete Pratzke eine nahezu reine Freude.

»Früher oder später«, sagte er freundlich zu Grunert, »wirst du doch noch einmal den Märtyrertod sterben — am Heldentod hast du dich ja gerade noch vorbeidrücken können.«

»Ich weiß, ich weiß«, sagte Grunert mit nachsichtigem Grinsen, »die Besten sind auf dem Schlachtfeld geblieben; und du bist eine der Ausnahmen.«

»Einmal sterben wir alle«, sagte Pratzke. Er liebte es, derartige ermunternde Gespräche zu führen. Für ihn bedeutete eine Leiche kaum mehr als einen alltäglichen Posten in seinen Listen. »Praktisch sind wir hier so gut wie tot – die Heimat hat uns abgeschrieben, und die Regierungen gehen mit unseren Kadavern hausieren. Fast täglich stirbt bei uns mindestens einer vor Angst, daß die Wahrheit wahr sein könnte.«

»Wenn ich schon sterben muß«, sagte Grunert mit ernstem Gesicht, »dann ziehe ich es vor, mich zu Tode zu lachen.«

Sie wurden von einem Wachposten kurz kontrolliert und verließen dann das Gebäude der sowjetischen Kommandantur. In ihrem Rücken befand sich die Traktorenfabrik *Roter Morgen*, der erklärte »Stolz des Landes« – der Grund, warum hier dieses Sonderlager 13713 errichtet worden war. Sie schritten auf das große Tor zu. Dahinter lagen die flachen Baracken der Gefangenen. Wirre, endlos erscheinende Spiralen von Stacheldraht versuchten sie von der Außenwelt zu trennen.

Der Himmel war fahl. Die Erde wirkte grau; Menschenherden hatten sie zertrampelt und letzte, spärliche Reste der Vegetation vernichtet. Bäume und Sträucher waren zu Brennholz geworden, Blätter zu Tabak und Steine zu Tischen und Sitzflächen. Nebel und Rauch verschleierten den Horizont und schienen blaßweiße Wasserwolken herabzuziehen. In der Luft schwebte die große Veränderung der Natur, aber niemand, der nicht den Kalender kannte, hätte sagen können, ob sich der Frühling heranschlich oder der Winter.

Grunert und Pratzke durchschritten das Lagertor. Der sowjetische Posten ließ sie nach kurzer Kontrolle passieren. Der deutsche Lagerpolizist aber prüfte umständlich den Passierschein des aus der Haft und dem Lazarett entlassenen Kriegsgefangenen. Pratzke betrachtete diese Szene mit Nachsicht.

Schließlich durfte Grunert die Lagerstraße betreten. Beiderseits dehnten sich die Baracken aus. Auf der linken Seite lagen: Küche, Frauenhaus, daneben die Gemeinschaftsscheune, die zugleich Kirche, Sporthalle, Leichenhaus und Lagerwerkstatt war. Dahinter lag der Appellplatz und der mit »Lustgarten« bezeichnete Kartoffel- und Gemüseacker, ferner der Friedhof. Auf der rechten Seite: die deutsche Lagerkommandantur mit Geräte- und Vorratsschuppen; dann kamen fünf Barackengruppen für die Männer, von A bis E bezeichnet; jede dieser Gruppen war für etwa tausend Mann eingerichtet.

Das Lager glich den Waben eines Bienenkorbes; die trennenden Wände bestanden aus Stacheldraht mit Gräben. Es gab nur einen Streifen Land, der allen gemeinsam war: die Lagerstraße; aber sie durfte nur betreten werden, wenn es dienstliche Gründe unbedingt erforderten. Wer auf ihr entlangwanderte, der sah, in drei bis fünf Meter Entfernung, viele Kameraden, die dastanden und ihn ansahen. Sie schwiegen. Über den Stacheldraht hinweg durften keine Worte gewechselt werden. Das Stehenbleiben auf der Lagerstraße war verboten.

Grunert blieb stehen.

»Hast du Lust, den Sowjets als Zielscheibe zu dienen?« rief Pratzke sofort.

»Meine Chancen sind etwa fünfzig zu fünfzig«, sagte Grunert mit herausfordernder Unbekümmertheit. »Vielleicht treffen sie dich, wenn sie auf mich schießen. Ich jedenfalls beabsichtige, mich hier zwei Minuten lang aufzuhalten.«

Peter Pratzke wurde automatisch unruhig. Er wußte aus Erfahrung, daß es nicht ratsam war, die Wachposten leichtsinnig auf sich aufmerksam zu machen. Denn die Sowjets waren grundsätzlich mißtrauisch; sie witterten in allem, was ihnen nicht auf Anhieb klar war, eine heimtückische Herausforderung oder eine heimliche Bedrohung.

»Du kannst doch hier nicht einfach stehenbleiben, Mensch!« rief Pratzke ungeduldig.

Aber Grunert antwortete ihm nicht. Er sah zu einem Mädchen hinüber, das im Frauenlager stand, in der Nähe des Stacheldrahtes. Und dieses Mädchen schien nur Grunert auf dieser Welt zu sehen, sonst nichts.

Pratzke fluchte unterdrückt. Weiber mit Gefühlen am hellen Tag und dazu noch vor allen Leuten waren ihm ein Greuel. Und das Mißtrauen der Russen zu erwecken, war ebenso unklug, wie den herumstehenden Kriegsgefangenen ein schlechtes Beispiel zu geben.

Pratzke warf einen kurzen Blick auf den nächsten sowjetischen Turmposten, der gewohnheitsmäßig im Stehen zu schlafen schien. Doch die Erfahrung hatte ihn gelehrt, daß auf derartige Standbilder notorischer Müdigkeit kein Verlaß war. Fluchend kniete er sich daher nieder und beschäftigte sich intensiv mit seinem linken Schuh; sein Schnürsenkel schien gerissen zu sein.

Das Mädchen, das im Frauenlager stand, setzte sich vorsichtig in Bewegung und kam auf den Zaun zu. Es war noch sehr jung. Es wirkte in seiner plumpen Kleidung wie ein großes Kind von unsagbar armen Leuten, die es auf die Straße geschickt hatten, damit es dort Gummibänder verkaufe. Das Mädchen rief unterdrückt: »Wir sind alle sehr stolz auf Sie, Herr Grunert!«

»Dazu ist kein Grund!« entgegnete Grunert; er sagte das nahezu heftig und verlegen zugleich.

»Wir bewundern Sie, weil Sie Mut haben!«

»Sie sollten das nicht tun, Maria«, sagte Grunert warnend. »Das, was Sie unter Mut verstehen, kann in anderen Augen Dummheit sein. Hören Sie doch endlich damit auf, immer diese großen Worte zu gebrauchen! Kümmern Sie sich um andere Dinge. Sind Sie gesund? Haben Sie genügend zu essen?«

»Es geht mir gut«, versicherte Maria lebhaft. »Jetzt geht es mir gut.«

Grunert sah prüfend in ihr schmales Kindergesicht; und er sah in zwei große, gütige und wehmütige Augen. Dieses Gesicht verriet Sehnsucht und Hingabe; doch nichts in ihm schien zu wissen, was wirkliche Hingabe bedeutete. Sie war vor vier Jahren in Gefangenschaft geraten; es war behauptet worden, sie habe ein Messer nach einem sowjetischen Soldaten geworfen. Sie sollte damals grob und ein wenig dicklich gewesen sein; heute jedoch war sie schmal und graziös wie ein Reh, das unruhig und voller Gier nach Freiheit zwischen Gittern einherläuft.

Grunert liebte dieses Mädchen; und er hatte sich eingeredet, Maria wie eine kleine Schwester zu lieben. Er war überzeugt, daß niemand in diesem Lager seine Fürsorge und seinen Schutz so notwendig hatte wie sie. Und er war entschlossen, sie zu bewahren vor allen Gefahren, die einem blutjungen, ahnungslosen, hoffnungsträchtigen Menschenkind drohen.

»Heute nachmittag«, sagte Grunert, »werde ich versuchen, Sie zu erreichen, Maria.«

»Ich werde warten«, sagte sie.

»Schluß jetzt!« rief Pratzke mit Polizistenstimme. Und sein entschlossener Ordnungsruf schien ab sofort keinen Widerstand mehr dulden zu wollen. »Das Knie ist mir schon ganz steif geworden. Wegen irgendeinem kleinen Weibsbild! Und langsam scheint auch der Bulle im Turm aus seinem senkrechten Schlaf zu erwachen.«

Grunert nickte noch einmal Maria zu. Ihr Kindergesicht lächelte, und ihre Augen schienen weit größer und dunkler zu leuchten als sonst. Wolfgang Grunert spürte, daß sie ihn für einen Helden, zumindest für einen Ausnahmemenschen hielt, für eine Art heimlichen Ritter inmitten barbarischer Horden. Es tat ihm leid, sie gründlich enttäuschen zu müssen — und das vermutlich schon in kurzer Zeit. Aber diese Enttäuschung war nicht zu vermeiden; und sie hatte es dringend nötig.

»Versuche das nicht noch einmal mit mir«, sagte Pratzke, nachdem sie sich wieder in Bewegung gesetzt hatten. »Ich bin ein gutmütiger Bursche, aber man soll das gefälligst nicht ausnutzen. Und seit wann denn, Grunert, interessieren dich Kinder? Es gibt doch ganz andere Frauen im Lager — Hannelore zum Beispiel.«

»Du hast recht — die gibt es«, sagte Wolfgang Grunert. »Und es ist gut, daß du mich an Hannelore erinnerst, Pratzke. Wir sollten einiges für sie tun — in ihrem Zustand wäre ein ruhiger Posten mit einer leichten Beschäftigung gerade das richtige.«

»Am besten wird es wohl sein«, sagte Pratzke breit, »wir gründen hier gleich ein Hilfswerk ›Mutter und Kind‹!«

Grunert betrachtete diesen zumeist gutgelaunten Menschenschinder aus Leidenschaft mit steigendem Interesse: Die leicht plattgedrückte Gurkennase im harmlos wirkenden Heidebauerngesicht vermittelte einen fast fröhlichen Eindruck; die Lippen waren genießerisch verzogen, und das Kinn wurde unternehmungslustig vorgereckt. »Du weißt es also schon«, sagte Grunert dann gedehnt. »Seit wann eigentlich — seit sieben Monaten?«

»Mein lieber Freund und Kupferstecher«, sagte Pratzke gemütlich, jedoch mit warnenden, nicht zu überhörenden Untertönen, »ich weiß hier in diesem Lager mehr als fünftausend andere; und es gibt kaum einen einzigen, der mehr weiß als ich. Daß Hannelore im siebten Monat ist, das weiß ich sozusagen amtlich — aber woher willst du das wissen?«

»Sie hat es mir gesagt«, erklärte Grunert mit schlichtem Triumph.

»Warum ausgerechnet dir?«

»Vielleicht war ich der einzige, mit dem sie offen reden konnte.«

»Und hat sie dir auch gesagt«, wollte nunmehr Pratzke mit lauernder Hartnäckigkeit wissen, »wer der Vater ist?«

»Erwartest du etwa, Pratzke, daß sie deinen Namen genannt hat?«

»Na — und wenn schon!« rief Pratzke grob. »Und wenn sie ihn tatsächlich genannt haben sollte — was dann? Sie kann sich geirrt haben. Sie kann bewußt die Unwahrheit gesagt haben. Es gibt hier fünftausend Kriegsgefangene und ein paar hundert Russen. Am Ende ist der Bankert ein Asiate!«

»Wenn es aber ein Pratzke sein sollte«, sagte Grunert leicht amüsiert und bar jeglicher Drohung, »dann wird sich auch sein Vater entsprechend zu benehmen haben. Und die Möglichkeit, daß er tatsächlich ein Pratzke sein könnte, ist doch wohl nicht von der Hand zu weisen? Was willst du machen, wenn hier ein Kind herumläuft, das eindeutig deine Visage trägt! Und sagt man nicht, daß Kinder oft die Gesichtszüge von sehr männlichen und vitalen Vätern bekommen — und du bist doch einer von dieser Sorte, oder etwa nicht?«

Pratzke lief ganz langsam rot an. Diese Röte hatte nicht das mindeste mit Scham zu tun, sie kennzeichnete vielmehr mühsam und vergeblich unterdrückte Wut; sie schien aus den großen krausen Ohren herauszuwachsen, in die Schläfen und die Stirn hinein. »Menschenskind«, würgte er schließlich hervor, »mal den Teufel nicht an die Wand! Hat sie tatsächlich meinen Namen genannt?«

Wolfgang Grunert schwieg vieldeutig. Er verlangsamte seine Schritte noch mehr; schließlich blieb er stehen und drehte sich um, als gedenke er das Lager zu betrachten. Dabei lächelte er; und es war, als sehe er nicht schäbige Bretterwände, vom Wetter zerfressene Dächer und zersprungene Fensterscheiben, die mit Pappe und Blech mühsam abgedichtet waren, sondern recht erheiternde Dinge, etwa niedliche, wetterfeste, freundliche Jagdhütten inmitten idyllischer Bewaldung. Grunert blickte zu Maria hinüber.

»Eine verdammt peinliche Situation!« sagte Pratzke dumpf.

»Ich widerspreche dir nicht«, stimmte ihm Grunert bereitwillig zu. »Und ich hoffe, du kommst nicht etwa auf die absurde

Idee, mir die Sache anhängen zu wollen — versuchst du das nämlich, dann müßte ich Augenzeugen benennen, die den wahren Vater am Werk gesehen haben.«

»Ich jedenfalls bin völlig unschuldig«, erlaubte sich Pratzke zu versichern; und er spürte im gleichen Augenblick, daß diese Versicherung nicht sonderlich überzeugend klang. »Ich bin in diese Sache hineingerutscht wie ein Aal in den Ausguß. Wie komme ich da wieder heraus?«

Wolfgang Grunert schwieg erneut. Er sah zwei Sanitäter, die einen Schwerkranken vorüberschleppten. Der Schwerkranke lag gelbbleich da, mit weit aufgerissenen Augen; er hatte wohl nicht mehr lange zu leben.

Pratzke schien überhaupt nicht zu bemerken, was um ihn vorging. Niemand konnte im Augenblick größere Sorgen haben als er. Sein Posten war in Gefahr, wenn er in einen Skandal hineinschlitterte. Denn Kriegers, des deutschen Kommandanten, Ehrbegriffe schienen unerbittlich, wenn es um die mühsam gesicherte und gefestigte Position ging — gegen Stunden der Freude hatte er vermutlich nicht viel einzuwenden, sofern sie unter Ausschluß der Öffentlichkeit stattfanden, aber wenn es unvermeidlich wurde, Konsequenzen zu ziehen, dann mußten sie eben gezogen werden: Eine Frau schwängern und sie dann verleugnen und sitzenlassen — das war einfach nicht zu machen!

»Kannst du mir nicht helfen?« wollte Pratzke wissen.

»Warum sollte ich dir nicht helfen«, sagte Wolfgang Grunert gedehnt. »Schließlich ist das ein Gebot der Kameradschaft. Und es beruht natürlich auf Gegenseitigkeit.«

Pratzke hatte bei dem Wort »Kameradschaft« mißtrauisch aufgeblickt. Aber der Begriff »auf Gegenseitigkeit« beruhigte ihn wieder; das war die Sprache, die er nicht mißverstand. Er hatte frühzeitig gelernt, daß nicht einmal der Tod umsonst war — warum sollte die Ablösung einer Vaterschaft kostenlos sein?

»Na schön«, sagte er bereitwillig, »was kann ich für dich tun? Willst du einen Druckposten? Oder hättest du gerne Sonderportionen, wenn du das nächste Mal eingesperrrt wirst? Soll ich dir ein Rendezvous mit der kleinen Maria besorgen oder einen Brief an deine Mutter expedieren? Oder soll ich gar ein gutes Wort für dich bei den Sowjets einlegen?«

»Nichts Derartiges«, versicherte Wolfgang Grunert und gab sich großzügig. »Ich will nichts weiter von dir als das, was du normalerweise auf deinem Posten für mich tun müßtest — was du aber nicht freiwillig tun würdest, weil dein Boß dagegen wäre. Dagegen aus Unkenntnis der Dinge oder aus Vorurteil oder aus welchen vorgeschobenen Gründen auch immer.«

»Wie soll ich das alles verstehen, Mensch!«

»Ich baue hier eine neue Abteilung auf — die Abteilung K fünf.«

Pratzke war ehrlich überrascht. »Willst du mich etwa auf den Arm nehmen? Ich war fest davon überzeugt, daß dich die Sowjets aus diesem Arbeitslager hinausfeuern und in ein Schweigelager abschieben — mit dem üblichen Urteil von der Stange: fünfundzwanzig Jahre Zwangsarbeit.«

»Ganz im Gegenteil — die Sowjets und ich, wir sind neuerdings sozusagen ein Herz und eine Seele. Wir haben unsere Sympathien füreinander entdeckt. Und ich sage dir: Wir hätten das schon früher tun sollen!«

»Es scheint also doch zu stimmen«, sagte Pratzke nachdenklich. »Sie haben dich kleingekriegt! Du hast gewissermaßen dein deutsches Wesen aufgegeben, wie weiland die alten Germanen bei den Christen. Krieger wird das gar nicht gerne hören; und er wird, wie ich, sagen, daß du zu Kreuz gekrochen bist, oder besser: zu Hammer und Sichel.«

»Jeder so gut er kann«, sagte Grunert ungekränkt. »Der eine macht Weltanschauung, der andere Kinder — noch ist nicht raus, was wem besser bekommt.«

Diese Bemerkung reichte aus, Pratzke wieder auf den Boden der Tatsachen zu bringen. Auch er redete zunächst noch einmal kurz über Kameradschaft; dann aber verweilte er mit leichten Umschreibungen bei dem populären Sprichwort von der einen Hand, die die andere wäscht.

»Einfach ist das nicht«, sagte er schließlich, »aber ich werde dich selbstverständlich nicht im Stich lassen. Du bekommst von mir Rückendeckung, und zwar aus allen verfügbaren Rohren — nicht immer offiziell, versteht sich, aber verläßlich; was natürlich auf Gegenseitigkeit beruhen muß.«

Grunert glaubte, nunmehr etwas aufatmen zu dürfen. Ein neuer, nicht unwesentlicher Schritt war getan. Mit Pratzke hatte er sich die Mitwirkung einer nicht unbedeutenden Machtgruppe gesichert, zumindest deren wohlwollende Abschirmung. Das war nicht unbedingt als ein Abkommen von Dauer anzusehen, aber ein brauchbarer Fortschritt war das schon.

»Wann bringst du Hannelore bei, daß ich nicht der Vater ihres Kindes sein kann?« wollte Pratzke wissen.

»Ich fange unverzüglich an – nachdem du mir den gleichen Ausweis besorgt hast, den bisher nur zwei Kriegsgefangene besitzen: der deutsche Lagerkommandant und du.«

»Du willst völlige Bewegungsfreiheit im Lager und in der Fabrik haben? Das wird dem ehrenwerten Kommandanten Krieger aber gar nicht recht sein! Glaubst du etwa, daß er wohlwollend zusehen wird, wenn du an seinem Thronsessel herumsägst?«

»Ich unterstehe gar nicht der deutschen Lagerkommandantur – ich unterstehe unmittelbar dem sowjetischen Major. Das mußt du unserem lieben Krieger in aller Ruhe klarmachen; er soll sich daran gewöhnen – daran und an noch ganz andere Dinge.«

»Mensch!« rief Pratzke schnaufend. »Weißt du auch, was du da verlangst? Krieger wird seine mühsam ausgebaute Stellung wackeln sehen – und wenn er Gleichgewichtsstörungen bekommt, wird er um sich schlagen. Hoffentlich trifft er dabei nicht den Falschen!«

Zur dritten Barackengruppe, vom großen Lagertor aus gesehen, zur sogenannten Gruppe C, gehörten die Höhlen 11 bis 15. Hier befand sich jener 0,90 Meter breite, 1,80 Meter lange und 0,60 Meter hohe Raum, der Wolfgang Grunert zugewiesen worden war. Diese Ausmaße durften vergleichsweise als großzügig bezeichnet werden; sie überschritten die eines Sarges.

Grunert hatte sich einen Liege- und Wohnplatz im mittleren Pritschenstockwerk besorgen können. Neben, über und unter ihm lagen nahezu hundert andere Männer. Sie gehörten zur Arbeitsbrigade C 11; ihr Spezialgebiet war das Verschrauben von Ölwannen und Zylinderblöcken während der Montage des Traktors *Roter Morgen*. Im Augenblick schliefen fast alle; sie hatten Frühschicht gehabt und waren erst vor kurzem von ihrer Arbeit gekommen.

Die beiden Wilhelm betrachteten ihn mit Anteilnahme. Sie lagen unmittelbar neben Wolfgang Grunert. Sie wurden, ihres überaus innigen Verhältnisses wegen, von ihren Mitgefangenen Wilhelm und Wilhelmine genannt, wobei aber niemandem ganz klar war, wem eigentlich von beiden der weibliche Name zustand. Jedenfalls waren sie gutmütige, hilfsbereite und fast ein wenig zu gefühlvolle Kameraden.

»Haben sie dich wieder geschlagen?« wollte der eine Wilhelm besorgt wissen.

»Das übliche«, sagte Grunert und ließ sich auf seine Decke fallen.

»Du solltest in Zukunft vorsichtiger sein«, riet der andere Wilhelm; er war nicht minder besorgt als sein Freund. »Deine Reden sind zu gewagt. Das beste wäre, du würdest schweigen.«

»Im Gegenteil, ganz im Gegenteil«, sagte Wolfgang Grunert vor sich hin. »Ich werde voraussichtlich in Zukunft noch mehr reden als bisher — und das nur, weil wir nicht mehr länger schweigen dürfen. Schweigen kann töten.«

Grunert sprach leise, und es war, als erfülle ihn heimliche Freude; er schien seine Worte an die verfaulten, zerfallenen Bretter zu richten, die sich über ihm befanden. Eines Tages, sagte er sich, würde der Mann, der über ihm lag, durchkrachen. Und das würde dann sein wie im Kino bei Charlie Chaplin — ungemein komisch, aber doch so, daß niemand genau wüßte, ob er nun lachen oder weinen sollte.

»Ich bat euch beide darum«, sagte Wolfgang schließlich, »die Teilnehmer des Abend- und auch die des Frühgottesdienstes zu zählen. Habt ihr das für mich getan?«

Gewiß, das hatten sie getan. Sie vermochten zwar nicht zu erkennen, welchen Sinn eine derartige Zählung haben konnte. Aber da Wolfgang sie darum gebeten hatte, bevor er wieder einmal seine vierzehn Tage absitzen ging, war es eine Selbstverständlichkeit für sie gewesen, ihm diesen Wunsch zu erfüllen.

In der Höhe von Wolfgangs Lagerstatt befand sich ein kleines Fenster; seine Scheibe war kreuz und quer zersprungen, so als hätte jemand von außen versucht, ein Gesicht hinter dieser Scheibe mit wahllosen Schnitten auszustreichen. Der Blick aus diesem Fenster zeigte: verknäuelten Stacheldraht, dahinter die Lagerstraße, glattgetreten von zehntausend Füßen, dahinter das zertrampelte Brachfeld, auf dem die Appelle stattfanden. Daneben befand sich die scheunenartige Baracke, offiziell genannt: Gemeinschaftshaus. Hier fanden die interkonfessionellen Gottesdienste statt, aber auch vereinzelte »deutsche Feierstunden«, mit garantiert tiefsinnigen Betrachtungen. Und das war auch der Ort für die Gehirnwäsche der politischen Lagerkommissare.

»Es ist recht merkwürdig«, berichtete der eine Wilhelm, »aber wir sind fast niemals zu einwandfreien Resultaten gekommen. Vielleicht haben wir auch nur falsch gezählt, bei aller Mühe, die wir uns gegeben haben. Jedenfalls: Die Zahlen stimmen kaum jemals. Manchmal kamen weniger Menschen vom Gottesdienst zurück als hingegangen waren; manchmal aber auch mehr.«

Wolfgang Grunert richtete sich langsam, spürbar interessiert auf.

»Es hat sich dabei jeweils um zwei, vier oder sechs Menschen gehandelt – immer nur um gerade Zahlen, niemals um ungerade? Stimmt das?«

»Das stimmt!« riefen die beiden Wilhelm. »Aber woher weißt du das? Wie konntest du das ahnen? Was hat das zu bedeuten?«

»Das bedeutet«, sagte Wolfgang Grunert nachdenklich, »daß ich vielleicht wieder jemand gefunden habe, dem ich beibringen kann, daß er ein schlechtes Gewissen haben muß. Im Grunde hat das wohl jeder, es kommt immer nur darauf an, den richtigen Ansatzpunkt zu finden.«

»Sehr oft«, sagte der eine Wilhelm und legte dabei seine Hand sanft auf die des anderen, »wird als Schlechtigkeit empfunden, was in Wirklichkeit nichts anderes als ein eigengeartetes sittliches Empfinden ist. Wir brauchen viel mehr Toleranz in der Welt.«

Wolfgang Grunert nickte nachsichtig, worauf der eine der beiden Wilhelm, vermutlich also Wilhelmine, dankbar errötete. Die beiden Freunde blickten sich zufrieden an; es bereitete ihnen Freude, jemanden gefunden zu haben, der für sie Verständnis zeigte. Aber Grunert hob abwehrend eine Hand.

»Nicht wenige«, sagte er, »glauben, die alleinige Wahrheit gepachtet zu haben. Mit einem derartigen Ausschließlichkeitsanspruch lassen sich erfahrungsgemäß die billigsten und größten Geschäfte machen. Und wer das erst einmal erkannt hat, der bekommt auch sehr schnell heraus, daß er möglichst keine andersdenkende Gruppe neben sich dulden darf. Denn die ›anderen‹ werden zwar zunächst für nichts weiter als eine lästige Konkurrenz, später dann aber für äußerst gefährlich gehalten; sie werden eingesperrt, mundtot gemacht oder ausgerottet – denn sie stören bei den Geschäften und stören im Schlaf. Die Faschisten hassen die Juden und die Kommunisten. Die Kommunisten hassen die Amerikaner und gelegentlich auch die Juden, wenn sie ihnen amerikanisch erscheinen. Die Amerikaner hassen die Sowjets und gelegentlich auch die Juden, wenn die sich nicht superamerikanisch gebärden. Gewisse Erzkatholiken beklagen die Ketzer, weil sie sie nicht mehr verbrennen können. Und gewisse Protestanten betrachten Rom mit ähnlichen Gefühlen. Für gewisse Mohammedaner ist jeder ein stinkender Hund, der kein Mohammedaner ist. Und die angeblich Normalen hassen die Homosexuellen.«

»Wir aber hassen niemand«, versicherte der eine Wilhelm mit nahezu heiligem Ernst. Und der andere nickte gleichermaßen feierlich.

»Weil ihr euch derartig extreme Gefühle anderen gegenüber nicht leisten könnt«, sagte Grunert lächelnd; und er tat das mit jener entwaffnenden Freundlichkeit, wie sie erfahrene Hausärzte haben. »Weil ihr euch in einer hoffnungslosen Minderheit befindet und genau wißt, daß sich das niemals ändern wird. Wäret ihr aber in der Mehrheit, in einer starken, beherrschenden Mehrheit – dann würdet ihr glatt versuchen, das bisher als normal Bezeichnete für widernatürlich und ungesetzlich zu erklären.«

»Wie kannst du so etwas von uns denken!« rief der eine Wilhelm; und in ihm loderte die Empörung eines Knaben, der bezichtigt wird, eine Fensterscheibe eingeschlagen zu haben. Der andere aber schien Tränen der Betrübnis nahe.

»Ruhe im Puff!« rief einer der Kriegsgefangenen von den hinteren Brettern. »Wir wollen schlafen! Wenn ihr durchaus quasseln müßt, dann geht auf die Latrine.«

»Wir schätzen dich doch so sehr, Grunert«, flüsterte jetzt Wilhelm vorwurfsvoll. »Warum mußt du uns denn unbedingt kränken?«

»Ich schätze euch auch, Freunde«, versicherte Grunert. Auch er sprach jetzt leise, um die Schlafenden nicht zu stören. »Das, wovon wir sprachen, war doch lediglich ein allgemeiner Gedankengang, eine theoretische Spekulation. Dennoch könnten sich selbst daraus praktische Nutzanwendungen ergeben – wenn auch in einem wesentlich anderen Sinn, als vielleicht gemeinhin auf Anhieb angenommen wird. Denn was dem einen als durch und durch negativ erscheint, kann für andere von durchaus positiver Bedeutung sein. David schlug Goliath, weil er genau um dessen Stärke wußte und das Mittel fand, sie als Schwäche zu entlarven. Der Mann mit Bizeps kann Steine schleppen, aber der mit Geist wird daraus Pyramiden bauen. So etwas Ähnliches wollen auch wir versuchen. Und deshalb habe ich mir für euch etwas ganz Besonderes ausgedacht. Versteht ihr etwas von Kunst, von Kultur oder von den Dingen, die man gewöhnlich so bezeichnet?«

»Ich«, sagte der eine Wilhelm, »bin ein vorzüglicher Kenner der französischen Küche.«

»Das ist nicht wahr«, sagte der andere Wilhelm, überraschend streitbar und überaus lebhaft. Der sonst so Sanfte flüsterte jetzt heftig und drohte, jeden Augenblick in tönende Lautstärke zu verfallen. »Für ihn ist die französische Küche gleichbedeutend mit Mittelmeerküche. Der eigentliche Kulminationspunkt befindet sich aber bei Lyon.«

»Ich mache euch zu Hackfleisch, wenn ihr nicht endlich eure Schnauzen haltet!‹ rief einer der Kriegsgefangenen von den oberen Brettern.

Wolfgang Grunert lachte unterdrückt auf. Die beiden Wilhelm waren schon wieder einmal bei dem einzigen Punkt angelangt, in dem sie nicht übereinstimmten. Wenn von Brot die Rede war, von Frucht, Fisch oder Fleisch, vom Genuß, von Reisen und auch von Kultur, dann landeten sie unweigerlich bei ihrem ständigen Streitobjekt: der französischen Küche.

»Haltet euch bereit«, sagte Wolfgang Grunert abschließend. »Versucht euch darüber klarzuwerden, was sich alles mit dem Begriff Kultur anstellen läßt. Morgen schon werdet ihr vermutlich nicht mehr in der Fabrik arbeiten — sondern möglicherweise in einer Art Harem. Ihr seid wie geschaffen dafür!«

»Du wirst müde sein«, sagte der eine Wilhelm besorgt. Seine fürsorgliche Gutmütigkeit erlaubte es ihm nicht, gekränkt oder auch nur verstimmt zu sein. »Du hast schlimme Tage hinter dir, du solltest schlafen.«

»Dazu ist jetzt keine Zeit«, entschied Grunert. Er verbrauchte viel Energie, sich zu erheben; er ächzte ein wenig, und sein Gesicht verzerrte sich dabei.

Er durfte sich jetzt, im Anfangsstadium seiner Pläne, keine Ruhe gönnen. Er kannte die Sowjets: Was heute ein feierliches Versprechen war, konnte morgen ein Irrtum sein; und mitunter waren die Freunde vom Morgen die Leichen vom Abend. Überall auf der Welt sonst konnte ein derartiger Vorgang als niedrig, gewissenlos oder heimtückisch ausgelegt werden; hier galt er als ein Zeichen von Größe, von Kraft, von Überwindung. Wo die Idee alles ist, können Menschenleben nichts bedeuten; wenn Millionen geopfert werden müssen, kommt es auf ein paar Menschen mehr oder weniger nicht an.

Seine Chance, das wußte Grunert, war die vollendete Tatsache – oder doch wenigstens die erkennbare Vorstufe dazu. Der sowjetische Lagerkommandant, der Major, hatte Grunerts ersten Schachzug mit einem zweiten beantwortet: also war er im Spiel. Jetzt kam es darauf an, ihn zum Weiterspielen zu inspirieren. Und es mußte ein Spiel werden, das für den Major den Reiz des Ungewöhnlichen besaß und ihm dennoch gute Siegesaussichten bot. Wem dann der letzte entscheidende Zug gelang, blieb abzuwarten.

Wolfgang Grunert begab sich an das Innentor 3, das auch Tor C genannt wurde; es gehörte zu seinem Barackenblock und führte auf die Lagerstraße. Der dort postierte Mann der Lagerpolizei, ein verhungerter Karpfen, verwehrte Grunert Durchlaß und Geleit.

»Befehl ist Befehl«, sagte er. Und er war unwillig darüber, daß er die primitiven Grundbegriffe einer wohldurchdachten Lagerordnung wieder und immer wieder herunterleiern mußte. »Und laut Befehl darf niemand seinen Barackenblock verlassen ohne Ausweis oder Order und ohne Begleitung eines mit einer weißen Armbinde gekennzeichneten Hilfsorgans der deutschen Lagerkommandantur.«

»Da du also ein Organ bist, gebe ich dir Order und befehle dir, mich zu begleiten!«

»So etwas«, sagte der Lagerpolizist, nicht ohne Erstaunen über ein derartiges Ansinnen, »kann nur der Lagerkommandant oder seine Stellvertreter entscheiden.«

»Und ich – neuerdings!« sagte Grunert entschlossen. Er stieß das Tor auf, schob den entgeisterten Polizisten zur Seite und betrat die Lagerstraße. Er strebte unverzüglich der Gemeinschaftsscheune zu.

Der Polizist brauchte einige Sekunden, um sich auch nur einigermaßen wieder zu fassen. »Das werde ich melden«, heulte er wütend. »Das wird dir das Genick endgültig brechen, Grunert.

Noch ehe eine Stunde herum ist, bist du wieder in deiner Stehzelle. Das garantiere ich dir!«

Grunert schien den heftig nach Luft schnappenden Karpfen nicht mehr zu sehen. Der verwandelte sich daher in ein Wiesel und wetzte in Richtung deutsche Lagerkommandantur davon. Seine klappernden Holzschuhe wirbelten kleine Staubwolken auf.

Dieser Wachhund war ein Mann von hochkomprimiertem Pflichtgefühl; sein guter Druckposten ließ ihm keine andere Wahl. Und da er sich nun einmal der Disziplin und der Ordnung verschrieben hatte, durfte Grunert ohne weiteres von ihm erwarten, daß er streng den Dienstweg einhalten würde: Sein unmittelbarer Vorgesetzter aber war Pratzke. Und Pratzke würde zur Zeit nichts gegen Grunert unternehmen.

Grunert betrat die gähnend leere Gemeinschaftsscheune. An deren hinterem Ende stand lediglich ein Podium; es konnte jeweils nach Bedarf mit wenigen Handgriffen in einen Altar, in eine Bühne oder in eine Rednertribüne verwandelt werden. Dort saß der kriegsgefangene Wehrmachtspfarrer Matthäus und schien nachzudenken. Bei näherer Besichtigung erkannte Grunert, daß der alte Mann schlief.

Die Sowjets hatten für dieses Lager, großzügiges Entgegenkommen mimend, einen gebrechlichen, ungemein milde gewordenen Geistlichen ausgesucht; seine Predigten waren voll von Güte und Schicksalsergebenheit. »Die Wege des Herrn sind wunderbar«, pflegte er bei jeder sich bietenden Gelegenheit zu sagen. Und während einer seiner letzten Predigten über das Wort »Selig sind die Sanftmütigen« schien der politische Kommissar im Hintergrund tief gerührt und sichtlich beruhigt zu sein.

Matthäus veranstaltete für alle, die danach Verlangen trugen, tagtäglich einen Frühgottesdienst und einen Abendgottesdienst. An sowjetischen Feiertagen hielt er noch dazu einen Festgottesdienst mit Predigt. Sogenannte Sonntage gab es für die Kriegsgefangenen dieses Lagers nicht; an Sonntagen wurde gearbeitet. Wenn es um die Produktionsziffern des *Roten Morgen* ging, hörte die Toleranz auf.

So teilte Matthäus seine Zeit zwischen Gebeten in der Gemeinschaftsscheune und Zuspruch im Lazarett. Und im Streichquartett, das zu ganz besonderen Anlässen zusammentrat, spielte er mit Hingabe die zweite Geige. Zumeist jedoch saß er, wie jetzt, auf dem Podium; er erschlief sich neue Kraft und wartete darauf, daß jemand nach ihm verlangte.

»Gott zum Gruß, Herr Pfarrer!« rief Grunert.

Matthäus schreckte hoch; die Dünndruckbibel, die aufgeschlagen auf seinen Knien lag, fiel zur Erde. »Was gibt's?« rief er schlaftaumelnd. Nachdem er seine Augen gerieben und das Gesicht massiert hatte, fragte er: »Was kann ich für dich tun, Kamerad?«

»Geistlichen Zuspruch brauche ich weniger«, sagte Grunert und ließ sich neben dem Altar nieder. »Ich brauche das Streichquartett — und zwar als Tanzkapelle.«

»Als Tanzkapelle?« fragte Matthäus entsetzt.

»So ist es«, sagte Grunert gleichmütig. »Ein Streichquartett ist zwar für solche Zwecke nicht gerade ideal, aber doch wohl eine brauchbare Grundlage. Wir werden es verstärken, vor allem durch Schlaginstrumente — die sind auch verhältnismäßig leicht herzustellen. Kleinere Instrumente, wie Mundharmonika und Flöte, sind ebenfalls im Lager vorhanden. Zupfinstrumente, zum Beispiel eine Gitarre oder eine Balalaika — und letztere setzen wir als Banjo ein —, werden uns die Russen zur Verfügung stellen, besonders dann, wenn wir ihnen versprechen, *Wolga, Wolga* oder ähnliche herzergreifende Weisen zu spielen.«

»Kamerad Grunert«, sagte Matthäus warnend. Dabei hob er den Blick klagend ein wenig aufwärts, zu den groben, primitiv gezimmerten Deckenbalken hin; und er betrachtete sie, als wären sie im Begriff, auf ihn zu stürzen. »Ich muß doch sehr bitten! Sie sollten mir und meiner Stellung gegenüber wenigstens doch um ein Mindestmaß an sittlichem Ernst bemüht sein.«

»Ich werde veranlassen, Herr Pfarrer, daß alle, die musizieren wollen, sich so bald wie möglich zum Vorspielen bei Ihnen melden«, sagte Grunert; und es schien, als habe er die mahnenden Worte des Pfarrers überhaupt nicht gehört. »Sie nehmen natürlich nur die Besten; wobei Sie aber gar nicht kleinlich zu sein brauchen. Denken Sie auch daran, daß Ersatzleute niemals schaden können.«

»Sie scheinen«, rief Matthäus jetzt mit starker Kanzelstimme, »total vergessen zu haben, wo Sie sich hier befinden!«

»In einer schäbigen Scheune«, sagte Grunert. »In einem verwahrlosten Lager, in einem armen, ausgeplünderten, hungernden Land! Fünftausend Kriegsgefangene und sechshundert Frauen haben fast vier Jahre unter den elendesten Bedingungen dahinvegetiert — jetzt brauchen sie ein wenig Abwechslung, Ablenkung, Heiterkeit.«

»Sie brauchen Trost und daher das Wort Gottes!« sagte der Pfarrer. Seine Augen waren voller Sanftmut und Leidensbereitschaft. Und es war, als bitte er um Verzeihung, hart erscheinen und laut sein zu müssen. »Aber wenn Sie schon glauben«, fügte er resignierend hinzu, »so etwas tun zu müssen, dann geben Sie, bitte, den absurden Gedanken auf, ausgerechnet mich daran zu beteiligen.«

»Gerade das kann ich nicht«, erklärte Grunert bedauernd. Und er vermied es, in die Augen von Matthäus zu sehen. »Ich brauche Sie; und ich will Ihnen auch mit aller Offenheit sagen, warum das so ist. Ich gedenke das Leben in diesem Lager ein wenig umzukrempeln. Allein kann ich das nicht. Ich benötige also Helfer, Mitarbeiter, Gönner und Förderer. Sie, Herr Pfarrer, sind hier ein hochangesehener Mann — zumindest bei einem großen Teil der Kriegsgefangenen. Sie haben Einfluß, Sie besitzen Vertrauen und Sie würden daher meiner Sache eine gewisse Weihe geben. Um ganz ehrlich zu sein: Ich brauche Sie sozusagen als eine Art Aushängeschild.«

»Schämen Sie sich«, murmelte Matthäus matt.

»Immer noch besser für Heiterkeit zu sorgen«, sagte Grunert, »als für Hurerei.«

Matthäus vermochte nur noch, betrübt den weißen Kopf zu schütteln. Er blickte zu Boden, auf seine ausgebeulten, mattglänzenden Hosen, auf die verschrumpelten Schuhe, die wie riesenhafte getrocknete, verstaubte Backpflaumen aussahen.

»Ich will Ihnen beweisen, Herr Pfarrer, daß ich durchaus berechtigt war, das zu sagen, was Sie soeben gehört haben. Ich werde das tun, weil ich mir in den Kopf gesetzt habe, Sie auf meine Seite zu bringen. Kommen Sie!«

Karl-Heinz Krieger, der deutsche Lagerkommandant, sah in seiner Tätigkeit nicht nur eine Aufgabe — heimlich war er überzeugt davon, eine Mission zu erfüllen. Denn die Kameraden schienen durch das Los, das auf sie gefallen war, jeglicher

Aktionsfreude beraubt. Sie dämmerten zumeist nur dahin, trotteten durch die Gegend wie eine Herde Schafe, dachten nur noch von einer Essensausgabe zur anderen. Er aber war die Blutpumpe, die ihre Herzen in Tätigkeit hielt.

»Sagen Sie doch offen, was Sie wirklich wollen!« verlangte Frau Simoneit. »Wir alle sollten ein wenig offener zueinander sein — wir würden uns dann alle auch wesentlich besser verstehen.«

Sie schlenderten durch das Frauenlager, in unmittelbarer Nähe des Stacheldrahtzaunes an der Lagerstraße. Krieger hatte vorgegeben, mit Mutter Simoneit eines der üblichen dienstlichen Routinegespräche führen zu wollen. Pratzke spielte indessen Wach- und Begleitkommando. Er hielt sich in der Nähe auf, bei einer Gruppe Frauen, die er offenbar durch muntere Reden davon abhielt, ihre Arbeit allzu eifrig zu tun. Sie waren dabei, Wäsche aufzuhängen, und Pratzke begutachtete sie fachmännisch.

»Ich mache mir Sorgen«, sagte Krieger. Und er horchte, leicht unwillig, einem Gelächter nach, das zwischen den Wäschestükken aufgeklungen war.

»Sorgen haben wir alle«, sagte Frau Simoneit. »Und ich sehe nicht die geringste Chance, sie loszuwerden. Aber Ihre Sorgen, Herr Krieger, scheinen diesmal ganz besonderer Art zu sein. Sie sind doch bestimmt nicht hierhergekommen, um nur mit mir über den täglichen Arbeitseinsatz zu sprechen — das haben wir doch schon gestern getan.«

»Frauen«, sagte Krieger unwillig, »bewältigen feinere Arbeiten besser als Männer; sie haben mehr Feingefühl und sind weit geschickter. Die Werkmeister in den Montagehallen sind daher auf weibliche Arbeitskräfte wie versessen. Sie machen jedesmal Theater, wenn ich Frauen für leichtere Lagerarbeiten zurückbehalte. Eine sinngemäße Weisung der Direktion des Werkes liegt ebenfalls vor. Und nach Lage der Dinge ist jede Weisung der Sowjets ein Befehl.«

»Das alles sagten Sie bereits«, erklärte Frau Simoneit sachlich. »Was wollen Sie also?«

Karl-Heinz Krieger blickte wie suchend um sich. Es war dabei nicht ganz klar, ob er bestrebt schien, seinen Wirkungsbereich zu überblicken, oder ob er sich lediglich davon überzeugen wollte, daß niemand ihnen zuhören konnte.

»Was ist mit dieser Hannelore?« wollte er dann wissen. »Hat sie bereits gesagt, wer der Vater ihres Kindes ist?«

Mutter Simoneit schaute ihren heute merkwürdig unruhigen Gesprächspartner von der Seite her prüfend an. Wie immer wurde nicht sichtbar, was Krieger beschäftigte, denn er war stets bestrebt, »das Gesicht zu wahren« — nicht im fernöstlichen, sondern mehr im preußischen Sinne: nicht lächelnde Gelassenheit, sondern kühle bis schroffe Unzugänglichkeit war sein Signum.

»Ist das wirklich so wichtig?« fragte Mutter Simoneit bedächtig zurück. »Wenn Hannelore ein Kind bekommt, dann ist das ihre Sache — es ist ihr Kind. Wenn sie den Namen des Vaters nicht nennen will, kann niemand sie dazu zwingen. Vielleicht weiß sie es selbst nicht ganz genau, wer der wirkliche Vater ist — vielleicht wird sie abwarten und später von gewissen äußerlichen Kennzeichen auf den Vater schließen wollen.«

»Das ist scheußlich!« rief Karl-Heinz Krieger angewidert.

»Warum regen Sie sich auf?« fragte Frau Simoneit, die Leiterin des Frauenlagers. »Sie haben doch keinen Grund dazu — es sei denn, daß Sie vielleicht selbst . . .«

»Wie können Sie wagen, so etwas auch nur anzudeuten!« rief Krieger sichtlich konsterniert. Jene mit großer Zähigkeit aufrechterhaltene Unzugänglichkeit war plötzlich von ihm abgefallen, wie Verputz von einer groben Mauer. Er reagierte wie ein ehrenwerter Kaufmann, dem schäbige Wuchergeschäfte vorgeworfen werden, noch dazu wenig lukrative. »Ich glaubte bisher, immer sicher sein zu dürfen, daß man zumindest meinen Charakter nicht in Zweifel zieht.«

»Ich gebe zu«, entgegnete die Simoneit, »daß Sie sich bisher den Frauen gegenüber außerordentlich korrekt verhalten haben.«

»Was völlig selbstverständlich ist.«

»Vielleicht für Sie — aber für wen noch?«

»Hören Sie mir bitte jetzt gut zu, Frau Simoneit«, sagte Karl-Heinz Krieger; und das sagte er außerordentlich eindringlich, beschwörend, mahnend und fordernd zugleich. »Sie scheinen nicht einmal dort erstaunt zu sein, wo ich ehrlich entsetzt bin. Ich will das nicht gleich als Mangel an Moral auslegen. Aber ich muß offen aussprechen, daß mich Ihre Ansichten beunruhigen. Sie scheinen unsere Situation nicht voll zu begreifen! Hier in diesem Lager existieren fünftausend Männer und nur fünfhundert Frauen — das ist ein Verhältnis zehn zu eins!«

»Kein schlechtes Verhältnis für Frauen!« erklärte die Simoneit.

»Diese Zahlen allein schon verbieten es uns, irgendeine Annäherung zu gestatten — mehr noch: Sie fordern von uns kategorisch, jede Begegnung der Geschlechter zielstrebig zu erschweren, ja, praktisch jede Verbindung unmöglich zu machen! Tun wir das nicht, ist das Freudenhaus fertig!«

Helles Gelächter klang auf. Inmitten der Frauen, die Wäsche zum Trocknen aufhingen, schien Pratzke in voller Aktion zu sein. Mutter Simoneit lachte ebenfalls; es klang trocken, fast knarrend, wie alte Wetterfahnen knarren. Krieger schien vor Unwillen zu erröten.

»Pratzke«, sagte er dann ein wenig mühsam, »hat wiederholt bewiesen, daß er außerordentlich verläßlich ist. Er weiß zudem genau, was ihm passieren würde, wenn er meine Anordnungen, die er genau kennt, mißachtet. Darüber hinaus aber hat Pratzke wesentlichen Anteil an meinem System der konsequenten Abgrenzung: getrennte Arbeitsplätze für Männer und Frauen, getrennte Marschkolonnen, getrennte Gruppen beim Gottesdienst und bei den Feierstunden. Zwischen Männern und Frauen befindet sich genauso viel Stacheldraht wie zwischen uns allen und den Russen.«

»Und was haben Sie damit erreicht?« fragte Frau Simoneit belustigt.

Karl-Heinz Krieger war stehengeblieben; er griff mit seiner rechten Hand in den Stacheldraht. »Soll das etwa heißen«, fragte er dumpf, »daß der Fall Hannelore keine Ausnahme ist?«

»Keinesfalls«, sagte die Simoneit, und fast war es, als schwinge in ihrer Stimme heimliche Genugtuung über soviel menschliche Vitalität, die durch nichts und unter keinen Umständen zu unterdrücken oder gar auszurotten war. »Ich bin mehrmals auf Liebespaare gestoßen — im Kartoffelkeller, hinter dem Kochkessel, in der Badebaracke, im Ersatzteillager der Fabrik und unter den Zeltplanen, mit denen die fertigen Traktoren abgedeckt werden.«

»Scheußlich!« rief Krieger empört aus. »Überaus scheußlich.«

»Nur zu natürlich«, sagte die Simoneit. »Allzu natürlich. Und Sie täten gut daran, diese Tatsachen als gegeben hinzunehmen.«

Doch als sie sah, daß er vor Erregung die Farbe wechselte, fügte sie besänftigend hinzu: »Natürlich bin auch ich nicht der Meinung, daß wir derartige Dinge schulterzuckend hinnehmen oder gar fördern sollten; fest steht für mich nur, daß wir sie niemals ganz vermeiden können.«

Karl-Heinz Krieger war kein weltfremder Mensch. Nicht so sehr der Vorgang an sich schockierte ihn; die Tatsache jedoch, daß es sogar in seinem Bereich fast mühelos dazu kommen konnte, verletzte ihn. Hatte er doch geglaubt, sich auf die Wirksamkeit eines klaren, eindeutigen Befehls, selbst noch in einer derart komplizierten Situation, verlassen zu können.

Er löste, ziegenkäsebleich, seine Hand vom Stacheldraht. Ein wenig Blut sickerte zwischen Mittel- und Zeigefinger hervor — er betrachtete es mit Ekel und nicht frei von Besorgnis: Vor dem Tode fürchtete er sich nicht; vor einer Blutvergiftung schon. Er empfand das Lachen der Frauen zwischen den Wäschestücken als herausfordernd; und die offen zur Schau getragene heitere Neugier der Simoneit irritierte ihn.

Er drehte sich schroff um, ließ die Leiterin des Frauenlagers einfach stehen und begab sich zu den aufreizend fröhlichen Frauen. Er bückte sich dabei mehrmals, um nicht mit den zumeist als »intim« bezeichneten weiblichen Wäschestücken in Berührung zu kommen. Und während er das tat, veränderte sich sein Gesicht wieder; es entspannte sich, nahm erneut den matten, bronzenen Glanz glatter Überlegenheit an. Und in seine Mundwinkel legte sich jenes bewährte, rauhreifkühle Lächeln der Vorgesetztenväterlichkeit.

»Wenn man euch so hört«, rief er, scheinbar grimmig-gut gelaunt, »möchte man glauben, sich auf einer Kirchweih zu befinden, aber nicht in einem Kriegsgefangenenlager.«

Er stand vor vier Frauen: In deren Mitte hatte sich Pratzke postiert, in einer Haltung, als gedenke er sich hier fotografieren zu lassen, für das Erinnerungsalbum. Beim Anblick Kriegers nahm er jedoch unverzüglich Haltung an und sagte: »Wenn du das alles gehört hättest, Chef, würdest du dich auch vor Lachen gekrümmt haben.«

Die Frauen sahen in ihren wattierten Hosen und Jacken wie verschrumpelte, überstaubte und ausgebleichte Reklamebilder für Gummibereifung aus. Sie schienen Krieger anzustarren. Er brauchte einige Sekunden, bis ihm klar wurde, daß sie ihn lediglich musterten, mit reichlich unverschämter Eindeutigkeit noch dazu, wie ihm schien: Sie sahen in ihm nicht, wie erhofft, den Kommandanten, sondern den Mann. Es war eine besondere Art von Hunger, den er in ihren Augen zu lesen glaubte. Selbst die kleine Maria schien darin keine Ausnahme zu machen. Und das betrübte ihn.

»Auch Heiterkeit«, sagte Krieger schließlich, »kann Würde haben. Lautes heftiges Gelächter paßt wohl kaum in die Situation, in der wir uns befinden.« Und während er das sagte, sah er Maria aufmerksam an, als versuche er herauszufinden, ob er von ihr verstanden werde. »Wahre Heiterkeit ist eine Angelegenheit des Herzens.«

»Das, worüber wir lachen«, erklärte Pratzke, »ist mehr als nur heiter — das ist ein umwerfendes Vergnügen.«

»Wenn Sie das tatsächlich so empfinden sollten, Herr Pratzke«, sagte jetzt Maria streitbar und sichtlich empört, »dann schäme ich mich für Sie!«

»Was sind das für Töne?« fragte Karl-Heinz Krieger. Und er schien über soviel kindliche Kühnheit und Torheit nicht nur erstaunt zu sein — er war besorgt.

»Maria ist noch sehr jung«, sagte Frau Simoneit, die jetzt hinter Krieger stand. »Und nur die Jugend leistet sich unbekümmert den Luxus, aufrichtig zu sein!«

»Diese Kleine«, erklärt Pratzke ungekränkt und offenbar immer noch heftig amüsiert, »hat verdammt komische Ansichten. So glaubt sie doch ganz ernsthaft, daß der einzige aufrechte, noch ungebrochene Mann in diesem Lager Wolfgang Grunert ist. Er ist der Held ihrer Jungmädchenträume!«

»Ich sagte es bereits: Sie ist noch sehr jung.« Frau Simoneit nickte Maria mütterlich zu.

»Die Sowjets behandeln uns wie die Tiere«, sagte Maria heftig, »und ihr duldet das! Ihr kriecht vor ihnen auf dem Bauch. Ihr seid Waschlappen und Memmen geworden — bis auf einen, bis auf Wolfgang Grunert. Er allein hat sich über die Sowjets lustig gemacht. Er war der einzige, der ein offenes Wort gewagt, der einzige, der sich mit dem Kommissar in Diskussionen eingelassen hat. Er war es auch, der dem sowjetischen Kommandanten offenbar erklärt hat, daß die Verpflegung ein Saufraß ist. Und er hat die Sowjetfahne als Aufwischlappen benutzt!«

»Soviel Fahnen, wie wir Aufwischlappen brauchen, gibt es in der ganzen Sowjetunion nicht«, sagte Pratzke amüsiert.

»Du bist wirklich noch sehr jung, Maria«, sagte Krieger.

»Ich bin aber kein kleines Kind mehr«, rief Maria empört. »Und auch Sie sollten endlich aufhören, mich immer nur wie ein Baby zu behandeln. Ich will nicht mehr geduzt werden, hören Sie? Ich bin neunzehn.«

»Schon gut, Maria«, sagte Krieger besänftigend. Er war sich jetzt wieder seiner Rolle als deutscher Lagerkommandant voll bewußt. Er hatte dieses Mädchen bisher einfach übersehen und daher auch nie ahnen können, in welchem Ausmaß es gefährlich werden konnte. Es war die Gefährlichkeit einer Jugend, die ohne Leitbild ist; Bäumen vergleichbar, deren Wachstumsverlangen heftiger war, als der Boden, in den sie gepflanzt waren, an Kraft hergeben konnte. Es galt daher, sie klug, mit gärtnerischer Routine, zu beschneiden.

»Bei uns kann jeder denken und sagen, was er will; vorausgesetzt natürlich, daß er sich der Gemeinschaft unterordnet. Oder sollten Sie etwa die Absicht haben, durch Ihre Ausführungen auch noch besondere praktische Forderungen ankündigen zu wollen?«

»Selbstverständlich«, sagte Maria überraschend kraftvoll und mit Feuer. »Ich fordere – und viele Frauen sind meiner Ansicht –, daß wir uns alle mit einem Mann wie Grunert solidarisch erklären. Wenn ihm in Zukunft auch nur ein Haar gekrümmt werden sollte, müssen wir uns alle vor ihn stellen. Wir werden protestieren, wir werden streiken, wir werden die Sowjets zwingen, gerecht zu sein!«

»Die Kleine ist in Grunert verschossen – das ist klar«, stellte Pratzke nicht ohne Genuß und mit steigendem Interesse fest. Er versuchte, ihre besonderen Vorzüge abzuschätzen; aber ihrer plumpen Kleidung wegen wollte ihm das nicht gelingen. Diese Weiber, dachte er, sind hier wie Katzen, die man im Sack kaufen muß.

»Nein!« rief Maria heftig, nach Sekunden starren Erschrekkens. »Das ist nicht wahr, das ist eine Verleumdung! Ich liebe doch Wolfgang Grunert nicht – ich verehre ihn nur! Viele tun das. Und er verdient es auch!«

Marias dunkle Augen schienen sich zu entfärben; sie wurden von schimmernden, zerfließenden Wasserschichten überzogen.

Dicke Tränen rannen über das glühende Gesicht. Sie drehte sich heftig herum und lief davon; und fast war es, als laufe sie mitten in den Stacheldraht hinein. Doch sie bremste ihre Bewegung rechtzeitig ab, blieb stehen und starrte auf die schmutzigen Bretterbaracken jenseits des Zaunes.

Karl-Heinz Krieger ging ihr nach. Ihm folgte Frau Simoneit unverzüglich. Pratzke grinste breit und verströmte Behaglichkeit; er kam sich vor wie ein vielbestaunter Inszenator effektvoller, aber zugleich auch intimer Festspiele. Er zwinkerte den Frauen ermunternd zu und begab sich dann, williger Gefolgschaft sicher, ebenfalls an den Zaun.

»Maria«, sagte hier Krieger; er war bemüht, sich als ebenso verständnisvoller wie sachlicher Berater zu produzieren. »Ich möchte nicht, daß Sie und Ihresgleichen unsere Situation verkennen. Das könnte überaus gefährlich werden. Wie sich Grunert aufgeführt hat, war mir bisher fast völlig gleichgültig, wenn ich auch gestehen will, daß ich eigentlich für ihn so etwas wie heimliche Bewunderung empfand.«

»Die er verdient!« sagte Maria und versuchte, sich mühsam zu beherrschen.

»Solange diese Auseinandersetzungen Grunerts mit den Sowjets gewissermaßen privaten Charakter getragen haben, solange sie also die Angelegenheit einer einzigen Person waren, gingen sie mich nichts an. Wenn sich aber jetzt diese gefährlichen Störversuche in bedenklicher Weise ausweiten, wenn sie auch andere zur Rebellion verführen, also die Gemeinschaft gefährden – dann muß ich einschreiten. Und zwar mit aller Entschiedenheit!«

»Gegen Grunert?« fragte Maria. Und sie wandte ihm wie hilfesuchend ihr tränennasses Gesicht zu. Er jedoch sah nur ihre funkelnden Augen; und hier glaubte er, eine naive, leidenschaftliche und daher besonders gefährliche Drohung zu erkennen und nicht übersehen zu dürfen.

»Jawohl«, sagte Krieger. »Wenn es denn sein muß: gegen Grunert – für unsere Gemeinschaft! Denn die Sowjets und wir, das sind zwei Welten. Der Stacheldraht, der uns trennt, ist für uns unüberwindlicher als der Atlantik für ein Paddelboot. Wir sind und bleiben Deutsche. Wir paktieren nicht mit den Sowjets; wir setzen uns aber auch nicht mit ihnen auseinander – es ist unter unserer Würde. Es hat keinen Zweck, mit ihnen zu reden – sie sprechen nicht nur eine andere Sprache, sie denken auch anders. Nicht zuletzt deshalb sind wir Gefangene wider alles Völkerrecht. Eine Verständigung zu suchen ist zwecklos. Offen zu kämpfen ist sinnlos – sie haben Soldaten, Maschinenpistolen, Flammenwerfer und Panzer. Wir müssen nur ein Ziel verfolgen: Uns zu bewahren! Gefährliche Spielereien, wie Grunert sie zu lieben scheint, dürfen wir nicht dulden!«

»Schon in der Schule haben wir gelernt«, sagte Maria trotzig, »daß die Freiheit wichtiger ist als das Leben.«

»Der Pauker, der dir das beigebracht hat«, sagte Pratzke, »muß ein tapferer Mann gewesen sein. Lebt er eigentlich noch? Und was diesen Grunert anbetrifft, Kindchen, so brauchst du doch hier nicht seinetwegen die Jungfrau von Orléans aufzuführen. Dein Grunert jedenfalls hat sich neuerdings zum Vorkämpfer für deutsch-sowjetische Freundschaft aufgeschwungen.«

»Das ist eine ganz elende Verleumdung!« rief Maria empört. Sie maß Pratzke mit verächtlichem Blick, warf dann den Kopf in den Nacken und ging, sehr aufrecht, davon.

»Sie haben das Mädchen behandelt wie einen störrischen Esel«, sagte Frau Simoneit. »Das war unklug, denn sie ist in einem gefährlichen Alter. Außerdem hat eine Lüge wie die Ihre besonders kurze Beine.«

»Wenn ich jemals die Wahrheit gesagt habe«, versicherte Pratzke mit einem nahezu heilig zu nennenden Eifer, »dann diesmal – Grunert ist tatsächlich mitten im Geschäft mit den Sowjets. Wie er das angestellt hat, mögen die Götter oder Stalin wissen. Aber geschafft hat er es tatsächlich; jedenfalls behauptet er das. Er soll hier eine neue Abteilung zusammenstellen – K fünf heißt der Laden.«

»Warum erfahre ich das erst jetzt?« fragte Krieger scharf.

»Vorhin wollte ich nicht stören, Chef«, sagte Pratzke. »Du warst so intensiv mit den Damen beschäftigt – und ich bin nun mal ein Kavalier.«

Die Frauen lachten unterdrückt auf. Mutter Simoneit betrachtete Pratzke überaus skeptisch. Krieger schien nichts davon zu sehen oder zu hören. Es war, als horche er in sich hinein; sein Gesicht verriet angestrengtes Nachdenken.

»Pratzke«, sagte er schließlich mit Entschlossenheit, »ich habe das Gefühl, daß wir uns mit diesem Grunert ganz intensiv unterhalten müssen, und zwar bevor er noch dazu kommt, sich hier in bedenklicher Weise zu entfalten.«

Am Kopfende der Gemeinschaftsscheune, unmittelbar hiner dem Podium, befand sich eine grobgezimmerte Brettertür. Sie führte in einen Raum, der eine Art primitive Tischlerwerkstatt zu sein schien; er hatte aber auch eine gewisse Ähnlichkeit mit einem provisorischen Wartesaal letzter Klasse. Fast genau in der Mitte stand ein leerer, kantiger, halboffener Sarg. Zerdrückte Holzwolle quoll hervor.

»Kennen Sie diesen Raum?« fragte Wolfgang Grunert.

»Gewiß«, erwiderte der kriegsgefangene Wehrmachtspfarrer Matthäus mit würdiger Zurückhaltung. »Ich selbst pflege diese Räumlichkeit gelegentlich sozusagen als Sakristei zu benutzen. Hier verweile ich immer noch ein wenig, bevor ich mich zum Gottesdienst in den großen Gemeinschaftsraum begebe. Hier empfange ich auch ratsuchende Mitgefangene zu einem Gespräch unter vier Augen. Auch Tote werden hier aufgebahrt, bevor ich sie zur letzten Ruhe geleite.«

Wolfgang Grunert schien den Raum, in dem sie standen, einer genauen Musterung zu unterziehen. Er ging an den Wänden entlang; an einer Seite hingen die Terminzettel des Pfarrers, dazu Liedertexte und Bibelsprüche; an einer anderen lagerten ein paar Fichtenholzbretter, darüber befand sich eine Tabelle, auf der die beachtliche Sargproduktion der letzten Monate verzeichnet war. Werkzeug, wie es Tischler und Zimmerleute für die einfachsten, gröbsten Arbeiten gebrauchen, lag herum: Säge, Grobhobel, Stemmeisen, Holzhammer, Axt. Ein primitiv gezimmerter Tisch ersetzte die Hobelbank.

Wolfgang Grunert begab sich nunmehr an den Sarg, der in der Mitte des Raumes stand. Er zog den Deckel ab und ließ ihn zu Boden poltern; er fiel dumpf, da Hobelspäne seinen Fall dämpften. Grunert sah hinein; er stützte sich ab und beugte sich vor, mit forschender Aufmerksamkeit, wie man sie Kriminalbeamten nachsagt, die angespannt nach Spuren fahnden.

Schließlich lächelte Grunert grimmig, aber ohne Spur irgendeines Triumphes – es war ihm nur gelungen, das zu finden, was er mit einiger Sicherheit erwartet hatte.

»Dieser Sarg«, sagte er dann, »ist kein gewöhnlicher Sarg –

er hat größere Ausmaße, als sie bei uns üblich sind; auch ist er aus schwerem Holz, überdies gestrichen und sogar gefirnist. Zu allem Überfluß ist er dann noch gepolstert. Warum meinen Sie wohl, ist das so?«

»Er dient zur Aufbahrung«, erklärte Matthäus widerstrebend. »Es ist also kein Sarg der Serienproduktion – er wird nie versenkt. Wir legen in ihn den jeweils zur Beerdigung freigegebenen Toten hinein. Ich halte dann meistens Wache, bis der eigentliche, sehr einfache Sarg zusammengezimmert ist – aus den bereits abgemessenen Brettern, die dort an der Wand liegen.«

»Dieser Sarg ist breit wie ein Bett – finden Sie das nicht auch?«

»Ich finde lediglich«, sagte Matthäus mit mühsam bewahrter Würde, »daß kaum ein Vergleich so unangebracht ist wie dieser.«

»Ich fürchte«, sagte Grunert gelassen, »daß Sie sich in diesem Falle irren – sehr milde ausgedrückt. Doch bleiben wir bei der Sache: Der Mann, der hier die Särge zusammenbastelt, heißt Wollmann. Er fungiert aber nicht nur als Sargtischler; er ist auch Totengräber und außerdem noch so etwas Ähnliches wie Ihr Küster.«

»Sie können es so nennen«, sagte der kriegsgefangene Wehrmachtspfarrer mit beharrlicher Ablehnung.

Grunert begab sich an das einzige Fenster des Raumes, in dessen Nähe die provisorische Hobelbank stand. Draußen, auf dem Lagerfriedhof, schaufelte Wollmann an einem Grab; und er tat das mit gleichgültigen, mechanischen Bewegungen. Er schien eine auf außerordentlich langsamen Touren laufende Maschine zu sein: ein Mann wie ein länglicher Kasten, mit Greiferarmen und mit Beinen, die Pfählen glichen. Sein Gesicht sah aus wie eine erstarrte, konturlose Masse; schmutziggrau, wie ausgespülte, ausgetrocknete, sandige Erde.

Grunert stieß das Fenster auf und rief: »Komm herein, du Zuhälter!«

Pfarrer Matthäus zuckte empört zusammen. Was er soeben gehört hatte, schien ihm – zumal hier, in dieser Umgebung – kurzen, doch heftigen Schmerz zugefügt zu haben. Er erwartete mit Sicherheit, von Wollmann einen geharnischten Protest zu hören.

Aber der so fürchterlich Titulierte unterbrach lediglich seine

Arbeit, und zwar so, wie eine Maschine abgestellt wird, die sich dann noch langsam totläuft. Dann schob sich Wollmann mit schweren, schleppenden Schritten in den Raum hinein. Aber seine Augen wirkten überraschend lebhaft; sie funkelten listig und böse.

»Du siehst erstaunlich wohlgenährt aus!« rief ihm Grunert entgegen. »Deine Preise scheinen also erheblich angestiegen zu sein.«

Wollmann schob sich, eine Spitzhacke in der Hand, näher. Immer noch sah sein Gesicht wie eine leblose breiige Masse aus: ein schwammiges Gummigesicht – wenn nicht in ihm die mausgrauen, flinken, hellwachen Augen gewesen wären.

»Was willst du hier, Grunert«, fragte jetzt Wollmann mit leiser, bedrohlich und zugleich amüsiert klingender Fistelstimme. »Soll ich dir einen Sarg verpassen?«

»Das Schaufeln von Gräbern«, sagte Grunert, zu Pfarrer Matthäus gewandt, »muß eine der sonderbarsten Beschäftigungen auf dieser Erde sein. Da existiert also ein Mann, der schweigend gräbt, mit stets den gleichen mechanischen Bewegungen: Grube um Grube, Tag für Tag! Es bleibt einem solchen Manne gar nichts anderes übrig, als gelegentlich nachzudenken – und immer wieder wird er sich mit dem Nächstliegenden beschäftigen, mit den Toten – mit dem Tod. Schließlich muß ihm dann der Tod wie die selbstverständlichste Sache von der Welt erscheinen. Und bald sind für ihn Leichen nur noch das, was dem Metzger Würste sind: Arbeitsvorgänge. Er scharrt Menschen ein, wie andere Rüben pflanzen. Am Ende behandelt er die Leichen kaum anders wie ein Lumpenhändler die von ihm eingesammelten Schuhe.«

»Was will der von mir?« fragte Wollmann, an Pfarrer Matthäus gewandt. »Will der mich zum Lachen bringen?«

»Ich versuche, mir zu erklären, was in deinem Hirn vorgehen muß. Ausgeprägtes Feingefühl ist bei dir kaum zu erwarten. Philosophische Anwandlungen auch nicht. Bleibt: das Verpakken und Verscharren der Toten als Handwerk; dazu kommt dann noch das Bimmeln mit einer Glocke nach verabredeten Zeichen. So etwas geht dir überhaupt nicht unter die Haut – daran hast du dich gewöhnt. Und deshalb hattest du auch nicht die geringsten Bedenken, hier ein Puff zu organisieren.«

Wollmann stand da wie ein locker gestopfter Strohsack bei strömendem Regen. Nur seine Hand, mit der er die Spitzhacke hielt, zuckte ein wenig. Und seine Luchsaugen verengten sich. »Ich könnte dir den Schädel einschlagen«, sagte er mit unbeweglichem Gesicht, »und dann deinen Kadaver als Blumendünger verwenden.«

»Ich kann Ihre Erregung zwar verstehen, Wollmann«, sagte Pfarrer Matthäus mit mühsam bewahrter Güte, »aber ich muß Sie daran erinnern, daß Christenpflicht Ihnen gebietet, nachsichtig zu sein.«

»Es ist fast schon rührend, Herr Pfarrer«, sagte Grunert, »wie sehr Sie unseren lieben Wollmann verkennen.« Er begab sich an den Sarg, auf den er sich wie auf ein Rednerpodium stützte. »Wollmann ist nämlich gar nicht erregt, weil ich ihn beleidigt habe, denn er ist überhaupt nicht zu beleidigen – er regt sich nur deshalb auf, weil ich seine Geschäfte gefährde. Denn seit einigen Wochen vermietet Wollmann diesen Raum, inklusive Sarg. Und zwar an den Meistbietenden – ein Brot war der Anfangspreis; jetzt soll er bereits bei drei Broten angelangt sein. Garantiert störungsfrei – mit frisch aufgeschütteter Holzwolle. Stammpärchen erhalten Sonderpreise. Auf Wunsch werden, gegen kleinen Aufschlag, zusätzlich Decken in den Schlafsarg gelegt.«

»Das ist nicht wahr!« rief Wollmann bedrohlich; und seine Hand, in der er die Hacke hielt, zuckte mehrmals. »Und wenn du klug bist, Grunert, wenn du auch nur halb so klug bist, wie ich glaube, dann machst du jetzt deine Schnauze zu.«

»Nun gut«, sagte Wolfgang Grunert, der Wollmanns zukkende Hand nicht aus den Augen ließ. »Es kann sein, daß ich mich irre – was die Preise anbelangt. Fest steht jedenfalls, daß du dich hier als Puffvater und Zuhälter betätigst! Und was in diesem Fall für mich entscheidend ist: Das geschieht in dem Bereich, für den Pfarrer Matthäus verantwortlich ist – und damit auf seine Kosten. Er allein hat die Endrechnung zu bezahlen. Denn der Anmarsch deiner Gäste findet beim Abendgottesdienst unseres Seelsorgers statt – der Abmarsch dann anläßlich des Morgengottesdienstes. Und gezahlt wird, wie ich dich kenne, im voraus.«

Pfarrer Matthäus sah aus, als sei er dem Leibhaftigen begegnet, von Angesicht zu Angesicht. Maßlose Verwirrung überfiel ihn bei dem Gedanken an dieses satanische Zusammenspiel von Gottesdienst und Geschlechtserwartung, von Inbrunst im Gebet und Brünstigkeit des Fleisches. »Das kann doch nicht wahr sein«, sagte er tonlos. Und dann fügte er, sich aufraffend, hinzu: »Sagen Sie, daß das nicht wahr ist, Wollmann!«

Wollmann schwieg; es schien, als habe sein Gehirn vorübergehend seine Tätigkeit eingestellt. Selbst die Hand an der Spitzhacke hatte aufgehört zu zucken. Nur seine Augen funkelten; es war, als tasteten sie Grunert ab, wie die Fühler eines Insektes.

»Wir sollten versuchen«, sagte Grunert freundlich, »die ganze Angelegenheit als das zu nehmen, was sie in Wirklichkeit ist: ein plumpes, wenig sinnvolles Unternehmen. Würde es bekannt werden, könntet ihr einpacken. Unser Seelsorger würde dann vermutlich bei einem strapaziösen Arbeitskommando landen, und du, Wollmann, in einem Schweigelager. Das steht fest.«

Hier machte Wolfgang Grunert eine kunstvolle Pause, damit seine Worte ausreichend Zeit fanden, in die Köpfe seiner Gesprächspartner einzudringen. Er hütete sich jedoch davor, diese Zeitspanne übermäßig auszudehnen — an einem längeren Denkprozeß der Bearbeiteten war ihm nicht gelegen. Matthäus sah Wollmann beschwörend und fordernd in die Augen. Aber der geschäftslüsterne Sargtischler hatte seine listigen Augen geschlossen; es war, als schliefe er.

»Ich gehöre nicht«, sagte Grunert nunmehr, »zu den Leuten, die einen Seelsorger eines Zuhälters wegen vernichten. Ich will aber auch den Zuhälter nicht unbedingt vernichten. Die Voraussetzung natürlich ist, daß ich mich meinerseits mit beiden verständigen, ja, sagen wir's offen: ins Geschäft kommen kann — es handelt sich dabei übrigens um durchaus ehrenwerte Geschäfte. Wollmann ist ein ausgezeichneter Tischler, ein Meister seines Fachs; auf alle Fälle versteht er von der Tischlerei weit mehr als von der Zuhälterei. Ich werde ihn zum Leiter einer großen Werkstatt machen — sobald ich sicher bin, daß ich mich auf ihn verlassen kann. Er wird dann in Zukunft, ausgerüstet mit Material, Maschinen und Hilfspersonal, alle Sorten von Möbeln herstellen.«

»Auch Polstermöbel?« wollte Wollmann wissen. »Das ist nämlich meine Spezialität.«

»Selbstverständlich«, versicherte Grunert. »Sogar Polsterungen mit gepunztem Leder werden in Frage kommen. Und damit wirst du weit mehr einkassieren können als mit deinem primitiven Drei-Brote-Puff.«

»Alles, was recht ist«, sagte Wollmann versonnen, »mein Handwerk verstehe ich.« Seine Augen funkelten zufrieden; und sein sonst so unbewegliches Gesicht verzog sich zu einem fernen Grinsen. »Du bist doch nicht so dämlich, Grunert, wie ich einen Augenblick lang befürchtet habe. Du scheinst genau zu wissen, wer hier am besten hobeln kann.«

Wolfgang Grunert nickte. »Und Ihnen, Herr Pfarrer Matthäus, wird vermutlich auch nichts anderes übrigbleiben, als meinen Bestrebungen Verständnis entgegenzubringen. Halten Sie sich also bitte bereit — Sie hören in Kürze von mir.«

Damit ließ Grunert seine beiden neuen Mitarbeiter stehen. Er durchschritt die Tür, die in die Gemeinschaftsscheune führte. Und hier sah er Katerina, die russische Ärztin. Sie kam genau auf ihn zu.

»Suchen Sie etwa mich, Doktor?« rief er.

»Stimmt«, sagte Katerina kurz. »Sie suche ich!«

»Erwarten Sie bitte nicht von mir, daß ich jetzt erröte«, sagte Grunert grinsend. »Das habe ich im Laufe der letzten Jahre verlernt.«

»Sie werden überall gesucht«, sagte Katerina mit der ihr eigenen, stark betonten Sachlichkeit. »Der deutsche Lagerkommandant und sein Adjutant durchkämmen alle Wohnbaracken. Auch der Major verlangt, Sie zu sehen. Und im Frauenlager wurde ebenfalls nach Ihnen gefragt. Aber zunächst brauche ich Sie.«

»Tatsächlich?« fragte Grunert; er hatte einige Mühe, seine Besorgnis zu überspielen. Das Interesse an seiner Person war allzu heftig. Er kam gar nicht dazu, seine ersten Schachzüge mit der gebotenen Ruhe zu durchdenken. Und dabei wußte er genau, daß er nur diese eine einzige Partie würde spielen können — und auch selbst die konnte jederzeit schroff abgebrochen werden.

»Kommen Sie mit ins Lazarett«, sagte die Ärztin und fuhr energisch fort: »Wenn es wahr ist, was einer meiner schwerkranken Patienten von Ihnen behauptet, Grunert, dann sind Sie erledigt. Dann können Sie gleich wieder in Ihre Stehzelle zurück. Und diesmal werden Sie dort nicht mehr lachen, das garantiere ich Ihnen!«

Das Lazarett sah wie eine Quarantänestation aus. Es lag abseits und abgesondert, nahezu verschwenderisch von Stacheldraht umknäult, zwischen der sowjetischen Kommandantur, der Traktorenfabrik und den Frauenbaracken. Kein Kriegsgefangener sah diesen Ort gern, denn ihn beherrschte die Ärztin Katerina; niemand trug danach Verlangen, ihr in die Hände zu fallen.

Alarmierende Einzelberichte hatten diese Aversion gegen das Lazarett und seine Beherrscherin oft bis zur Panikstimmung gesteigert. Aber diese heftige Abneigung hatte nicht das geringste mit den fachlichen Qualitäten der Ärztin zu tun: Doktor Katerina mit dem unaussprechlichen Nachnamen verfügte über vorzügliche medizinische Kenntnisse und war bei allen Eingriffen von großer, fast virtuoser Sicherheit. Sogar ein einstmals international anerkannter, jetzt kriegsgefangener Internist aus Baden-Baden, der ihr gelegentlich assistieren mußte, fand für sie zumeist Worte, die als kollegiale Zustimmung ausgelegt werden konnten.

Was aber dieses Lazarett so gefährlich machte, war Katerinas Begabung, verblüffend sichere Diagnosen stellen zu können. Dieses normalerweise so außerordentlich schätzenswerte Können erschien deshalb so gefährlich, weil Katerina auf engstem Raum und mit kläglichen Mitteln arbeiten mußte — mit veralteten, nicht ausreichenden Instrumenten und mit erschreckend geringem Material. Sie nahm daher nur Fälle in ihr Lazarett auf, die eindeutig Grenzfälle zwischen Leben und Tod waren. Wer also aufgenommen wurde, mußte damit rechnen, bereits halbtot zu sein. Und wem es dann gelang, diese Konzentrationsbaracke der Schwerkranken wieder zu verlassen, von dem wurde im Lager gesagt, er sei dem Tod von der Schippe gesprungen.

Auf dieses Lazarett gingen die Ärztin und Wolfgang Grunert zu. Sie bewegten sich über die Lagerstraße, wobei Doktor Katerina das Tempo angab; und sie schritt schnell und drängend vorwärts.

Mehrmals versuchte Grunert, ein Gespräch zu beginnen, um herauszubekommen, worauf er sich einzustellen hatte. Katerina aber torpedierte alle diese Bemühungen mit kurzen, abweisenden Bemerkungen. »Werden Sie nicht aufdringlich, Grunert! Sie reden zuviel!«

»Und Sie reden zuwenig. Doktor! Deshalb irritiert Sie ja auch meine lebhafte Anteilnahme an allem, was Sie — was Ihre Arbeit betrifft. Außerdem bin ich neugierig — oder wissensdurstig, wenn Sie das lieber hören. Und schweigen kann Zeitvergeudung sein — außer in bestimmten Situationen. Wollen Sie mir nicht sagen, wen oder was Sie mir vorzuführen gedenken?«

»Das werden Sie schon noch früh genug erfahren! Und vielleicht werden Sie dann einsehen, daß es gar keinen Zweck hat, uns an der Nase herumführen zu wollen. Lügen haben kurze Beine, sagt man — aber Betrüger werden einen Kopf kürzer gemacht. Vielleicht schade um Ihren schönen Kopf!«

Grunert schwieg; er war nunmehr noch beunruhigter als vorher. Er versuchte, an den Gesichtszügen der Ärztin zu erkennen, ob sie etwa spaße, in reichlich robuster Weise und mit der ein wenig strapaziösen Heiterkeit jener Metzger und Mediziner, die es gewohnt sind, beim Anblick von Blut und Eiter fröhliche Witze zu machen.

Aber er sah das klare glattflächige, breitknochige Gesicht eines reifen, wissenden und sich überlegen fühlenden Mädchens. Er sah einen jetzt leicht verkniffenen, vollippigen Mund, darüber dunkle, kühle Waldweiheraugen und eine kühngewölbte Stirn. Und von ihrer festen, fleischigen Fülle, die ihr Uniformsack niemals ganz verbergen konnte, ging in diesem Augenblick keine Wärme aus. Im Gegenteil: Sie wirkte weit unzugänglicher noch als sonst.

Grunert übersah bei dieser intensiven Beschäftigung mit Katerina, daß sich Krieger, der deutsche Lagerkommandant, näherte. Pratzke begleitete ihn und schien Leibwache zu spielen. Beide blieben erwartungsvoll mitten auf der Lagerstraße stehen, breitbeinig und fordernd. Sie waren offenbar entschlossen, sich der Ärztin und Grunert in den Weg zu stellen.

»Fehlt Ihnen irgend etwas?« fragte die Ärztin mit einiger Schärfe und blieb stehen. »Oder betätigen Sie sich hier nur aus Versehen als Verkehrshindernis?«

Krieger schlug vergleichsweise dezent die Hacken zusammen und produzierte eine kurze, gemessene Verbeugung. »Erlauben Sie, Doktor«, sagte er, »daß ich eine Frage an Grunert richte.«

»Erlauben Sie ihm das nicht«, riet ihr Grunert unverzüglich. Er versuchte, den leicht bedrohlich wirkenden Vorgang als heiter-unwesentliches Zwischenspiel umzumünzen. »Er könnte Dinge fragen, die in Gegenwart einer Dame nicht einmal gedacht werden dürften.«

»Fragen Sie«, sagte Katerina und nickte Krieger zu.

»Damit ist aber noch nicht gesagt, daß ich antworten werde«, erklärte Grunert und gab sich überlegen-freundlich. Er begann zu ahnen, was hier gespielt werden sollte: Krieger zögerte keinen Augenblick lang, ihn in Gegenwart der Ärztin zu diffamieren — ihn umstritten, zwielichtig und fragwürdig erscheinen zu lassen.

Krieger trat ein wenig vor. »Hast du dich den Anordnungen der Lagerpolizei widersetzt?« wollte er wissen. »Hast du ohne meine Zustimmung und ohne mein Wissen Verhandlungen im Lager geführt, die dazu bestimmt scheinen, irgendwelche Neuerungen einzuleiten? Willst du uns vor vollendete Tatsachen stellen?«

»Das ist nicht eine Frage — das sind mindestens drei«, behauptete Grunert mit forcierter Munterkeit. »Du kannst also entweder nicht bis drei zählen, oder du willst den Doktor einfach vor vollendete Tatsachen stellen — was gleichbedeutend damit ist, daß du eine sowjetische Respektsperson, einen direkten Vorgesetzten also, glatt übergehst. Da ich aber Derartiges — neuerdings — nicht dulden kann, rate ich dir, zunächst die Erlaubnis einzuholen, drei Fragen anstelle der bisher gestatteten einen Frage vortragen zu dürfen.«

»So kannst du doch nicht mit mir reden!« sagte Krieger drohend. »Ich bin doch nicht dein Hanswurst, du Armleuchter!«

»Ich muß doch sehr bitten«, sagte Grunert hoheitsvoll. »Du solltest dich in Gegenwart einer Dame einer gewählteren Ausdrucksweise befleißigen, du Kuli!«

»Können Sie uns zehn Minuten allein lassen, Doktor?« fragte Krieger. Auf seinem Gesicht spiegelte sich höchst eindeutig das Verlangen, dieser tönenden Auseinandersetzung wirksame schlagkräftige Argumente hinzuzufügen.

»Ich brauche keine neuen Patienten«, sagte Katerina abweisend. »Mein Lazarett ist bereits überfüllt.«

»Sie sind der geborene Lebensretter«, erklärte Grunert unverzüglich, »wobei ich aber offenlassen möchte, wessen Leben Sie eigentlich gerettet haben.« Er lächelte stark; und dieses Lächeln wirkte echt. Denn Pratzke, der sich hinter dem Rücken des deutschen Lagerkommandanten getarnt hatte, grinste zustimmend zu Grunert hinüber.

»Nun gut«, sagte Krieger rauh; sein asketisches Heldengesicht glänzte matt. »Wenn du dich durchaus einer Aussprache mit mir entziehen willst, dann bleibt mir nur noch eine Wahl: Wir werden uns beim sowjetischen Lagerkommandanten wiedersehen – und zwar so bald wie nur irgend möglich.«

»Sei nicht so leichtsinnig«, riet ihm Grunert freundlich. »Ich besitze nämlich neuerdings die Protektion der Sowjets. Und nicht nur das – ich kann außerdem auch mit dem Segen der Kirche rechnen. Und du kannst doch nicht im Ernst mit Moskau und dem lieben Gott zugleich anbinden wollen?«

Krieger zögerte kurz und sah dann zu Pratzke hinüber. Der zog lediglich die Schultern hoch und machte ein Gesicht wie ein überfragter Schlosser, der eine Klempnerarbeit beurteilen soll. Krieger trat noch einen Schritt vor und blieb dann dicht vor Grunert stehen. Er fixierte ihn scharf und sagte dann: »Mich wirst du nicht mit diesen billigen Tricks einfangen. Von dir lasse ich mich nicht bluffen!«

Hierauf wandte sich Krieger unverzüglich Katerina zu. Er legte wieder, mit jenem dezenten Geräusch bewährter Respektsbekundungen, die Hacken zusammen. Er verbeugte sich mehr als nur andeutungsweise und sagte formvollendet: »Entschuldigen Sie bitte diese Störung, Doktor.« Dann winkte er Pratzke kurz und energisch zu und setzte sich mit ihm in Bewegung – unverkennbar in Richtung auf die sowjetische Lagerkommandantur.

»Er ist ungewöhnlich korrekt«, stellte Katerina fest.

»Er weiß, wie er sich Vorgesetzten gegenüber zu benehmen hat«, glaubte Grunert bemerken zu müssen. »Seine Welt ist in Ordnung, wenn er in einigermaßen sinnvoller Weise Untergebener sein darf – vorausgesetzt natürlich, daß auch er Untergebene hat.«

»Sie unterschätzen ihn«, sagte Katerina zurechtweisend. »Und vor allen Dingen unterschätzen Sie, in welchem Ausmaß er die Anerkennung des sowjetischen Lagerkommandanten, des Majors, besitzt. Und das hat seine guten Gründe. Wir wundern uns nämlich gar nicht darüber, daß wir von euch gehaßt werden. Wir empfinden vielmehr Mißtrauen, wenn jemand vorgibt, uns zu lieben. Das einzige, auf das wir uns mit Sicherheit verlassen können, ist eure deutsche Korrektheit.«

»Vergessen Sie nicht mein internationales Solidaritätsgefühl, Doktor.«

»Jetzt, in diesem Augenblick, geben Sie vor, das zu haben, Grunert – ich bin aber gespannt, was Sie in zehn Minuten fühlen werden.«

Ziemlich genau das gleiche fragte sich Grunert auch. Und er fragte sich das nicht nur jetzt, in diesem Augenblick, sondern zu jeder Zeit, in der er dem drängenden und immer wieder zurückgedrängten Verlangen nachgab, über sich selbst nachzudenken. Er schätzte sich selbst nicht sonderlich.

Sie durchschritten das Tor, hinter dem das Lazarett lag. Hier betätigte sich ein deutscher Lagerpolizist unter der Aufsicht eines melancholisch und müde dreinblickenden sowjetischen Soldaten als Portier. Der brave Wachhund behandelte die Ärztin wie einen Offizier. Er übte Ehrenbezeigung durch Strammstehen und versäumte auch nicht, einen erwartungsvollen Untergebenenblick zu produzieren. Die Ärztin jedoch schien ihn nicht zu sehen. Und Grunert rief: »Rührt euch!«

Der freie Platz vor der langgestreckten Lazarettbaracke war menschenleer. Diese Leere schien vollkommen zu sein: Kein Büschel Gras war sichtbar, kein Brett, kein Pfahl, geschweige denn ein Baum – nicht einmal Steine waren hier vorzufinden. Der Geruch des Sterbens schien in der Luft zu liegen – in dieser trüben, naßkalten Luft, die keine klaren Konturen duldete, die den Atem beengte und die Sicht verwehrte.

Katerina verspürte offenbar nichts dergleichen. Je näher sie ihrem Wirkungsbereich kam, um so lebhafter wurde sie. Sie betrat die große Baracke; und sie begab sich sofort mit Grunert zu einer der drei kleinen Türen neben dem Haupteingang. Hier befanden sich, wie allgemein im Lager bekannt war, die Räume, in denen die schwersten, die fast hoffnungslos erscheinenden Fälle untergebracht waren.

Sie betraten einen Raum, der schmal und lang war wie ein Bettuch; kaum mehr hatte in ihm Platz als ein Strohsack. Und hier, von graubraunen Decken eingehüllt, lag ein älterer Mann, der Grunert sofort bekannt vorkam: ein bleiches, zerfallenes Greisengesicht mit tiefliegenden Faltenfurchen. Die geschlossenen Augenlider schienen zu zucken; und Grunert hatte das bedrückende Gefühl, durch sie hindurch betrachtet zu werden.

»Kennen Sie diesen Mann?« fragte Katerina.

»Ich glaube, ja«, sagte Grunert vorsichtig und aufmerksam,

als wittere er heimliche Gefahr. »Aber ich weiß nicht, woher ich ihn kenne.«

»Er heißt Hegner«, sagte die Ärztin. Sie betrachtete dabei Grunert forschend, als gedenke sie, eine ihrer treffsicheren Diagnosen zu stellen. Und sie sah, nicht ohne Bewegung, daß er erbleichte.

Grunert nickte schwer. Jetzt wußte er, wer dieser Mann war. Und im gleichen Augenblick wußte er auch, daß ihm kaum jemand gefährlicher werden konnte als er.

Dieser Hegner war vor zwölf Jahren sein Lehrer gewesen und zugleich sein großer Feind. Hegner gehörte zu den unnachsichtig Fordernden, zu den unerschütterlich erscheinenden Verkündern der großen Gedanken und der hohen Werte. Grunert hatte ihn damals von seinem hohen Streitroß gestoßen. Das mochte vielleicht berechtigt gewesen sein — doch es geschah zu brutal, mit der wilden Erbarmungslosigkeit der Jugend, die sich herausgefordert fühlte. Er hatte ihm, seinem Lehrer, eine Lehre erteilen — nicht ihn aber um seine Stellung und in Lebensgefahr bringen wollen. Und genau das war damals geschehen.

»Wie kommt er hierher?« fragte Grunert. »Wie kommt er überhaupt in dieses Lager? Ich habe ihn noch nie hier gesehen.«

»Er kam vor wenigen Tagen mit einem Sondertransport«, erklärte die Ärztin. »Er soll mehrere slawische Sprachen sprechen, auch Russisch mit Perfektion. Solche Leute brauchen wir immer. Aber er kam schwerkrank hier an — und seine Krankheit scheint sich noch verschlimmert zu haben in dem Augenblick, als er Sie hier sah. Seit gestern nacht hat er gefährlich hohes Fieber — seit zwei Stunden ruft er immer wieder Ihren Namen, Grunert.«

»Fieberphantasien dürfen nicht ernstgenommen werden«, sagte Grunert mühsam. Seine sonst so gut und ohne sonderliche Anstrengung gespielte Überlegenheit schien fast ganz von ihm gewichen zu sein. Er kam sich vor wie ein Steuermann eines Segelschiffes, dessen Rad im wild sausenden Sturm unaufhaltsam rotiert. »Sie sollten seinen Worten keine falschen, übertriebenen Ausdeutungen geben.«

»Sie wissen also, was er über Sie gesagt hat, Grunert?«

»Ich kann es mir denken«, gestand er offen.

»Und was haben Sie zu seinen Beschuldigungen, zu seinen Anklagen zu sagen, Grunert?«

»Machen Sie ihn fieberfrei«, forderte Grunert eindringlich. »Machen Sie ihn gesund – und Sie werden die ganze Wahrheit erfahren.«

»Und wenn er stirbt, Grunert? Dann stirbt mit ihm der einzige, der Ihre Vergangenheit kennt – der einzige, der Sie beschuldigen und belasten kann. Denn wenn dieser Mann mit seinen Fieberphantasien recht haben sollte, Grunert, dann sind Sie ein gefährlicher, ein heimtückischer, ein skrupelloser Nazi gewesen.«

»Ich war einmal ein junger, dummer, grüner Bengel – das ist vielleicht schon alles, was dazu zu sagen ist!« rief Grunert mit Heftigkeit. Und er sah dabei Katerina, die ihn kühl forschend anblickte, mit anstrengender Aufrichtigkeit in die Augen.

Katerina wich seinem Blick aus. Sie betrachtete das fiebernde Menschenwrack auf dem Strohsack. Sie beugte sich nieder und betastete das weißglühende Gesicht des Schwerkranken. Als sie seine Augenlider hochhob, stöhnte er wieder auf.

»Ich will nicht sterben«, stammelte er. »Was habe ich denn getan? Was habe ich Ihnen getan, Grunert?«

»Es wird alles für ihn geschehen, was in meiner Macht steht«, sagte Katerina, über ihn gebeugt. »Ich werde sogar meine Bestände für den Katastrophenfall angreifen. Ich muß die Wahrheit herausbekommen.«

Sie erhob sich und ordnete ihre Uniform mit raschen, sicheren Griffen. Sie warf auf Grunert einen schnellen Blick, der ihn in bestürzender Weise erstaunte. Denn er sah keine bittere Feindseligkeit, keinen anklägerischen Vorwurf, keine gefährliche Bedrohung – was er in dieser einen, kurzen Sekunde zu sehen glaubte, war vielmehr eine beschwörende Bitte um Aufrichtigkeit.

»Sie dürfen mir glauben«, sagte er spontan.

»Ich will es versuchen«, sagte Katerina mit abgewandtem Gesicht. »Denn ich liebe die Menschen – ich möchte auch euch Deutsche lieben. Aber ich hasse die Nazis, die niemals aussterben; und auch Sie werde ich immer hassen, wenn es sich herausstellt, daß Sie einer sind, Grunert. Auch Sie, dem ich vertrauen wollte! Und ich werde dann keinen Augenblick mehr zögern, alle Konsequenzen zu ziehen. Alle!«

Der sowjetische Major, der in diesem Lager Kommandant war, stand im Fabrikationsgelände an der Verladerampe. Mit spürbarer Zufriedenheit betrachtete er die Kolonne der Traktoren – Modell *Roter Morgen 49*. Russische Arbeiter und deutsche Kriegsgefangene verstauten sie gemeinsam in Güterwagen. Es sah aus, als mustere der Major sein persönliches, sein ureigenes Werk. Wenn der *Rote Morgen* funktionierte, vorbildlich und mit leichtem Übersoll, dann war das allein ihm zu verdanken – ihm und seinen Kriegsgefangenen.

Krieger näherte sich dem Major erst nach kurzem Zögern. Er war sich darüber klar, daß er den Allgewaltigen bei seiner erklärten Lieblingsbeschäftigung stören würde. Aber selbst das mußte in Kauf genommen werden – die Angelegenheit war dringend; sie duldete keinen Aufschub. Der Blutegel Grunert mußte beseitigt werden, ehe er sich noch festsaugen konnte. Pratzke bekam den Auftrag, sich in Rufweite zu halten und das Gelände gegen Grunert und ähnliche unerwünschte Elemente abzuschirmen.

»Darf ich kurz eine Bemerkung vortragen, Herr Major?« fragte Krieger. Er war dabei bemüht, den ihm vorgesetzten Offizier nicht unmittelbar von der Seite her anzusprechen – und schon gar nicht etwa von seitwärts-rückwärts. Eine bestimmte Sorte Takt in allen Lebenslagen war ihm ausreichend beigebracht worden.

»Sieh dir das an, Krieger!« rief der Major; und er wies mit weiter Geste auf die alltägliche Verladeübung hin. »Das ist Organisation! Sinnvoll, planvoll, glänzend eingespielt. Und sieh dir diese Traktoren an, Krieger! Es sind die besten Traktoren der Welt! Die besten, widerstandsfähigsten und schnellsten – sowjetische Traktoren. Sie machen fünfzig Kilometer in der Stunde.«

Krieger unterdrückte, ohne sonderliche Mühe selbstverständlich, das kurz auftauchende Verlangen, den Major behutsam zu berichtigen. Er hätte ihn dahingehend aufklären können, daß die Verwendung von Traktoren für Straßenrennen nicht unbedingt sinnvoll wäre. Statt dessen sagte er lediglich: »Jawohl, Herr Major.« Das war eine Bemerkung, mit der nichts verdorben werden konnte.

»Was Besonderes?« wollte jetzt der Major wissen.

Und nach dieser Frage, auf die verdächtigerweise keine schnelle, prompte Antwort erfolgte, umwölkte sich des Majors

Gesicht; ein Gewitter schien sich anzukündigen. Denn »Besonderes« war zumeist gleichbedeutend mit »unangenehm«. Unangenehme Dinge aber liebte er nicht zu hören; sie pflegten seinen erfreulich ruhigen und daher erfolgreichen Tagesablauf zu stören. Was als »unangenehm« bezeichnet werden konnte, das hatten die Deutschen gefälligst unter sich auszumachen; deshalb war ihnen ja auch schließlich eine eigene »innere Verwaltung« gestattet worden.

»Nichts Besonderes«, versicherte daher Krieger, der die Spielregeln genau kannte. »Lediglich eine Frage.«

Der sowjetische Lagerkommandant schien die großen Gesten und die lauten Worte zu lieben. Er machte zumeist den Eindruck, als wäre er nicht abgeneigt, sich von den deutschen Kriegsgefangenen als Alleinherrscher betrachten zu lassen. Aber Eingeweihte wußten, daß er es kaum jemals vergaß, seine Genossen zu Rate zu ziehen – in Besonderheit den erfreulicherweise immer noch zwecks Befehlsempfang abwesenden Kommissar, den im Augenblick die Ärztin vertrat. Er versäumte keine Gelegenheit, seiner engeren Umgebung klarzumachen, daß er sich streng an die Direktiven aus Moskau halte. In Zweifelsfällen jedoch, so behauptete er ebenfalls immer wieder, müsse er Entscheidungen allein nach seinem proletarisch-soldatisch-kommunistischen Gewissen treffen.

Gelegentlich allerdings kam es sogar vor, daß der Major die deutschen Kriegsgefangenen beinahe wie sowjetische Soldaten und Bürger behandelte – und umgekehrt. Solches konnte aus Versehen, im Eifer des Gefechts oder mit voller Überlegung geschehen. Alles das jedoch schien im Endeffekt nichts anderes zu sein als ein Täuschungsmanöver, denn der letzte und nachhaltigste Erfolg dieser Methoden war weitverbreitete Verwirrung, und schließlich vermochte niemand mehr zu erraten, was der Major eigentlich dachte, wie er reagieren und handeln würde. Es blieb also als einzige Lösung übrig, beim Umgang mit ihm größte Vorsicht walten zu lassen. Das erleichterte ihm sein Amt ungemein.

»Schieß also los, Krieger!« sagte der Major, der nur schwer den zufriedenen Blick von seinen versandbereiten Traktoren lösen konnte. »Aber es hat gar keinen Zweck, mir mit Märchen zu kommen: mehr Brot, bessere Arbeit! Leistung entsteht durch Willen und Schulung; der Geist ist immer noch wichtiger als das

Fressen, und dicke Menschen können keine guten und willigen Arbeiter sein.«

»Ich habe diesmal etwas ganz anderes vorzutragen«, sagte Krieger vorsichtig.

»Du machst ein Gesicht«, sagte der Major mißtrauisch, »als hättest du einen ganzen Traktor verschluckt, und zwar einen verrosteten. Ich hoffe nicht, daß du mich schon wieder einmal wegen der Sterblichkeitsziffer anöden willst. Ich habe die neuesten Statistiken gelesen, ich bin genau informiert: Wir haben eine ausgesprochen niedrige Quote, wir liegen unter zwei Prozent! Damit sollten wir zufrieden sein. Und ich sage dir immer wieder, was du auch deinen Leuten sagen mußt: Kein Russe in unserem Bereich wird besser verpflegt oder sorgsamer ärztlich betreut als ihr. Wir alle gemeinsam müssen die Folgen des Krieges tragen, den Deutschland verbrecherisch angezettelt hat. Gemeinsam – hörst du! Wir sind weder nachtragend noch kleinlich, noch denken wir unrealistisch; und bei uns gehen die Menschenrechte allem anderen vor.«

»Herr Major«, sagte Krieger. Er war zwar durchaus willens, unbeirrt die Geduld eines Dompteurs aufzubringen, aber er glaubte, daß diesmal besondere Eile geboten sei. Er mußte Grunerts heimtückische Unternehmungslust und sein Tempo in Rechnung stellen, und daher konnte er sich nicht leisten, diesen fruchtlosen, altbekannten Monologen ohne Ende zu lauschen. »Ich erlaube mir die Frage«, sagte er daher, »ob Sie die Absicht haben, mich von meinem Posten als deutscher Lagerkommandant zu entbinden.«

Der Major löste seinen Blick vollends von seinen geliebten Traktoren. Er schien sich nunmehr ausschließlich Krieger widmen zu wollen. Und über sein Gesicht zogen sich jetzt dicke Wolken von Unmut. Er versuchte offenbar, seine Gedanken zu ordnen. Noch einmal holte er tief Luft. Dann begann er zu brüllen.

»Wie kannst du es wagen, Bursche, gleich einer Wildsau in meinen Plänen herumzuwühlen! Ich habe gute Lust, dich zu Schmieröl für Traktoren zu verarbeiten!«

Dieses Gebrüll schien die verladenden Arbeiter heftig zu erschrecken. Sie kippten einen Traktor um, den sie über die Gleitbretter zu schieben im Begriff waren. Er fiel, mit dumpfem Getöse, auf einen anderen Traktor. Der verantwortliche Vorarbeiter stimmte eine Serie wehklagender Flüche an.

Der Major übertönte diese vergleichsweise bescheidenen Brüllversuche mühelos. Er ließ eine neue Tirade vom Stapel, eine mit ausgesuchten, trefflich verbrämten zoologischen Wortgebilden. Dann brüllte er: »Verprügeln, Gefängnis, aufhängen!« Aber erst als er Verpflegungsentzug ankündigte, kam Leben in die erstarrt lauschenden Arbeiter; und sofort wurde in wilder, ihn schnell befriedigender Hast weitergearbeitet.

Der Major wandte sich unverzüglich wieder Krieger zu, der vorbildlich Haltung bewahrt hatte. Krieger kannte die Vorliebe des sowjetischen Kommandanten für dröhnende Schimpfkanonaden und rechnete immer mit ihnen. Die etwas überdurchschnittliche Heftigkeit allerdings, mit der sie diesmal erfolgt waren, beunruhigte ihn. Er führte sie auf seine doch wohl etwas ungeschickte, nicht genügend vorbereitete Formulierung zurück.

»Herr Major müssen mich mißverstanden haben«, erlaubte er sich daher zu versichern.

»Ich mache mit dir«, rief der Major, nunmehr schon wesentlich gedämpfter, »was ich mit dir machen will — verstanden? Wenn ich dich als Straßenpflasterung benutzen will, werde ich es tun. Und wenn ich anordne, daß du hier deutscher Lagerkommandant bist, dann bist du es auch — so lange, bis ich dich zum Teufel jage. Und diesen Zeitpunkt bestimme ich. Ich allein! Zu fragen hast du nicht! Kapiert! Warum hast du eigentlich gefragt?«

»Ich wollte nur wissen, ob Grunert besondere Vollmachten erhalten hat. Ich meine: Vollmachten, die außerhalb meines Wirkungsbereichs liegen oder die ihn einengen, die mein Aufgabengebiet verändern, erweitern oder verkleinern.«

»Hat das dieser Grunert zu dir gesagt?« wollte der Major wissen.

»Er hat überhaupt nichts gesagt«, erklärte Krieger nach spürbarem Zögern. »Er hat gleich angefangen zu organisieren — über alle Köpfe hinweg und ohne Rücksicht auf die bestehende Lagerordnung. So aber werden Disziplin und Organisation gefährdet. Das kann doch wohl nicht im Sinne der sowjetischen Kommandantur sein?« Und es schien, als täte es Krieger furchtbar leid, etwas derartig Unangenehmes, Undeutsches berichten zu müssen. Er sah ehrlich besorgt aus und versicherte schließlich abermals, daß er nicht umhin könne, sich in erster Linie der beschlossenen Ordnung gegenüber verpflichtet zu fühlen.

»Her mit diesem Grunert!« rief der Major. »Auf die Kommandantur mit ihm! Ich werde seinen Kürbiskopf in eine Tomate verwandeln und dafür sorgen, daß er sich in Zukunft nicht mehr zu kämmen braucht!«

Der Major stampfte wütend davon. Krieger gab dem abschirmenden Pratzke den Befehl, Grunert herbeizuschaffen. Dann trabte er in Eile dem sowjetischen Kommandanten nach.

Krieger fühlte sich jetzt nicht sonderlich wohl in seiner Haut. Denn der Major hatte nicht nur unverkennbar seine übliche Lautstärke und das gewohnte Maß seiner Temperamentsausbrüche um einige Grade überschritten – er hatte auch neue, alarmierend deutliche Wortgebilde gebraucht. Die Möglichkeit bestand also, daß der Allgewaltige ganz ernsthaft erzürnt war. Und ein solcher Zustand, das wußte Krieger aus Erfahrung, war gefährlich.

Der sowjetische Kommandant liebte es, Stier und Stierkämpfer zugleich zu spielen; wer dabei das rote Tuch war, konnte niemand genau wissen. Er eilte, von Krieger behende gefolgt, zum Kommandanturgebäude. Hier verschwand er in seinem Dienstzimmer und knallte die Tür hinter sich zu – das klang wie ein Pistolenschuß. Genickschuß, dachte Krieger erschreckt und angewidert.

Kaum eine Minute später stürzte der Major wieder heraus und schrie: »Ist denn dieser Grunert immer noch nicht da?« Er verschwand erneut, ohne eine Antwort abzuwarten. Und abermals knallte die Tür so, daß Krieger zusammenzuckte.

Kurz danach erschien Pratzke mit Grunert. Katerina, die Ärztin, hatte sich beiden angeschlossen. Der Schreiber des Majors musterte die Anwesenden voll Widerwillen und setzte sich dann zögernd in Bewegung. Er war innerhalb der letzten sechs Monate achtmal davongejagt und wieder zurückgeholt worden und war daher immer auf Ungewöhnliches gefaßt. Er fürchtete den Major, haßte seine Umgebung und zögerte, sich zu verachten. Er schob sich leicht gekrümmt in das Dienstzimmer des Kommandanten hinein und meldete die Ankunft des Gesuchten.

»Raus!« brüllte der Major.

Und dann brüllte er: »Rein!«

Grunert ging hinein; die Ärztin folgte ihm unaufgefordert.

Der Major stand aufgerichtet und hochgereckt hinter seinem Schreibtisch; er sah aus wie ein brauner Bär, der zum vernichtenden Schlag auszuholen gewillt ist. Das dunkle Funkeln in seinen leicht zusammengekniffenen Augen vermochte Grunert nicht zu deuten; es konnte genauso gut heimliche Heiterkeit wie heimtückische Wut sein.

»Genosse Doktor«, sagte der Major, »Sie brauchen sich nicht zu bemühen. Ich will allein diesen heimtückischen und querköpfigen Burschen sprechen.«

»Vielleicht benötigen Sie mich in meiner Eigenschaft als derzeitiger Stellvertreter des Kommissars«, sagte Katerina betont sachlich. »Ich persönlich jedenfalls glaube, daß eine vorhergehende Beratung zweckmäßig sein könnte.«

»Genosse Doktor«, sagte der Major gedehnt, mit vorsichtiger Drohung und spürbar gereizt. »Ihr Interesse für diesen hinterhältigen Burschen ist recht bemerkenswert.«

»Genosse Major«, sagte die Ärztin stolz und abweisend, »dieser Mann war vor kurzem noch mein Patient; jetzt glaube ich, in ihm ein politisches Objekt sehen zu müssen – mein Interesse ist also rein sachlicher Natur.«

»Hoffentlich!« dröhnte der Major grob. Katerina war peinlich berührt und schien zu erröten. Selbst Grunert wurde leicht verlegen.

»Aber wenn Sie sich, Genosse Doktor, von diesem medizinischen und politischen Objekt nicht trennen wollen, dann können Sie getrost hierbleiben. Für mich ist dieser Kerl nichts anderes als ein gefährliches Subjekt, das erst große Versprechungen macht und dann nichts wie gefährliche Unruhe stiftet.«

»Sie dürfen mir glauben, Herr Major«, versicherte Grunert mit schönem Schwung, »daß ich nur in Ihrem Sinne arbeite.«

»In diesem meinem Lager«, grollte der sowjetische Kommandant, »herrscht Ordnung – peinliche, sinnvolle, zweckmäßig durchdachte Ordnung! Da hat alles seinen Platz und jeder seine Aufgabe. Da tanzt keiner aus der Reihe, und da hat niemand auf die Idee zu kommen, Stacheldraht mit Papierschlangen zu verwechseln und Verordnungen für Toilettenpapier zu halten. Hier habe ich Rädchen neben Rädchen aufgebaut, und ein Zahn greift in den anderen. Da wird geölt, geschmiert und angetrieben. Wer mir aber Sand in die Maschine streut, den lege ich um! Eigenhändig.«

Grunert spürte genau, worauf der Major hinauswollte; er hatte das schließlich schon gewußt, bevor er überhaupt hierherbefohlen wurde. Denn Krieger funktionierte als deutscher Kommandant vorzüglich; er war also für die Sowjets »brauchbar« – keine Veranlassung lag im Augenblick vor, seine Funktion lahmzulegen oder auch nur zu stören. Noch existierte in der Vorstellungskraft des Majors niemand, der ihm brauchbarer erscheinen wollte. Noch war Grunert kaum mehr als eine ferne Hoffnung, eine weitere, andere »brauchbare« Möglichkeit. Zusätzliche Wirkungen waren dem Major immer angenehm – aber keine auf Kosten der fundamentalen Ordnung, die ein Krieger bereitwillig und zur Zufriedenheit lieferte. Die Maschine, das Lager, funktionierte! Kein Grund, diese Funktion zu gefährden. Nicht die geringste Veranlassung, im Augenblick jedenfalls nicht, den einen durch den anderen ausschalten zu lassen. Ganz im Gegenteil: Der Major konnte beide gut gebrauchen – nicht zuletzt, damit sie sich gegenseitig belauerten wie Wachhunde.

»Ich muß Sie wohl mißverstanden haben, Herr Major«, sagte Grunert und gab sich ehrlich betrübt.

»Ich werde dir deine Ohren mit Benzin auswaschen und sie dann in die Länge ziehen, bis sie Elefantenohren gleichen!«

»Wenn ich mich recht erinnere, Herr Major, dann haben Sie angeordnet, daß die Abteilung K fünf unmittelbar Ihnen persönlich untersteht – ihrer weitreichenden politischen und kulturellen Bestrebungen wegen. Sie allein bestimmen. Davon, daß der deutsche Kommandant eingeschaltet werden soll, war keine Rede.«

»Das«, warf Katerina ein, »ist sicherlich eine richtige und kluge Entscheidung, meiner Meinung nach.«

»Selbstverständlich!« dröhnte der Major zustimmend. »Ich pflege ja auch meine Entscheidungen genau zu durchdenken. Und daher werde ich auch nicht dulden, daß sie selbstherrlich ausgelegt werden. Bei mir gibt es keine Aasgeier, Schakale und Schmeißfliegen! Bei mir gibt es keine Zweideutigkeiten! Entweder: dafür oder dagegen – mitsingen oder stumm sein – gehorchen oder verrecken!«

»Ich habe es daher auch als besonders bedeutsam empfunden, Ihnen persönlich unterstellt zu sein, Herr Major«, sagte Grunert. Und er sagte das beinahe wie ein strebsamer Musterschüler, der wißbegierig danach lechzt, von seinem Lehrer mit neuen Erkenntnissen bereichert zu werden. »Mir war wirklich nicht klar, daß auch noch eine zusätzliche Unterstellung unter den deutschen Lagerkommandanten in Frage kommen würde.«

»Das kommt doch auch gar nicht in Frage, Mann!« rief der Major aufgebracht; und jetzt schien er nur noch empört darüber, mißverstanden worden zu sein. »Der deutsche Lagerkommandant ist *ein* Kochtopf auf meinem Herd, und du sollst ein anderer sein. Er verwaltet das Lager, er ist mir für die Ordnung verantwortlich und für die Gestellung der erforderlichen Arbeitskräfte – von dir erwarte ich ganz andere Dinge!«

»Das können Sie auch, Herr Major.«

»Aber du solltest dein Hirn gründlich waschen! Du bist ein dreimal verdammter Dickschädel! Paß genau auf, was ich dir sage: Du unterstehst mir, mir persönlich, nicht dem deutschen Lagerkommandanten! Aber du hast nicht gegen ihn zu arbeiten, sondern mit ihm zusammen. Kapiert?«

»Kapiert«, versicherte Grunert. »Aber zu einer Zusammenarbeit gehören mindestens zwei.«

Der Major schnaufte empört und verächtlich zugleich. Er schüttelte seinen dicken Kopf, wobei er Katerina anblickte, als wolle er sagen: Ist denn so etwas möglich! Die Ärztin lächelte ihm verständnisvoll und ermutigend zu. Dann brüllte der Major den deutschen Lagerkommandanten herbei. Krieger erschien sofort.

»Hört mir mal gut zu, ihr beiden Grasfresser!« rief der sowjetische Kommandant machtvoll. »Wenn ihr euch hier wie störrische Esel und hirnlose Ochsen aufführt, dann werde ich euch das Fell gerben! Warum streitet ihr euch wie Marktweiber? Bei mir wird nicht mit faulen Fischen geworfen – wenn ihr das noch einmal versuchen solltet, dann stopfe ich sie euch in die Rachen, bis ihr daran erstickt. Werdet euch einig, ihr Burschen. Einig! Wie ihr das macht, ist eure Sache; aber machen werdet ihr es. Und jetzt raus hier! An die Arbeit!«

Krieger entfernte sich sofort würdevoll. Er trug seine erste Niederlage mit Haltung, denn er sagte sich, daß eine verlorene Schlacht noch lange nicht einen verlorenen Krieg bedeutet. Es war, als hätten ihn all diese Peinlichkeiten, die er über sich ergehen lassen mußte, nicht im mindesten berührt.

Grunert verbeugte sich mit heiterer Dankbarkeit vor Katerina, dann, weitaus knapper und fast mit weltverbrüdernder Lässigkeit, vor dem Major. Dann ging auch er.

Der sowjetische Kommandant schien Grunerts Darbietung überhaupt nicht bemerkt zu haben. Er hatte sich der Ärztin zugewandt. »Noch eine Bemerkung zu dieser Sache, Genosse Doktor?« fragte er. »Eine Bemerkung in Ihrer Eigenschaft als Stellvertreter des bedauerlicherweise abwesenden Kommissars, selbstverständlich – nicht etwa privat.«

»Keine Bemerkung im Augenblick«, sagte Katerina reserviert. »Aber ich werde diese Angelegenheit nicht aus den Augen lassen – das versichere ich Ihnen. Ich halte erhöhte Aufmerksamkeit für dringend geboten.«

Als Wolfgang Grunert das Gebäude der sowjetischen Lagerkommandantur verließ, traf er auf Krieger. Pratzke stand neben ihm und gab sich unbeteiligt. Beide sahen Grunert entgegen. Sie waren nicht zu umgehen und schienen auch nicht gewillt, sich umgehen zu lassen.

Grunert blieb vor ihnen stehen. Krieger sah ihm mit prüfender Offenheit, vorgesetztenhaft-fordernd, in die Augen. Pratzke schien durch ihn hindurchzusehen, in nebelhafte Fernen hinein, wohlig-dumpf und mit heimlicher Erwartungsfreude. Er schien gelassen abzuwarten, wer hier wem das Genick brechen würde – er war dann bereit, dem siegreich Überlebenden in schlichter Treue Gefolgschaft zu leisten.

»Was fangen wir jetzt miteinander an?« fragte Grunert; auch er schien jetzt entschlossen zu sein, nicht mehr auszuweichen. »Sollen wir etwa übereinander herfallen und uns die Knochen brechen?«

»Du hättest in diesem Fall keine Chance«, sagte Krieger. Er lächelte ein wenig, doch ohne den geringsten Grad von Freundlichkeit. »Ich bin dir auch körperlich überlegen.«

»Das müßte sich erst noch herausstellen«, sagte Grunert abschätzend. Er schien zwar bereit, jede Herausforderung anzunehmen, gab aber zugleich zu verstehen, daß er nicht sonderlich versessen darauf war.

»Ich nehme Rücksicht auf dich, Grunert – denn schließlich bist du einige Tage eingesperrt gewesen. Das wird dich zusätzlich geschwächt haben. Außerdem bin ich kein Schläger.«

»Dafür bin ich zuständig«, sagte Pratzke mit schöner Selbstzufriedenheit. »Drei Hiebe von mir würden genügen — und zwar für euch beide.«

Wolfgang Grunert blinzelte kurz zu Pratzke hinüber; der grinste zurück. Krieger sah sich nach seinem Begleiter um. Und jetzt war er es, der mit herzlicher Zuneigung angegrinst wurde.

Pratzke war es im Grunde gleichgültig, wem er seine mächtigen Kräfte lieh. Er brauchte lediglich ein Gehirn, das ihn lenkte; und solches mußte mit souveräner Klarheit geschehen. Unübersichtliche Machtverhältnisse pflegten ihn zu beunruhigen. Noch waren seine Sympathien überwiegend bei Krieger, aber auch Grunert schien einige solide, handfeste Vorteile zu bieten — ganz abgesehen von der Bereinigung der drohenden Vaterschaftsbeschuldigung durch Hannelore.

Gerade in diesem Punkt hatte Grunert erfreuliches Verständnis gezeigt. Pratzke dachte nahezu dankbar daran. Von Krieger war besonders in diesem speziellen Fall nicht das geringste Entgegenkommen zu erwarten. Krieger hatte in diesem Lager die Moral gepachtet. Bei sogenannten Weibergeschichten sah er grundsätzlich rot. Er würde sogar ihn, einen Pratzke, vermutlich ohne zu zögern, zum Teufel jagen und durch einen anderen ersetzen — durch einen von der Lagerclique, die Krieger bedingungslos ergeben war und in deren Händen alle Antreiberposten und Schlüsselpositionen lagen.

»Ich empfehle dringend«, sagte Pratzke schließlich, »daß wir zunächst einmal gemeinsam einen Schnaps trinken — vielleicht können wir uns dann besser riechen.«

»Keine schlechte Idee«, stimmte Krieger überraschend schnell und scheinbar spontan zu. »Einverstanden?«

»Nichts dagegen einzuwenden«, sagte Grunert vorsichtig, »unter der Voraussetzung allerdings, daß der Schnaps gut ist.«

»Bestens«, versicherte Pratzke. »Aus Beständen des sowjetischen Kommandanten; Wodka, fünfundsechzigprozentig. Ich habe ihn neulich an mich genommen, aus reiner Besorgnis um die Gesundheit des Majors. Und selbst auf die Gefahr hin, daß Wodka versöhnlich stimmt.«

Sie durchschritten gemeinsam, Seite an Seite, das Lagertor. Sie gingen scheinbar einträchtig auf die Baracke zu, in der sich die deutsche Lagerkommandantur befand: ein kleines Verwaltungszimmer, dahinter Kriegers Dienstraum und hinter diesem eine

Kammer, deren Einrichtung vergleichsweise luxuriös anmutete: Tisch, Sitzkisten, Regal, Waschbecken, Feldbett. Hier hauste der deutsche Lagerkommandant; und er wurde von fünftausend Pritschenbewohnern um soviel Pomp und Glanz heimlich, doch ohne jede Heftigkeit beneidet.

Pratzke kniete sich sofort nieder. Er schob sich unter das Bett und wühlte dort zwischen Kartons und Blechbüchsen. Schließlich tauchte er mit einer Wodkaflasche wieder auf. Sie war fast noch halbvoll. Er betrachtete sie in freudiger Erwartung, entkorkte sie und roch daran, was ihm großes Entzücken zu bereiten schien. Dann setzte er die Flasche vor den Mund. Doch im letzten Augenblick zwang er sich dazu, nicht als erster zu trinken. Er reichte den Wodka zu Krieger hinüber.

Krieger nahm die Flasche entgegen und hielt sie Grunert hin. Der trank. Flüssiges Feuer schien in seinen Körper zu sickern. Der heftige Genuß ließ das Wasser in seine Augen treten; aber er schloß sie nicht. Keine Sekunde lang ließ er Krieger unbeobachtet; und der betrachtete ihn gleichfalls unentwegt lauernd.

»Auf gutes Gelingen«, sagte Grunert, ehe er zum zweitenmal ansetzte.

»Auf dein Wohl«, sagte Krieger; und nun griff auch er zur Flasche. »Und das meine ich genauso, wie ich es sage, Grunert. Ich hoffe nämlich in deinem Interesse, daß du deine kostbare Gesundheit nicht leichtfertig aufs Spiel setzen wirst.«

»Auf gute Zusammenarbeit!« rief Pratzke und trank mächtig.

Sie grinsten sich an und belauerten sich weiter. Es war schwer, in dieser Situation die rechten Worte zu finden. Am liebsten wären sie einander, gleich Wölfen, an die Kehlen gesprungen. Aber sie hatten sehr schnell gesehen, daß im Augenblick mit Gewalt nicht viel zu erreichen war. Der brüllende Major, den nicht wenige in völliger Verkennung seiner Wesensart für einen harmlosen Kläffer hielten, entpuppte sich immer wieder als ein ganz gerissener und durchtriebener Bursche. Er hatte alle beide, Grunert genauso wie Krieger, hinausgejagt in die freie Wildbahn. Und keiner wußte nun, hinter wen von beiden er sich zu stellen gewillt war – der andere würde dann mit Sicherheit abgeknallt werden.

»Teile und herrsche«, sagte Krieger schließlich nachdenklich. »Eine uralte und immer wieder aufs neue gültige politische Alltagsweisheit. Aber ich habe wenig Lust, mich gegen dich aufhetzen zu lassen, Grunert.«

»Ich habe nie gewußt, daß du mein Freund bist«, sagte der gedehnt.

»Das«, erwiderte Krieger schnell, »ist auch nicht der Fall.« Er wollte unter allen Umständen den Eindruck vermeiden, als biete er sich hier kameradschaftlich an. Gleichzeitig aber hielt er es für angebracht, zur Zeit keine weiteren Verschärfungen eintreten zu lassen: Noch waren die Truppen nicht geordnet, das Gelände nicht zu übersehen – mithin konnte die Entscheidungsschlacht noch nicht gewagt werden.

»Um Freunde zu sein«, sagte Krieger, »kennen wir uns zuwenig. Es geht hier nicht um dich oder mich, sondern allein um die Gemeinschaft, zu der wir gehören – ob wir es wollen oder nicht.«

»Mitgefangen muß nicht mitgehangen sein«, sagte Grunert.

»Jedenfalls können wir uns hier, in dieser Situation, Zwietracht am allerwenigsten leisten. Zusammenarbeit ist daher nicht nur eine Sache der Klugheit – sie ist das Gebot der Stunde.«

»Du willst mit mir zusammenarbeiten?« fragte Grunert ungläubig und mißtrauisch zugleich.

»Man kann es so nennen«, erklärte Krieger großzügig. »Aber um keine Mißverständnisse aufkommen zu lassen, würde ich den erstrebenswerten Vorgang von meinem Standpunkt aus so formulieren: Du wirst mit mir zusammenarbeiten.«

»Aber das ist doch genau dasselbe!« rief Pratzke verwundert und griff zur Wodkaflasche.

»Du willst also, daß ich mich dir unterstelle?« fragte Grunert. Er lehnte sich ein wenig zurück, als habe er das Bedürfnis, einem unangenehmen Geruch auszuweichen.

»Du unterstehst selbstverständlich dem Major«, sagte Krieger, »genauso wie es angeordnet ist. Oder erwartest du etwa von mir, daß ich dumm genug bin, mich den Befehlen des sowjetischen Lagerkommandanten hinter seinem Rücken zu widersetzen? Ich denke lediglich daran, daß du deine Organisation gegen meinen Willen und ohne meine Duldung überhaupt nicht aufstellen kannst. Verhalte ich mich gleichgültig oder gar ablehnend, wirst du automatisch Schwierigkeiten haben; unterstütze ich dich aber, kann alles komplikationslos in Ordnung gehen. Und ich bin bereit, dich zu unterstützen.«

»Um welchen Preis?« fragte Grunert.

»Ich will lediglich informiert sein — das ist alles. Ich muß wissen, was in meinem Lager vorgeht; anders kann ich die Verantwortung für fünftausend Kameraden nicht tragen.«

»Einverstanden«, sagte Grunert schnell. »Du wirst laufend informiert werden — mehr aber nicht.«

»Ich werde natürlich«, sagte Krieger vorsichtig, »ein gewisses Einspruchsrecht erhalten müssen — wenn es um Dinge geht, die unsere Gemeinschaft gefährden könnten.«

»Auch einverstanden«, sagte Grunert zur spürbaren Verblüffung von Krieger. »Wenn wir uns aber nicht einig werden können, dann wird selbstverständlich die letzte Entscheidung über deinen Einspruch beim sowjetischen Kommandanten liegen.«

»Gewiß«, stimmte Krieger bei; und diesmal war es an Grunert, verblüfft zu sein. »Sollten wir uns wirklich in bestimmten Punkten nicht einigen können, dann wenden wir uns an die Sowjets.«

Grunert nickte. Er war ein wenig müde geworden von den Anstrengungen des Tages, vom Wodka und den geistigen Pfadfinderspielen, die er hier mit Krieger betreiben mußte. Er konnte in diesem Augenblick nicht sagen, ob er um ein paar Schritte weitergekommen war oder nicht. Felsenfest stand nur, was er schon vorher wußte: Krieger war und blieb ein Hindernis. Aber zu umgehen war dieses Hindernis nicht — er mußte es nehmen, wenn er nicht auf der Strecke bleiben wollte.

»Welche Aufgaben hast du dir gestellt oder gestellt bekommen?« wollte Krieger nunmehr wissen.

»Ich werde zunächst versuchen, alle Menschen in diesem Lager aufzuspüren, die künstlerisch begabt sind oder doch wenigstens Talent genug besitzen, ihre Mitmenschen auf angenehme Weise zu unterhalten.«

»In diesem Zusammenhang könnte ich mir durchaus vorstellen, daß eine Boxstaffel aufgestellt wird«, empfahl Pratzke. »Richtige Turniere sollten durchgeführt werden, mit Vorrunden, Zwischenrunden und Meisterschaftskämpfen: ein Barackenblock kontra den anderen, oder eine Montagegruppe gegen die andere. Mit dem Endsieger kämpfe ich dann persönlich um die Trophäe

Roter Morgen. Hierauf könnten sogenannte Freundschaftskämpfe mit den Sowjets stattfinden.«

»Diese Art von Kultur«, sagte Krieger mit sanfter Ironie, »wird Grunert wohl nicht unbedingt pflegen wollen – ganz abgesehen davon, daß hier kaum jemand überschüssige Kräfte besitzt, außer dir, Pratzke. Wenn ich Grunert richtig verstehe, so beabsichtigt er, Musiker, Sänger und Schauspieler um sich zu versammeln.«

»Und Handwerker«, sagte Grunert; und er sagte das so schlicht und unauffällig, wie es ihm nur möglich war.

»Handwerker?« fragte Krieger prompt zurück. Er hatte sofort begriffen oder zumindest doch gewittert, daß hier ein Vorstoß besonderer Art gewagt wurde; seine möglichen Auswirkungen waren kaum zu übersehen.

Grunert nickte. »Ich will hier etwas wie ein Theater organisieren, und das soll in der Lage sein, unterhaltsame Aufführungen zu bieten. Dazu brauche ich aber auch Werkstätten für Kulissen und Kostüme. Aber zunächst einmal muß ich mir das für derartige Aufgaben in Frage kommende Personal organisieren!«

»Und dann das Material! Bretter, Pappe, Farben, Leinwand und Stoffe aller Art! Woher willst du das nehmen?«

»Das wird sich schon finden«, sagte Grunert ausweichend. »Meine erste Sorge ist das Personal.«

»Wieviel?«

»Nicht sehr viel.« Grunert gab sich überaus harmlos und betrachtete seine Fingernägel – sie sahen aus, als wäre er der Gehilfe des Totengräbers. »Etwa zwei Prozent – denke ich.«

»Das ist zuviel!« rief Krieger prompt. »Zwei Prozent der Belegschaft – das sind hundert Mann! Eine derartige Größenordnung ist ganz ausgeschlossen. Über soviel Personal verfüge nicht einmal ich.«

Grunert schloß kurz die Augen, in denen sich fahle Müdigkeit abzeichnete. Er stieß auf eine Schwierigkeit nach der anderen. Er hatte von Anfang an mit Kriegers Widerstand gerechnet. Aber er hatte nie deutlich erkannt, welch ein Übermaß an Hartnäckigkeit er antreffen würde. »Wir werden ganz bescheiden anfangen.«

»Und bescheiden bleiben«, ergänzte Krieger fordernd.

»Werden auch Frauen dabei sein?« wollte Pratzke lebhaft interessiert wissen.

»Ja«, sagte Grunert müde. »Das ist doch wohl selbstverständlich.«

»Ganz so selbstverständlich ist das ja nun auch wieder nicht«, erklärte Krieger. Er hörte nicht einen Augenblick lang mit dem Versuch auf, seine Position zu festigen. »Wenn tatsächlich auch Frauen mitwirken sollen, dann werde ich auf einer genauen Kontrolle bestehen müssen – aus moralischen Gründen.«

»Diese Weiber kriegen, wenn sie durchaus wollen, ihre Kinder auch ohne Theater«, sagte Pratzke.

»Künstlerische Arbeit unter Polizeiaufsicht – das ist wohl nicht das richtige«, versuchte Grunert mühsam zu erklären.

»Wenn auch nur das geringste passiert«, sagte Krieger, der weiter hartnäckig um den kleinsten Vorteil rang, »dann müßte ich massiv eingreifen – beziehungsweise einen entsprechenden Eingriff des sowjetischen Kommandanten erbitten. Das aber könnte sehr unangenehm werden – wir sollten es vermeiden. Rechtzeitige Kontrollen ersparen viel Ärger. Ich bin immer dafür, allen möglichen Komplikationen vorzubeugen.«

Grunert nickte auch hierzu. Er war gefährlich übermüdet und kaum noch fähig, weiter zu verhandeln, ohne bedenkliche Zugeständnisse zu machen. Er kam sich vor wie ein bezechter Pferdehändler, der seinem trinkfesteren Kollegen nicht mehr gewachsen ist. Er wies die verlockende Wodkaflasche mit letzter Kraft von sich. Und erst nach mehreren vergeblichen Versuchen gelang es ihm endlich, dieses Gespräch zu beenden.

»Du kannst dich, wenn du willst, hier einquartieren«, sagte Krieger großzügig.

Grunert lehnte höflich dankend, aber mit Entschiedenheit ab. Wenn er leichtfertig genug war, hier, in diesen verlockenden Räumen, sein Quartier aufzuschlagen, dann würde er damit völlig unter die Kontrolle von Krieger geraten. Die Preise, die allerorten für Luxus bezahlt werden, sind genau besehen immer zu hoch.

»Du hast selbstverständlich völlig freie Hand«, versicherte Krieger. »Nur der Form halber lege ich Wert auf umfassende Informationen. Aus dem gleichen Grund werde ich auch nicht umhin können, meine Ansichten über deine Tätigkeit kurz schriftlich niederzulegen.«

Grunert spürte sofort, was diese Maßnahme zu bedeuten hatte; aber es blieb ihm gar nichts anderes übrig, als auch hierzu eine Zustimmung durch Kopfnicken zu geben. Diese schriftlich niedergelegten »Ansichten« würden eine Reihe von Erwägungen, Bedenken und Warnungen enthalten. Passierte dann früher oder später irgend etwas, konnte Krieger immer behaupten: Ich habe es kommen sehen; ich habe davor gewarnt – hier ist der schriftliche Beweis!

Grunert atmete tief auf, als er wieder im Freien angelangt war. Die Luft roch nach schwerer Erde und beißendem Rauch; er empfand diese betäubenden Gerüche dennoch als angenehm. Er fühlte sich zum Umfallen müde und war doch aufgepeitscht von wildschwirrenden Gedanken. Fast mechanisch setzte er sich in Bewegung.

Als er am Frauenlager vorbeikam, hörte er seinen Namen rufen. Es war Frau Simoneit, die nach ihm verlangte. »Ich muß Sie sprechen«, forderte sie.

»Später«, sagte Grunert abwehrend.

»Es handelt sich um Hannelore. Sie will jetzt sagen, wer der Vater ihres Kindes ist. Aber nur Ihnen will sie es sagen.«

»Ich will es nicht wissen«, sagte Grunert. »Und wenn sie klug ist, wird sie noch ein wenig damit warten – es könnte sich lohnen.«

»Für wen, Herr Grunert?« fragte die Simoneit kräftig amüsiert. »Für Sie etwa?«

»Kann sein«, erklärte der. »So ein Kind ist, vorläufig wenigstens noch, in unserem Bereich etwas absolut Einmaliges – wir sollten daher diese Sensation ersten Ranges nicht billig verkaufen oder einfach wegschenken.«

»Wir können aber diese Angelegenheit den Sowjets nicht länger verschweigen«, sagte die Simoneit. »Eine werdende Mutter braucht Schonung und Fürsorge. Hannelore darf keine schwere Arbeit mehr machen; sie muß auch besseres und kräftigeres Essen bekommen.«

»Für alles das werde ich sorgen«, versprach Grunert. »Sagen Sie ihr das. Und sagen Sie ihr noch: Sie muß sich gar nicht beeilen, einen Vater für ihr Kind zu finden. Je mehr Aspiranten dafür in Frage kommen, um so größere Fürsorge kann sie erwarten. Die schlechten Gewissen werden sich in kleine Goldgruben verwandeln.«

»Die dann von Ihnen ausgebeutet werden!«

»Frau Simoneit«, sagte Grunert langsam, fast taumelnd vor

Müdigkeit, »es gibt Situationen, in denen man sich weder Großzügigkeit noch Stolz leisten kann, wenn man überleben will.«

»Machen Sie nur so weiter«, sagte die Simoneit mit rauher Vergnüglichkeit. »Sie werden schon sehen, wie weit Sie unter Hühnern und Gänsen mit Ihren Weisheiten kommen. Immerhin tröstet mich der Gedanke: Es gibt keinen besseren Tod, als lachend zu sterben.«

Grunert ließ sich völlig erschöpft auf die Pritsche fallen, von der ihm ein knapper Meter zustand. Die beiden Wilhelm, die unmittelbar neben ihm hausten, betrachteten ihn besorgt. »Bist du krank?« wollten sie wissen.

»Hört zu, ihr beiden«, sagte Grunert, bevor er sich ganz der großen Müdigkeit hingab. »Ich ernenne euch hiermit zum Intendanten und zum Verwaltungsdirektor des hiesigen Lagertheaters. Eure erste Tätigkeit in diesem Amt besteht darin, dafür zu sorgen, daß ich hier ungestört ein paar Stunden schlafen kann.«

»Er scheint wirklich krank zu sein«, sagte einer der beiden Wilhelm.

»Kranke sind im allgemeinen allerdings nur wenig zu Scherzen aufgelegt«, gab der andere Wilhelm zu bedenken.

»Ihr beide«, sagte Grunert entspannt, mit fast schon geschlossenen Augen, »gehört ab sofort zur Abteilung K fünf, die ich leite. Wir sind für Kultur zuständig; was alles darunter zu verstehen ist, wird sich noch zeigen. Ab sofort fällt für euch die Arbeit in der Fabrik aus — die Verpflegungsrationen bleiben jedoch die gleichen. Und in späteren Zeiten liegt eine eventuelle Künstlerzulage im Bereich der Möglichkeiten. Im Augenblick jedoch interessiert mich nur noch eins: schlafen! Ihr könnt inzwischen getrost mit den ersten Planungen beginnen. Wenn ich ausgeschlafen habe, sprechen wir weiter.«

Die beiden Wilhelm betrachteten ihren todmüden Kameraden mit liebevoller Anteilnahme. Er sah blaß aus, wie nach heftigem Blutverlust. Sie sorgten sich ehrlich um ihn; nicht zuletzt, weil sie ihm für Verständnis und Verschwiegenheit zu danken hatten. Und je länger sie über seine Worte nachdachten, um so weniger unwahrscheinlich wollten sie ihnen erscheinen. Bei Grunert war vieles möglich.

Die beiden Wilhelm nickten sich zu. Dann nahmen sie ihre

Decken und breiteten sie sorgsam über Grunert aus. Unbeweglich, fast starr, doch tief atmend lag er in seiner Ecke.

Die beiden Wilhelm verbauten nunmehr seinen Ruheplatz mit zwei Pappkartons, in denen bequem alles Platz hatte, was sie besaßen. Als das geschehen war, gingen sie hinaus – auf die »Rennbahn«.

Diese »Rennbahn« war ein Trampelweg, der rund um die Baracke führte. Er wurde grundsätzlich im Sinne des Uhrzeigers abgeschritten, um Zusammenstöße mit anderen sich ebenfalls ergehenden Kriegsgefangenen zu vermeiden. Hier kreisten immer einige dieser Sackmenschen ruhelos umher. Sie suchten die Illusion des Alleinseins, oder sie wollten lediglich frische Luft atmen, oder sie gedachten ein intensives, unbelauschtes Gespräch zu führen.

»Unser Freund Grunert«, sagte der eine Wilhelm, »neigt zu den seltsamsten Gedankengängen – es könnte nicht ganz ungefährlich sein, derartige Neigungen zu teilen.«

»Es ist aber auch nicht ganz ungefährlich«, gab der andere Wilhelm zu bedenken, »derartige Neigungen nicht zu teilen – wenn er es ausdrücklich von uns verlangt. Er weiß sehr viel – auch über uns. Und es ist nicht ratsam, ihn leichtfertig daran zu erinnern, daß er zuviel weiß.«

»Außerdem«, sagte der eine Wilhelm, »ist er ein guter Kerl; von geradezu vorbildlicher Toleranz. Und selbst wenn er Gefährliches wagen sollte, wird er uns doch wohl niemals dazu zwingen, an solchen Wagnissen teilzunehmen – wenn wir nicht freiwillig dazu bereit sind. Daß er irgend etwas Verwegenes plant, steht für mich fest. Aber vielleicht sollten wir ihm nur behilflich sein, ein Netz aufzustellen, damit er seine Trapezkünste mit einiger Sicherheit ausführen kann.«

»Aber wenn er abstürzt und unser Netz sich nicht als haltbar erweist – was dann? Dann sind wir mitschuldig, wenn ein Unglück passiert.«

»Das müssen wir in Kauf nehmen«, entschied der eine Wilhelm für den anderen, für Wilhelmine also. »Es gibt in meinen Augen nur ein wirklich großes Unglück: wenn wir getrennt werden! Und das weiß Grunert vermutlich genau.«

Hierauf legte der eine Wilhelm kurz, mit kraftvoll-männlicher Beschützergeste, seinen Arm um die Schultern des Freundes. Sie sahen sich an und nickten sich zu. Dann begaben sie sich entschlossen zum Lagerpolizisten, der an ihrem Tor Wache stand.

Sie wurden auf Verlangen zum »Leiter für den Arbeitseinsatz« geführt. Und dort verkündeten sie, beim nächsten Schichtwechsel nicht mehr antreten zu können — sie gehörten neuerdings zur Abteilung K 5.

»Was ist das denn schon wieder für ein Verein?« wollte der »Arbeitsminister« wissen. Er war ein kleiner, überraschend gut genährter Mann, mit scharfen, klugen Fuchsaugen im blanken Ferkelgesicht.

»Wir machen Kultur«, verkündete der eine Wilhelm. Und obgleich er noch nicht ahnen konnte, was alles darunter zu verstehen war, schwangen bereits Stolz und Selbstbewußtsein in seiner Stimme mit. »Kultur ist unsere neueste Errungenschaft!«

»Nicht etwa eine neue Ausrede für Leute, die sich von der Arbeit drücken wollen?«

»Das mußt du den deutschen Lagerkommandanten fragen.«

Der Befehlshaber der Arbeitsbrigaden verschwand mit mißtrauisch funkelnden Augen. Er kam nach drei Minuten wieder zurück. »Geht in Ordnung«, sagte er überaus unzufrieden.

Hierauf machte er sich einige Notizen und betrachtete dann betrübt seine Pläne und Tabellen über Arbeitsgruppen, Arbeitsplätze und Leistungsziffern. »Kultur auch noch!« murmelte er dabei. »Als wenn ich nicht schon genug Ärger und Schwierigkeiten mit diesem verdammten Laden hätte!«

»Dann lege doch deinen Posten nieder«, riet ihm der eine Wilhelm.

»Damit ein anderer kommt und hier alles durcheinanderbringt?« Den Organisator der Traktorensklaven schien es heftig anzuwidern, ständig gegen Mißgunst und Unkenntnis ankämpfen zu müssen. »Wenn ihr mich nicht hättet, könntet ihr in einem Steinbruch arbeiten oder Landstraßen schaufeln, Bäume umlegen oder Tüten kleben! Aber ich mache euch zu prima Facharbeitern. Und wer dankt mir das?«

»Vielleicht die Sowjets«, sagte Wilhelm groß. Und dann schritt er, von seinem bewundernden Freund gefolgt, hinaus. »Beschäftigen wir uns also mit Kultur«, verkündete er dabei nahezu unternehmungslustig.

»Da wir uns nicht mit der Kultur der französischen Küche zu

beschäftigen haben«, warf der andere mit freundlichem Spott ein, »sind wohl kaum Komplikationen zu befürchten.«

»Das ändert jedoch nichts an der Tatsache«, sagte Wilhelm, der sich von seinem Lieblingsthema spontan angezogen fühlte, »daß ein bretonischer Feuertopf keinesfalls mit einer im eigenen Blut geschmorten Ente zu vergleichen ist.«

»Ich muß dir widersprechen«, sagte der andere Wilhelm zwar taktvoll, doch mit Beharrlichkeit. »Die ausgeklügelten, raffiniert übersteigerten Einfälle einiger Pariser Gastronomen können nur noch mit — allerdings vollendeten — Taschenspielereien verglichen werden. Die wahre Kraft und Schönheit des Landes aber, sein Duft und seine berauschende Schwere, ist nur in der Provence unverfälscht anzutreffen.«

Sie setzten dieses Thema mit freudiger Besessenheit so lange fort, bis sie wieder in ihrer Baracke landeten und dort den schlafenden Grunert sahen. Bei seinem Anblick wurden sie ein wenig ratlos. Er forderte von ihnen kulturelle Betätigung, und sie vermochten sich nicht auszudenken, was er darunter verstanden haben wollte. So beschlossen sie denn, zunächst einmal abzuwarten, bis er wieder aufwachte.

Das geschah nach einigen Stunden. Die Baracke war nahezu leer; ihre Insassen waren — bis auf Grunert und die beiden Wilhelm — zu ihrer Schicht in den *Roten Morgen* marschiert, um dort Einzelteile zu Traktoren zusammenzusetzen. Die drei waren also allein und daher der ansonsten üblichen kameradschaftlichen Neugier nicht ausgesetzt.

»Also«, wollten die Wilhelm wissen, »was stellst du dir nun unter Kultur vor? Was verstehst du unter einem Lagertheater? Was erwartest du von einem Intendanten und was von einem Verwaltungsdirektor?«

»Zunächst«, sagte Grunert bereitwillig, »brauchen wir einmal Spezialhandwerker. Drüben in der Fabrik sind unsere Leute kaum mehr als Handlanger, die zehn, zwölf genau abgezirkelte Montagegriffe beherrschen. Aber unter ihnen befindet sich sicherlich eine ganze Anzahl, die weit mehr können, als sie dort zeigen dürfen: Elektriker, Tischler, Schlosser, Maler, Klempner! Die besten davon brauchen wir.«

»Was haben denn Handwerker mit einem Theater zu tun?« fragten die Wilhelm erstaunt.

»Sehr viel! Bei dem Theater, das ich hier zu inszenieren gedenke, sind sie sogar die Hauptakteure.«

Wolfgang Grunert schien gut geschlafen zu haben. Er saß auf seiner Pritsche und betrachtete seine beiden Helfershelfer mit unternehmungslustigen Blicken. Er knabberte an einem Kanten Brot und sprach unbekümmert weiter. Er schien recht genau zu wissen, was er wollte.

»Natürlich brauchen wir auch noch sogenannte Künstler — vor allen Dingen Musiker und Sänger. Auf diesem Gebiet kann uns am allerwenigsten passieren, denn Musik ist international; besonders gegen klassische Musik können selbst die Sowjets kaum etwas einzuwenden haben. Aber auch schauspielerisch begabte Talente sind willkommen. Dabei wollen wir uns an dem Begriff ›Laie‹ nicht stoßen; dieser Sorte ist nämlich besonders leicht einzureden, daß für die Kunst Opfer gebracht werden müssen — am Ende schleppen sie sogar Bretter und helfen mit, Kabel auszulegen. Und das ist dann ziemlich genau das, was ich im Endeffekt von ihnen erhoffe. Wenn wir also unser Personal aussuchen, dann nehmen wir bei gleichwertigem künstlerischem Talent grundsätzlich immer den körperlich Stärkeren oder den manuell Geschickteren. Gute Handwerker mit künstlerischen Ambitionen stellen für uns den Idealfall dar: sie werden in unseren Listen zwar als Akteure geführt, aber vorwiegend in den Werkstätten beschäftigt.«

Der eine Wilhelm sah den anderen reichlich ratlos an. Sie glaubten inmitten ihrer mit Brettern vernagelten und von Stacheldraht umknäuelten Welt zu träumen; sie sahen Vorhänge, die vor Tischlerwerkstätten aufgingen, und Scheinwerfer, die eine Kunstschlosserei anleuchteten. Dazwischen tanzten leichtgeschürzte Mädchen mit Schraubenziehern und Bleirohren nach dem Takt von Hobeln und Schmiedehämmern, während in einem Orchester die Geigen von Blattsägen bearbeitet wurden. Und vor diesem Schauspiel saßen die Kriegsgefangenen; bleich, gebannt, atemlos, mit vor Staunen weit aufgerissenen Mündern.

»Wenn euch jemand fragen sollte, meine lieben, unzertrennlichen Freunde, was wir eigentlich planen, dann sagen wir ganz einfach: Musik von Bach und Tschaikowski, Theaterstücke von Shakespeare und Gogol; ferner sei beabsichtigt, Puschkin und Gorki zu dramatisieren. Diese Auskunft bekommen die Sowjets. Für die Deutschen aber, und besonders für die sogenannten guten und echten Deutschen, werden wir angeblich Wagner und Beethoven spielen und Schiller inszenieren; auch der Name Goethe kann getrost genannt werden. Unsere diesbezüglichen Planungen können gar nicht umfangreich und großzügig genug erscheinen.«

»Na schön«, sagte der eine der beiden Wilhelm schließlich. »Wir werden also Werkstättenpersonal in größeren Mengen herausziehen, daneben dann noch ein möglichst komplettes Theaterensemble auf die Beine stellen und außerdem noch ein großes Orchester zu gründen suchen. Aber woher bekommen wir denn die Instrumente?«

»Wir werden sie selbst bauen oder sie uns von den Russen ausleihen – und wenn es gar nicht anders geht, dann sogar ohne deren direkte Zustimmung. Mit dem Notenmaterial halten wir es sinngemäß.«

Wieder sahen sich die beiden Wilhelm bedenklich an. »Textbücher werden ebenfalls kaum aufzutreiben sein.«

»Das ist meine geringste Sorge«, sagte Grunert unbekümmert. »Ein paar Stücke werden wir einfach aus dem Russischen ins Deutsche übersetzen. Und außerdem haben wir ja einen anerkannten Nazidichter im Lager – der wird uns gut und gerne mit ein paar strammen Antinazidramen aushelfen. Er kann ja einfach seine alten Sachen ausgraben und sie unter neuen Vorzeichen bearbeiten; dann werden aus den Nazis lauter Schufte und aus Sozialisten Helden, aus Germanen Barbaren und aus Slawen Übermenschen. Und das Zeitstück feiert Triumphe! Aber das machen wir alles mit der linken Hand – entscheidend sind allein die Werkstätten!«

Die beiden Wilhelm schwiegen. Sie saßen dicht nebeneinander, Grunert gegenüber; sie wagten sich kaum noch anzusehen. »Das klingt ein wenig verwirrend«, gestand schließlich einer.

Grunert winkte besänftigend ab. Er hatte Schritte gehört und sah zur Tür hin. Dort erschien Pratzke: breit, gemütlich und mit wiegendem Raubtiergang. Es hatte den Anschein, als sei er bereit, einen Kraftakt zum besten zu geben.

Pratzke näherte sich, vertraulich grinsend. »Das Festkomitee bei der Arbeit?« fragte er. »Dann komme ich im richtigen Augenblick.«

»Willst du dich etwa als Artist anbieten?« fragte Grunert aufmerksam.

Pratzke lachte scheinbar gutmütig; er schlug den beiden Wilhelm augenzwinkernd auf die Schultern und ließ sich dann nieder. »Daß du dir ausgerechnet diese beiden Gemütsathleten ausgesucht hast, Grunert, das finde ich einfach genial. Kaum jemand anderem könnte man eine Jungfrau anvertrauen. Womit ich aber nicht behauptet haben will, daß es hier noch Jungfrauen gibt – von deiner Maria natürlich abgesehen, Grunert; vorläufig. Die Gefahr jedenfalls, daß sich dein Theater im Handumdrehen in ein Puff ausweiten könnte, scheint durch deine Auswahl des leitenden Personals weitgehend gebannt. Das wird nicht zuletzt von mir mit Nachdruck begrüßt – und zwar, im Vertrauen, aus persönlichen Gründen.«

Grunert sah kurz warnend zu den beiden Wilhelm hinüber. Sie fühlten sich durch Pratzkes biedere Brutalität verletzt; sie machten daher Anstalten, ihre Empörung allzu deutlich zu zeigern und vielleicht sogar auszusprechen. Feindseligkeiten jedoch konnte Grunert nicht gebrauchen; schon gar nicht solche, die vorzeitig offen zum Ausbruch kamen. Die beiden Wilhelm erkannten sein Verlangen sofort und übten wunschgemäß Selbstbeherrschung.

»Womit wolltest du mich erfreuen?« fragte jetzt Grunert. Und er registrierte amüsiert, daß Pratzke erstaunlicherweise fast ein wenig verlegen wirkte. Warum das so war, konnte er sich beinahe denken. Es gab nur ganz wenige Dinge, die einen Pratzke zu erregen vermochten: die Gefährdung seines Postens und das Verlangen nach Weibern.

»Ich wollte dir nur einen guten Ratschlag geben«, sagte Pratzke und kämpfte männlich mit seiner Verlegenheit. »Einen Vorschlag wollte ich dir machen; ganz unverbindlich, selbstverständlich.«

»Wie hieß das Mädchen?« fragte Grunert offen.

»Sylvia«, sagte Pratzke; er war sichtlich verblüfft.

»Ist engagiert«, entschied Grunert, als handle es sich um die selbstverständlichste Sache der Welt.

»Mit dir kann man zusammenarbeiten!« gestand Pratzke freudig grinsend.

»Mit dir auch«, versicherte Grunert betont kameradschaftlich. »Ich bitte dich daher, heute noch folgendes bekanntgeben zu lassen: Wir suchen bei höchsten Tagesrationen künstlerisch begabte Menschen. Und auch ein paar Handwerker. Den genauen

Text werde ich dir noch zukommen lassen. Morgen und übermorgen werden wir dann im Laufe des Tages die Bewerber überprüfen. Auch dabei lege ich auf deine Mitarbeit Wert.«

»Das mache ich«, versicherte Pratzke mit lebhaft zustimmendem Kopfnicken. »Und das eine will ich dir noch versichern, Grunert – die Sylvia, die ich dir empfohlen habe, hat wirklich Qualitäten.«

»Davon bin ich überzeugt«, sagte Grunert lächelnd. »Und damit haben wir jetzt bereits sechs Mitwirkende: Wilhelm und Wilhelm, Pfarrer Matthäus, Tischler Wollmann, deine Sylvia und – Hannelore.«

Die breite Zufriedenheit, die auf Pratzkes Gesicht lag, verschwand urplötzlich. Sekundenlang sah er verwirrt aus, einem Kind nicht unähnlich, dessen Lieblingspuppe unerwartet in Rauch und Flammen aufgeht. Der Gedanke, die von ihm protegierte Sylvia in enger Nachbarschaft Hannelores zu wissen, ließ ihn einen handfesten Skandal wittern, der ihn glatt um seinen Posten bringen konnte.

»Das kannst du doch nicht machen!«

»Es geschieht zu deinem Besten«, versicherte Grunert, »auch wenn du das jetzt noch nicht erkennen kannst. Oder glaubst du etwa, ich werde unsere gute Zusammenarbeit leichtfertig aufs Spiel setzen?«

»Na ja«, gab Pratzke mühsam zu, »so dumm bist du vermutlich nicht.«

»Bestimmt nicht«, sagte Grunert. »Ich bin doch dein guter Kamerad, Pratzke – solange du mein guter Kamerad bist.«

Eine blutrote Armbinde aus grober Leinwand war die höchste Auszeichnung, die von den Sowjets an deutsche Kriegsgefangene verliehen wurde. Sie bedeutete: völlige Bewegungsfreiheit; allerdings nur außerhalb der Sperrzeiten. Aber der Inhaber dieses roten, abgestempelten Stoffetzens durfte sich einigermaßen unbehindert im Lager 13 7 13 ebenso bewegen wie im Fabrikgelände *Roter Morgen;* denn beide gehörten untrennbar zusammen. Grunert trug jetzt diese Armbinde.

Die russischen Arbeiter des Werkes kamen aus der Stadt oder aus der näheren Umgebung; praktisch begaben sie sich, wenn sie den Stacheldrahtwall durchschritten hatten, für acht Stunden täglich in Kriegsgefangenschaft. In den Hallen und Schuppen werkten dann diese beiden Menschengruppen nahezu friedlich nebeneinander. Und es war oft schwer zu unterscheiden, wer hier eigentlich als Angehöriger einer Aggressorarmee eingesperrt war und wer pflichtgemäß am Wiederaufbauwerk des sozialistischen Vaterlandes teilnahm. Die eine Gruppe wollte leben, die andere überleben – das war vielleicht schon der ganze Unterschied.

Grunerts neue rote Armbinde leuchtete herausfordernd. Selbst das ewig trübe, naßkalt dahinschleichende Wetter zwischen dem großen Wechsel in der Natur nahm dem schreienden Rot nichts von seiner blutigen Überzeugungskraft. Es gab auch weiße Armbinden, die allerdings schon nach kurzer Zeit schmutziggrau aussahen; sie wurden von der Lagerpolizei und den anderen Helfershelfern oder Handlangern der deutschen Kommandantur getragen. Die Inhaber der weißen Kattunstreifen durften sich allerdings nur im eigentlichen Kriegsgefangenenlager 13713 ungehindert bewegen, den roten Armbinden aber stand zusätzlich mehr als ein Quadratkilometer Bewegungsfreiheit zu.

»Soll ich die Ehrenwache heraustreten lassen?« fragte der deutsche Polizist verbindlich grinsend. Und er grüßte halbwegs militärisch, als Grunert das Haupttor zwischen Lager und Fabrik zu durchschreiten begehrte.

Grunert winkte gelassen ab. Dann hielt er dem in der Nähe stehenden schwerbewaffneten sowjetischen Soldaten seine Armbinde unter die Nase. Der betrachtete sie aufmerksam und schien den darauf befindlichen Stempel der Kommandantur mit kriminalistischer Gründlichkeit zu studieren. Hierauf nickte er.

Bisher waren nur drei rote Armbinden an Kriegsgefangene ausgegeben worden: Eine trug Krieger, der deutsche Lagerkommandant, die zweite sein Stellvertreter Pratzke, die dritte der Leiter für den Arbeitseinsatz. Grunert war der vierte Inhaber dieses begehrten Symbols annähernder Freiheit; er wußte genau um ihren Wert und war entschlossen, ihn voll in Rechnung zu stellen.

Grunert steuerte auf das Lazarett zu, das unmittelbar neben dem Eingangstor lag, in der Nähe der sowjetischen Kommandantur. Sein heimlicher Triumph, endlich die Bewegungsfreiheit verschaffende rote Armbinde zu besitzen, war nur kurz gewesen. Jetzt spürte er wieder beklemmend deutlich – und das in

Besonderheit beim Anblick des Lazaretts –, daß vieles und Entscheidendes mit Klugheit und Zähigkeit unternommen werden mußte, wenn er diesen Stoffstreifen noch lange tragen wollte.

Im Lazarett prallte er sofort auf Katerina. Sie stand in der offenen Tür zu ihrem Ordinationszimmer, das sich unmittelbar neben dem Eingang befand – vermutlich hatte sie ihn kommen sehen. »Sie wollen zu mir?« fragte sie.

»Selbstverständlich«, beeilte er sich zu versichern. »Und ich freue mich, daß ich Sie antreffe, Doktor.«

»Freuen Sie sich nicht zu früh«, sagte Katerina abweisend. »Ich habe eine schlechte Nachricht für Sie: Es wird mir vermutlich gelingen, diesen Hegner, Ihren ehemaligen Lehrer, durchzubringen. Er wird die Krise überstehen – in zwei, drei Tagen wird er fieberfrei sein. Dann wird er reden. Und dann werden wir wissen, was Sie wirklich für ein Mensch sind.«

Grunert schwieg und betrachtete die Ärztin mit ähnlicher forschender Intensität, mit der sie ihn ansah. Er versuchte – und immer wieder ertappte er sich bei diesem Versuch –, sie sich unter ganz anderen Umständen vorzustellen, in einer wesentlich anderen Situation: beim Singes eines Liedes, während eines Tanzes, in den Armen eines Mannes. Aber er sah schnell ein, daß dafür seine Phantasie auch nicht annähernd ausreichte.

»Haben Sie die Sprache verloren?« fragte Katerina. »Sie sehen aus, als wäre Ihnen nicht wohl.« Und durch diese dunkel und spröde klingenden Worte war, so wollte es Grunert scheinen, ein Anflug von Besorgnis zu vernehmen. Aber auch diese Regung, so glaubte Grunert in Erwägung ziehen zu müssen, konnte ausschließlich ärztlichem Verantwortungsbewußtsein entspringen; denn gerade diese Eigenschaft zeichnete sie ja in Besonderheit aus.

»Lesen Sie gelegentlich Gedichte?« fragte Grunert unvermittelt.

»Ich kann einige auswendig«, sagte Katerina; und ihre Augen funkelten verwirrt. »Aber ich verstehe nicht, was diese Frage mit meiner Feststellung zu tun haben soll.«

»Viel«, sagte Grunert. »Denn alles, was damals zwischen mir und meinem Lehrer vorgefallen ist, begann mit einem Gedicht – wir konnten uns nicht über seine Qualitäten einigen. Das war sein Unglück — oder meins. Das ist es nämlich, was sich erst jetzt herausstellen wird.«

»Was sind Sie eigentlich für ein Mensch, Grunert?« fragte die Ärztin heftig. »Sind Sie ein Scharlatan oder ein Phantast, ein verschrobener Idealist oder ein heimlicher Romantiker, ein Realist oder einfach nur ein Krimineller?«

»Ich muß offen gestehen, Doktor, daß mir Ihre Anteilnahme mehr Freude als Unruhe bereitet. Wenn Sie einmal ein paar Stunden Zeit für mich haben sollten, am besten abends, dann sollten wir uns miteinander unterhalten.«

»Was soll das?« fragte die Ärztin nahezu tonlos. Sie schien das, was Grunert ihr soeben zu sagen gewagt hatte, als bodenlose Frechheit zu empfinden.

»Was soll das heißen?«

»Das soll heißen«, beeilte sich Grunert zu erklären, »daß ich mich noch sehr unsicher fühle — auf politischem Gebiet. Ich weiß wohl ziemlich genau, was ich will, nicht aber, wie ich es erreichen kann. Ich möchte gerne dem Kommunismus näherkommen, so nahe wie nur irgend möglich. *Das Kapital* von Marx ist mir geläufig, einiges von Lenin kenne ich auch — aber ich beherrsche nicht die Kunst der Interpretation, der Auslegung, der Ausdeutung. Mir dabei zu helfen, wollte ich Sie höflichst bitten.«

»Dafür ist der Kommissar zuständig.«

»Er ist im Augenblick nicht da — und Sie vertreten ihn. Und selbst wenn er da wäre — er muß sich um fünftausend Kriegsgefangene kümmern, und um die russischen Arbeiter und Angestellten der Fabrik noch dazu. Ich habe aber hundert Einzelfragen. Sie sollten in Erwägung ziehen, sich ein wenig zu opfern — im Dienst der guten Sache.«

»Das muß ich mir überlegen«, erklärte Katerina überaus reserviert. Sie schien ehrlich zu bedauern, ihn nicht einfach schroff abweisen zu können. Aber schließlich hatte sie verbindliche Verpflichtungen der Partei gegenüber — und waren nicht den Forderungen des Marxismus-Leninismus auch die persönlichen, die privaten Regungen bedingungslos unterzuordnen, so schwer das auch gelegentlich fallen mochte? »Ich werde Ihnen meine Entscheidung zu gegebener Zeit mitteilen, Grunert«, erklärte sie schließlich.

»Ich hoffe, sie wird positiv sein«, sagte er. »Aber ehe ich jetzt gehe, sollen Sie noch eins wissen: Ich begrüße es ehrlich, daß es Ihnen zu gelingen scheint, Hegner wieder gesund zu machen.«

»Das«, sagte Katerina spontan, »höre ich gern. Und es wäre gut, wenn Sie die Wahrheit gesprochen hätten. Darüber würde ich mich freuen, wirklich!«

Dann wandte sie sich hastig von ihm ab. Und das geschah derartig überstürzt, als wäre sie erschrocken über das, was sie soeben gesagt hatte. Sie verschwand in ihrem Arbeitszimmer und zog die Tür hinter sich zu.

Nach diesem hastigen Abgang der Ärztin blieb Grunert noch sekundenlang im Korridor stehen. Er sah nahezu besorgt aus. Denn er mußte sich sagen: Gefühle, gleich welcher Art, lassen sich niemals in Berechnungen einbauen. Und: Gemeinheit mit Durchtriebenheit erwidern, Macht durch List zu entkräften, auf einen Schelm einundeinenhalben zu setzen — das war verhältnismäßig einfach. Aber Vertrauen nicht erwidern zu dürfen, Sympathie ausnutzen zu müssen — das war es, was Grunerts Gedanken verdüsterte.

Er setzte sich in Bewegung, jetzt ohne sonderliche Spannkraft. Er ging auf das Gebäude zu, in dem sich die sowjetische Kommandantur befand — ein Ziegelstall, flach, kleinfenstrig, vom Regen benagt und vom Frost zerfressen: mehr ein Schlupfwinkel der Gewalt, keine Residenz der Macht — dumpfen Nachttaten näher als unbekümmerter Tagesgeschäftigkeit.

Die Tür zum Dienstzimmer des sowjetischen Kommandanten stand weit offen; der wortgewaltige Major war also nicht anwesend. Grunert nahm sich keine Zeit, das zu bedauern. Er benutzte vielmehr die Gelegenheit, den Schreiber des örtlichen Allmächtigen in ein vorsichtiges Geschäftsgespräch zu verwickeln.

Er erlaube sich, erklärte Grunert vorsichtig, der Kommandantur einen nahezu offiziellen Vorschlag zu unterbreiten: Er sei bereit, vorzügliche Handwerker zu organisieren und zur Verfügung zu stellen, damit eine gründliche Renovierung des ganzen Kommandanturgebäudes stattfinden könne, in Besonderheit der Dienstzimmer des Majors und des Schreibers. Als kleine bescheidene Gegenleistung würde er lediglich um diverse Materiallieferungen bitten; vor allen Dingen sei Holz, in jeder Menge und Form, willkommen.

»Das hört sich nicht schlecht an«, sagte der Schreiber mit dem melancholischen Mäusegesicht. »Aber mit dem Material ist das so eine Sache. Es ist natürlich alles vorhanden – aber nicht für euch!«

»Mir würde schon genügen«, sagte Grunert vorsichtig, »wenn ich wüßte, wo hier überhaupt Holz zu finden ist – und sonstige Kleinigkeiten, wie zum Beispiel Farbe, Leinwand, Nägel. Ich wäre für jeden diesbezüglichen Hinweis dankbar.«

»Das könnte sich machen lassen«, sagte der Schreiber. Und er betrachtete versonnen und hoffnungsvoll die Wände des Zimmers, die einen neuen Anstrich dringend nötig hatten.

»Ich empfehle Wandmalereien«, sagte Grunert, der diesen Blick des Schreibers richtig zu deuten verstand. »Hier vielleicht Szenen aus dem russischen Leben – und im Zimmer des Kommandanten Bilder aus der russischen Geschichte.«

»Das ist ein Vorschlag, der den Kommandanten durchaus interessieren könnte«, sagte der Mausgesichtige. Und er tat, als überdenke er diese nicht unwillkommen erscheinende Angelegenheit gründlich.

»Das ist wahrhaftig kein schlechter Vorschlag, zu dem Sie mich soeben inspiriert haben«, beeilte sich Grunert zu versichern. »Und da es sich bei dieser Idee gewissermaßen um Ihr persönliches geistiges Eigentum handelt, wäre es vielleicht am besten, wenn Sie selbst mit dem Major darüber sprechen würden. Sagt dann der Kommandant dazu ja, stehen meine Leute, die sämtlich anerkannte Fachkräfte sind, sofort zur Verfügung.«

Der einflußreiche und mit allen Wassern gewaschene Schreiber würdigte Grunerts geschicktes Entgegenkommen mit zustimmendem Kopfnicken. »Wende dich an den Direktor der Fabrik«, sagte er. »Ich werde ihn telefonisch dann unterrichten, daß wir deinen Bestrebungen aufgeschlossen gegenüberstehen.«

Grunert dankte mit nahezu bewegt klingenden Worten. Heimlich fragte er sich, ob es ihm wohl gelingen würde, hier in diesem Lager so etwas Ähnliches wie einen Wandmaler aufzutreiben. Aber besondere Sorgen bereitete ihm diese Frage nicht: hohe künstlerische Ansprüche waren nicht zu befürchten – prächtige Buntheit würde vermutlich genügen.

Mit freundlich-verbindlichem Grinsen betrachtete Grunert prüfend den zur Zeit wohlwollend gestimmten Schreiber. Er zog kurz in Erwägung, die Erstellung von Entwürfen, von Probemalereien anzubieten – und zwar im Hause des Schreibers, in seiner Wohnung. Doch Grunert vermutete, daß derartige Manipulationen vermutlich doch ein wenig zu weit gehen würden; vorläufig jedenfalls. Auch die schlechten Dinge brauchen Weile.

Nach einigen abschließenden, belanglosen Dialogen verließ Grunert die Kommandantur. Er begab sich nunmehr auf die große Werkstraße; sie war praktisch nichts anderes als eine gradlinige Fortsetzung der Lagerstraße — von seinem Stacheldrahttor zu einem anderen Stacheldrahttor hinführend. Grunert sah sich nahezu besitzergreifend um. Der *Rote Morgen* umstand ihn mit der ganzen schäbigen Müdigkeit einer restlos ausgenutzten Fabrikationsanlage.

Zu Grunerts Linken befanden sich die vier breitflächigen Montagehallen — phantasielos abgezirkelte Metallbauten, wie es sie überall auf der Welt gab. Hier wurden Einzelteile zu gut funktionierenden Maschinen zusammengesetzt; pausenlos spuckten die Hallen Traktoren aus.

Rechts, unmittelbar im Anschluß an das Lazarett und die sowjetische Lagerkommandantur, befand sich die Verladerampe mit den Haupt-, Neben- und Abstellgleisen. Dahinter war ein riesiger Abstellplatz zu sehen: fertige Traktoren, Einzelteilkisten und Stapel von Rohmaterialien in Schuppen und Waggons unter Zeltplanen und Schutzdächern.

Ganz am Ende des Fabrikgeländes aber, vom Kriegsgefangenenlager aus gesehen, befand sich das Verwaltungsgebäude. Die Erbauer dieses weißen Kastens schienen verbissen, doch vergeblich nach großzügiger Modernität gestrebt zu haben; es ähnelte fatal einem Kasernengebäude von großdeutschem Zuschnitt.

Grunert fand mühelos das Zimmer, in dem der Direktor der Fabrik, Grünbaum mit Namen, amtierte. Er wurde unverzüglich und ohne jede Formalität vorgelassen. Der Raum, den er betrat, war vergleichsweise groß, auffallend sauber und mit bemerkenswerter Einfachheit ausgestattet.

Direktor Grünbaum blinzelte hinter einer dicken Brille hervor. Er unterbrach anscheinend bereitwillig seine Arbeit und ersuchte den Besucher — höflich zwar, doch nicht herzlich — Platz zu nehmen. »Sie sind mir bereits von der Kommandantur angekündigt worden«, sagte er.

»Ist Ihnen auch gesagt worden, Genosse Direktor, warum ich Sie aufsuche?«

»Sind Sie, Herr Grunert, Mitglied der Partei?« fragte Grünbaum ruhig zurück. »Ich bin es nicht. Ich bin lediglich Ingenieur und mit der kommissarischen Leitung dieser Fabrik beauftragt. Ansonsten besitze ich keine irgendwie geartete Staatsangehörigkeit. Ich war Deutscher. Ich bin aber noch kein Bürger der Sowjetunion. Neunzehnhundertdreiunddreißig mußte ich aus Deutschland fliehen. Als Staatenloser kam ich über Österreich und die Tschechoslowakei hierher.«

»Soll ich Ihnen versichern, daß ich mich dafür mitverantwortlich fühle?« fragte Grunert behutsam. »Bis zu einem gewissen Grade tue ich das übrigens wirklich, aber ich vermag mir nicht vorzustellen, daß Sie etwas Derartiges von mir hören wollen.«

»Ich bitte Sie!« sagte Direktor Grünbaum abwehrend. »Ich habe Ihnen das nicht erzählt, um an Ihre Gefühle zu appellieren – es geht mir lediglich darum, meine augenblickliche Situation ein wenig klarzustellen. Es ist gar nicht wichtig, daß ich Deutscher war und Jude bin, wohl aber könnte es für Sie von Bedeutung sein, zu wissen, daß ich hier lediglich eine Funktion erfülle. Ich habe Weisungsrecht, aber keine Verfügungsgewalt.«

Grunert glaubte, Direktor Grünbaum recht genau zu verstehen. »Das heißt also«, sagte er, »daß ich nichts von Ihnen zu erwarten habe – kein Brett, keinen Nagel, kein Gramm Farbe.«

Grünbaum lehnte sich zurück und schien kurz die Augen zu schließen; sein langes, schmales, gelbgraues Gesicht verriet jähe, aber schnell überwundene Erschöpfung. Dann lächelte er, nahezu verzagt und ein wenig hilflos. »Es ist schwer geworden, sich verständlich zu machen«, sagte er langsam. »Es genügt nicht mehr, die gleiche Sprache zu sprechen – wenn die Gedanken anderen Welten angehören.«

»Um das ein für allemal klarzustellen, Herr Direktor«, sagte Grunert mühsam, »mir gilt es gleich, woher Sie kommen und wohin Sie streben, ob Sie Jude sind oder Christ oder Mohammedaner! Ich sehe in Ihnen ausschließlich den Direktor dieser Fabrik.«

»Wohl ein gewaltiger Fortschritt«, sagte Grünbaum mit sanfter Ironie. »Wie nett von Ihnen, daß Sie mir meiner Rasse und meines Glaubens wegen keinen Haß entgegenbringen! Aber bleiben wir doch getrost, so wie Sie es wünschen, bei meiner Stellung als Direktor dieser Fabrik. Nun – in diesem Fall ist doch wohl nichts logischer, als daß ich die Belange der Fabrik allen anderen voranstelle. Und meine Aufgabe, Herr Grunert, besteht allein darin, Traktoren zu fabrizieren.«

»Mit unserer Hilfe . . .«

»Gewiß«, sagte der Direktor. »Für mich sind die deutschen Kriegsgefangenen genauso Arbeitskräfte wie die russischen Arbeiter auch. Ich denke nicht daran — oder ich versuche doch wenigstens ehrlich, es nicht zu tun —, in diesen Arbeitskräften Deutsche zu sehen; und zwar: ehemalige deutsche Soldaten, und unter ihnen Nazis und sogar SS-Leute.«

»Wer?« fragte Grunert begierig. »Wer gehört zur SS? Nennen Sie Namen!«

»Ich werde mich hüten«, sagte Direktor Grünbaum offen. »Was ich von diesen Dingen weiß, bemühe ich mich, schnell wieder zu vergessen. Sie aber sollten die einzig richtige Lehre daraus ziehen: Wenn selbst ich mich damit abfinde, so nur, weil mir die Funktion dieser Fabrik über alles zu gehen hat. Erwarten Sie daher nicht, daß ich persönlich irgend etwas tun werde, was meine derzeitige Arbeit, die allein diesem Werk gehört, gefährden könnte.«

»Das ist eine klare und übersichtliche Einstellung«, sagte Grunert. Er hatte das peinliche und bedrückende Gefühl, hier völlig fehl am Platze zu sein. »Unter diesen Umständen darf ich mich wohl jetzt entfernen.«

»Überstürzen Sie nichts«, sagte Grünbaum ruhig. Und wieder lächelte er; doch diesmal war sein Lächeln fast völlig frei von Bitterkeit. »Ich habe gesagt, daß ich nur das tun werde, was im Interesse der von mir geleiteten Fabrik liegt — ich habe damit aber nicht gesagt, daß ich gar nichts für Sie zu tun gewillt bin. Sie werden nichts von dem bekommen, was für die Fabrikation dringend gebraucht wird: aber es gibt ja auch Materialien, die im Augenblick entbehrlich scheinen — warum sollte ich sie Ihnen vorenthalten?«

»Es ist gar nicht so leicht, aus Ihnen klug zu werden«, sagte Grunert ehrlich. »Wahrscheinlich haben Sie recht — vielleicht muß ich wirklich lernen, meine Gedanken zu verändern, damit wir, die wir die gleiche Sprache sprechen, uns auch richtig verstehen.«

»Ich weiß nicht recht, ob ich Ihnen zu diesem mühsamen Wagnis raten soll«, sagte Grünbaum, während sich wieder in sein Lächeln heimliche Betrübnis einschlich. »Ich habe das bedrükkende Gefühl, daß sich die Menschen immer mehr voneinander entfernen. Und sie tun das mit einer bestürzenden Geschwindigkeit, die fast nur noch mit jener zu vergleichen ist, die die Sterne hinaus in die Unendlichkeit treibt. Nicht wenige versuchen, sich über diese beängstigende Tatsache hinwegzutäuschen. Und in dem Verlangen, wieder Dichte und Kraft zu gewinnen, rotten sie sich in Massen zusammen. Sie denken in Millionen! Und ihre letzte Hoffnung auf Sicherheit besteht darin, so wähnen sie, die andersdenkenden Millionen in ihre Bahn zu zwingen. Sollten wir nicht versuchen, uns davor zu bewahren?«

»Können wir das noch?«

»Wir müssen es wohl tun, wenn wir uns nicht ganz aufgeben wollen. Die Lösung scheint sogar denkbar einfach: ein Mensch, eine Familie, ein Freund, auch vielleicht, wer weiß, eine Fabrik. Oder die Abteilung K fünf.«

»Ich habe das Gefühl«, sagte Grunert leise und bedrückt, »daß wir uns erschreckend gut verstehen.«

Direktor Grünbaum starrte auf die Platte seines Schreibtisches, auf der Akten und Pläne in vorzüglicher Ordnung aufgeschichtet waren. Das Miniaturmodell eines Traktors schimmerte in hellen, sorgfältig aufgepinselten Farben. Und an der Wand hing ein Spruchband, das besagte: Die Zukunft gehört den Mutigen.

»Uns beide scheint nur ein primitives Gebilde aus Stacheldraht zu trennen«, sagte Grünbaum schließlich. »Aber die Leute, die es errichtet haben, sind nicht so leicht aus der Welt zu schaffen. So werden wir denn, schätze ich, viel Ärger miteinander haben. Aber gewiß auch manche heimliche Freude.«

Grunert wollte erwidern: Es tut mir aufrichtig leid, daß Sie hier Direktor sind; aber ich bin glücklich, daß es Sie gibt! Doch er sagte diese Worte nicht. Es war nichts mehr zwischen ihnen zu sagen. Alles war klar.

Grunert wartete schweigend, bis ihm Grünbaum eine Materialanweisung ausstellte und aushändigte. Dann ging er, nachdem er einen kurzen Blick auf die verzeichneten Ziffern und Zahlen geworfen hatte: er war in großzügiger Weise beschenkt worden.

Er hatte also, so dachte er, »gesiegt« — aber noch niemals vorher wohl hatte er eine größere menschliche Niederlage erlitten. Und das Merkwürdigste: Gerade diese Niederlage erfüllte ihn mit tiefer Freude.

Der Andrang der Bewerber war überraschend groß; das Wort »Kultur« schien magische Anziehungskräfte auszuüben. Fast zweihundert Männer und mehr als vierzig Frauen hatten sich gemeldet. Sie standen abholbereit an den Toren ihrer Barackengruppen, fest entschlossen, sich als Künstler auszugeben.

Die beiden Wilhelm, die mit weißen Armbinden ausgezeichnet worden waren, hatten ihren großen Tag. Sie entwickelten ein Organisationstalent, wie es gerne Feldherrn zugeschrieben wird; und außerdem bewiesen sie derartig viel Geschicklichkeit und Feingefühl, wie es ansonsten nur Meisterköche zu besitzen pflegen. Bei ihrem Anblick hatte Grunert das gute Gefühl, einen außerordentlich glücklichen Griff getan zu haben.

Die beiden Wilhelm versuchten zunächst, die angestaute Masse der männlichen Bewerber durch eilige Vorauswahl zu dezimieren. Denn diese überraschend große Herde der Kulturwilligen wirkte wie eine Schaufel voller Sand im gutgeölten Lagerbetrieb: der Antreiber der Arbeitssklaven fluchte, da er seine sorgfältigen Planungen gefährdet sah. Er vermochte zwar mit seinem konzentrierten Wutgeschrei die beiden Wilhelm nicht aus der Ruhe zu bringen, lockte aber prompt Krieger und Pratzke herbei.

»So geht das nicht!« erklärte Krieger, der deutsche Lagerkommandant.

»Das geht so«, sagte Grunert gleichermaßen streitbar. »Schließlich hast du selbst die Zustimmung zu dieser Art Auswahl gegeben. Daß dann allerdings der Andrang derartig groß sein würde, konnte niemand von uns ahnen.«

»Vielleicht braucht Grunert unsere Unterstützung«, sagte Pratzke bereitwillig. »Vor allen Dingen dann, wenn er sich die Damen eingehend betrachtet.« Dieser Vorgang in Besonderheit schien ihn außerordentlich lebhaft zu interessieren. Er erinnerte sich an einen Film, in dem ein Theaterdirektor zu sehen gewesen war; für den waren die Maßstäbe der Kunst gleichbedeutend mit den Maßen der Oberschenkel gewesen.

Krieger lehnte jedoch Pratzkes Vorschlag erwartungsgemäß ab. Er wollte sich nicht vorzeitig einmischen, um damit möglicherweise gutzuheißen, was sich vielleicht noch als Sprengstoff entpuppen konnte. »Ich muß darum bitten«, sagte er nur, »keinen Leerlauf entstehen zu lassen, der die Lagerordnung gefährden könnte.«

»Soll ich als Beobachter hierbleiben?« fragte Pratzke.

Krieger lehnte auch dieses allzu durchsichtige Angebot prompt ab. Er war bemüht, alles zu vermeiden, was auch nur den Anschein erwecken könnte, daß Grunert die Unterstützung der deutschen Lagerkommandantur besitze. »Ich bitte, mich über die Endresultate zu unterrichten«, sagte er nur.

Dann ging Krieger. Aber er entfernte sich nicht, ohne einen verwundert prüfenden Blick auf Pfarrer Matthäus geworfen zu haben, der mitten in der Prüfungskommission saß. Pratzke folgte seinem Chef widerstrebend und erst, nachdem er Grunert zugeflüstert hatte: er werde diesen Amüsierbetrieb später noch einmal durch seine Anwesenheit erfreuen — wenn die Damen an der Reihe wären.

Die Auswahlprüfungen fanden in der Gemeinschaftsscheune statt. Wo gewöhnlich der Altar, das Rednerpult oder das Konzertpodium aufgebaut war, dort saßen: Pfarrer Matthäus, Tischler Wollmann, der eine Wilhelm. Der andere Wilhelm arrangierte mit zwei beweglichen Helfershelfern und einem seßhaften Protokollführer, den er bereits »mein Sekretär« nannte, den An- und Abmarsch der Bewerber — sie wurden fast immer einzeln oder doch nur in kleineren Gruppen hereingeführt.

Die Zahl der Talente war erstaunlich; sogar ihre Qualität durfte als bemerkenswert gelten. Sie stürzten sich auf die Instrumente, die der Schreiber der sowjetischen Lagerkommandantur großmütig leihweise zur Verfügung gestellt hatte, nachdem es ihm gelungen war, sie einem »Haus der Kultur« zu entleihen.

Die Bewerber also geigten, trompeteten, zupften den Baß, stießen ins Waldhorn, zirpten auf einer Balalaika, quetschten Luft durch die Blasebälge von Akkordeon und Harmonika, dröhnten mit Pauken, schmetterten mit Becken, beklopften die Felle der Rührtrommeln. Zwar manifestierte sich ihre künstlerische Besessenheit zumeist nur in entnervender Lautstärke, aber nicht allzu selten war auch hingebungsvolles Stilgefühl anzutreffen.

Sobald einer der Bewerber eine Probe von dem gezeigt hatte, was er Kunst nannte, nickte ihm der eine Wilhelm bedeutsam zu, worauf er dann stets die gleichen Worte sprach. Er sagte: »Wir danken dir, Kamerad, für deine bemerkenswerte Leistung. Wir können leider nicht alle Bewerbungen berücksichtigen, aber wir haben deinen Namen notiert und du wirst gegebenenfalls von uns hören.« Und obgleich Wilhelm diese Erklärung wortwörtlich mehrere dutzendmal wiederholte, klang sie niemals gleichgültig oder gar mechanisch heruntergeleiert, vielmehr schwangen immer interessierte Dankbarkeit und hoffnungsfreudige Zuversicht mit.

»Du bist der geborene Intendant, Wilhelm«, versicherte Grunert herzlich.

Doch bevor Wilhelm diese seine Talente spielen ließ, trat regelmäßig der Tischler Wollmann auf den Plan, von Grunert sorgsam instruiert. Und zur immer wieder neuen Überraschung von Pfarrer Matthäus wollte der Leiter der geplanten Vereinigten Werkstätten von jedem Bewerber wissen: »Was bist du von Beruf?«

Behauptete sodann der so Befragte, ein Handwerk erlernt zu haben, war Wollmanns Wissensdurst kaum noch zu stillen. Dann wollte er wissen: was und wie lange, wo und bei wem, mit welchem Erfolg und mit welchen Auszeichnungen? Befriedigten ihn die Antworten, machte er hinter dem Namen des Ausgefragten ein dickes Kreuz.

»Was soll das hier eigentlich werden – ein Orchester oder eine neue Fabrik?« wollte Pfarrer Matthäus mehrmals wissen.

»Wir gründen ein Theater«, erklärte Grunert freundlich. »Dazu gehört ein Orchester ebenso wie eine Anzahl von Werkstätten – für Kulissen, Kostüme und Requisiten.«

Der zum Sachverständigen ernannte Pfarrer schüttelte mehrmals, immer aber behutsam, den Kopf. Sein Amt als Prüfer erfüllte er mit Eifer. Und schließlich, nachdem alle, die sich als Musiker ausgegeben hatten, angehört worden waren, erklärte er: »Ein Kammerorchester wird sich zusammenstellen lassen.«

»Mehr als das«, entschied Grunert. »Ein großes Orchester, zu dem dann ein Kammerorchester gehört. Ferner: ein Streichquartett, Solisten, ein Tanzorchester und eine Volksmusikgruppe. Dazu womöglich noch ein Männerchor, ein gemischter Chor und kleinere Gesangsgruppen.«

»Aber das ist ganz ausgeschlossen!« sagte Matthäus nahezu fassungslos. »Wenn Sie derartig fragwürdige Experimente wagen sollten, wird niemals von Qualität die Rede sein können.«

»Dafür ist der Intendant zuständig, Herr Pfarrer«, erklärte

Grunert. »Wir sollten nicht sein Amt unnötig erschweren, indem wir ihm von vornherein unser Mißtrauen aussprechen.«

Matthäus schwieg, nicht weil es ihm an Worten mangelte, um treffliche Gegenargumente ins Feld zu führen; was ihn immer wieder zu erschüttern vermochte, war die wohl schon als brutal zu bezeichnende Beharrlichkeit dieses sonderbaren Grunert. So saß denn Matthäus still und nachdenklich da; ein geduldiges, mißbrauchtes Aushängeschild für Grunerts nicht ganz durchschaubare Manipulation. Und gleichermaßen erduldete er auch die herausfordernd selbstgefällige Haltung Wollmanns. Dieser Mensch schien nicht die geringsten Gewissensbisse zu empfinden; vielmehr tat er fast so, als habe er, der Seelsorger der Gefangenen, ihm, dem ahnungslosen Totengräber eigenhändig Liebespaare in seinen Sarg gelegt.

»Ganz brauchbare Resultate bis jetzt«, sagte Wollmann. »Ich beantrage vorsorglich eine Kreissäge und eine Drehbank; auch ein Schweißapparat wäre empfehlenswert.«

»Eins nach dem anderen«, sagte Grunert bremsend.

Der eine Wilhelm, der »Intendant«, forderte nunmehr den anderen Wilhelm, den »Verwaltungsdirektor«, auf, aus den Bewerbern diejenigen herauszusuchen, die »Erfahrungen in leitenden künstlerischen Positionen« hatten. Die Auswahl war beachtlich. Es meldeten sich unter anderem: ein Regisseur vom Deutschen Theater in Prag, der Zweite Kapellmeister des Stadttheaters Bamberg, der Leiter eines Bauerntheaters in Oberbayern, der Dirigent eines Hamburger Varietéorchesters, ein Kölner Karnevalssänger und Arrangeur von Festumzügen, ein Dramaturg aus Kassel und der Programmplaner des Reichssenders Frankfurt. Die beiden Wilhelm strahlten vor Zufriedenheit.

»Alles Nieten«, brummte der Tischler Wollmann unwillig. »Nicht einmal fähig, einen Nagel in einen Sarg zu schlagen!«

Auch die nächste Serie war nicht dazu angetan, Wollmanns Unwillen zu besänftigen. Es meldeten sich Schauspieler, Sänger, Ansager, Theatervereinsschriftführer und Programmdrucker. Schließlich erschien auch einer, der sich schlicht als Dichter bezeichnete – und da noch niemals etwas von ihm gedruckt worden war, klang seine Behauptung nicht unglaubhaft. Ihn ernannte der Intendant zum Kulissenschieber.

Schließlich waren mindestens drei Hamlet, vier Mephisto und sieben Faust vorhanden – wenn man den Angaben der Bewerber glauben durfte. Sie alle schienen danach zu lechzen, sich künstlerisch zu betätigen. Sie beschrieben ihre Fähigkeiten mit feurigen Worten; sie verwiesen auf Sammelbände von Kritiken, die irgendwo existieren sollten, und gaben die klangvollsten Namen als Referenzen an. Leider saß aber keiner ihrer Meister, Lehrer, Freunde oder Bewunderer in einem sowjetischen Kriegsgefangenenlager.

»Ein solides Handwerk hättet ihr erlernen sollen!« rief ihnen Wollmann vorwurfsvoll entgegen. Die Künstler nahmen diese flegelhafte Bemerkung mit Haltung entgegen. Wilhelm entschuldigte sich bei ihnen mit wirkungsvoller Höflichkeit.

Schließlich trat, bedrückt und verlegen, ein mit den verschiedenartigsten Uniformteilen behängter Mann hervor. Auch er erklärte auf Befragen, Schauspieler zu sein. Es war ein ausgemergelter, fahriger Mensch, mit Fieberaugen und Gesichtsfurchen, die ein Holzschneider mit grobem Messer gezogen zu haben schien. Niemand beachtete ihn. »Ich heiße Heinrich Wagner«, sagte er.

Auf die Frage von Wilhelm, was er könne, antwortete er hastig: »Ich male den silbernen Strich unter das Fabrikzeichen der Traktoren; früher war ich in einem Steinbruch.« Die Herren der Prüfungskommission starrten ergeben ins Leere.

Als dann Wilhelm seine Fragestellung präzisierte und sich nach den künstlerischen Leistungen dieses — wie hieß er doch gleich? — dieses Heinrich Wagner erkundigte, erwiderte der: »Ich weiß nicht, ob ich überhaupt noch etwas kann — früher einmal habe ich Wallenstein gespielt, den Tell, den Richter.«

Das Prüfungskomitee warf sich, wie mehrmals in den letzten Stunden, einen Blick zu, der zu besagen schien: schon wieder einer von dieser Sorte! »Können Sie irgend etwas rezitieren — einen Monolog zum Beispiel?«

Der ausgemergelte Mann mit den Furchen der Zerstörung nickte. Dann starrte er, als müsse er dort Kraft und Hilfe finden, auf den festgetretenen Lehmfußboden. Stockend, sehr leise, kaum vernehmbar und so, als bereite ihm das Sprechen zerrende Schmerzen, begann er:

». . . des Eifers Wärme führt Euch weit,
es darf der Jugendfreund sich was erlauben.
Blut ist geflossen . . .«

Wilhelm hörte auf, in seinen Listen zu blättern. Pfarrer Matthäus hob seinen Greisenkopf und starrte den Schauspieler an. Grunert kam näher. Selbst Wollmann schien beeindruckt zu sein.

Die Stimme des zerfallenen Mannes nahm nicht an Lautstärke zu, aber sie, die zunächst nur müde und fast gleichgültig geklungen hatte, bekam unheimlich-bedrückendes Leben; Qual zitterte in ihr, und erstrebende Mutlosigkeit schien sie auslöschen zu wollen. Die Scheune, in der sie sich befanden, hatte sich in einen dunklen Saal verwandelt; von Kerzenlicht duchflackerte Nacht umgab sie: Vor ihnen stand Wallenstein, seinen Tod erwartend.

»Ich denke einen langen Schlaf zu tun,
denn dieser letzten Tage Qual war groß,
sorgt, daß sie nicht zu zeitig mich erwecken.«

Der Schauspieler endete. Und als er seine matten Augen hob, sah er in schweigende Gesichter. Dieses Schweigen dauerte an. Das Licht, das in den Raum zu dringen trachtete, schien jegliche Kraft verloren zu haben.

Schließlich sagte Grunert: »Sie also sind der große Heinrich Wagner.«

»Ich war es«, sagte der.

Und in den Augen des alten Mannes flatterte Dankbarkeit auf; es erwärmte ihn, nicht ganz vergessen zu sein. Er wußte, daß er sich – und nicht nur äußerlich – bis zur Unkenntlichkeit verändert hatte.

Einst war er groß und wuchtig erschienen, kraftvoll und füllig; jetzt schlotterten seine Kleider um seinen Körper, der Hunger hatte ihm den Brustkasten eingedrückt, und seinem Gang mangelte die federnde Elastizität, die er seinen Königen und Kämpfern geliehen hatte. Einst vermochten seine Augen besitzergreifend zu leuchten; seine Stimme konnte gleich Sturmglokken erdröhnen; jetzt schien sein Hirn aus Blei zu sein, zwang ihn, den Kopf hängen zu lassen und den Rücken zu krümmen. Und er hatte, ein Gefangener unter Hunderttausenden, jahrelang geschwiegen und so fast verlernt, seine Sprache zu gebrauchen.

Und Grunert sagte, sehr leise, als spräche er zu sich: »Allein um das zu erleben, hat sich dieser ganze Aufwand gelohnt.«

Doch während er noch seinen Worten nachzulauschen schien, brüllte Pratzkes Löwenstimme vom Eingang her: »Kommen jetzt endlich die Weiber an die Reihe? Ich werde langsam ungeduldig!«

Das große Vergnügen, das sich Pratzke erhoffte, fiel zunächst einmal aus. Es wurde von Grunert »auf unbestimmte Zeit« verschoben. Damit war für alle Frauen, die sich gemeldet hatten, zumindest ein zweiter arbeitsfreier Tag gesichert.

Pratzkes Ungeduld war jedoch kaum zu zügeln. Und wie immer, wenn er eigene Ziele erreichen wollte, spielte er fremde Gedanken aus: »Du hast heute schon den ganzen Arbeitseinsatz total durcheinandergebracht – du kannst das doch nicht tagelang so weitertreiben. Ich bin dafür, daß die Besichtigung der Frauen heute schon stattfindet.«

»Sie wird erst morgen stattfinden, mein Lieber«, entschied Grunert. »Und du wirst das Krieger schonend und überzeugend beibringen. Inzwischen werde ich noch einmal mit Hannelore sprechen.«

»Schon gut, schon gut«, rief Pratzke verärgert und um Gleichmut ringend. »Tu, was du nicht lassen kannst! Ich jedenfalls zögere keinen Augenblick, mich wieder einmal prima kameradschaftlich zu benehmen – wie es sich gehört! Und das erhoffe ich auch von dir!«

Pratzke verließ maulend die Gemeinschaftsscheune; er war verstimmt, denn er fühlte sich enttäuscht. Denn einmal hatte er seiner vielversprechenden Sylvia für den heutigen Tag eine reibungslose Aufnahme in das Theaterensemble garantiert; Grunerts Zusage war schließlich bereits ausgesprochen worden. Dann aber gelüstete es ihn danach, gewissermaßen mit einem Blick das hier vorhandene weibliche Angebot überschauen zu können. In seinen Augen war jeder Frau, die sich zum Theater hingezogen fühlte, ein nicht unerhebliches Quantum von Hemmungslosigkeit eigen. Und hier wurden nicht nur deren Namen genannt, sondern er bekam sogar die in Frage kommenden Objekte in voller Aktion vorgeführt. Das würde die allgemeine Übersicht ungemein erleichtern: Die Ware wurde ausgestellt! Preise wie er vermochte in diesem Lager kaum ein anderer zu zahlen.

Grunert registrierte den grollenden Abzug seines nicht gerade bequemen Mitarbeiters mit Erleichterung. Ehe er sich jedoch mit Hannelore erneut über das weitverzweigte Thema der Vaterschaft zu unterhalten gedachte, hatte er noch einiges andere zu erledigen.

»An die Arbeit, Freunde!« rief er. »Jetzt kommt deine große Stunde, Wollmann.«

Und herein strömten nunmehr, von Wilhelm in die rechten Bahnen gelenkt, jene Künstler, die Handwerker waren. Wollmann setzte sich in Positur. Und dann führte er seine Überprüfung mit einer Umständlichkeit und Ausdauer durch, die weit alle bisher angewandten Methoden übertraf.

Bei diesem Vorgang schien Pfarrer Matthäus seinen Denkapparat abzuschalten. Was sich neuerdings hier abspielte, vermochte er nicht mehr zu verstehen – er war geneigt, es für reichlich sinnlos zu halten. Die beiden Wilhelm aber wurden unruhig und sahen hilfeheischend zu Grunert hinüber. Der jedoch empfand für Wollmann in diesem Augenblick fast so etwas wie Hochachtung. Die zähe Gründlichkeit, verbunden mit fintenreichem Prüfungseifer, mit der dieser alte Rabe seine Mannschaft aufstellte, war bestaunenswert. Ein besseres Werkzeug seiner verborgenen Gedanken hätte sich Grunert nicht wünschen können.

Wollmanns Ausbeute erfüllte selbst kühne Hoffnungen. Es waren Elektriker, Bauschlosser und Klempner vorhanden, ein Kunstschmied und zwei Plakatmaler, Feinmechaniker und Werkzeugmacher. »Wenn ich eine Einbrecherbande zusammenzustellen hätte«, flüsterte der eine Wilhelm zu dem anderen, »würde ich eine ähnliche Personalauswahl treffen.«

Matthäus bat, leicht verwirrt, um die Erlaubnis, sich zurückziehen zu dürfen. Er sei Musiker aus Ambition, wenn ihm sein Amt als Seelsorger dafür Zeit ließe – zuständig für manuelle, mechanische oder technische Vorgänge fühle er sich nicht.

Die beiden Wilhelm bedankten sich bei ihm, auf einen Wink von Grunert hin; und sie baten ihn, sich für eine erste Orchesterverständigungsprobe auf Abruf bereitzuhalten. Matthäus versprach es und ging mit müden Schritten davon. Er war trotz allem überzeugt, einer doch wohl guten Sache in der vermutlich rechten Weise gedient zu haben.

»Ich brauche Werkzeug und Material!« rief Wollmann.

»Soviel ich bekommen kann! Es kann nie zuviel sein. Wir müssen unverzüglich meine Werkstatt durch Anbauten vergrößern – um das Vierfache; das dürfte zunächst genügen. Gleichzeitig müssen wir für eine möglichst moderne Einrichtung sorgen.«

»Laß dir einen Katalog kommen«, sagte Grunert unwillig. »Suche dir dann alles aus, was dein Herz begehrt – du bekommst von mir einen Scheck mit jeder gewünschten Summe.«

»Wir sind doch hier in Rußland!« rief Wollmann empört, da er mit Recht glaubte, daß sich Grunert über ihn lustig mache.

»Stimmt«, sagte Grunert. »Wir sind in Rußland. Und deshalb wirst du endlich lernen, Geduld zu haben. Du wirst dir deine Handwerkerkolonne genau ansehen, den Burschen auf den Zahn fühlen, sie schulen und trainieren – so lange, bis sie zu allem fähig sind: zur Produktion eines gepunzten Ledersessels ebenso wie zur Reparatur der Elektrizitätszentrale. Und wenn es sich als notwendig erweisen sollte, müssen sie Lokomotiven in Bewegung setzen und Panzerschränke knacken können. Wir werden die gewünschten Spezialeffekte laufend besprechen. Im Augenblick wird lediglich organisiert.«

Tischler Wollmann, bisher immer nur mißmutig, maulend und dumpf, gab jetzt erneut eine Demonstration seiner ungeahnten Fähigkeiten: Er verwandelte sich in einen energischen, zielstrebigen Direktor der »Vereinigten Werkstätten«, in eine Persönlichkeit mit unbeirrbarem Vorgesetztenbewußtsein.

Er kommandierte die ganz nach seinen Wünschen zusammengestellte »Horde« in die Sargtischlerei, »zwecks Instruktionen«, wie er sagte – und das sagte er mit wirkungsvoll gedämpfter, fordernder Befehlsstimme. Und die Horde erwies sich als erfreulich disziplinwillig und trollte sich mit ihm unternehmungslustig davon.

»Damit«, sagte der eine Wilhelm erleichtert, »sind wir so gut wie am Ende – das männliche Personal darf als zusammengestellt gelten. Nur noch eine Gruppe Bewerber ist zu überprüfen; es ist nicht zu erwarten, daß wir einen davon nehmen werden. Aber vielleicht kann man sie sich für ein eventuelles Sonderprogramm notieren. Es handelt sich um Artisten.«

»Können wir brauchen!« versicherte Grunert interessiert. »Die passen genau in meine Sammlung.«

»Soll das hier ein Theater werden – oder ein Varieté?« fragte der andere Wilhelm. Er war gleichermaßen verwundert wie sein

Freund. Und auch er hatte immer noch nicht herausgefunden, welche fernen Ziele Grunert eigentlich ansteuerte.

Nunmehr erschienen die Künstler der Kraft, beziehungsweise das, was von ihnen übriggeblieben war: hier und dort ein Stiernacken über einem ausgehungerten Körper; Hände, die selbst jetzt noch als Pranken bezeichnet werden konnten, die Hände von ehemaligen Berufsringern, Untermännern und Schwerathleten. Sie kamen von Rummelplätzen, aus Schaubuden und von Weltstadtvarietés; sie konnten greifen, fangen und stemmen. Ihnen gesellten sich die Künstler der raschen Geschicklichkeit zu, mit schlankeren Händen, die zu jonglieren, zu verbergen und zu zaubern vermochten.

Fast alle diese Braven hatten den sanften Blick, der von der unwiderstehlichen körperlichen Gewaltigkeit herrührt oder von der nicht leicht zu entlarvenden manuellen Kunst der Täuschung. Viele hatten einst jahrelang für einen einzigen Trick trainiert und ihn dann manchmal jahrzehntelang ausgeübt — nichts anderes getan als nur das. Sie blickten mit Hundeaugen von einem der Prüfenden zum anderen; sie suchten dringlich einen Herrn, der sie ihren Eigenarten gemäß leben ließ.

»Wir nehmen sie alle«, sagte Grunert begeistert.

Die Artisten blickten ihn dankbar und vertrauensvoll an. So muß die Garde Napoleon angeblickt haben, dachte der eine Wilhelm, als der Kaiser noch keine Niederlagen erlitten hatte.

Grunert plauderte mit jedem der zwölf. Und die schienen das erlösende Gefühl von Tiefseetauchern zu haben, die nach langer, atembeklemmender Unterwasserarbeit wieder an die Oberfläche gelangen. Sie verabschiedeten sich mit kraftvoll behutsamer Herzlichkeit. Und dann gingen sie mit wiegenden Tiger- oder Elefantenschritten hinaus.

»Was sollen wir bloß mit ihnen anfangen?« fragte der andere Wilhelm ratlos.

»Kulissenschieber, Saalordner, Vorhangzieher — es gibt viele Möglichkeiten«, sagte Grunert versonnen. Und er sah den entschwindenden Künstlern der Muskeln, Nerven und Tricks mit spürbarer Befriedigung nach.

»Ich glaube, dich langsam zu verstehen«, sagte der andere Wilhelm ahnungsvoll. »Ich kann mir vorstellen, was du dir dabei denkst. Das vermutlich: Selbst der schärfste Verstand vermag nur dann Berge zu versetzen, wenn genügend Kräfte vorhanden sind, die er mobilisieren kann.«

»Man muß auf alles gefaßt und auf möglichst vieles vorbereitet sein — das ist vielleicht schon meine ganze Weisheit«, sagte Grunert; und es war, als spreche er von der selbstverständlichsten Sache der Welt. Er sah noch einmal kurz die Listen der beiden Wilhelm durch und notierte sich ein paar Zahlen.

»Möglicherweise«, sagte er dabei ohne jede Gewichtigkeit, vielmehr freundlich plaudernd, »war alles das, was gemeinhin gerne mit Größe bezeichnet wird, kaum etwas anderes als ein geistiger Kurzschluß oder der Wunschtraum der Weiber und einiger Märchenerzähler — hergerichtet für dummgläubige Schulkinder und für solche, die es bleiben wollen. Die Macht basiert nicht selten auf Dummheit; und Größe kann aus Lügen und geschäftigen Täuschungen zusammengebastelt sein. Wir sollten langsam lernen, solche zweckbestimmten Verdrehungen zu durchschauen. Mit der ganzen Wahrheit lebt sich leichter als mit einer halben Illusion. So hat, zum Beispiel, jenes tönende Knabenwort von der Garde, die stirbt, aber sich nicht ergibt, erwiesenermaßen ganz anders gelautet: Der Kommandeur der Garde hatte nämlich ganz schlicht und deutlich ausgerufen: ›Scheiße!‹ — und sich ergeben. Ich bitte um Entschuldigung — aber es handelt sich um einen verbürgten historischen Ausspruch.«

»Du wirst diese Welt nicht ändern, Grunert«, sagte der eine Wilhelm seufzend. »Die meisten Menschen hassen unbequeme Gedanken.« Und er griff, als sei es ihm ein Bedürfnis, Stärke zu fühlen, nach der Hand seines Freundes.

»Gewiß«, sagte Grunert ohne Eifer, »es wird niemals möglich sein, die Dummheit auszurotten — aber dezimieren kann man sie!«

Grunert ließ seine beiden Mitarbeiter allein. Er begab sich, um das Eisen zu schmieden, solange es noch heiß war, zur sowjetischen Lagerkommandantur. Doch vorher gedachte er, ganz kurz Hannelore in den Frauenbaracken aufzusuchen. Er hatte die Absicht, ihr einen neuartigen und vielleicht nicht unwirksamen Gedanken beizubringen.

Auf der Lagerstraße herrschte lebhafter Betrieb: Die Schichten wechselten; Arbeitskolonnen formierten sich und trabten, zumeist stumm, den Werkhallen entgegen. Sie schienen dahinzufließen wie ein träger, schmutziger, stetiger Strom. Es war ein Strom, dessen Lauf mühelos regulierbar schien, der noch niemals wildschäumende Unruhe verraten hatte oder die schweigend erdrückende Mächtigkeit der Fluten oder gar zerstörende Gewalt.

»Gott zum Gruß, du Sowjetliebling«, sagte der Lagerpolizist am Frauentor; und dabei grinste er verbindlich und gab sich harmlos. Dieses »Sowjetliebling«, so wollte er damit andeuten, war ein kleiner, kameradschaftlicher Scherz.

»Bist du etwa ein Sowjetfeind?« fragte Grunert mit der gleichen grinsenden Verbindlichkeit zurück.

»Natürlich nicht!« beeilte sich der Polizist zu versichern. Kleine Bosheiten konnte er sich leisten, offenen Widerstand keinesfalls – das letztere hätte ihn mit einiger Sicherheit um seinen Posten gebracht. Als braver deutscher Mann riskierte er am liebsten gar nichts, sondern war gehorsam und möglichst bei den stärkeren Bataillonen.

Grunert ging an dem willigen Wachhund vorbei, ohne ihn noch eines Blickes zu würdigen. Er gab sich gleichmütig, wußte aber, daß »Sowjetliebling« keinesfalls als Anerkennung ausgelegt werden durfte. Ganz im Gegenteil: Das war ein Warnsignal; und er durfte es nicht übersehen. Es gab Schlagworte von erschreckender Primitivität; erfahrungsgemäß waren sie die gefährlichsten.

Grunert bat eine der herumstehenden Frauen, Hannelore aufzusuchen und ihr zu sagen, daß er sie draußen erwarte, in der Nähe des Tores. Denn wie fast immer, so bevorzugte er auch diesmal das Gespräch auf freiem Feld, dem wohl jeder zusehen, das aber keiner mithören könnte. Und er vermied dadurch, mit seinem Gesprächspartner in einer Ecke einer Frauenbaracke hokken zu müssen: eng nebeneinander, geheimnisvoll flüsternd, umlauert von neugierig geöffneten Ohren und umstanden von dem scharfen, warmen Tiergeruch, der die Frauenhöhlen mit würgender Dichte erfüllte.

Hannelore kam auf ihn zu. Sie war ein schwerer, grobknochiger Mensch, aber von kraftvoller, rustikaler Schönheit. Sie war eine gesunde Mutter und willige Geliebte; sie erinnerte ihn an ein Ruhebett mit dem Geruch von frischem Heu.

»Wie geht es euch beiden?« fragte Grunert lächelnd.

»Gut«, sagte Hannelore. Sie sprach nicht gerne; und wenn sie es dennoch tat, dann kaum jemals mehr als zwei, drei zusammenhängende Worte. Sie stand, ein wenig breitbeinig, vor ihm: sie betrachtete ihn mit großen sanften Augen und schwieg erwartungsvoll.

»Wir bleiben vorläufig immer noch bei unserer Abmachung, Hannelore«, sagte Grunert behutsam, als wolle er ihr Zeit geben, jedes Wort zu erfassen und es sich einzuprägen. »Du nennst den Namen des Vaters nicht.«

»Gut«, sagte Hannelore; und dabei öffnete sie ihre wohlgepolsterten Lippen nur ein wenig.

»Du sagst einfach: Ich will nicht! Du sagst: Ich will keinen Namen nennen! Nichts anderes sonst. Und das selbst dann, wenn man dich fragen sollte, ob vielleicht ein russischer Soldat als Vater in Frage kommt.«

»Was heißt das?« wollte Hannelore wissen. Und sie erkundigte sich danach, ohne sonderliches Interesse zu zeigen oder gar Empörung zu verraten. »Wer wird so etwas fragen?«

»Das weiß ich noch nicht«, sagte Grunert. »Ich weiß nicht einmal, ob überhaupt jemand eine derartige Frage an dich stellen wird – aber es könnte sein. Sollte das der Fall sein, Hannelore, dann rufe nicht empört: Nein. Halte dich, selbst dann, an unsere Vereinbarung! Sage immer nur: Ich will nicht; ich will den Namen des Vaters nicht nennen. Du vergibst dir dadurch nichts; dadurch bleiben vielmehr alle, aber auch alle Möglichkeiten offen. Es ist das klügste, was du tun kannst.«

»Ja?« fragte Hannelore mit kaum merkbar gehobener Stimme.

»Ich bitte dich darum«, forderte Grunert mit behutsamer Eindringlichkeit.

»Ich vertraue dir«, sagte Hannelore einfach.

Er lächelte sie dankbar und mit verhaltener Zuneigung an. Und sie ging; sie trug ihre Fülle mit ein wenig schweren, müden Schritten davon. Und in diesem Augenblick hatte Grunert, der ihr nachsah, das befriedigende Gefühl, daß es ihrer ureigenen Bestimmung entsprach, Geliebte und Mutter zu sein – nichts sonst. Sie konnte sich also gar nicht unglücklich fühlen, selbst nicht unter diesen erniedrigenden Umständen und inmitten dieser deprimierenden Umgebung.

Grunert begab sich wieder auf die Lagerstraße. Er drängte sich durch die Arbeiterhorden; sie wurden von den weißen Armbinden gleich Schäferhunden umkreist, während die roten Armbinden wie Hirten von übersichtlichen Stellen aus die erwartete und geforderte Ordnung überwachten. Eine auf Moll gestimmte Sirene des Traktorenwerkes kündigte den Schichtwechsel an. Die Menschen hoben die Köpfe wie Hunde, die fast angstvoll Witterung nehmen.

Grunert betrachtete dieses düstere, alltäglich gewordene Schauspiel im fahlen Licht. Und er versprach sich, es nie zu vergessen. Aber in seine Betrachtungen hinein sagte eine Stimme neben ihm: »Es ist soweit, Grunert.«

Er drehte sich zur Seite, aus seinen Gedanken aufgeschreckt. Vor ihm stand Katerina, die Ärztin. Ihre Augen vermieden es, ihn anzusehen; ihre sonst so warme, wenn auch ein wenig spröde Stimme klang jetzt hart: »Kommen Sie!«

»Ich muß zum sowjetischen Kommandanten«, sagte Grunert ausweichend.

»Später«, entschied die Ärztin. »Jetzt werden Sie mich begleiten — vielleicht komme ich dann später mit Ihnen zum Kommandanten. Und das könnte dann möglicherweise Ihr letzter Weg in diesem Lager sein. Ihr früherer Lehrer, dieser Mann namens Hegner, ist jetzt fieberfrei. Ich werde Sie beide gegenüberstellen. Und wenn das wirklich stimmt, Grunert, was er von Ihnen erzählt — dann sind Sie erledigt!«

Grunert folgte zunächst wortlos und betont willig der Ärztin Katerina. Aber nur einige wenige Sekunden lang war er stumm und intensiv mit seinen Gedanken beschäftigt. Auf diese Begegnung mit seinem ehemaligen Lehrer, die jetzt stattfinden sollte und die unvermeidlich war, hatte er sich selbstverständlich vorbereitet. Er glaubte, für alle erdenkbaren Argumente brauchbare Gegenargumente gefunden zu haben; er überdachte sie noch einmal kurz und fand sie nicht schlecht.

»Ich brauche wohl nicht zu versichern, wie sehr ich mich immer wieder darüber freue, Doktor, Sie zu sehen«, sagte Grunert im Plauderton, so als habe er eine junge Dame aus bester Gesellschaft zum Fünfuhrtee zu begleiten. »Dennoch kann ich nicht umhin, um Ihren guten Ruf ein wenig besorgt zu sein.«

»Machen Sie sich deshalb keine Gedanken, Grunert«, sagte Katerina kühl. Ein mit Vorsicht zudringlich gewordener Chauffeur konnte nicht unmißverständlicher auf Distanz verwiesen werden.

»Vor wenigen Minuten erst wurde ich Sowjetliebling genannt – und jetzt frage ich mich, ob wohl diese zarte Anspielung irgend etwas mit Ihnen zu tun hat, Doktor?«

»Es gibt kaum einen Irrtum, der leichter zu korrigieren wäre«, sagte Katerina. »Schon die nächsten zehn Minuten können das genaue Gegenteil beweisen. Eine halbe Stunde später weiß dann der Kommandant, kurz danach das ganze Lager, daß Sie ein erledigter Mann sind. Und zwar: erledigt durch mich!«

Katerina schritt nunmehr derartig heftig aus, daß Wolfgang Grunert fast Mühe hatte, ihr zu folgen. Sie ging, in diesem Augenblick zumindest, wie ein Mann. Und sicherlich, so sagte sich Grunert, hatte es für diese Frau viele Stunden gegeben, in denen ihr gar nichts anderes übriggeblieben war, als sich wie ein Mann zu benehmen – beim Anblick der nackten Männer, die sie begutachten mußte; bei einer Operation, die sie inmitten von abgebrühten Sanitätern durchführte; bei Besprechungen und Befehlsausgaben, wo sie Soldat unter Soldaten sein mußte.

Für so etwas Ähnliches wie Liebe, so sagte sich Grunert weiter, hatte sie wohl niemals richtig Zeit gehabt.

»Ich bin schon mit ganz anderen Problemen fertig geworden«, versicherte Grunert. »Es kommt nur darauf an, zu erkennen, daß nichts auf dieser Erde existiert, das nur eine Seite hat. Dem einen scheint die Sonne im gleichen Augenblick unterzugehen, in dem sie für andere aufgeht. Einmal folgte ich einer Dame mit Entzücken, bis ich in ihr Gesicht sah – was von hinten graziös und elegant wirkte, erwies sich von vorne gesehen als grobe Täuschung.«

Katerina würdigte ihn keines Wortes mehr. Und in dem gleichen Augenblick, da sie das Lazarettgelände betrat, schien sie sich zu verändern: Ihre betonte Zurückhaltung wich bewußter Überlegenheit – in dem Bereich, den sie beherrschte, fühlte sie sich unerschütterlich sicher. Sie öffnete die Tür zu ihrem Ordinationszimmer weit und ließ Grunert mit einer kargen, befehlenden Geste eintreten.

Wolfgang Grunert sah sich seinem ehemaligen Lehrer gegenüber. Hegner schien auf ihn gewartet zu haben; er erhob sich und betrachtete seinen einstigen Schüler mit betrübten Augen. Er sah klein und zerfallen aus, seine einstmals so fordernde Forschheit war fast völlig von ihm gewichen.

»So also müssen wir uns wiedersehen«, sagte Hegner klagend.

Und es war, als weiche er vor Grunert zurück, wie vor einem räudigen Hund.

»Auch ich«, sagte Grunert mühsam, »hätte mir unsere erste Begegnung, nach allem, was vorgefallen war, unter wesentlich anderen Voraussetzungen gewünscht.«

Katerina lehnte sich, in der Nähe des Fensters, an die Wand. Sie betrachtete beide mit kühler Aufmerksamkeit. »Sie können sich alle umständlichen Einleitungen sparen«, sagte sie. »Kommen Sie gleich zum Wesentlichen!«

»Es tut mir leid«, sagte Hegner mit einer schwachen, hilflos wirkenden Aufwärtsbewegung seiner Schultern. Es war, als bereite ihm jedes Wort würgende Schmerzen. »Aber ich mußte die Wahrheit sagen.«

Grunert nickte bedächtig. »Sie hatten schweres Fieber.«

»Aber ich habe die Wahrheit gesagt«, versicherte Hegner mit zitternder Stimme. »Und mir war immer die Wahrheit heilig.«

»Gewiß«, sagte Grunert, ohne den geringsten Vorwurf. »Daß jedoch dieser Ihrer Wahrheit Menschenleben zum Opfer gefallen sind, ist wohl weiter nicht wichtig.«

»Solange die Menschheit existiert«, sagte Hegner unter Qualen, »sind Menschen für die Wahrheit gestorben – das ist es, was sie so wertvoll macht.«

»Nun gut«, sagte Grunert entschlossen, »glauben Sie getrost daran. Und bleiben Sie bei der Wahrheit. Das ist sie doch wohl: Damals wurde unsere Schule von einer Kommission besucht; und ich habe während der Überprüfung unseres Unterrichtes bewußt Unwahrheiten über Ihre Lehrmethoden gesagt. Diese falschen Behauptungen reichten aus, Sie zunächst zu beurlauben und Sie dann um Ihr Amt zu bringen – und in noch mancherlei Schwierigkeiten. Stimmt das so, Herr Hegner?«

»Sie waren damals noch sehr jung«, sagte Hegner mit hastiger Stimme. »Die Zeiten waren verworren. Sie werden nicht gewußt haben, was Sie taten. Und wenn Sie die Folgen geahnt hätten – es wäre nicht geschehen, davon bin ich überzeugt.«

»Aber es ist geschehen«, sagte Grunert unbeirrt. »Es ist genauso geschehen, wie ich es geschildert habe.«

»Es gibt so viele Entschuldigungen für Sie«, sagte Hegner in matter Abwehr. »Und ich habe Ihnen verziehen; glauben Sie mir das. Es tut mir unendlich leid, daß alles das nicht in Vergessenheit geraten ist.«

»Stimmt meine Schilderung — ja oder nein?«

»Ja«, sagte Hegner matt und senkte den Kopf.

Grunert sah zu Katerina hinüber, die ihn anstarrte — betrübt und entsetzt zugleich, mit Scham und Unwillen.

»Sie haben Ihren Lehrer den Nazis ausgeliefert — er hätte genauso gut in einem Konzentrationslager enden können!« Katerinas Augen sprühten wie Wunderkerzen, die in der Dunkelheit angezündet worden sind.

»Er war noch sehr jung«, versicherte Hegner beschwörend, »er wußte nicht, was er tat!«

»Ich wußte es genau!« sagte Grunert, wobei er sich wieder ausschließlich auf Hegner konzentrierte. »Und jetzt ist es wohl an der Zeit, meine Wahrheit zu präsentieren — die andere Seite der Angelegenheit, die aber für mich die Vorderseite ist. Versuchen Sie jetzt, Herr Hegner, genauso ehrlich zu sein, wie ich es eben gewesen bin. Es stimmt doch wohl, daß Sie ein überzeugter Nationalsozialist waren?«

Hegner zuckte sichtlich zusammen; heftige Magenkrämpfe schienen ihn überfallen zu haben. »Sie sehen das falsch«, sagte er schließlich schwer atmend. »Ich war nicht eigentlich ein Nationalsozialist — ich war ein deutscher, nationaler Mann. Dagegen ist doch nichts zu sagen! Auch die Russen haben sich als Nationalisten erwiesen, als ihr Vaterland in Gefahr war.« Und hastig sprudelte er weiter, einem Ertrinkenden vergleichbar, der nach Strohhalmen greift: »Wie könnte ich denn ein Nazi gewesen sein, wenn mich die Nazis aus meinem Amt gejagt haben?«

»Die Nazis haben sich eben bei Ihnen geirrt«, sagte Grunert beherrscht, »auch das ist mehr als einmal vorgekommen.«

»Grunert«, sagte Katerina bedrohlich leise, »versuchen Sie nicht, sich mit gemeinen Methoden herauszuschwindeln. Wenn Sie es wagen sollten, Ihren alten Lehrer zum zweitenmal in eine gefährliche Situation zu bringen, dann wäre das in meinen Augen die größte Charakterlosigkeit, die denkbar ist.«

»Doktor«, sagte Grunert, »es mag hier so aussehen, als wollte ich meinen Kopf dadurch aus der Schlinge ziehen, daß ich sie einem anderen um den Hals manövriere. Aber das ist nicht so. Zwischen damals und heute liegen fünfzehn Jahre, in denen sich die Welt verändert hat; auch einige Menschen werden sich verändert haben — warum sollten wir nicht zu ihnen gehören? Ich war damals jung und unbeherrscht. Er aber, unser Pauker Hegner, war herausfordernd nationalistisch, und das auf recht eindeutige Art: völkisch, erfüllt von Rassenhaß, blutsgebunden, voll von verlogenen Heldenliedern und auffordernden Schlachtgesängen, im Felde unbesiegt und jederzeit bereit, nach Osten zu reiten, nicht ohne einen kleinen Umweg in westlicher, südlicher und nördlicher Richtung.«

»Sie haben mich damals falsch verstanden, Herr Grunert«, sagte Hegner erregt. »Aber ich mache Ihnen keinen Vorwurf daraus — ich stelle es nur fest.«

»Sie waren gar nicht mißzuverstehen, Herr Hegner«, sagte Grunert. »Alles war so eindeutig, daß selbst uns dummen Jungen nichts anderes übrigblieb, als den Verstand zu gebrauchen. Wir suchten nach dem richtigen Handgriff, um Ihre patriotischen Blutbrausen abzustellen. Wir wollten Ihnen Gelegenheit verschaffen, Ihren Heroismus praktisch auszuprobieren.«

»Und deshalb haben sie den alten Mann denunziert!« warf Katerina ein.

»Er war damals kein alter Mann«, sagte Grunert. »Und meine falschen Angaben der Kommission gegenüber bestanden darin, daß ich behauptet hatte, er habe uns Gedichte von Heinrich Heine beigebracht und ihn obendrein als einen großen Deutschen bezeichnet. Natürlich hatte er das niemals getan — im Gegenteil; ganz im Gegenteil.«

»Stimmt das?« fragte Katerina.

»Ja«, sagte Hegner gebrochen. »Es stimmt.«

Katerina wies Hegner an, zu gehen. Der schlurfte, mit gesenktem Kopf, hinaus. Grunert lehnte sich, wie erschöpft, an die Wand, an die gleiche Stelle, die vorhin Katerina eingenommen hatte.

Sie schwiegen längere Zeit. Der karge Raum roch betäubend nach Medikamenten, nach trockenem Blut und Eiter. Grunert atmete gepreßt. »Befriedigt?« fragte er.

Katerina nickte nachdenklich, schwer, ohne jede deutliche Zustimmung. Dann sagte sie: »Wenn das alles wirklich wahr ist, wenn Sie jetzt den alten Mann nicht einfach brutal überlistet haben — dann waren Sie vielleicht damals schon ein Antifaschist.«

»Ich war damals, wie ich gerade vorhin sagte, jung und dumm«, sagte Grunert. »Dann wurde ich älter, aber nicht klüger — richtig zu denken, glaube ich, habe ich erst hier angefangen.

Möglicherweise bin ich jetzt auf dem Wege, ein paar kleine gültige Weisheiten zu entdecken.«

Grunert verabschiedete sich hierauf. Er gab vor, dem sowjetischen Kommandanten routinemäßig Bericht erstatten zu müssen. Er entfernte sich beschleunigt, als gelte es, eine noch rechtzeitig erkannte Gefahrenzone unverzüglich zu verlassen.

Denn die Nähe von Katerina, so mußte er sich eingestehen, begann ihn mehr und mehr zu beunruhigen – er ahnte, daß ihm kaum etwas Gefährlicheres passieren konnte, als selbstlos geliebt zu werden. Vertrauen mit Heimtücke erwidern und eine Liebende an der Nase herumführen – das ist gemein, sagte er sich. Und wo die Gemeinheit herrscht, existiert kein Lachen; und gerade auf das letzte große befreiende Lachen freute er sich heimlich.

Draußen, vor den Lazarettbaracken, in der Nähe des großen Tores zwischen Lager und Werk, traf Grunert auf Pratzke. Und Pratzke sah ihm freudig grinsend entgegen.

»Diese Sowjetdame«, sagte der kantige Hüter der Lagerordnung, »scheint es dir mächtig angetan zu haben – ihr seid verdächtig oft beisammen. Ich will ja nichts gegen deinen Geschmack sagen, Grunert, aber die Dame ist doch bestimmt kalt wie Polareis. Selbst wenn sie mit dir schlafen sollte, wird sie dich dabei über Lenin befragen oder medizinische Vorlesungen halten.«

»Ich habe vorhin mit Hannelore gesprochen«, sagte Grunert. »Du bist immer noch nicht Vater.«

Das war ein Thema, das Pratzke stets aufs neue zu beunruhigen vermochte. Seit Jahren, eigentlich solange er denken konnte, war ihm ähnliches noch nicht passiert. Was immer auch um ihn oder mit ihm geschehen mochte, es ging ihm nicht unter die Haut.

In diesem Fall aber sah sich Pratzke erstmals vor eine seltsame und schwierige Situation gestellt. Unter diesen Umständen Vater zu werden, der erste Vater im Bereich, war zumindest eine ungewöhnliche Leistung – dabei aber womöglich dem tödlich lächerlichen Verdacht ausgesetzt zu sein, mit einigen anderen im Rennen zu liegen, das nagte an seinem Ehrgefühl. Und was dann, wenn dieses kommende Kind gar kein strammer, stattlicher Sohn sein würde, sondern womöglich ein Bastard mit asiatischen Zügen? Nicht auszudenken! Er schüttelte sich, als habe er einen scharfen, besonders ordinären Schnaps in sich hineingekippt.

»Ein gewisser Hegner«, sagte nunmehr Grunert, »wird vermutlich heute noch aus dem Lazarett entlassen. Wenn er sich bei euch auf der deutschen Kommandantur meldet, dann besorge ihm einen guten ruhigen Posten – er hat es nötig.«

»Und wann werden wir gemeinsam das Angebot der Weiber begutachten?« wollte Pratzke wissen. »Ich habe nämlich eine Schwäche für künstlerische Darbietungen!«

»Morgen«, versprach Grunert, ehe er ging. »Immer unter der Voraussetzung, daß es überhaupt noch ein Morgen gibt. Die Erde ist erkrankt und voller Geschwüre; mitten in einem der Eiterherde befinden wir uns. Wir hönnen nur hoffen, daß das Geschwür, zu dem wir gehören, ausheilt und nicht etwa über Nacht aufplatzt.«

Pratzke sah Grunert staunend nach. »Dieser Bursche«, sagte er zu sich, »hat sich Redensarten zugelegt, die nicht allein auf seinem Mist gewachsen sein können. Am Ende stimmt doch, was ich vermutet habe – er unterhält sich mit ihr tatsächlich dabei über Medizin.«

Pratzke begab sich zu Krieger, um gewohnheitsgemäß über »besondere Vorkommnisse« zu berichten. Krieger hörte, wie immer, aufmerksam zu. Pratzkes Bericht bestand aus mehreren Teilen und beschäftigte sich mit folgenden Punkten: Die sowjetischen Soldaten am Tor zwischen Lager und Werk zählen neuerdings nicht mehr nach; sie schreiben sich die Zahlen nur noch auf und verzichten sogar auf Stichproben. Die Leiterin des Frauenlagers bittet mit Nachdruck um Lieferung von Watte. Einer der Köche, Fust mit Namen, wurde besoffen aufgefunden und in einen Vorratskeller gesperrt; möglich, daß er Schiebungen gemacht hat. Die künstlerischen Weiber – »Frauen, bitte«, korrigierte Krieger nachsichtig – werden erst morgen besichtigt. Grunert ist wieder längere Zeit bei Katerina gewesen; er regte hinterher an, einem Kriegsgefangenen namens Hegner einen Druckposten zuzuteilen.

Krieger ordnete unverzüglich an, daß ihm dieser Hegner vorzuführen sei. Der erschien und blieb, in nahezu demütiger Haltung, an der Tür stehen. Dieses Bild schlotternder Angst und kreatürlicher Hoffnung entlockte Krieger sanfte Töne.

»Sie kennen Grunert?« fragte er.

Hegner nickte heftig. »Leider«, stieß er hervor, um sich dann mit Hast sofort wieder zu korrigieren. »Es waren unglückliche Umstände.«

»Das interessiert mich«, versicherte Krieger und gab sich mitfühlend. »Erzählen Sie mir ein wenig davon.«

Hegner begann stockend zu berichten. Und wieder war es, wenn auch mit Vorsicht vorgetragen, seine Wahrheit, die sich in den Vordergrund schob. Das geschah zunächst zögernd, wurde dann nicht unklug durch treudeutsche, nationale und sozialistische Töne verstärkt. Schließlich setzte Hegner zum beschwörenden Höhepunkt an: er glaube an seine unbezweifelbare Unschuld; er sei ein Opfer der Zeit!

»Schreiben Sie mir das auf«, ordnete Krieger bedächtig an. »Schreiben Sie mir das genau auf, mit allen Einzelheiten. Und lassen Sie sich ruhig Zeit, so lange Sie wollen. Sie können bei mir im Stab der Lagerkommandantur arbeiten – als Dolmetscher, und als solcher stehen Sie mir persönlich zur Verfügung. Das Protokoll über diese interessante Sache mit Grunert verfertigen Sie zweisprachig.«

Hegner nickte dankbar und war bereit, sich sofort seiner neuen Arbeit zu widmen. Pratzke zog Krieger zur Seite. »Was versprichst du dir eigentlich davon?« fragte er. »Grunert scheint es tatsächlich gelungen zu sein, die Ärztin davon zu überzeugen, daß er dennoch – im Sinne der Sowjets – ein Ehrenmann ist.«

»Mein lieber Pratzke«, sagte Krieger gut gelaunt, »diese Katerina mag sich aufführen, wie sie will – sie wird dennoch immer eine Frau bleiben, mit einer Stelle, an der sie verwundbar ist. Mit ihr kann ein Grunert zur Not noch fertig werden. Aber ich kenne einen, mit dem er nicht fertig werden wird. Wenn wir nämlich mit überzeugenden Unterlagen nachweisen können, daß Grunert seinen Lehrer denunziert hat, dann wird sich einer finden, der mit ihm Schlitten fährt. Ich denke an Grigorij, den Kommissar. Er trifft heute oder morgen wieder hier ein. Und wenn einer mit Grunert fertig wird, dann ist er es. Davon bin ich restlos überzeugt!«

Grigorij, der politische Kommissar, war dem Kriegsgefangenenlager 13 7 13 und der Traktorenfabrik *Roter Morgen* gemeinsam zugeteilt. Er pflegte sich oft und gerne als »gemütlicher Mann«

zu bezeichnen; und es gelang ihm auch tatsächlich, dafür gehalten zu werden. Nichts schien ihm wichtig zu sein. Und wenn er auch niemals laut lachte, so leistete er sich doch gern ein vieldeutiges Lächeln und spaßige Bemerkungen, und das sogar bei hochpolitischen Themen.

»Siehe da, der liebe, gute Grunert!« sagte Grigorij, als der Leiter der Abteilung K 5 das Vorzimmer des sowjetischen Kommandanten betrat. »Nicht stehend in einer Einzelzelle finde ich dich vor, sondern sozusagen sitzend zu Füßen von Marx, Engels, Lenin und Stalin. Ein erhebender Anblick – für Dummköpfe.«

Grigorij sagte das, als handle es sich um die spaßigste Sache von der Welt. Sein rundes Gesicht mit den kurzen Haaren erinnerte an eine Kegelkugel, auf der mit dicken, einfachen Strichen Augen, Nase und Mund gezeichnet waren. Es war ein Gesicht aus einem Guß, fast farblos und metallisch fest. Wenn Grigorij lächelte, und das tat er durch ein breites, eckiges Verziehen von Ober- und Unterlippe, dann kamen seine prächtigen Nußknakkerzähne zum Vorschein.

»Schon wieder zurück?« fragte Grunert. Er war sichtlich überrascht, den Kommissar auf der Kommandantur anzutreffen; er hatte ihn erst in einigen Tagen erwartet – und am liebsten wäre es ihm gewesen, wenn dieser Grigorij überhaupt nicht mehr zurückgekehrt wäre.

»Komme ich etwa zu früh?« fragte der Kommissar heiter.

Nunmehr lächelten beide. Sie blickten sich dabei an, als wären sie alte, gute Bekannte, die sich nach längerer Trennung, doch ohne die mindeste Rührung, wiedersehen. Und sie erkannten, daß sie sich früher doch wohl nicht ganz richtig eingeschätzt hatten.

»Es ist gut, daß Sie endlich wieder hier sind«, behauptete Grunert, nachdem es ihm gelungen war, seine erste Überraschung verhältnismäßig gut zu überspielen. »Ich brauche Sie dringend.«

»Vermutlich«, sagte Grigorij freundlich scherzend, »ist es gar nicht so einfach, eine Fahne zu schwingen, die man noch kurz vorher mit einem Aufwischlappen verwechselt hat.«

»Ich habe diese Fahne nicht mit einem Aufwischlappen verwechselt«, korrigierte Grunert zielstrebig. »Ich habe sie bewußt als einen solchen benutzt. Aber dann begann ich nachzudenken.«

»Und dadurch bist du zu der Überzeugung gekommen, daß auch der Kommunismus seinen Mann nährt.«

»Gewiß«, sagte Grunert mit kühnem Wagnis. »Man kann zum Beispiel doch Kommissar werden.«

Grigorij starrte Grunert mehrere Sekunden lang prüfend an. Sein Kegelkugelkopf wirkte glattpoliert und glich einer weißgefrorenen Eisfläche im Abendsonnenschein – offenbar war er, voll heimlicher Wut, licht rot angelaufen. »Du scheinst beim sowjetischen Lagerkommandanten schon sehr weit gekommen zu sein«, sagte er langsam, »nach allem, was ich gehört habe.«

»Ich bin über die ersten Anfänge noch nicht hinaus«, erklärte Grunert, um Verbindlichkeit bemüht. »Und das Wesentlichste werde ich natürlich nicht unternehmen, ohne Sie vorher gefragt zu haben. Denn für mich sind Sie allein die entscheidende Stelle.«

»Nicht schlecht, mein lieber Grunert«, sagte Grigorij, nunmehr wieder spürbar heiter. »Gar nicht schlecht! Du bietest mir großzügig an, was mir bereits gehört. Ich bin nahezu gerührt. Ich bin hier der politische Kommissar, und du sagst großmütig zu mir: Sie sind hier der politische Kommissar! Das geht mir ein wie Wodka mit Honig. Endlich einmal fühle auch ich mich bestätigt! Wollen wir jetzt gemeinsam die Internationale singen?«

»Demnächst – in unserem Theater«, sagte Grunert, »mit großer Orchesterbegleitung.«

»Das bekommst du glatt fertig! Läßt du tatsächlich die Internationale einüben?«

»Selbstverständlich«, sagte Grunert mit kühner Unbekümmertheit. »Wir werden sogar einen vielstrophigen, mehrstimmigen Hymnus mit Orchesterbegleitung auf die große Sowjetunion dichten, komponieren und aufführen – wenn das befohlen, gewünscht oder auch nur angeregt werden sollte.«

»Ein derartiges Ereignis darf ich mir natürlich nicht entgehen lassen«, versicherte Grigorij. Er lächelte sein breitestes Lächeln; seine Fledermausohren schienen sich jetzt unmittelbar neben den Nußknackerzähnen zu befinden. »Hast du noch mehr ähnliche Überraschungen auf Lager?«

»Dutzendweise«, versicherte Grunert. Er spürte instinktiv, daß er sich in guter Position befand. Grigorij gab sich geduldig, wie ein Maulesel. Offenbar legte er gar keinen Wert darauf, Grunert aus dem Vorhof zum Tempel des Bolschewismus hinauszuwerfen. »Sie brauchen nur einen entsprechenden Wunsch zu äußern, und schon tun wir alles, um ihn zu erfüllen.«

»Höre mir mal gut zu«, sagte Grigorij und gab sich vertraulich. »Mir ist zwar nicht ganz klar, aus welchen Motiven heraus du in unsere Arena steigen willst; aber das ist mir im Augenblick auch ziemlich gleichgültig. Hauptsache: Du bist drin! Aber noch bist du hier keine Attraktion. Du bist höchstens so etwas Ähnliches wie eine Figur auf einer sich drehenden Scheibe, nach der mit Messern geworfen wird – nur eine falsche Bewegung, und dein Köpfchen könnte gespalten werden wie eine Runkelrübe.«

»Halb so schlimm«, sagte Grunert. »Es ist dabei nur wichtig, daß ich denjenigen einigermaßen kenne, der die Messer wirft. Wenn ich mir erst über seine Technik klar bin, seine Eigenarten und seine Fähigkeiten, kann wohl kaum etwas schiefgehen. Das Entscheidende ist doch wohl, daß ich mich dem Zirkus verschreibe. Mit Haut und Haaren, oder mit Leib und Seele – was Sie für richtig halten.«

Grigorij lehnte sich zurück; er schien dieses Gespräch zu genießen.

»Man kann durchaus Kommunist sein, ohne den Kommunismus verstehen oder erklären zu können. Die einen sehen im Kommunismus einen Beruf, andere eine günstige Gelegenheit, manche ein zweckmäßiges System, wieder andere eine Art Religion. Das alles ist aber nicht entscheidend. Die entscheidende Erkenntnis, mein lieber Grunert, besteht darin, daß die Partei immer recht hat und unter allen Umständen respektiert werden muß, ganz gleich, ob man in ihr einen Boß, eine Börse oder einen Gott sieht.«

Zur Erleichterung von Grunert ergab sich gute Gelegenheit, dieses Gespräch abzubrechen. Der Schreiber des Majors erschien und erkundigte sich bei Grigorij, ob er bereit sei, den Kommandanten aufzusuchen. Aber ehe noch der Kommissar hierauf eine Antwort geben konnte, stand der Major bereits auf der Schwelle. Er schien die Arme ausbreiten zu wollen; der Anblick Grunerts ließ ihn von dieser großen Geste absehen.

»Grigorij, mein lieber Genosse!« rief er dröhnend. »Warum wartest du hier? Bist du ein windiger Lakai, ein arbeitsscheues

Subjekt oder gar ein deutscher Kriegsgefangener? Jederzeit stehe ich dir zur Verfügung, wie du weißt! Du kannst hier ein- und ausgehen, wann du willst und sooft du willst – wie ein Fuchs im Kaninchenbau oder im Entenstall sollst du dich bei mir fühlen.«

»Grunert und ich haben inzwischen ein bißchen Zirkus gespielt«, erklärte Grigorij. Er ließ sich willig vom Major auf die Schulter klopfen. Das geschah mit kraftvoller Herzlichkeit, vermochte den Kommissar aber nicht zu erschüttern, denn er war zäh.

»Dieser Grunert!« röhrte der Major strahlend. »Auch er hat endlich eingesehen, woher der Wind weht, wo die Hirsche grasen und wie die Vögel zu singen haben. Wir haben ihn überzeugt; wenn ich auch zugeben muß, daß ich nicht genau weiß, wovon wir ihn eigentlich überzeugt haben.«

»Hoffentlich weiß er es wenigstens«, sagte der Kommissar. Und er folgte dem Major in dessen Arbeitszimmer und schloß die Tür hinter sich.

Grunert ließ sich leicht erschöpft auf einem Stuhl nieder. Der Stuhl war hart und gewährte ihm keinerlei Bequemlichkeit. »In wenigen Tagen«, sagte er zum Schreiber des Kommandanten, »stehen hier bequeme Sessel – und bei Ihnen zu Hause auch.«

»Wir sind ein bescheidenes Volk«, sagte der Schreiber augenzwinkernd. »Aber wir haben einen ausgeprägten Sinn für Wohnkultur.«

»Davon bin ich überzeugt«, sagte Grunert und dehnte sich ein wenig. Trotz des harten Stuhls genoß er diese wenigen Minuten der Entspannung sichtlich. Denn das Gespräch mit Grigorij war anstrengend gewesen; und es war nur das erste einer langen Reihe. »Er ist viel früher wieder aus Moskau zurückgekommen, als vorauszusehen gewesen war. Sollte es ihm dort nicht gefallen haben?«

»Er hat einen ganzen Haufen neuer Verordnungen mitgebracht«, sagte der Schreiber und registrierte mit Vergnügen, daß Grunert aufzuhorchen begann. »Sind eigentlich für diesen Raum zwei oder drei Sessel vorgesehen?« fragte er dann.

»Vier – von mir aus!« Grunert streckte die Beine von sich und schien seine Schuhe zu betrachten. Sie glichen riesigen gekrümmten Gurken, die angefault waren. »Interessante Verordnungen?« fragte er gedehnt.

»Das kann man wohl sagen«, erklärte der Schreiber und blinzelte vor sich hin. »Wenn ich einen schönen Tisch haben könnte, möglichst poliert und mit dicker Platte, dann sollte er für vier Personen sein.« »Auch für sechs Personen, wenn es gewünscht wird — mit Schleiflackplatte.«

»Schleiflackplatte ist natürlich sehr gut«, beeilte sich der Schreiber zu versichern. »Aber ein Tisch für sechs Personen ist zu groß — er geht nicht in meine Wohnung hinein, es sei denn, er wäre verstellbar. Und was die neuen Verordnungen betrifft, so sind sie geheim. Ich verrate kein Wort davon. Höchstens soviel: Du bist verflucht genau auf der richtigen Linie, Grunert! Moskau ist nämlich neuerdings für Erleichterungen, im Interesse einer gesunden Produktionssteigerung. Sogar Zerstreuungen zwecks Erhöhung der Arbeitskraft, wie Konzerte, Theater und so weiter, sind angeregt worden.«

Grunert schloß kurz die Augen, als müsse er das aufwallende Triumphgefühl verbergen. »Es wird ein prachtvoller Tisch werden«, sagte er, »eine wahre Meisterleistung.« Doch unmittelbar, nachdem Grunert das gesagt hatte, überfiel ihn die Erkenntnis, daß er sich vorhin, beim Gespräch mit Grigorij, nahezu idiotisch benommen hatte. Da glaubte er, einigen Grund zu haben, sich kühn und überlegen fühlen zu dürfen. Und doch war er im gleichen Augenblick in den Augen des Kommissars nichts anderes gewesen als ein brauchbares Mittel für einen erwünschten Zweck: Eine Maus hatte versucht, mit einer Katze zu spielen.

Grunert hörte, durch die geschlossene Tür hindurch, seinen Namen brüllen. Der Kommandant verlangte nach ihm. Er stand auf und ging hinein.

Er fand ein Idyll vor: Der Major und Grigorij saßen dicht nebeneinander und hatten vor sich eine Flasche Wodka stehen, aus der sie direkt tranken, ohne das lästige Umgießen in Gläser. Ihre Gesichter sahen ungewöhnlich zufrieden aus. Offenbar waren sie sich im Augenblick ziemlich einig.

»Setz dich, Genosse Anwärter«, sagte der Kommissar freundlich grinsend, wobei er auf einen Kistenhocker hinwies, der vor ihm stand. »Was macht das Studium des dialektischen Materialismus?«

»Wir sollten eine Gesellschaft für deutsch-sowjetische Freundschaft gründen«, empfahl Grunert. Er war jetzt überzeugt davon, einigermaßen sicher im Fahrwasser seiner beiden großen Schlepper zu steuern; daher zögerte er keinen Augenblick lang, auf erhöhtes Tempo zu drängen. »Auch könnten Vorlesungen, Diskussionen und Freundschaftstreffen stattfinden. Und wenn wir dazu auch noch die normale Arbeitszeit verwenden dürften, nur einen Bruchteil davon, dann würde ein derartig klug geförderter Freundschaftswille gewiß erstaunliche Formen annehmen.«

»Diese Art von Verständigungspolitik halte ich vorläufig noch für verfrüht«, sagte Grigorij. »Sie kann nur allzu leicht in einen Vergnügungsbetrieb abrutschen – ich kenne das. Es darf nicht vergessen werden, daß sich auch Frauen politisch interessiert zeigen könnten; was ihnen, da sie ja gleichberechtigt sind, nicht verwehrt werden dürfte. Daraus aber würden sich unerwartete Komplikationen ergeben.«

»Sehr richtig!« rief der Major zustimmend. »Zwar ist bei uns der Geist besonders willig, das Fleisch aber dennoch schwach. Und spezielle Bedürfnisse sind durch Politik allein nicht einwandfrei zu steuern!« Er nahm einen kräftigen Zug aus der Wodkaflasche, wie um seine an sich schon gewaltige Stimme noch zusätzlich zu stärken. »Am Ende werden die so erweckten Freundschaftsgefühle gründlich mißverstanden; und unsere Soldaten schlafen mit euren Frauen, anstatt sie zu bewachen.«

»Um derartige Effekte zu erzielen«, sagte Grunert spontan, »bedarf es keinerlei politischer Übereinstimmung.«

»Ist das Theorie, Grunert?« wollte der hellhörige Grigorij mit sanfter Eindringlichkeit wissen. »Oder handelt es sich bei deiner Behauptung schon um die Praxis, um sogenannte vollendete Tatsachen?«

Grunert zögerte kurz, diesen ihm so herausfordernd zugespielten Ball aufzufangen. Er war nicht ganz sicher, ob es ihm gelingen würde, mit der gleichen trefflichen Sicherheit darauf zu reagieren. Dennoch beschloß er, es zu versuchen. »Es ist leider Tatsache«, sagte er, »daß sich eine der Frauen in anderen Umständen befindet – sie ist schwanger.«

Der Major knallte beide Hände auf den Schreibtisch. »Was ist das für eine Sauerei!« brüllte er. »Warum weiß ich davon nichts? Wenn einer das wissen muß, dann bin ich das doch!«

»Warum eigentlich?« fragte Grigorij belustigt. »Das Kind ist doch nicht von dir. Aber lassen wir doch unseren lieben Grunert weiterreden – vielleicht weiß er, wer der Vater ist.«

»Ich weiß es nicht«, sagte Grunert vorsichtig. »Es scheint mir aber nicht ganz ausgeschlossen zu sein, daß auch sowjetische Soldaten im Verdacht der Vaterschaft stehen.«

»Das ist doch wohl die größte Frechheit, die mir seit Jahr und Tag angeboten worden ist!« röhrte der Major, seine Empörung genießend. »Das ist eine Beleidigung der Roten Armee, die ich nicht durchgehen lassen werde. Ich gedenke drakonische Maßnahmen zu ergreifen, um diese Beschmutzung unserer Ehre zu sühnen. Niemals, niemals ist etwas Derartiges vorgekommen – zumindest nicht in letzter Zeit und schon gar nicht in meinem Bereich. Meine Soldaten sind sauber, anständig und stolz; sie schlafen nicht mit Naziweibern! Und selbst wenn sie es getan haben sollten – was ist denn schon dabei? So etwas kommt doch in allen Armeen der Welt vor, in großen öfters und in kleineren weniger. Und schließlich ist nun einmal die Rote Armee die größte der Welt! Nehmen wir also getrost an, es war einer von uns. Wenn er dafür bezahlt hat, mit Bargeld oder Naturalien, ist die Sache klar; das Risiko hat dann die Frau zu tragen. Sollte sie aber vergewaltigt worden sein – warum hat sie dann nicht geschrien? Und da sie auch nicht vertrauensvoll zu uns gekommen ist, kann keine Vergewaltigung stattgefunden haben. Wer etwas anderes behauptet, den lasse ich einsperren!«

Grigorij und Grunert hörten sich diese Suada des Kommandanten sehr aufmerksam und nicht ohne Genuß an. Sie warteten geduldig, bis er am Ende war. Dann sagte der Kommissar: »Eine delikate Angelegenheit! Und ich möchte annehmen, Grunert hat sie uns nicht zuletzt deshalb erzählt, weil er bereit und auch fähig ist, sie zu bereinigen – um uns Unannehmlichkeiten zu ersparen. Nicht zuletzt deshalb arbeitet er ja auch mit uns zusammen.«

»So ungefähr«, sagte Grunert. Er war beeindruckt von der Geschicklichkeit, mit der der Major seine Bombe aufgefangen und der Kommissar sie entschärft hatte. Immer klarer wurde ihm, daß er in ein verwegenes und fast lebensgefährliches Spiel mit vollem Verstand und freiem Willen hineingestolpert war. Die Situation, in der er sich jetzt befand, glich einem sonderbaren Tennismatch: er, ein Anfänger, stand einem erfahrenen Doppel gegenüber. Sollte es ihm gelingen, sie einzeln zu schlagen, würde das an ein Wunder grenzen; aber mit beiden gemeinsam fertig werden zu wollen, war glatter Wahnsinn.

Grunert beeilte sich nunmehr, in seine Ausgangsstellung zurückzugehen. »Ich habe inzwischen«, berichtete er mit Eifer, »weisungsgemäß mit den ersten Vorbereitungen begonnen. Ich verfüge bereits über das Personal für ein großes Orchester, das wiederum in mehrere kleinere Gruppen eingeteilt werden kann, etwa für Tanz-, Volks- und Kammermusik. Ein Chor wird ebenfalls zusammengestellt; er kann mit Frauenstimmen zu einem gemischten und Opernchor ausgebaut werden. Das weibliche Personal ist jedoch zur Zeit noch nicht in meinen Aufstellungen berücksichtigt; das wird aber gleich morgen geschehen. Ferner habe ich gute Solisten verpflichten können und ausgezeichnete schauspielerische Kräfte — unter ihnen Heinrich Wagner, einen bedeutenden deutschen Schauspieler; er hat sich bereit erklärt, Russisch zu lernen.«

»Gar nicht schlecht«, glaubte der Major feststellen zu müssen; und er blickte, was Grunert nicht entging, Grigorij kurz und überaus zufrieden an. Doch Grigorij erwiderte diesen Blick nicht. Er schrieb einige Zahlen auf einen Zettel und addierte sie.

»Unsere Planungen«, berichtete Grunert hastig weiter, »sehen zur Eröffnung ein großes Tschaikowskij-Konzert vor — mit der *Nußknacker-Suite,* der *Fünften Symphonie* und dem *Zweiten Klavierkonzert.* Die erste Opernaufführung wird die *Verkaufte Braut* von Smetana sein; das erste Schauspiel *Wallensteins Tod.* Für die erste Veranstaltung in russischer Sprache ist *Charleys Tante* vorgesehen — mit Heinrich Wagner in der Titelrolle. Dazwischen findet eine Serie Bunter Abende statt.«

»Ausgezeichnet«, brummte der Major. Er sah sein Lager bereits zum Musterlager werden, bevölkert von angeregten, erbauten und erheiterten Menschen, die stets neue Kraft, neue Arbeitskraft, aus Besinnung und Zerstreuung schöpfen konnten, Brot und Spiele — der Mangel des einen konnte durch Überfluß auf der anderen Seite wettgemacht werden. Und die Produktionsziffern würden steigen, zumindest nicht sinken. Die neuen Richtlinien aus Moskau, von ihm nahezu genial vorausgeahnt, würden nirgendwo im ganzen Vaterland so überzeugend erfüllt werden wie hier.

»Mich würde zunächst einmal interessieren«, sagte Grigorij, wobei seine Stimme völlig harmlos klang, »mit welchen Personalstärken du rechnest, Grunert.«

»Zwei bis vier Prozent«, sagte der. »Mehr nicht. Und was sind schon zwei oder vier Prozent?«

»Zwei bis vier Prozent – das geht«, sagte der Major, denn er war ganz andere Zahlen zu hören gewohnt.

»Vier Prozent von fünftausend«, sagte Grigorij freundlich, »das sind zweihundert. Zweihundert Mann aber sind kein Lagertheater mehr, das ist eine Privatarmee. Hundert erscheinen mir mehr als ausreichend. Fünfzig müßten genügen.«

»Nicht unrichtig«, röhrte der Major, der keinen Augenblick lang zögerte, seinem Kommissar bereitwillig zuzustimmen. Und der tat, als rechne er angestrengt, »Zweihundert Mann – das ist auf alle Fälle zuviel. Unter keinen Umständen mehr als hundertfünfzig.«

»Selbstverständlich füge ich mich Ihren Anordnungen«, beeilte sich Grunert zu versichern, denn die zuletzt vom Major genannte Zahl war weit höher, als er jemals erwartet hatte. Der alte Trick, eine Höchstzahl zu nennen, um eine hohe Zahl zu erreichen, bewährte sich immer wieder. »Ich werde versuchen, mein möglichstes zu tun. Aber wir brauchen Instrumente, Noten, Textbücher und auch Holz, Nägel, Pappe, Farben und Stoffe.«

»Dafür ist der Kommissar zuständig«, sagte der Major großzügig.

»Das dürfte ein Irrtum sein, Genosse Major«, sagte Grigorij mit verbindlichem Lächeln. »Ich verfüge lediglich über eine Bibliothek, nicht aber über ein Kaufhaus.«

»Wenn das so ist«, entschied der Major unbeirrt, sich nunmehr an Grunert wendend, »müßt ihr euch selbst alles besorgen, was euch fehlt. Wie ihr das fertigbringt, ist eure Sache. Schließlich seid ihr ja Deutsche und als solche nicht ohne Organisationstalent. Kapiert?«

»Kapiert«, bestätigte Grunert. Er fühlte sich entlassen und erhob sich.

»Wenn ihr aber bei einer krummen Sache erwischt werdet«, rief ihm der Major dröhnend nach, »dann lasse ich euch mit einer Kneifzange rasieren!«

Grunert verließ beschleunigt das Zimmer. Als er die Tür hinter sich geschlossen hatte, atmete er tief ein und aus. Er war sich nicht ganz im klaren darüber, was er eigentlich erreicht hatte; vieles war völlig unübersichtlich, einiges schien ausgesprochen gefährlich. Und sein einziger wirklicher Erfolg bestand vermutlich nur darin, daß eine feste Zahl genannt worden war: einhundertfünfzig. Mit dieser vom Major halboffiziell genehmigten und vom Kommissar stillschweigend gebilligten Zahl konnte Krieger, der deutsche Kommandant, vor vollendete Tatsachen gestellt werden.

Der Schreiber des Kommandanten schien sich am Regal beschäftigen zu wollen. Er hatte ein Aktenstück unter den Arm geklemmt und näherte sich Grunert. »An deiner Stelle«, sagte er dabei, »würde ich mich etwas weniger um den Doktor kümmern. Grigorij sieht das nicht gerne.«

»Gehört sie ihm?« fragte Grunert aufmerksam.

Der Schreiber schüttelte vorsichtig den Kopf. »Grigorij gehört der Partei — und die Partei braucht keine Liebe. Ich glaube, er liebt überhaupt niemanden. Ich nehme nur an, daß er es nicht gerne sehen würde, wenn ein Prunkstück seiner Partei in die Hände gerät, die nicht seine Hände sind.«

»Wenn ich mir das alles so anhöre«, sagte Grunert verärgert, »dann möchte ich am liebsten wieder in meine Stehzelle zurück. Dort ging es mir sauschlecht, aber ich hatte meine Ruhe.«

»Ist es soweit?« rief Pratzke. Und er schrie das ungeniert durch die Gemeinschaftsscheune, die neuerdings im Lager auch »Amüsierschuppen« genannt wurde. »Kommen wir jetzt endlich an den Kern der Sache? Also — nichts wie ran an die Weiber!«

Die beiden Wilhelm sahen sich mit betrübten Augen an. Sie haßten jede Art vulgärer Gefühlsdemonstration; allein schon unmäßige Lautstärke war ihnen ein Greuel. »Die Vorwahl der Damen ist im wesentlichen so gut wie beendet«, erklärte der eine überaus reserviert.

Pratzke war sichtlich schwer enttäuscht. »Ihr habt das ohne mich erledigt?« rief er. »Das ist gegen die Vereinbarung! Dann ist mir heimtückischerweise eine falsche Uhrzeit genannt worden! Und das betrachte ich als einen glatten Vertragsbruch. Wo ist Grunert?«

Er schob sich dem Tisch, hinter dem die Auswahlkommission saß, wie ein Panzer entgegen. Der eine Wilhelm hob abwehrend seine Hand. »Ich glaube«, sagte er, »daß hier ein Mißverständnis vorliegt. Wir denken offenbar verschieden und gebrauchen für die gleichen Dinge andere Worte.«

»Wen interessiert denn so etwas!« rief Pratzke empört. »Es kommt doch hier nur darauf an, wer sich nach wem zu richten hat! Und das eine mußt du dir merken, Wilhelm: die Art, wie ich denke, ist hier maßgebend.«

Der eine Wilhelm setzte zu einer herausfordernden Entgegnung an, aber der andere legte ihm beschwichtigend die Hand auf den Oberarm. »Wir haben noch gar nicht damit angefangen«, erklärte er, »unter den Frauen des Lagers endgültig diejenigen zu bestimmen, die wir für künstlerische Kräfte halten.«

»Na also«, rief Pratzke erfreut. »Warum sagt ihr das nicht gleich? Fangen wir also an.«

»Wir müssen noch auf Grunert warten.«

»Ich vertrete ihn«, behauptete Pratzke. Und er machte sich auf dem Stuhl breit, hinter dem Pfarrer Matthäus stand.

»Grunert sucht dich vermutlich«, sagte Wilhelm diplomatisch. »Es ist anzunehmen, daß er ohne dich nicht anfangen wollte. Und du willst das tun?«

»Natürlich nicht!« rief Pratzke und gab sich gekränkt. »Ich bringe niemand um seine Freude, immer unter der Voraussetzung, daß auch ich dabei nicht zu kurz komme.«

Er musterte ungeniert die Anwesenden, als gedenke er, sie zu kaufen. Zunächst betrachtete er eingehend die beiden Wilhelm; sie waren in seinen Augen so etwas wie die Eunuchen des Lagerharems. Eine verdammt gescheite Idee von Grunert, sagte sich Pratzke, ausgerechnet diese beiden »Unbestechlichen« in eine derartige Schlüsselposition zu bringen. Es blieb nur zu hoffen, daß sie nicht über Nacht wieder normal würden; ein solcher Vorgang könnte zu besonderen Komplikationen führen.

Nicht minder geschickt, fand Pratzke, war die Ernennung von Wollmann zum Bastlerkönig. Diese komische Kreuzung aus Hamster und Wurzelzwerg dachte offenbar nur noch an Bretter, Pappe und Farben und an menschliche Maschinen, die damit umgehen konnten.

»Und Sie, Herr Pastor?« fragte Pratzke neugierig. »Wozu wollen Sie diesmal Ihren Segen geben?«

»Ich brauche für das Orchester noch eine Harfenistin«, erklärte Matthäus.

»Haben Sie denn schon eine Harfe?« wollte Pratzke wissen. »Eine Jule, die daran herumzupft, wird vermutlich leichter zu besorgen sein.«

Pfarrer Matthäus schien nicht sonderlich bemüht, darauf eine Antwort zu finden. Der eine Wilhelm tat das für ihn. »Diese Frage ist bereits geklärt«, sagte er. »Im örtlichen ›Haus der Kultur‹ befinden sich alle Instrumente, die für ein großes Orchester notwendig sind – sie werden uns von Fall zu Fall zur Verfügung gestellt, im Einvernehmen mit dem sowjetischen Kommandanten, dem Kommissar und dem örtlichen Führer der Partei.«

»Donnerwetter!« staunte Pratzke mit Anerkennung und nicht frei von Neid. »Das sind ja ganz beachtliche Manipulationen. Die reichen ja beinahe schon an meine Besorgertalente heran.«

»Leider«, sagte der eine Wilhelm, »fehlt uns immer noch ein Klavier.« »Und das«, sagte der andere Wilhelm, »ist eine ganz erhebliche Lücke.«

Pfarrer Matthäus nickte nachdrücklich. »Was gäbe ich nicht alles für ein Klavier«, sagte er dann nahezu schwärmerisch.

»Ihr braucht mir nur einen angemessenen Preis zu machen«, sagte Pratzke mit großer Geste, »dann besorge ich euch so einen Wimmerkasten.«

Die Anwesenden kamen jedoch gar nicht dazu, ihr lebhaftes Interesse für dieses Angebot zu bekunden: Annähernd fünfzig Frauen, von Grunert angeführt, strömten in die Gemeinschaftsscheune. Sie schoben sich lachend, murrend und schauend dem Tisch entgegen, hinter dem sich das Prüfungskomitee wie hinter einem Festungswall zusammengeschart hatte.

»Hört auf zu schnattern!« ordnete Pratzke befehlsgewohnt an. »Stellt euch ordentlich in Zehnerreihen auf, wie ihr es gelernt habt. Wenn ihr nicht sofort pariert, ist eure künstlerische Laufbahn bereits zu Ende, ehe sie angefangen hat.«

Die Frauen verstummten. Sie schienen, zunächst einmal, nichts anderes als Befehle von ihm zu erwarten. Sie formierten sich wie angeordnet und betrachteten dann ihn und die anderen Männer mit unverkennbarem Interesse.

Pratzke war von der Wirkung seiner Persönlichkeit recht erbaut; zufrieden betrachtete er sein Werk und die, die es ihm ermöglicht hatten. »Hört mal her, Mädchen«, sagte er gut gelaunt, »ihr müßt es euch endlich einmal merken: Wir sind hier in keinem Vergnügungspark. Auch die Kunst ist nämlich kein Vergnügen, sondern Arbeit! Wer lacht da so blöde? Wer war das?«

»Der Austausch von Adressen«, sagte Grunert eingreifend, »ist nicht unbedingt der Zweck unserer Zusammenkunft. Die

Kräfte, die wir suchen, sollen in erster Linie für das Lagertheater geeignet sein: Schauspieler, Sänger, Musiker, Handwerker. Also an die Arbeit, Freunde.«

Die beiden Wilhelm traten unverzüglich in Aktion. Der eine teilte die Frauen in Fachgruppen ein, der andere begann mit der systematischen Überprüfung. Schöne Talente schienen in Mengen vorhanden zu sein. Pratzke betrachtete die Besucherinnen mit wohlwollendem Interesse. Und seine Sylvia, fand er, konnte sich selbst inmitten dieses überraschend großen Aufgebots durchaus sehen lassen — er hatte also eine ausgezeichnete Wahl getroffen.

Sylvia versuchte überlegen und stolz wie ein Adler zu blicken. Sie erinnerte an Spätsommernächte auf dem Lande, an ein lässig lächelndes Zigeunerkind. Die beiden Wilhelm betrachteten sie mit Unbehagen.

»Bitte«, sagte der eine Wilhelm, als Sylvia vor ihnen stand, »was glauben Sie zu können?«

»Was erwarten Sie denn von mir?« fragte Sylvia und hob ein wenig den Kopf, wie ein Tier, das Witterung nimmt.

»Sind Sie Schauspielerin?« fragte Wilhelm.

»Unter anderem«, erklärte Sylvia ungeniert und zwinkerte Pratzke belustigt zu. »Ich kann so ziemlich alles, was verlangt wird.«

»Verhüllen Sie Ihr Haupt, Pastor«, empfahl Pratzke erheitert. »Harfe spielen kann die Dame nicht.«

»Ich weiß nicht recht«, sagte Wilhelm verlegen und verärgert zugleich, »was Sie sich unter einer Tätigkeit bei einem Lagertheater vorgestellt haben.«

»Genau das Richtige!« rief Pratzke, der sich köstlich zu amüsieren schien. »Ist das nicht so, Grunert?«

»Was ist so?« fragte Grunert. Er war mitten in einer angeregten Unterhaltung mit Wollmann und einer Frau, die eine perfekte Kostümschneiderin war. Ein ganzer Modesalon schien kurz vor der Eröffnung zu stehen; er hatte nicht die geringste Zeit und Lust, sich mit anderen Dingen zu beschäftigen. Die beiden Wilhelm verfügten über genaue Richtlinien: Sie würden das bestmögliche damit anfangen.

»Du bist doch auch der Meinung, daß Sylvia durchaus geeignet ist?« fragte Pratzke suggestiv.

Grunert warf einen kurzen, prüfenden Blick auf das Mädchen

namens Sylvia; genauso und nicht anders hatte er sie sich vorgestellt. Er nickte lediglich den beiden Wilhelm zu. Dann widmete er sich wieder seinen Werkstattplänen.

»Wir legen also«, sagte Wilhelm ein wenig mühsam zu Sylvia, »auf Ihre Mitarbeit Wert.«

Der andere Wilhelm notierte diese Entscheidung mit unbewegtem Gesicht auf seinem Personalzettel. Pratzke lächelte breit und zufrieden zu Sylvia hinüber, die schwanengleich entrauschte.

Hierauf tauchten, sich durch die Menge der Frauen schiebend, Krieger und die Simoneit auf. Sie begrüßten Grunert und sein Komitee. Krieger in Besonderheit gab sich harmlos und liebenswürdig.

»Wir kommen ganz zufällig«, erklärte der deutsche Lagerkommandant. »Ich hatte mit Frau Simoneit eine Besprechung angesetzt, die erfreulicherweise früher beendet werden konnte, als wir beide angenommen hatten. Die so eingesparte Zeit wollten wir in angenehmer Weise ausnutzen; und daher beschlossen wir, hier einen Besuch zu machen.«

Grunert hörte sich diese verdächtig wortreiche Erklärung stillschweigend und mit spürbarem Mißtrauen an. »Das ist hier mein Bereich«, glaubte er bemerken zu müssen.

»Gewiß«, sagte Krieger verbindlich. »Aber dein Wirkungskreis befindet sich zufällig in einem Lager, von dem ich der Kommandant bin.«

»Und die Frauen«, sagte die Simoneit, freundlich-robust wie meist, »unterstehen wiederum mir — so greift ein Bereich in den anderen über. Langsam sollten wir uns daran gewöhnen.«

Krieger und die Simoneit ließen sich auf den Stühlen nieder, die ihnen die beiden Wilhelm höflich zur Verfügung stellten. Grunert wandte sich wieder, als sei nichts geschehen, Meister Wollmann und der Kostümschneiderin zu; er zog sie ein wenig abseits und begann erneut, mit ihnen zu flüstern. Der Modesalon nahm immer festere Formen an — Grunert sah bereits »Damen der sowjetischen Gesellschaft« als dankbare, einflußreiche Kundinnen.

»Gibt es denn in diesem Laden keine Tänzerinnen?« wollte Pratzke wissen.

Es meldeten sich sechs Mädchen, die vorgaben, Tänzerinnen zu sein. Pratzke verlangte sofort, ihre Beine zu sehen. Wilhelm, der Intendant, lehnte dieses Verlangen nahezu schroff ab. Das trug ihm die lebhafte Zustimmung von Frau Simoneit ein, während ihn Krieger aufmerksam und nicht ohne Wohlwollen musterte. »Wichtig ist zunächst die Ausbildung und das Können, dann erst die Figur.«

»Das ist mir völlig neu«, erklärte Pratzke erstaunt.

Wilhelm ließ sich nicht im mindesten beirren. Durch intensives Ausfragen kam er zu folgendem Ergebnis: Zwei dieser angeblichen Tänzerinnen verfügten tatsächlich über eine komplette Ausbildung im klassischen Tanz. Eine hatte bei einer Varietenummer assistiert und vermutlich schöpferische Pausen durch gefälliges Gehüpfe ermöglicht. Eine andere war Gaumeisterin im Bodenturnen gewesen. Die restlichen zwei hatten in Nachtlokalen schönheitsdurstige Gäste erfreut. Aber sie alle waren seit Jahren ohne Training.

»Wir werden«, entschied schließlich Wilhelm, der ganz in sein Amt hineingewachsen war, »den interessierten Damen Gelegenheit zum Üben zu verschaffen suchen. Erst dann werden wir uns ein Urteil über eventuelle Qualitäten und weitere Verwendungsmöglichkeiten bilden können.«

Krieger nickte zustimmend. Er wußte aus seinen Erfahrungen heraus geschickt formulierte Erklärungen zu schätzen, die verständnisvoll und vielversprechend klangen, ohne dabei auch nur das geringste verbindliche Versprechen zu enthalten. Auch Frau Simoneit hielt Wilhelm für ungewöhnlich taktvoll. Und eigentlich nur Pratzke war unzufrieden, da er sich um ein fröhliches Schauspiel betrogen fühlte; mißmutig sah er zu Grunert hinüber, den diese ganze Vorstellung nicht im geringsten zu interessieren schien. Grunert plante bereits in die ferne Zukunft hinein — ohne allerdings auch nur annähernd feste Vorstellungen von dieser Zukunft zu haben.

Die nächste, die sich dem Prüfungskomitee stellte, war Maria. Sie kam aus den hintersten Reihen der Frauen und schritt nur zögernd nach vorne. Ihr kleines, zartes Kindergesicht schien leicht gerötet. Die beiden Wilhelm betrachteten sie nicht ohne Wohlwollen. Und Krieger richtete sich, ein wenig nur, bei ihrem Anblick auf; das war eine kaum sichtbare Geste echten Interesses, die dem stets sprunghaften Pratzke nicht entging.

»Nun, meine Liebe«, sagte Wilhelm ungewöhnlich freundlich, »was können wir für Sie tun?«

»Ich glaube«, sagte Maria tapfer, »daß ich eine brauchbare Schauspielerin sein könnte – Gretchen, die Jungfrau, das Käthchen von Heilbronn.«

»Jugendliche Heldin also«, sagte Wilhelm und lächelte ihr wie ein großer Bruder vertrauensvoll zu. »Darüber ließe sich reden – Talent vorausgesetzt.« Und dabei sah er, fordernd, zu Grunert hinüber.

Grunert hatte beim Klang von Marias Stimme seine Unterhaltung mit den Mode-, Kostüm- und Werkstattfachleuten unterbrochen. Er schaute ungläubig auf und sah Maria an, als wäre sie ein Reh, das von einem Rudel Hunde umstanden wird. Langsam kam er näher, ohne Maria, die ihn fest ansah, aus den Augen zu lassen.

»Was willst du hier?« fragte er betont unfreundlich.

»Arbeiten«, sagte sie. »Mitspielen.«

»Wer hat dir das eingeredet?« fragte er beharrlich weiter.

»Niemand. Es ist mein eigener Entschluß.«

»Das hier«, sagte Grunert mit schroffer Ablehnung, »ist kein Kindergarten. Du bist viel zu jung für diese Sorte von Betrieb.«

»Ich bin nicht zu jung!« rief Maria trotzig. »Ich bin doch kein Kind mehr!«

»Was denkst du dir eigentlich?« fragte Grunert unnachgiebig, wobei er es vermied, ihr in die Augen zu sehen, die unentwegt auf ihn gerichtet waren. »Erhoffst du dir etwa ein Vergnügen, angenehme Unterhaltung oder eine leichte Arbeit? So bist du doch gar nicht! Und wenn du wirklich nichts anderes willst als Theater spielen – glaubst du im Ernst, daß das eine Beschäftigung für Kinder ist? Hast du jemals systematisch sprechen gelernt? Weißt du, wie man sich richtig bewegt? Weißt du, was es bedeutet, sich vor Hunderten von Menschen seelisch zu entblößen? Nichts weißt du davon!«

»Ich weiß, was ich will«, sagte Maria einfach.

»Das weiß ich auch!« rief Grunert heftig. »Und deshalb schicke ich dich wieder weg!«

Die Anwesenden waren dieser Auseinandersetzung mit Spannung gefolgt. Die Ursache für Grunerts Erregung vermochte niemand genau zu ergründen – allein das primitiv arbeitende Gehirn von Pratzke kam der eigentlichen Wahrheit am nächsten.

»Was da Grunert sagt«, erklärte Frau Simoneit nachdenklich,

»klingt durchaus überzeugend. Maria ist wirklich noch sehr jung.«

»Im Orient«, sagte Pratzke belustigt, »heiraten die Mädchen schon mit zwölf Jahren.«

»Dann fahren Sie doch dorthin!« rief Mutter Simoneit streitbar.

»Wozu der Umweg?« fragte Pratzke breit zurück.

»Jedenfalls«, mischte sich nunmehr Krieger behutsam ein, »wird es meines Erachtens in erster Linie darauf ankommen, daß das Fräulein Talent hat – ihr guter Wille ist unverkennbar. Ich gedenke aber mit dieser Bemerkung nicht etwa in fremde Bereiche einzugreifen. Ich gebe lediglich die Anregung, das Angebot von Fräulein Maria ernsthaft und verantwortungsvoll zu überprüfen.«

»Ich bin dagegen«, erklärte Grunert mit Entschiedenheit.

»Du sagtest das bereits schon einmal.« Krieger lächelte Grunert kameradschaftlich zu; dann warf er einen schnellen Blick, der Wohlgefallen zu verraten schien, auf Maria. »Ich könnte deine Bedenken verstehen und auch teilen, wenn unser junges Fräulein mit seiner Zugehörigkeit zum Lagertheater in bedenkliche Gesellschaft hineingeraten würde – aber das ist doch wohl kaum zu befürchten. Oder irre ich mich da? Sollte ich mich wirklich irren, wäre das bedauerlich und vermutlich das Ende dieses ganzen Unternehmens. Aber gerade das wirst du doch hoffentlich zu vermeiden wissen, Grunert. Und deshalb verstehe ich deine Bedenken nicht!«

»Soll sie doch zeigen, was sie kann«, rief Pratzke, der nicht im geringsten zögerte, Krieger gegen Grunert auszuspielen. Heimliche Machtkämpfe zwischen Männern um Mädchen vermochten ihn immer wieder zu erfreuen; und wenn sie sich dann sogar zu offenen Feldschlachten zu entwickeln versprachen, bereiteten sie ihm Wonne.

Grunert protestierte gedämpft. Krieger fand Pratzkes Vorschlag ausgezeichnet. Mutter Simoneit neigte dazu, Grunert recht zu geben. Pfarrer Matthäus sprach ein paar Worte über Gerechtigkeit. Wollmann erklärte, auf Befragen, keinerlei Meinung in dieser Sache zu haben. Die beiden Wilhelm warteten auf Grunerts eindeutigen Befehl. Schließlich gab Maria selbst den Ausschlag.

»Ich werde«, sagte sie, »das *Käthchen von Heilbronn* vorsprechen.«

Sie neigte, wiederum errötend, das kindliche Gesicht, um sich zu konzentrieren. Dann blickte sie auf, mit trotziger Entschlossenheit; und ihre Augen suchten Wolfgang Grunert. Leise begann sie:

»Nimm nur, o Herr, das Leben, wenn ich fehlte!
Was in des Busens stillem Reich geschehn,
und Gott nicht straft, das braucht kein Mensch zu wissen:
den nenn' ich grausam, der mich darum fragt.«

»Bravo, bravo!« rief Pratzke; er applaudierte lebhaft, als sie geendet hatte.

»Mein Kompliment«, sagte Krieger.

Grunert aber wandte sich ab, um zu verbergen, wie erschüttert er war. Für ihn war es eine Qual, sie so vor allen Menschen sprechen zu hören. Und alles, was sie gesagt hatte, klang echt; so als habe sie es nicht auswendig gelernt, sondern intensiv gedacht und gefühlt. Und weil das so war, bekam er Angst; um sie, um sich, um alles, was er tun wollte.

»Ein, meiner bescheidenen Ansicht nach, überzeugendes Talent!« sagte Krieger und schien gemessene Bewunderung zu empfinden.

Das Mädchen Maria — und Pratzke spürte das deutlich — hatte einen unerwarteten Fürsprecher gefunden, vielleicht sogar einen heimlichen Interessenten. Doch bei Krieger, das wußte Pratzke aus Erfahrung, pflegte sich nur allzuoft gerade das, was als spontane Äußerung gewirkt hatte, später als rein zweckmäßige Reaktion zu entpuppen.

Immerhin fand es Pratzke angebracht, mit entwaffnender Offenheit in zwei Richtungen zugleich zu manövrieren; er gedachte sich Krieger ebenso wie Grunert zu verpflichten. Er erklärte: »Ich bin ein großer Verehrer der Kunst. Ich finde, daß man Talente unterstützen muß. Das Mädchen muß zum Theater, Grunert. Und als Gegenleistung dafür stifte ich ein Klavier.«

»Das wäre ganz ausgezeichnet«, erklärte Wilhelm mit lebhafter Zustimmung.

»Wir haben ein Klavier dringend nötig«, sagte Matthäus.

»Einverstanden, Grunert?« fragte Pratzke und zwinkerte Grunert zu.

»Meinetwegen«, sagte Grunert nach kürzem Zögern; und er fügte hinzu: »Warum nicht – wenn das Mädchen davon durch nichts abzubringen ist, und wenn ich Krieger einen Gefallen damit tun kann?« Dann begab er sich an ein Fenster, ohne Maria noch einmal anzusehen.

Mutter Simoneit folgte ihm und stellte sich dicht neben ihn. »Eins muß ich Ihnen noch sagen, mein Söhnchen«, erklärte sie bedächtig. »Ich will nicht hoffen, daß Ihnen ein Klavier wichtiger ist als ein Mensch.«

»Hier gibt es fünftausend Menschen, aber kein Klavier«, sagte Grunert verärgert.

»Deiner Meinung nach kommt es also auf einen Menschen mehr oder weniger gar nicht an – sofern sich nur brauchbare Kompensationsgeschäfte damit machen lassen?« sagte die Simoneit. »Daran werde ich mich erinnern, wenn du vielleicht einmal gegen ein Klavier oder etwas Ähnliches, vielleicht gegen eine Waschmaschine, ausgetauscht werden könntest. Ich warne dich, Grunert. Wenn der kleinen Maria auch nur das geringste passiert, dann mache ich dich dafür verantwortlich. Die anderen können sich selbst helfen – sie aber ist noch ein Kind; und das weißt du genau, Grunert, du hast es ja selbst vorhin gesagt. Wenn du das auch nur einmal vergessen solltest, dann tausche ich dich bei der ersten besten Gelegenheit für ein Pfund Seife ein!«

Grunert starrte durch das Fenster auf die morschen Bretterhöhlen des Lagers. Hinter ihm wurde Schiller rezitiert. Draußen zog ein fahler, feuchter Nebel dünne Schleier über das Elend der Gefangenschaft; drinnen glühten pathetische Wortfetzen und zerflatterten im Nichts.

Jetzt war es Maria, die zu ihm kam; er wußte es, ohne sich umwenden zu müssen. Er erkannte sie an den kleinen, zaghaften Schritten, wie sie scheue, doch von Neugier oder Hunger getriebene Rehe haben. Sie blieb hinter ihm stehen.

»Du brauchst keine Sorgen zu haben«, sagte sie behutsam.

»Wenn ich mir jemals welche gemacht haben sollte«, sagte Grunert abweisend, »dann waren sie jedenfalls völlig überflüssig.«

»Ich werde nicht Theater spielen, wenn du das von mir verlangst«, sagte sie. »Ich wollte es nur tun, um dir vielleicht helfen zu können.«

»Mir kann vermutlich niemand helfen«, sagte Grunert abwehrend.

»Doch«, behauptete sie mit zarter Festigkeit. »Ich glaube es zu können – weil ich weiß, warum du das alles tust. Ich habe lange darüber nachgedacht, und ich habe mir am Ende gesagt: Er ist nicht schlecht, und er kann es niemals werden! Für mich bleibst du das große Vorbild – du kannst dir Masken aufsetzen, soviel du willst.«

Grunert drehte sich zu ihr hin und zwang sich dazu, sie offen anzusehen. Sein Lächeln sah fast ein wenig böse aus und war verzerrt. »Du solltest dein schönes Köpfchen nicht mit meinen Problemen strapazieren«, sagte er schroff. »Die Gedanken, die du ausgebrütet hast, sind gefährlich – aber noch gefährlicher ist es, sie auszusprechen. Hier hat selbst die Luft Ohren.«

Maria sah ihn bewundernd und ergeben mit ihren großen Kinderaugen an. »Du solltest erproben«, sagte sie nahezu heftig, »in welchem Ausmaß du dich auf mich verlassen kannst.«

»Ich sehe es nicht gern, wenn Kinder mit Dynamit spielen«, sagte er hart. »Und wenn ich dich Theater spielen lasse, dann nur deshalb, weil ich dringend ein Klavier brauche. Nimm dich jetzt zusammen; in drei Sekunden sind wir nicht mehr allein.«

Krieger kam auf sie zu. »Ich bin überzeugt, nicht zu stören«, sagte er mit verbindlichem Lächeln. »Für unseren Freund Grunert existiert bestimmt nichts anderes als jene mir noch nicht ganz klare Aufgabe, die er sich selbst gestellt hat.«

Wie immer wirkte Krieger überlegen, korrekt und doch auch kameradschaftlich, ohne dabei allerdings vergessen zu lassen, daß er auch Vorgesetzter war. »Ein Kamerad unter Kameraden, in führender Position«, so hatte er selbst einmal seine besondere Stellung formuliert.

»Dir scheint es hier zu gefallen«, sagte Grunert, gleichermaßen verbindlich wie Krieger.

»Mich überrascht das Talent unserer kleinen Maria«, sagte Krieger mit fast echt wirkendem Wohlwollen.

»Wir haben in letzter Zeit schon eine ganze Menge überraschender Talentproben erlebt«, sagte Grunert.

»Hoffentlich nicht allzu viele«, sagte Krieger unverändert verbindlich. »Wir haben hier in erster Linie Traktoren zu montieren; zusätzlich noch eine ausgedehnte Vergnügungsindustrie aufzubauen, können wir uns leider nicht leisten.«

»Ich werde mich zurückziehen«, sagte Maria nahezu hoheitsvoll. »Verwaltungstechnische Gespräche interessieren mich nicht.«

Sie nickte den beiden Männern zu und ging davon, mit den gleichen kleinen graziösen Schritten, mit denen sie gekommen war. Krieger blickte ihr nach. Grunert beobachtete ihn aufmerksam.

»Sie scheint auch intelligent zu sein«, sagte Krieger schließlich.

»Sie hat bemerkenswerte Qualitäten«, gab Grunert ein wenig mühsam zu, »ungewöhnliche Qualitäten.«

»Kennst du sie alle?« fragte Krieger, und sein verbindliches Lächeln verstärkte sich noch erheblich. Er wollte offenbar andeuten, daß seine letzte Bemerkung getrost als kleiner, dezenter Scherz unter Kameraden aufgenommen werden könnte.

Grunert antwortete nicht. Er spürte deutlich, daß Krieger dabei war, ein entscheidendes Gespräch mit harmlos klingenden Bemerkungen einzuleiten. Bewährter Taktik folgend, versuchte Grunert unverzüglich, sich eine gute Ausgangsstellung zu verschaffen. »Jedenfalls«, sagte er, »begrüße ich dein unverkennbares Interesse an unseren Bemühungen. Ich freue mich, daß ich dir einen persönlichen Wunsch erfüllen konnte.«

»Ich muß dich ein wenig korrigieren«, sagte Krieger mit Nachsicht. »Es handelt sich selbstverständlich um keinen persönlichen Wunsch von mir, sondern lediglich um eine unverbindliche Anregung, die noch dazu keinesfalls privater Natur ist.«

»Ich glaubte annehmen zu dürfen«, sagte Grunert, wobei er ebenfalls einen leichten Plauderton anschlug, »daß dich unsere kleine Maria außerordentlich beeindruckt hat. Sie wäre sicherlich enttäuscht, zu hören, daß das nicht im geringsten der Fall ist.«

»Ich finde sie interessant, gewiß. Sie wirkt auf eine sehr deutsche Weise verinnerlicht. Sie verkörpert mithin eines der arteigenen Wesenselemente unseres Volkstums. Die Anwesenheit solcher Menschen in einem Theaterensemble gibt mir eine gewisse Garantie, daß unsere völkischen und rassischen Grundwerte gebührend in Erscheinung treten. Ich sage das lediglich, um ein paar Gedanken rein theoretischer Natur zu deinen Bemühungen beizusteuern, und nicht etwa, um indirekte Forderungen zu stellen. Ich weiß, du bist verantwortungsbewußt und klug genug, um dich nach der Mentalität und den Ansprüchen deines Publikums zu richten — jeder Intendant muß das tun. Doch das nur nebenbei.«

Sie hatten sich nebeneinander, Einträchtigkeit vortäuschend, in Bewegung gesetzt. Sie gingen an den Wänden der Gemeinschaftsscheune entlang und umkreisten so die Frauen und das Prüfungskomitee, das immer noch mitten in seiner Arbeit war. Eine Frau sang ein Schubertlied; sie hatte eine hohe, durchdringende Stimme, die selbst von den schallschluckenden Scheunenbrettern nicht verdaut werden konnte — die beiden Männer aber hörten sie nicht.

»Du willst mir doch nicht etwa den Rat geben«, verlangte Grunert zu wissen, »hier, mitten in Rußland, eine Art großdeutsches Nationaltheater zu errichten?«

Diese Frage überhörte Krieger. Natürlich wollte er genau das und nichts anderes; und Grunert wußte das auch. Nur hatte Krieger außer seinem patriotischen Herzen auch noch eine Portion Verstand; er operierte nur dort mit Brachialgewalt, wo er auch auf längere Sicht die Macht hatte.

»Was mich im Augenblick interessiert«, sagte er, »ist nicht die große Linie, sondern vielmehr eine kleine Zahl.«

»Du willst meine Personalstärke wissen?« fragte Grunert und tat, als sei er leicht erstaunt. Dabei wußte er genau, daß sie nunmehr an dem Punkt angelangt waren, der in diesem Stadium der gefährlichste war. Er holte tief Luft und sagte mit alarmierend biederen Untertönen: »Die endgültigen Zahlen weiß ich selbst noch nicht genau. Erst wenn die Ergebnisse der Überprüfung der Frauen feststehen, kann ich Annäherungswerte geben.«

»Aber bei den Männern«, fragte Krieger beharrlich, »wirst du doch schon zu bestimmten Endresultaten gekommen sein?«

»Auch dort«, sagte Grunert ausweichend, »liegen die endgültigen Zahlen noch nicht fest.«

»Auch nicht annähernd?« fragte Krieger.

»Nicht einmal das«, sagte Grunert mit Bedauern.

Kriegers Backenmuskeln begannen zu spielen, sein Lächeln sah bedrohlich starr aus — aber noch behielt er es bei. Er schlug, ohne seine Taktik zu ändern, einen Haken — er versuchte, die

Wurst von der anderen Seite her aufzuschneiden. »Ich denke mir«, sagte er, »daß du mit fünfzig bis sechzig Mann Personal auskommen wirst.«

»Das denke ich nicht«, sagte Grunert, sichtlich überrascht von Kriegers Geschicklichkeit. Er erkannte, daß es weiterhin nicht gut möglich war, annähernd konkreten Zahlenangaben auszuweichen. Und daher sagte er, das sich windende Gespräch blokkierend: »Das Dreifache davon.«

Kriegers Lächeln schwand. Seine Augen schienen sich zu verengen. Er sagte: »Ich muß mich verhört haben. Du hast schon einmal eine derartig groteske Zahl angedeutet, und ich habe dich damals in aller Freundschaft gewarnt. Jetzt sage ich es als verbindliche Forderung: Diese Zahl kommt nicht in Frage.«

»Sie ist so gut wie eine Tatsache, Krieger.«

»Derartige Tatsachen lassen sich aus der Welt schaffen, Grunert. Und das wird geschehen – in aller Freundschaft, wenn du vernünftig bist. Wir gehen gemeinsam die Listen durch. Fünfzig, sechzig, vielleicht sogar siebzig, das will ich noch für angemessen halten – mehr aber auf keinen Fall.«

»Einhundertfünfzig! Keiner weniger.«

»Sei vernünftig«, sagte Krieger warnend; und er sagte das mit leiser Stimme, in der es knisterte, als werde frischer Schnee zusammengeballt. »Man fordert mich nicht ungestraft heraus.«

»Soll das eine Drohung sein?«

»Eine Warnung, Grunert.« Krieger blickte seinen Gesprächspartner suggestiv an. »Es gehört zu meinen Prinzipien, alle Unstimmigkeiten innerhalb des Lagers zu regeln. Es ist nicht ratsam, mich dazu zu zwingen, den sowjetischen Kommandanten zu bemühen.«

»Niemand zwingt dich dazu«, sagte Grunert, und er setzte dazu an, seine große Trumpfkarte mit Gelassenheit auszuspielen. »Und es wäre auch vergeblich. Der sowjetische Kommandant kennt die Zahl einhundertfünfzig nicht nur – er hat sie sogar schon genehmigt. Der Kommissar ebenfalls.«

Krieger empfing diesen Schlag in guter Haltung. Nur eine Wimper zuckte leicht; sonst regte sich nichts in seinem Gesicht. Sekundenlang blieb er unbeweglich stehen; er schien durch Grunert wie durch Glas hindurchzusehen. Dann pumpte er sich voll Luft, vollführte eine schroffe Kehrtwendung und schritt aufrecht davon.

»Pratzke!« rief er mit einer Stimme, die Entschlossenheit demonstrierte. Aber Pratzke hielt sich nicht mehr in der Gemeinschaftsscheune auf; er war bereits unterwegs, um den angekündigten Klaviertransport einzuleiten.

Krieger strebte, mit herausfordernd polternden Schritten, dem Ausgang zu. Hier gab er einem herumstehenden Lagerpolizisten einen Auftrag. Dann schlug er die Tür mit einem derartig heftigen Knall zu, daß eine sich als Sängerin ausgebende Gefangene, die gerade eine Mozartarie malträtierte, erschrocken verstummte.

»Nicht durch Kleinigkeiten aus dem Konzept bringen lassen!« rief Grunert mit betonter Munterkeit.

Der eine der beiden Wilhelm, der Verwaltungsdirektor, der die versammelten Frauen wachsam umkreiste und jeden aufkommenden Lärm unterdrückte, unterbrach seine Tätigkeit und kam auf Grunert zu. »Was war los?« fragte er besorgt.

»Ein Solo außer Konkurrenz«, sagte Grunert. Er versuchte, das unangenehme würgende Gefühl zu verbergen, das ihn bei Kriegers schroffem Abgang überfallen hatte — hier war ein Fehdehandschuh hingeworfen worden! Das kam nicht unerwartet; überraschend blieb jedoch die Heftigkeit, mit der es geschehen war.

»Ich habe zufällig die Anweisung mitgehört, die Krieger dem Lagerpolizisten an der Tür gegeben hat«, berichtete Wilhelm. »Sie erfolgte mit einigem Stimmaufwand und lautete: ›Alle Vertrauensmänner heute abend zu mir zu einer Besprechung.‹ Ich hoffe, du weißt, was das bedeutet, Grunert.«

Der nickte; er wußte genau, was das zu bedeuten hatte. Krieger trommelte seine Clique zusammen, um sie zu bearbeiten. Damit brachte er seine Kerntruppen in Stellung; die Schlacht konnte beginnen. Es würde vermutlich eine Schlacht werden, in der kein Pardon gegeben wurde — und die Kapitulation würde, in bewährter Weise, bedingungslos sein.

»Alle noch ausstehenden Überprüfungen beschleunigen«, ordnete Grunert an. »In spätestens einer Stunde gehen wir gemeinsam alle Listen durch. Heute noch verpflichten wir das Personal. Unmittelbar danach beginnt die Arbeit. Die Einweisung der Gruppe Artisten und Kraftakte übernehme ich persönlich.«

Dumpfes Gepolter unterbrach seine Ausführungen. Die Tür

zur Gemeinschaftsscheune wurde rauh aufgestoßen, und dort erschien Pratzke. Hinter ihm schleppten acht Männer einen mit Zeltplanen umwickelten hochkantigen Gegenstand; sie stießen ihn gegen den Türrahmen, so daß er klangvoll aufzuwimmern schien.

»Sie haben das Klavier«, sagte Wilhelm bewundernd.

»So arbeiten wir!« rief Pratzke triumphierend.

Wilhelm stürzte sich sofort dem dick eingehüllten Klavier entgegen. Die Frauen begrüßten die angenehme Unterbrechung ihrer langweiligen Wartezeit, sie bildeten einen Kreis und redeten lebhaft auf Pratzke ein, der sich wie ein Held zu fühlen schien. Er scherzte und rief, im gleichen Atemzug, Befehle. Wilhelm durchbrach den Kreis wieder und eilte auf Grunert zu.

»Es ist tatsächlich ein Klavier«, berichtete er, ein wenig atemlos.

»Wir haben im Augenblick ganz andere Sorgen!« sagte Grunert. Er war unwillig über diesen provozierenden Lärm, der ihn in der Entwicklung seiner strategischen Gegenmaßnahmen störte.

»Sage das nicht«, flüsterte Wilhelm aufgeregt. »Weißt du, was das für ein Klavier ist? Es ist das Klavier aus der Werkkantine vom *Roten Morgen.*«

»Schöne Sauerei!« sagte Grunert wütend.

»Aber nicht doch, nicht doch!« beschwor ihn Wilhelm. »Wir haben das Klavier schließlich nicht geklaut, sondern das hat einer von der deutschen Lagerkommandantur gemacht: Was praktisch bedeutet: die deutsche Lagerkommandantur hat krumme Finger gemacht. Und damit sitzen diese Burschen, ob sie es nun wollen oder nicht, mit uns im gleichen Boot.«

»Mensch!« sagte Grunert, Morgenluft witternd. »Du kannst recht haben! Wenn wir das geschickt ausspielen, kann Krieger am Ende noch froh sein, wenn wir ihn als Verbündeten dulden.«

Wenn Grigorij, der Kommissar, durch das Lager ging, dann war man auf den ersten Blick hin geneigt zu glauben, er sei ein Kriegsgefangener wie alle anderen auch. Seine strapazierte Kleidung verriet keinerlei Besonderheit; seine flache Mütze ließ das Gesicht stupid erscheinen und machte in verwirrender Weise auf die Größe seiner Ohren aufmerksam. Aber seine hellwachen

Augen registrierten alles, was sie sahen, schnell und sicher — und es entging ihnen nichts.

»Grunert irgendwo gesehen?« fragte er einen der Lagerpolizisten. Und er ging weiter, ehe er noch eine Antwort bekam: Er war sich bereits klar darüber geworden, daß der Befragte nichts wußte, ehe der überhaupt dazu kam, den Mund aufzumachen.

Nicht wenige Kriegsgefangene hielten Grigorij eher für eine komische Type, vielleicht sogar für leicht beschränkt. Er wollte ihnen reichlich harmlos erscheinen: ein glanzloser, stimmschwacher, zumeist melancholisch dreinblickender Mann, dessen laufend angesetzten politischen Pflichtmonologe nichts als Langeweile verbreiteten — und das nicht nur bei seinen Zuhörern, sondern offenbar sogar bei ihm selbst.

Grigorij steuerte, im gemächlichen Trott der Kriegsgefangenen, auf die Gemeinschaftsscheune zu. Aber er betrat sie nicht durch den Haupteingang; er ging um sie herum, auf ihre Rückseite zu, angelockt von dem Geräusch heftiger Arbeit. Er sah, daß eine Bretterwand herausgerissen worden war; ein neues Balkengestänge schob sich vor, dem Lagerfriedhof entgegen. Hier blieb Grigorij stehen, so wie ein mit Zeit und Muße gesegneter Spaziergänger vor einer Baustelle stehenbleibt.

Die Handwerker stutzten kurz bei seinem Anblick. Dann arbeiteten sie gelassen weiter, als sei völlig unwichtig, was sie gesichtet hatten. Wollmann allerdings, aufmerksam wie ein Wachhund, zog einen der Arbeiter zur Seite: »Laufe zu Grunert und sage ihm, daß wir lieben Besuch haben.«

Wolfgang Grunert erschien unverzüglich. Grigorij hatte der Baustelle den Rücken gekehrt und schien nahezu versonnen auf den Lagerfriedhof zu blicken.

»Bewundern Sie unsere Anbauten, Kommissar?« fragte Grunert mit zäher Freundlichkeit. Er war dabei kaum imstande, seine wütende Besorgnis zu verbergen: Dieser Grigorij hatte in kürzester Zeit, mit dem Spürsinn einer Meute Bluthunde, genau die Stelle entdeckt, die ihm möglichst lange verborgen bleiben sollte. »Wir erweitern unsere Werkstatt und schaffen Garderobenräume.«

»Die Kunst, angesiedelt in der Nähe des Friedhofs«, sagte Grigorij nachdenklich.

»Warum sollen derartige Zusammenhänge nur der Politik und der Kirche vorbehalten sein?« fragte Grunert.

»Wie recht du doch hast«, gab Grigorij überraschend zu. »Nichts auf der Welt ist so sicher wie der Tod – er ist die einzige große Selbstverständlichkeit und allen gemeinsam. Warum sollten wir vor dem Tod Entsetzen empfinden oder Schauder, oder auch nur Ehrfurcht? Ich habe im Krieg oft zwischen Leichen schlafen müssen; es berührt mich daher auch nicht, wenn Menschen in einem Sarg Kinder zeugen.«

Grunert erschrak, als die letzte Bemerkung von Grigorij seinen hellwachen Verstand erreicht hatte. Wieder einmal fühlte er sich alarmiert, über den Kommissar nachzudenken; er mußte herausfinden, ob dieser Mann ein exakt unterrichteter, streng logisch denkender Seelenverkäufer war oder ein gerissener Pokerspieler oder nur ein effektvolles Schreckgespenst. Der Hinweis auf den Sarg kam der Wirklichkeit so bedrohlich nahe, daß kaum noch Inspiration allein angenommen werden konnte.

»Sollte ich irgend etwas gesagt haben, das geeignet gewesen sein könnte, dich zu verwirren?« fragte Grigorij mit irritierender Freundlichkeit. »Möglich ist schließlich alles! Und gerade die absurdesten Dinge kommen häufiger vor, als gemeinhin angenommen wird. Der Idealist als Zyniker, der Moralist als Lüstling, der Fresser, der ein Heiliger wurde, und der Mörder, der aus Menschenliebe getötet hat – die Welt ist voll von diesen absurden Phänomenen, vor denen jede Gesellschaftsordnung zittert!«

»Auch die Ihre, Kommissar?« fragte Grunert spontan.

Grigorij deutete ein Lächeln an. Es freute ihn immer wieder, wenn es ihm gelang, andere derartig zu provozieren, daß sie aufschlußreiche, impulsive Antworten nicht mehr zurückhalten konnten. »Mein lieber Grunert«, sagte er betont freundlich, »deine Frage soll gerne beantwortet werden – und sie ist leichter zu beantworten, als du wohl vermutet haben wirst. Ganz einfach: Unsere Gesellschaftsordnung zittert vor niemandem! Nicht, weil sie ungewöhnlich gefestigt oder mit allen Machtmitteln ausgebaut worden ist, das nicht. Sie ist nur besonders klug angelegt worden. Und darüber wollen wir uns ein wenig unterhalten – wenn es dir recht ist und es dich nicht beim Errichten deiner umfangreichen Zweckbauten stört.«

Grunert scheute sich nicht, zu versichern: er könne sich gar nichts Besseres vorstellen, als sich mit dem Kommissar in lehrreichen Geprächen zu ergehen. So setzten sie sich, auf einen

Wink von Grigorij hin, in Bewegung; sie gingen auf die Lagerstraße zu.

Der Kommissar schritt noch gemächlicher dahin, als er es schon gewöhnlich tat. Gelegentlich blieb er sogar stehen, wie um zu verschnaufen oder um einen längeren Blick auf irgendeinen Gegenstand zu werfen: auf einen Mast, von dem die Lichtleitung gefährlich tief herunterhing; auf Schlingen von Draht, die den blassen Himmel aufzureißen schienen; auf eine Bretterbaracke, die der Wind schiefgedrückt hatte — auf Grunerts Gesicht schließlich, das herausfordernd ausdruckslos war. Viele Kriegsgefangene sahen ihnen nach; und es war unverkennbar Grigorijs wohlberechnete Absicht, ihnen ein Schauspiel besonderer Art zu bieten.

»Hoffentlich ist dir meine Begleitung nicht peinlich, Grunert«, sagte der Kommissar. »Vor ein paar Tagen noch haben wir dich eingesperrt; und jetzt gehen wir, sozusagen Arm in Arm, durch dieses Lager. Wird das nicht deine Kameraden in die Schranken fordern?«

»Die kennen keine Schranken mehr«, sagte Grunert. »Sie können sich auch nicht mehr den Luxus leisten, sich herausgefordert zu fühlen. Und ich habe schon lange aufgehört, danach zu fragen, was wer über mich denkt — es ist eine der sinnlosesten Beschäftigungen, die es gibt. Ich habe mehr als einmal Menschen kennengelernt, die behaupteten, mich zu lieben und Treue für mich zu empfinden. Oft schon kurze Zeit danach war ich für sie ein heimtückisches und verlogenes Subjekt.«

Grigorij brachte nun seine Schritte wieder in ihr gewohntes Maß. »Es ist nicht leicht, auch nur einigermaßen klug aus dir zu werden, Grunert«, sagte er; und er tat, als denke er dabei angestrengt nach. »Naiv kannst du nicht sein; aber geschickt oder gar raffiniert bist du auch nicht immer. Eigentlich hättest du, als ich von der zitternden Gesellschaftsordnung sprach, irgend etwas Wohltönendes behaupten müssen, wie zum Beispiel: Der Kommunismus ist mehr als eine Gesellschaftsordnung, er ist die Ordnung schlechthin — oder etwas Ähnliches. Als ich dich fragte, ob dir meine Begleitung nicht etwa peinlich sei, erwartete ich die bei derartigen Anlässen allgemein gebräuchliche Versicherung zu hören: Es ist mir eine Ehre und ein Vergnügen! Nichts dergleichen!«

»Sie würden es mir verübeln, wenn ich versuchen würde, Sie

anzuöden«, behauptete Grunert kühn. »Hochtrabende Phrasen für geistig Minderbemittelte können wir beide uns doch wohl schenken.«

»Ausgezeichnet!« sagte Grigorij. »Du kommst meinen Gedanken immer näher – denn du hast erkannt, daß man meinem Herzen nicht nahekommen kann. Das ist ein Fortschritt. Das wird vielleicht vieles vereinfachen. Darüber freue ich mich – und ich finde, wir sollten an dieser Freude noch jemanden Anteil nehmen lassen. Besuchen wir Katerina. Sie ist auf unser Kommen vorbereitet.«

Wolfgang Grunert hatte keine andere Wahl, als Grigorij zu folgen. Er tat das mit großen Bedenken, denn er versuchte vergeblich zu ergründen, welchen Zweck wohl der Kommissar mit dieser offenbar von langer Hand vorbereiteten Begegnung zu erreichen gedachte. Fest stand nur eines: Grigorij war keinesfalls der Mann, der harmlosen Plaudereien zuneigte. Daß er überdies dazu noch den Kontakt zwischen einer Sowjetrussin und einem Kriegsgefangenen zu fördern bestrebt war, durfte als völlig absurd bezeichnet werden.

Katerina erwartete sie bereits. Ihr Zimmer in der Lazarettbaracke war zum Empfang der »Gäste« nahezu festlich hergerichtet: Drei Stühle standen um einen Tisch, der mit einem weißen Leinentuch bedeckt war – ein Laken aus Lazarettbeständen vermutlich, eine Operationsunterlage möglicherweise. In einer Ecke summte ein Samowar, und drei flache Tassen, ohne überflüssige Untertassen, standen bereit.

»Du hättest ihr Blumen mitbringen sollen, Grunert«, sagte der Kommissar scherzend.

Katerina hatte sich einen blendendweißen Kittel übergezogen; sie wirkte streng und straff wie immer, roch ungemein sauber nach Kernseife und auch ein wenig süßlich nach betäubenden Medikamenten. Ihr dunkles Gesicht leuchtete fraulich; und ihre sonst so sicheren Hände verrieten geringe Nervosität. »Ich bin gerne deiner Anregung gefolgt, Grigorij«, sagte sie. »Ich habe mindestens eine Stunde Zeit und freue mich auf unsere Unterhaltung.«

»Wir sind bereits mitten drin«, sagte Grigorij. Und er spielte einige Sekunden lang Weltmann: Er rückte Katerina fast liebevoll den Stuhl zurecht, wies Grunert mit freundschaftlicher Höflichkeit einen Platz an und setzte sich dann selbst.

»Ich bin nämlich gerade dabei, Grunert zu erklären, warum unsere Gesellschaftsordnung niemals zu zittern braucht: weil sie unerschütterlich ist! Das ist sie, ganz einfach, weil sie die Herzen mobilisiert, indem sie an den Verstand appelliert. Denn: das Herz, und das wird dir Katerina gerne bestätigen, ist kaum mehr als ein hin und her zuckender Muskel, eine Blutpumpe. Und völlig sinngemäß sind daher die Reaktionen, die ›von Herzen kommen‹: stoßweise, hin und her schwankend; einmal jagen die Kurven für den Blutdruck hoch, dann wieder lassen sie ihn kraftlos abfallen. Jedenfalls ist so ein Herz alles andere als ein verläßliches politisches Barometer.«

Grunert begann langsam zu ahnen, was Grigorij diesmal mit ihm anzustellen beabsichtigte. Dieser raffinierte Fallensteller mit dem so harmlos-gleichgültig wirkenden halbasiatischen Lackschädel war kurz davor, ihn in eine ganz tiefe Grube zu locken. Grunert verschaffte sich eine kurze Bedenkpause, indem er bedächtig Tee trank. Dann lobte er die Qualität dieses Tees und die Geschicklichkeit seiner Zubereitung mit wohlgesetzten Worten, was Katerina mit einem beglückten Lächeln quittierte. Dann sagte Grunert, sich vorsichtig der gestellten Falle nähernd: »Viele Menschen haben aber lediglich ein Herz, und nur ganz wenige besitzen Verstand.«

»Das ist der Punkt«, sagte Grigorij befriedigt; er hatte offenbar genau das Stichwort erhalten, das er erhoffte. »Die wenigen mit dem wirklichen Verstand müssen nämlich für die vielen, die nur ein Herz haben, mitdenken. Das sieht in der Praxis etwa so aus. Ich lasse ein Spruchband pinseln, das die Aufschrift trägt: *Durch Arbeit zur Freiheit!* Oder: *Auch du sollst ein Kämpfer für den Frieden sein!* Das ist kompletter Blödsinn; die Leute mit Verstand merken das sofort. Aber sie merken sehr bald auch etwas anderes: Dieser komplette Blödsinn ist wie Öl für die Maschine, die das Herz darstellt. Die primitiven Herzmuskelmenschen glauben liebend gerne daran. Für sie ist so etwas Balsam; es macht anstrengende und zeitraubende Denkaktionen unnötig. Und es macht sie willig – für unsere Ordnung, die eine Ordnung des klaren, des gut durchtrainierten Verstandes ist. Wer Intelligenz besitzt, wird zu uns gehören wollen; wer nur ein funktionelles Wesen ist, der wird zu uns gehören müssen!«

Katerina saß starr aufgerichtet da. Sie hielt die Tasse krampfhaft in der Hand; es war, als erwarte sie, von einem umständlich operierenden Fotografen auf die Platte gebannt zu werden. Der Kommissar sah Grunert freundlich lauernd an; er schien durchaus sicher, lebhafte Zustimmung zu erhalten.

Aber Grunert sah jetzt ganz deutlich die Grube vor sich, die Grigorij ihm gegraben hatte: Applaudierte er den Ausführungen des Kommissars, dann war er in den Augen von Katerina erledigt; stimmte er ihnen aber nicht zu, konnte Grigorij zum mindesten ahnen, daß Grunert nicht abgeneigt war, ein doppeltes Spiel zu treiben.

Grunert schwieg; er war in der Zwickmühle. Er durfte sich weder leisten, Katerinas heimliche Zuneigung zu verlieren noch Grigorijs wertvolles Interesse in desinteressierte Routine zu verwandeln. Und mitten im heftigen Suchen nach einem halbwegs brauchbaren Ausweg konnte er nicht umhin, die geradezu artistische Geschicklichkeit des Kommissars zu bewundern: Grigorijs Position war unerschütterlich, mochte ihm nun Grunert zustimmen oder nicht. Denn der Kommissar konnte Katerina jederzeit erklären: er habe lediglich einen Provokateur provoziert — nichts anderes sonst; schon Lenin habe eine ähnliche Taktik empfohlen.

Und so beschloß denn Grunert, in möglichst geschicktem Bogen auszuweichen. »Ich habe wohl noch sehr viel zu lernen«, erklärte er mühsam.

»Das scheint mir auch so«, sagte Grigorij enttäuscht.

»Er ist ein Anfänger«, stellte Katerina fest; und das sagte sie keinesfalls verletzend, vielmehr unverkennbar bestrebt, Grunert in Schutz zu nehmen. »Er kann kaum unser Alphabet; er ist noch gar nicht fähig dazu, komplizierte Denkaufgaben zu lösen.«

»Ich gebe mir alle Mühe«, wagte Grunert zu erklären. »Aber vielleicht bin ich auch kaum mehr als ein Herz, das einen klaren, führenden Verstand dringend nötig hat.«

»Tauche nicht zu tief, Grunert«, sagte Grigorij warnend. »Dir könnte am Ende dabei die Luft wegbleiben. Und dann kann dir niemand mehr helfen — auch ein Doktor wie Katerina nicht!«

Es dauerte volle vierundzwanzig Stunden, ehe der Verwalter der Werkkantine vom *Roten Morgen* auf die Idee kam, sich um das Klavier zu kümmern. Es gehörte zum Inventar jener Räumlichkeiten, die ihm zugeteilt waren, aber am gewohnten Platz stand es nicht. »Wo kann wohl das Piano sein?« fragte er sich.

Diese Frage nach dem Klavier, das der Verwalter konstant Piano nannte, richtete er auch an seine Mitarbeiter. Die zuckten mit den Schultern. Niemand wußte, wo das Klavier geblieben war. Und wenn einer es wußte, gab er es nicht zu — aus purer Bosheit dem Verwalter gegenüber.

So blieb denn dem Verwalter der Werkkantine nichts anderes übrig, als nachzudenken. Schließlich war er der allein Verantwortliche. Daß dieses Klavier, das »Piano«, ausgeliehen wurde, kam gelegentlich vor; zum Beispiel: Betriebsgruppenabend mit Solodarbietungen, Hauskonzert beim Direktor der Fabrik, Weihestunde bei einer Unter- oder Nebenorganisation der Partei, Festlichkeit mit Wodka, Weib und Gesang beim sowjetischen Kommandanten.

Nach längerem Nachdenken hielt es der Verwalter der Werkkantine für zweckmäßig, mit allen möglicherweise in Frage kommenden Stellen vorsichtig zu telefonieren. »Es wird gebeten, das zum Inventar der Werkkantine gehörende Piano, das dringend benötigt wird, wieder zu retournieren.« So höflich und umständlich, dabei doch fordernd, drückte er sich aus.

Die Erfahrungen hatten es ihn gelehrt, auf diese Weise vorzugehen. Zunächst höflich: Die Genossen sollten nicht mit groben Forderungen vor den Kopf gestoßen werden; der Verwalter einer Werkkantine, sei sie auch noch so groß und bedeutsam, ist keine Machtperson. Dann umständlich: Nicht wenige Genossen, achtsam auf Ruf und Ansehen bedacht, könnten in seiner Behauptung eine Verdächtigung, vielleicht sogar eine Beschuldigung sehen; es war ein Gebot der Klugheit, immer die Möglichkeit eines Irrtums offenzulassen. Schließlich fordernd: Die Genossen durften nicht glauben, er wisse von nichts; sie könnten sonst auf die Idee kommen, ihrerseits zu behaupten, von nichts zu wissen, nur um ein Piano einkassieren zu können.

Er war schon immer gegen dieses Klavier, das er Piano nannte, gewesen. Es klang, seiner Meinung nach, scheußlich, denn er liebte sanft gezupfte Musik. Außerdem stand dieser Kasten ständig im Wege, nahm Platz weg, und — was besonders wichtig war! — er entzog sich seiner Kontrolle: Er konnte, wenn er die Kantine verließ, alles einschließen, die Teller, Bestecke, Flaschen und Zigaretten — dieses Piano aber nicht! Es war daher schon mehrmals, auf das Machtwort irgendeines Parteigewaltigen hin, während seiner Abwesenheit ausgeliehen worden. Immerhin war derartiges bisher noch niemals ohne Quittung oder nachträgliche Benachrichtigung geschehen.

Der Verwalter der Kantine fluchte und schwor sich, das Piano an eine schwere Kette zu legen, sobald es erst wieder in seinem Besitz wäre. Er telefonierte mit mühsam aufrechterhaltener Höflichkeit und – zunächst – völlig vergeblich, wobei er noch Hohn und harte Worte einstecken mußte.

Der Direktor des *Roten Morgen,* der sanfte Grünbaum, war verhältnismäßig freundlich und ließ ausrichten, daß es sich um einen Irrtum handeln müsse. Die einzelnen befragten Vertrauensleute der Betriebsgruppen wurden wesentlich massiver; sie verbaten sich jede Verdächtigung. Der Schreiber der Kommandantur gab sich bereits mächtig empört und sprach von einer ausgemachten Schweinerei; nur sein ausgeprägtes Gefühl für Solidarität halte ihn davon ab, den Major unverzüglich zu benachrichtigen. Die Parteistellen aber drohten unverzüglich mit Untersuchung und Anrufung der Parteigerichtsbarkeit oder Benachrichtigung der örtlichen Polizeiorgane, wenn er seine diskriminierende Behauptung nicht sofort zurücknehme. Er beeilte sich, das zu tun.

Nach einer Stunde verzweifelten Telefonierens war er ratloser denn je. Er glaubte, leichtfertig die halbe Welt herausgefordert zu haben und einer Serie von Schwierigkeiten und Verwirrungen hilflos gegenüberzustehen. Bleich und erregt blickte er grübelnd zum Fenster hinaus, zu den Montagehallen hinüber, aus denen die deutschen Kriegsgefangenen die fertigen Traktoren rollten – gleichmütig und mit Ausdauer. Und der Anblick dieser graudunklen Werkbienen flößte ihm eine neue, rettende Idee ein.

Er telefonierte mit dem deutschen Leiter des Arbeitseinsatzes. Das geschah ebenfalls nicht unhöflich und vorsichtig fordernd; darüber hinaus aber glaubte er, bei diesem Gesprächspartner wesentlich deutlicher werden zu können. Daher sagte er: »Gestern haben deine Leute unser Piano transportiert. Ich will wissen, wer das veranlaßt hat und wohin der Transport erfolgt ist.«

Der deutsche Leiter des Arbeitseinsatzes war ein überaus cleverer Mann; nicht zuletzt deshalb hatte er diesen Posten bekommen und so lange behalten können. Er sagte weder ja noch nein, nicht sofort oder jawohl. Er witterte prompt, daß hier irgend etwas nicht in Ordnung war, und erklärte daher: »Ich werde in meinen Unterlagen nachsehen. Ich rufe später wieder an.«

Der Arbeitsminister begab sich hierauf unverzüglich zu Krieger. Hier erstattete er Bericht und fragte dann an, ob er irgend etwas unternehmen solle; er könne getrost, wenn gewünscht, eine negative Antwort geben. Und das Gesicht des deutschen Lagerkommandanten verriet, was sein Mitarbeiter vermutet hatte: Irgend etwas schien bei der ganzen Sache nicht zu stimmen! Denn Kriegers Augen begannen unternehmungslustig zu funkeln; er reckte sein Kinn vor und öffnete dann den Mund schmal. »Ich werde diese Angelegenheit erledigen«, sagte er.

»Kann ich das dem Kantinenfritzen mitteilen?«

Krieger nickte und rief nach Pratzke; aber der war nicht zu erreichen. Nunmehr begab sich der deutsche Lagerkommandant unverzüglich zur Gemeinschaftsscheune. Hier sah er sich suchend um und erspähte in einer hinteren Ecke einen hochkantigen, kastenförmigen, sorgsam abgedeckten Gegenstand. Er schritt, ohne sich um irgend jemand zu kümmern, fest und entschlossen durch den ganzen Raum. Er blieb vor dem Kasten stehen und riß die Zeltplane herunter. Und dann sah er vor sich, genau wie er erwartet hatte, das gesuchte Klavier! Er betrachtete es, heimlich triumphierend, sekundenlang.

»Wo ist Grunert?« rief er dann.

»Auf der sowjetischen Kommandantur«, sagte der eine Wilhelm; er hatte sich, in gewohnter Eintracht, mit dem anderen Wilhelm interessiert genähert.

»Das trifft sich gut«, erklärte Krieger mit grimmiger Zufriedenheit. Unverzüglich wandte er sich um. Er durchschritt, forscher und zielstrebiger noch als vorher, den großen Raum. Krieger begab sich geradewegs zur sowjetischen Kommandantur.

Hier traf er Grunert an und mit ihm Wollmann und zwei weitere Helfershelfer. Sie alle werkten in den Räumen der Kommandantur herum, mit Metermaß, Zollstock und Meßlatten. Sie hantierten an den Wänden und auf dem Fußboden; sie riefen sich Zahlen zu, schrieben sie auf und fertigten Skizzen an. Der Schreiber der Kommandantur, des Majors Vertrauter und rechte Hand, sah ihnen mit wohlgefälligem Lächeln zu.

Krieger betrachtete diese unerwarteten Darbietungen mit finsteren Blicken. Dabei leistete er sich die sträfliche Nachlässigkeit, den Schreiber des Kommandanten einfach zu übersehen. »Was soll denn das schon wieder!« rief er empört.

»Was hast du hier zu schreien?« fragte prompt der Schreiber, der wie ein Hamster auf einem Fensterbrett saß.

»Entschuldigung«, würgte Krieger mühsam hervor. Er sah sofort ein, daß er einen Fehler gemacht hatte; und seine Wut über diejenigen wuchs, die ihn dazu inspiriert hatten. Aber Grunert und die Seinen ungestört weiterwerken zu sehen, als wäre er nicht mehr als eine Laus, die über den Fußboden kriecht, das drohte seine letzten Reste von Selbstdisziplin zu gefährden. »Gleich komme ich in einer dringenden Angelegenheit – es handelt sich um das gestohlene Piano!«

»Hier ist es nicht!« sagte der Schreiber und musterte Krieger mit bösen Augen.

Grunert kam auf Krieger zu, blieb dicht vor ihm stehen und sagte: »Ich rate dir, uns hier nicht zu stören. Wir vermessen die Räume der Kommandantur für die neuen Möbel, die wir in den nächsten Tagen liefern werden. Und was das Klavier anbelangt, mein lieber Freund und Gönner, so erlaube ich mir einen Hinweis. Du solltest zuerst deine internen Mitarbeiter befragen, dann erst die Gruppe K fünf und erst dann die sowjetische Kommandantur. Ich möchte nämlich wetten, daß du dich mit Pratzke bisher noch gar nicht über dieses Klavier unterhalten hast. Ich rate dir dringend, genau das zu tun. Pratzke weiß immer viel; und in diesem speziellen Fall sogar ein wenig mehr als du.«

Krieger verstand sofort, was ihm hier angedeutet wurde; er sträubte sich, es zu glauben. Sein Gesicht erstarrte; das war immer der Fall, wenn seine Gedanken heftig durcheinanderbrodelten. Nach Sekunden erst sagte er: »Du wirst es doch nicht etwa wagen, Grunert, meine eigenen Leute gegen mich auszuspielen?«

»Wie könnte ich das!« sagte Grunert, mit Vorsicht freundlich. »Schließlich habe ich dir dankbar zu sein. Du und deine Leute – ihr habt uns in einer Weise geholfen, wie ich es nie für möglich gehalten hätte.«

Krieger verschwand wie eine Figur in einem Puppentheater. Grunert spornte unverzüglich seine gaffenden Leute zur Arbeit an. Der Schreiber der Kommandantur betrachtete ihn lauernd.

»Du, Grunert«, sagte er schließlich, »komm doch mal her.«

Und als Grunert, willig seiner Aufforderung folgend, dicht vor ihm stand, fragte er: »Hast du das Piano geklaut?«

Grunert verneinte diese Frage unbekümmert und völlig wahrheitsgemäß. Er versuchte, ungetrübte Heiterkeit zu demonstrieren; aber sein Lächeln wirkte ein wenig herbeigequält. Und er behauptete zusätzlich: »Ich weiß von keinem Piano.«

»Hoffentlich nicht«, sagte der Schreiber des Kommandanten; und er bohrte sich mit dem kleinen Finger im linken Ohr, als müsse er dafür Sorge tragen, sich nicht zu verhören. Dabei blickte er durch das Fenster, in dessen Rahmen er saß, und er sah Krieger mit ungewohnt schnellen Schritten auf das Lager zueilen.

Krieger schrie nach Pratzke. Sieben Lagerpolizisten, die Bereitschaftsdienst hatten, mußten sich sofort in Bewegung setzen, um Pratzke zu suchen. Einer von ihnen fand ihn in einem der neuen Hinterräume der Gemeinschaftsscheune. Hier wohnte Pratzke den Ballettübungen der dafür ausgesuchten Frauen bei, angeblich aus reinem Verantwortungsbewußtsein — er gab vor, einzig und allein bestrebt zu sein, eine eventuelle Überbeanspruchung der Tänzerinnen zu verhindern. Er zögerte trotz dieser anregenden Beschäftigung nicht, Kriegers Rufen unverzüglich Folge zu leisten.

»Das kann doch nicht wahr sein, Pratzke!« rief ihm Krieger entgegen.

»Was nicht wahr sein kann, ist auch nicht wahr«, sagte Pratzke unbekümmert. Er schien unerschütterlich fest überzeugt davon zu sein, stets nur das Allerbeste gewollt und das Beste getan zu haben. Wie immer war sein Gewissen rein. »Wem soll diesmal der Zahn gezogen werden?«

»Hast du irgend etwas mit dem Piano aus der Werkkantine zu tun — ja oder nein?«

»Klar«, sagte Pratzke gemütlich und nicht ohne Stolz. »Das habe ich geklaut.«

Krieger brauchte längere Zeit, um hierauf antworten zu können. Pratzke betrachtete ihn währenddessen nahezu besorgt; er sah, daß Krieger einen schweren Schlag erhalten hatte, vermochte sich aber nicht vorzustellen, wie das wohl geschehen sein konnte. »Meine Arbeit, jedenfalls«, sagte er, »war doch prompt, wie immer. Und sauber! Ein Wort von dir hat genügt.«

»Von mir?« fragte Krieger nahezu fassungslos.

»Aber ja doch!« sagte Pratzke verwundert. »Ein Klavier gegen das Mädchen Maria! Das war doch ein klares Angebot; deine Zustimmung lag vor. Alles wurde daher prompt von mir erledigt.«

»Du hast dir einen Scherz geleistet«, sagte Krieger.

»Aber Chef«, sagte Pratzke mit mildem Vorwurf, »meine Art Scherze müßtest du doch am besten kennen.«

»Und du«, sagte Krieger mit kalter Wut, »solltest wenigstens wissen, wann ich Ernst mache, und dich danach richten! Kannst du das nicht, oder willst du das nicht, dann hat es keinen Zweck mehr, mit dir zusammenzuarbeiten.«

Pratzke schluckte diese Drohung scheinbar unbeeindruckt. Aber seiner Stimme fehlte jetzt jede Gemütlichkeit. »Tut mir leid«, sagte er, »wenn ich dich falsch verstanden haben sollte.«

»Du wirst diese Sache, ganz gleich wie, aus der Welt schaffen«, ordnete Krieger an. »Die deutsche Lagerkommandantur hat damit nicht das geringste zu tun — und keiner, der zu ihr gehört. Verstanden? Ich will, mit gutem Gewissen, in spätestens einer Stunde die Auskunft geben können: Im Kriegsgefangenenlager befindet sich kein Piano! Wie du das arrangierst, ist deine Sache. Aber du wirst es arrangieren, Pratzke, oder du gehörst nicht mehr zur Kommandantur.«

Damit ließ Krieger den Chef seiner Leibwache stehen. Und Pratzke stand da, als wäre er nahe dem Ruin. Er eilte davon, um Grunert zu suchen.

»Du mußt mir helfen, Grunert«, beschwor er ihn. »Es geht um meinen Posten; und ich appelliere an deine Freundschaft. Du kannst es dir auch nicht leisten, daß ich meinen Einfluß verliere. Ich muß in einer knappen Stunde melden können: Kein Piano im Kriegsgefangenenlager!«

»Das kannst du melden«, sagte Grunert ruhig.

»Wirklich?« fragte Pratzke hoffnungsvoll. »Und warum kann ich das?«

»Weil ein Klavier kein Piano ist! Ganz einfach. Es befindet sich tatsächlich kein Piano im Lager — nur ein Klavier. Und nach einem Klavier hat noch niemand gefragt. Also, gehe hin und melde auch du getrost das, was ich bereits der uns zur Zeit wohlgeneigten sowjetischen Kommandantur gemeldet habe: Im Kriegsgefangenenlager befindet sich kein Piano.«

Die Tage im Kriegsgefangenenlager 13 7 13 pflegten gewöhnlich dahinzugleiten, als wären auch sie auf einem Fließband montiert worden. Zweimal täglich strömten die Roboterkolonnen in den *Roten Morgen*, die deutschen Kriegsgefangenen von der einen, die sowjetischen Arbeiter von der anderen Seite. Und während sie dann Schulter an Schulter werkten, umstanden sie die Vorarbeiter, die Brigadiers, die Werkmeister, die Hallenleiter und die Wachtposten. Stacheldraht umgab alles.

Fünftausend Kriegsgefangene, fünftausend Sowjetrussen — in zwei Schichten aufgeteilt: sechs bis vierzehn Uhr, vierzehn bis zwanzig Uhr. Gut organisiert, sorgsam geführt, planvoll eingesetzt — der *Rote Morgen* erfüllte seine Soll-Zahlen fast mühelos. Das Verlangen nach einem Übersoll wurde wach.

Diese von Moskau erwünschte und daher auch von der Werkleitung erstrebte Leistungssteigerung sollte aus mehreren Quellen gespeist werden. Direktor Grünbaum und seine Ingenieure arbeiteten an der Verbesserung ihrer Montagepläne und bereiteten eine radikale Umstellung der Arbeitsplätze vor. Sie gedachten deutsche Spezialarbeiter ohne Rücksicht den sowjetischen Arbeitern minderer Qualität vor die Nase zu setzen, nur um die Produktionsziffern zu erhöhen.

Um nun derartige Neuerungen möglichst komplikationslos wagen zu können, erschien es auch als notwendig, den Deutschen gewisse Freiheiten zuzugestehen, um die Arbeitsfreudigkeit zu steigern. Dieses Problem glaubte der sowjetische Kommandant teilweise dadurch lösen zu können, daß er eine zügige bis großzügige Freizeitgestaltung erlaubte, und zwar anstelle erhöhter Brotrationen; diese kamen erst bei sichtbar werdender Leistungssteigerung in Frage.

Grigorij, der Kommissar, hatte hierbei die Aufgabe, die Bestrebungen von Werkleitung und Kommandantur möglichst zu koordinieren und für das notwendige Feuer der Begeisterung zu sorgen. Er tat das nach bewährter Praktik: Zunächst einmal türmte er recht kunstvoll Schwierigkeiten über Schwierigkeiten; sodann machte er laufend Zugeständnisse, die schließlich wie großzügiges Entgegenkommen wirkten. Es gab Augenblicke, in denen er gründlich verkannt und für einen Wohltäter gehalten wurde.

»Ich tue alles, was in meiner Macht steht«, pflegte er zu verkünden. »Und es kommt sogar vor, daß ich nicht zögere, meine

Befugnisse zu überschreiten, wenn es mir sinnvoll erscheint. Ich erwarte nicht, daß mir dafür gedankt wird; ich erhoffe nur, daß das nicht gleich in Vergessenheit gerät.«

Die deutsche Lagerkommandantur reagierte auf diese Pläne mit gewohnter Verläßlichkeit. Größere Leistung durch klugen Arbeitseinsatz, also ohne vermehrte rücksichtslose Ausnutzung der arbeitenden Kriegsgefangenen – das war durchaus sinnvoll, zumal erhöhte Rationen in Aussicht gestellt waren. Krieger zögerte keinen Augenblick, dem sowjetischen Kommandanten zu beweisen, daß seine Organisation vorbildlich war.

»Freunde«, sagte er zu seinen Vertrauensleuten, »bis jetzt waren wir hier lediglich kaum mehr als brauchbare Objekte – nunmehr aber scheint sich uns die Möglichkeit anzubieten, weitere und vielleicht sogar entscheidende Schlüsselstellungen in der Fabrik zu besetzen.«

»Und dieses Affentheater mitten im Lager?« fragte einer.

»Laßt es nicht aus den Augen!« sagte Krieger. »Wenn ihr irgend etwas bemerkt, das nicht ganz in Ordnung zu sein scheint, dann berichtet mir sofort darüber. Doch kümmert euch zunächst in erster Linie um die Spezialposten in der Fabrik. Gelingt es uns, dort wertvolles Gelände zu gewinnen, so ergibt sich vielleicht durchaus manches andere von allein.«

Das Lagertheater blieb Kriegers heimliche Sorge, und das nur, weil sich dieser Grunert dort festgesetzt hatte. Allein rein zahlenmäßig schon bedeutete diese kaum kontrollierbare Freizeitgestaltungsarmee eine Gefahr. Er, Krieger, verfügte als deutscher Lagerkommandant über ungefähr einhundertundzwanzig Mann Personal: Verwaltung, Polizei, Innendienst, Küche und Waschküche. Grunert aber spielte jetzt schon mit Größenordnungen, die erheblich über den seinen lagen.

Hinzu kam, daß dieser Grunert eine Betriebsamkeit entfaltete, die zunächst raffinierterweise ausschließlich darauf ausgerichtet zu sein schien, Wohlgefallen zu erregen: Seine Privatarmee verbrachte auf angenehmste Art den Tag. Diese organisierten Tagediebe fiedelten, sangen und rezitierten sich durch die Stunden, die andere mit schwerer körperlicher Arbeit verbrachten. Wer die Frechheit besaß, sich Künstler zu nennen, der stand in diesem Lager spät auf und legte sich früh auf die Bettbretter; und sie dankten Gott und Grunert für dieses wundersame Drohnendasein.

Immer wieder fühlte sich Krieger von dieser zweckentfremdeten Gemeinschaftsscheune abgestoßen und angezogen zugleich. Er ging kaum jemals an ihr vorüber, ohne wenigstens einen kurzen, prüfenden Blick hineingeworfen zu haben. Auch diesmal lenkte er seine Schritte zum Kulturschuppen.

Der Betrieb, den er dort zur Kenntnis nehmen mußte, war verwirrend: Menschen, Männer wie Frauen, standen in Haufen herum; sie alle zusammen machten einen Höllenlärm, der sie aber nicht im geringsten zu stören schien. Die seltsamste Figur stellte Pfarrer Matthäus dar: Er fuchtelte mächtig mit den Armen vor einer Horde, die auf Kisten und Schemeln vor ihm saß und Geräusche produzierte, die sich tatsächlich wie Musik anhörten.

Maria kam auf Krieger zu. Sie versäumte es niemals, ihn zu begrüßen, wenn er in ihrer Nähe auftauchte. Offenbar hielt sie ihn für ihren Freund und Gönner — und sie gedachte ihre Dankbarkeit zumindest durch höfliche Redensarten zu beweisen.

»Ich freue mich, Sie zu sehen«, sagte sie mit ihrem verwirrend zutraulichen Kinderlächeln. »Es ist schön, daß Sie an unserer Arbeit Anteil nehmen.«

Sie stand in selbstgeschneiderten Stoffschuhen vor ihm. Sie war mit einer braunen, enganliegenden Hose bekleidet, die früher einmal eine Männerunterhose gewesen war. Dieses Beinkleid, fand er, saß ein wenig zu prall auf ihren bereits fraulich werdenden Hüften; auch der alte Militärpullover, den sie trug und dem sie mit einigen geschickt angebrachten Quernähten Form und Halt gegeben hatte, wollte ihm als nahezu aufreizend erscheinen.

»Paß immer auf dich auf, Kleines«, sagte er mit spürbarer Anteilnahme. »Sieh zu, daß du hier nicht unter die Räder kommst. Ein Fehltritt ist leicht getan.«

»Eine derartige Gefahr ist in unserem Bereich nicht gegeben«, sagte der eine der beiden Wilhelm. Er hatte sich herangepirscht, denn er war ein aufmerksamer Wächter. Er hielt sich getreulich an Grunerts Richtlinien: Wer nicht zum Theater gehörte, der wurde beschattet, sobald er sich hier blicken ließ — das galt natürlich in erster Linie für Krieger und Konsorten.

»Privatgespräche pflegen wir rechtzeitig zu unterbinden«, erklärte Wilhelm weiter. »Erfahrungsgemäß beginnen damit die internen Komplikationen — und die wollen wir vermeiden, wofür Sie sicherlich am meisten Verständnis aufbringen werden.« Und er blieb, bewußt störend, neben den beiden stehen.

»Kommen Sie bald wieder«, sagte Maria herzlich zu Krieger. Und brav folgte sie den fordernden Blicken von Wilhelm. »Ich muß jetzt wieder an meine Arbeit gehen«, sagte sie. Und dann schritt sie davon, langbeinig und graziös, ein wenig in jener ungemein zierlichen Art wippend, wie sie Bachstelzen zu eigen ist.

»Höre mal, Wilhelm«, wollte Krieger wissen, »hat dich etwa Grunert beauftragt, Maria von mir fernzuhalten?«

»Warum vermutest du das?« fragte Wilhelm leicht belustigt.

»Du scheinst dich auf deinem komischen Posten als Haremswächter herausfordernd wohl zu fühlen«, glaubte Krieger feststellen zu müssen.

Wilhelm schien die schwere Beleidigung, die diese bewußt primitive Formulierung darstellte, zu überhören. Er gab seine gute, vorbildliche Haltung keinen Augenblick lang auf. Er ließ Krieger einfach stehen.

Wilhelm begab sich würdevoll zu einer Gruppe, die auf dem Fußboden hockte und Russisch zu lernen schien. Grunert hatte Anweisung gegeben, alle Mitglieder seines Ensembles zu überprüfen; es sollte herausgefunden werden, wie viele es gab, die eine gewisse Begabung für die russische Sprache besaßen — aus ihnen sollte dann eine Spezialabteilung gebildet werden.

Krieger blickte inzwischen nachdenklich um sich. Geraume Zeit hörte er mit unbeweglichem Gesicht diesen bemerkenswerten sogenannten künstlerischen Gehversuchen zu. Das Lärmgebräu aus Stimmen und Instrumenten, das unablässig auf ihn zuquoll, wurde jetzt durch trockene, heftige Hammerschläge übertönt: Grunerts Spezialwerkstätten arbeiteten auf vollen Touren.

Diese aus dem Nichts und sozusagen über Nacht entstandene Privatfabrik empfand Krieger als besonders bedenklich, und das nicht zuletzt, weil Grunert gerade hier verdächtig oft anzutreffen war. Krieger durchschritt die vergrößerte Tür in der Rückwand der Gemeinschaftsscheune: Die Werkstätten waren abermals erweitert worden! Vier verhältnismäßig große Räume gehörten jetzt schon zu diesem Unternehmen, und mehr als dreißig Mann schienen hier pausenlos zu arbeiten.

Grunert hatte sich mit Wollmann über eine Anzahl Skizzen gebeugt. Krieger schob sich interessiert näher. Die Zeichnungen zeigten einen großen, bequemen Stuhl mit hoher Lehne. »Du willst doch nicht etwa dieses Monstrum anfertigen lassen«, sagte Krieger ironisch zu Grunert, »um darin in Ruhe deinen Mittagsschlaf zu halten?«

Grunerts Haltung versteifte sich ein wenig, aber er veränderte sie nicht. Er hob weder den Kopf, noch richtete er sich auf; er kannte Kriegers Stimme genau. »Dieser Stuhl«, sagte er, »ist für den sowjetischen Kommandanten bestimmt; er hat ihn bei uns in Auftrag gegeben. Irgend etwas dagegen einzuwenden?«

»Immerhin«, sagte Krieger, »wird er kaum mehr als einen Stuhl brauchen. Hast du etwa die Absicht, einige Monate lang mit deinen dreißig Arbeitern an diesem Möbelstück zu werken?«

»Den schaffen zwei Mann in drei Tagen«, erklärte Wollmann; er fühlte sich in seiner Handwerkerehre gekränkt.

»Und der stattliche Rest?« wollte Krieger wissen. »Was gedenkt ihr denn noch alles zu tun? Und woher wollt ihr das Rohmaterial nehmen? Ihr habt nicht einmal so viel Holzwolle, daß alle darauf bequem schlafen können.«

»Zunächst einmal«, erklärte Grunert, wobei er sich langsam aufrichtete, »haben wir die Werkstätten vergrößert. Dann haben wir Särge auf Vorrat angefertigt. Jetzt baut eine der Gruppen Holzschemel für die Kameraden, eine andere Tische, eine dritte Betten. Andere wiederum montieren eine komplette Bühne zusammen; mit Vorhang, Kulissen und Beleuchtung. Die Spezialarbeiten für die sowjetische Kommandantur erledigen wir zwischendurch.«

Krieger vermied es, auf diese Eröffnungen irgendeine Reaktion zu zeigen. Grunerts Plan war ausgezeichnet und eben deshalb gefährlich. Es konnte ihm nicht gut verboten werden, den Versuch zu wagen, die fürchterlich primitiven Unterkünfte der Kameraden zu verbessern; ganz im Gegenteil: dafür hätte er belobt und ermuntert werden müssen. Aber derartige Anerkennungen, so sagte sich Krieger, wären durchaus geeignet, sich zum Auftakt einer Kapitulationserklärung auszuwachsen — es sei denn, es würde gelingen, diese Bestrebungen zur Hebung der Lebensbedingungen als seine, des deutschen Kommandanten, ureigene Ideen auszugeben. Aber gerade das war wohl mit diesem Grunert kaum zu machen.

Nachdenklich blickte sich Krieger um. Und je intensiver er alles wahrnahm, was er sah, um so mehr erhellten sich seine

Züge: Jetzt war er sicher, den schwachen Punkt in Grunerts Kalkulation gefunden zu haben.

»Alles schön und gut«, sagte er nahezu heiter. »Aber das zur Erfüllung deiner Pläne nun einmal notwendige Material wirst du nicht zusammenbekommen – es sei denn, du kannst zaubern oder es geschieht ein Wunder. Aber im Bereich der Sowjets gibt es das bekanntlich nicht.«

Und damit entfernte sich Krieger. Er durfte sicher sein, daß seine Schlußpointe überaus wirkungsvoll war. Wolfgang Grunert sprach längere Zeit kein Wort.

»Er hat nicht unrecht«, sagte Wollmann schließlich neben ihm düster. »Aber wir brauchen ja nicht nur laufend neues Material, wir benötigen auch Maschinen – zumindest eine Kreissäge und eine Drehbank, vielleicht noch Fräs- und Hobelmaschinen. Und das alles lieber gestern als morgen.«

»Schon gut«, sagte Grunert ungehalten. »Du brauchst mich nicht zu drängen – ich bin schon unterwegs.«

Er begab sich unverzüglich zum Direktions- und Verwaltungsgebäude des *Roten Morgen.* Die Materialknappheit seiner Werkstätten empfand er als außerordentlich bedrohlich, in Besonderheit deshalb, weil sie auch von Krieger erkannt worden war – mit durchaus zu erwartendem Scharfblick zwar, aber doch auch mit unvorhergesehener Schnelligkeit.

Direktor Grünbaum empfing Grunert sofort. Er nickte seinem Besucher zu und bat ihn, sich zu setzen. »Ich nehme nicht an«, sagte er, »daß Sie hierhergekommen sind, um mit mir über Berlin oder Frankfurt zu plaudern.«

»Wir sollten das gelegentlich tun«, sagte Grunert verlegen.

Grünbaum hob ein wenig sein müdes, melancholisches Gesicht; seine Augen schienen zu lächeln. »Sie brauchen sich nicht unnötig aufzuopfern«, sagte er gedehnt. »Ich kann Ihnen leider kein neues Material mehr zuweisen – und allein deshalb sind Sie doch zu mir gekommen.«

Grunert nickte. Er verzichtete von vornherein darauf, mit Grünbaum, dessen aufrichtige Zuneigung er zu spüren glaubte, einen geistigen Ringkampf zu veranstalten. »Material«, sagte er offen, »ist für mich nahezu lebenswichtig.«

»Ich glaube es Ihnen«, versicherte Grünbaum. »Aber ich werde – offiziell – nicht allzuviel für Sie tun können. Ein Stapel Bretter, ein paar Kübel Farbe, zwei oder drei Pakete Nägel –

das wird so ziemlich alles sein, was ich diesmal – offiziell – für Sie bewilligen kann. Aber das dürfte doch wohl kaum ein Bruchteil Ihres Bedarfes sein.«

Grunert schwieg; er horchte mit verengten Augen den Worten des Direktors Grünbaum nach. Irgend etwas schien, inmitten dieser ebenso höflichen wie unmißverständlichen Absage, von besonderer Bedeutung zu sein. Und Grunert fand das eine, behutsam betonte Wort heraus, das entscheidend war; es lautete: »Offiziell!«

Offiziell also konnte Grünbaum so gut wie nichts für ihn tun. Er konnte zwar, als Direktor des *Roten Morgen*, jede Entscheidung treffen, die er für richtig hielt – aber jede dieser schriftlich gegebenen oder bestätigten Entscheidungen unterlag einer nachträglichen Kontrolle; er konnte für sie zur Verantwortung gezogen werden. Und allein schon der Verdacht einer konspirativen Zusammenarbeit mit deutschen Kriegsgefangenen, noch dazu auf Kosten des Werkes und der Sowjetunion, kam einem Verbannungsurteil gleich.

»Es ist eben zuviel Stacheldraht zwischen uns«, sagte Grünbaum bedächtig. »In welcher Richtung wir uns auch bewegen mögen, wo immer wir hinsehen, was alles wir auch möglich zu machen versuchen – wir dürfen nicht vergessen, daß der Stacheldraht existiert.«

Grünbaum entfaltete nunmehr auf seinem Schreibtisch eine Karte, auf der das Traktorenwerk *Roter Morgen* eingezeichnet war und das dazugehörige Kriegsgefangenenlager 13 7 13. Er ermunterte Grunert mit freundlichen Blicken, sich diese Karte näher zu betrachten. Wolfgang beugte sich interessiert vor. Die Karte, die er zu sehen bekam, war deutlicher und genauer als alle anderen, die ihm bisher von diesem Komplex unter die Augen gekommen waren.

Werk und Lager stellten eine stacheldrahtumzogene Einheit dar. Sie gleich einer großen, aufrechtstehenden, ein wenig eckigen Acht: Der obere Kreis war das Werk, der untere das Lager; die Konturen zwischen ihnen bestanden aus Stacheldraht.

»Als dieses Lager errichtet wurde«, sagte Grünbaum langsam und mit jener methodischen Gründlichkeit, die geschickte Pädagogen bei der Erklärung entscheidender Grundformeln anwenden, »da geschah das auch auf Kosten des Werkgeländes: Wir ließen uns freiwillig ein wenig einengen. Sie können diesen Vorgang recht deutlich an den Eisenbahngeleisen erkennen — eins davon reicht nämlich bis in das Lager hinein. Sehen Sie sich das gut an, Grunert. Dieses eine Gleis gehört zu unserer Verladestation. Nehmen wir nun, zum Beispiel, an, daß auf unserer Verladestation ein Wagon mit Brettern und anderem Material stehen würde. Und zufällig wird dort auch einer stehen, und zwar morgen, um übermorgen entladen zu werden.«

»Ein ganzer Waggon?« fragte Grunert aufhorchend und mit zunächst ungläubigem, dann beglücktem Staunen.

»Zwischen dem Verladebahnhof und dem Endpunkt des Gleises im Lager besteht außerdem, wie Sie aus der Karte ersehen können, ein geringes Gefälle. Wenn nun ein Waggon am Verladebahnhof des Werkes über die Sperrstelle hinaus in Bewegung gesetzt wird, dann würde er mit einiger Geschwindigkeit ins Lager gleiten — für ihn wäre sogar ein Stacheldraht kein Hindernis.«

Grunert atmete mit offenem Mund; Grünbaums Ausführungen erregten ihn heftig. Das war eine Anregung nach seinem Herzen. Es war eine einmalige Gelegenheit und jedes Wagnis wert. »Das«, sagte er mühsam, »gleicht dem Ei des Kolumbus.«

Grünbaum lehnte sich wie ermüdet zurück und hatte seine Augen fest geschlossen. »Schade«, sagte er, »wirklich schade, daß ich Ihnen nicht helfen kann, Herr Grunert. Dabei wäre alles, was Sie aus dieser Karte ersehen haben, verhältnismäßig einfach — wenn wir nicht in zwei Welten leben würden; eng benachbart zwar, aber durch Stacheldraht getrennt.«

»Ich danke Ihnen«, sagte Grunert spontan.

»Vergeuden Sie, bitte, keine Zeit mit Nebensächlichkeiten«, wehrte Grünbaum mit schwachem Lächeln ab. »Denken Sie lieber daran, daß ein Eisenbahnwaggon kein Klavier ist, das für ein Piano gehalten wird. Sie können nämlich dabei sehr leicht unter die Räder kommen.«

Das schien ein Tag wie jeder andere zu sein: Die Kriegsgefangenen dämmerten auf ihren Brettern dahin oder sie montierten mit träger Monotonie in den Fabrikhallen. Wie jeden Tag versuchten sie sich einzureden, nicht in Vergessenheit geraten zu sein. Aber am meisten fürchteten sie sich davor, dem Heimweh zu verfallen; sie waren geneigt, derartige Gefühle für Luxus zu halten.

Auch an diesem Tag starben nicht mehr Menschen als sonst – was allerdings dann später, in den Abendstunden, geschah, gehört in die Rubrik »Besondere Vorkommnisse«. Die Ärztin Katerina führte an diesem Tag zwei Operationen mit Erfolg durch; eine dritte scheiterte an einem zunächst kaum beachteten Zwischenfall: Das elektrische Licht im gesamten Bereich Werk/Lager erlosch für einige Minuten; die Notbeleuchtung war zwar vorhanden, funktionierte aber nicht. Ein Elektriker aus Grunerts Werkstätten hatte vereinbarungsgemäß heimlich einen Hebel umgelegt, ohne zu ahnen, daß er damit auch zugleich ein Menschenleben auslöschen konnte.

Stromunterbrechungen kamen gelegentlich einmal vor; sie waren den Arbeitern durchaus willkommen. Und daher verbreitete sich im gleichen Augenblick in den Werkhallen frohes Gemurmel. Und Grunerts Artisten legten im Schutze der Dunkelheit einen Prellbock um, während einer der beiden Wilhelm in den prall mit Material gefüllten Waggon stieg, um ihn zu inspizieren.

Grunert selbst blockierte um diese Zeit den sowjetischen Kommandanten und Kommissar Grigorij. Er erlaubte sich, seine aufmerksam mißtrauischen Gönner von den Fortschritten und neuesten Errungenschaften der Gruppe K5 zu unterrichten. »Das erste große Konzert, das Tschaikowskij gewidmet ist, wird in Kürze stattfinden.«

Der Major brummte ein paar anerkennende Worte und sah zu Grigorij hinüber; und er nickte zustimmend. Beide waren entschlossen, diese mit erfreulicher Schnelligkeit realisierten kulturellen Bestrebungen ihren vorgesetzten Dienststellen mitzuteilen, und zwar als den Erfolg ihrer ureigensten Anstrengungen. Beide wußten, daß jeder einzelne von ihnen derartige, vorsichtig formulierte Siegesmeldung weiterreichen würde. Aber dagegen hatten sie nichts einzuwenden – das war so Brauch; und schließlich gehörte jeder von ihnen in einen anderen Zuständigkeitsbereich. Und warum sollten die Erfolge der Armee nicht auch zugleich von der Partei verbucht werden? Die logische Folge davon konnte doch nur eine Verdoppelung des vaterländischen Stolzes sein!

»Es wäre für uns eine besondere Ehre«, versicherte Grunert

ungeniert, »wenn an dem ersten großen Konzert auch eine Abordnung der sowjetischen Kommandantur, der örtlichen Parteiführung und der Direktion des Werkes teilnehmen würde.«

»Das kann dir passieren, Grunert«, stimmte der Major bereitwillig zu. »Ich persönlich werde diese Einladung der Parteileitung überbringen.«

»Wir könnten das gemeinsam tun«, schlug Grigorij wachsam vor.

Der Major knurrte Zustimmung; er tat das mit Widerwillen, denn es mißfiel ihm arg, daß Grigorij den Versuch machte, ihm einen Teil der Lorbeeren zu entwinden. Er hatte daran gedacht, Grunerts Anregung nicht nur aufzugreifen, sondern sie auch auszubauen. Er zog bereits in Erwägung, die kulturellen Leistungen in seinem Bereich auch den örtlichen Parteiorganisationen großzügig zur Verfügung zu stellen. Jetzt aber schien Grigorij ähnliche Manipulationen vornehmen zu wollen. Das empörte ihn. Und er hatte das Bedürfnis, seine Empörung abzureagieren; aber dafür kam selbstverständlich nicht der Kommissar, sondern allein Grunert in Frage.

»Aber das eine sage ich dir, Grunert: Nur eine falsche Note, und ich betrachte das als Schädigung der Kultur! Ich bin nämlich, mußt du wissen, ein großer Musikliebhaber und kann wild wie eine Horde Elefanten werden, wenn ihr unseren Tschaikowskij so herunterwimmert, daß er von Richard Wagner nicht mehr zu unterscheiden ist. Dann lasse ich euch alle abführen und in die Stehzelle stecken, wie Sardinen in eine Büchse. Und aus deinen Gedärmen werden Violinsaiten angefertigt!«

»Bevor es jedoch dazu kommt«, sagte Grigorij, »werde ich mir die Ausschmückung des Saales ansehen. Wenn wir schon erlauben, daß ihr euch an unseren Kulturgütern erfreut, dann soll das doch wenigstens in höchst feierlicher Weise geschehen.«

»Jawohl«, sagte Grunert, »darauf sind wir vorbereitet: drei Spruchbänder mindestens! Worte von Lenin, Stalin und Grigorij. Und die ganze Bühne wird mit rotem Tuch ausgeschlagen sein.«

»Aber kein Sowjetstern, Grunert! Weder Hammer noch Sichel! Das steht euch nicht zu.«

»Ich muß in die Stadt«, sagte der Major. »Ich habe dort dienstlich zu tun, bei der Partei. Bei dieser Gelegenheit könnte ich auch gleich die Einladung zum Konzert übermitteln.«

»Ich werde dich begleiten, Genosse«, sagte Grigorij und erhob sich bereitwillig.

Sie gingen hinaus, muntere Belanglosigkeiten wechselnd, kameradschaftlich grinsend, als sei die Welt in bester Ordnung. Wolfgang Grunert blieb im Zimmer des sowjetischen Kommandanten sitzen; er schien vergessen worden zu sein. Er betrachtete den Abmarsch der staatserhaltenden Kräfte mit heimlicher Zufriedenheit. Und er überlegte, was er wohl noch alles tun könne, um einem eventuellen Erdrutsch vorzubeugen.

Der Schreiber des Kommandanten erschien und zwinkerte Grunert zu. »Willst du dich hier etwa häuslich niederlassen? Wenn du sehr viel Zeit hast, könnten wir eine Partie Schach spielen – ich setze eine Flasche Wodka gegen ein Möbelstück.«

»Sie scheinen ein besonders guter Schachspieler zu sein«, sagte Grunert und erhob sich; »ich gebe mich geschlagen und werde mich daher sofort um das Möbelstück kümmern. Kann ich einen Lastwagen haben?«

»Warum?« wollte Fuchsgesicht wissen. »Bist du etwa schon zu faul geworden, die paar hundert Meter bis zum Lager zu Fuß zu gehen?«

»Ich will die ersten Möbel für die Kommandantur liefern.«

»Das«, sagte der Schreiber, »hört sich gar nicht schlecht an. In einem solchen Fall steht unserer Großzügigkeit nichts im Wege. In zehn Minuten wird ein Lastwagen vorfahren.«

Der kleine rote Fuchs telefonierte eifrig mit der Transportabteilung des Werkes. Währenddessen betrachtete Grunert interessiert die Papiere, die auf dem Schreibtisch lagen. Es existierte bereits ein ganzer Akt, der mit dicken Buchstaben die Aufschrift trug: »Kultura.«

Und Grunert tat so, als gedenke er lediglich eine langweilige Pause zu überbrücken. Bewußt zerstreut erscheinend, öffnete er dieses Aktenstück und begann, darin herumzublättern. Und plötzlich sagte der Schreiber: »Du gehst mir mit deiner Wühlerei auf die Nerven, Grunert.«

Der Schreiber sagte das, ohne sich umzuwenden, ohne seine Beschäftigung zu unterbrechen, ohne Vorwurf, vielmehr leicht belustigt.

»Ich habe dich für intelligenter gehalten. Weiß du denn nicht, daß in so einem Aktenstück die letzten Vorgänge immer die wichtigsten sind? Du mußt also hinten beginnen, wenn du irgend etwas von Bedeutung in die Hände bekommen willst.«

»Wir spielen demnächst bestimmt einmal Schach«, versprach Grunert. Und dann machte er sich unverzüglich über die letzten Schreiben des Aktenstückes her. Das allerletzte war an einen General gerichtet, dem ein ganzer Ring von »Kriegsgefangenenlagern mit Spezialarbeitern« unterstand. Dieses Dokument verkündete eine wahre Hochflut von Kultur, zwecks Erhöhung von Arbeitsmoral und Einsatzfreude.

»Wenn das so weitergeht«, sagte der fuchsgesichtige Schreiber, »dann werde ich dich vermutlich doch noch einmal mit Genosse anreden müssen.«

»Das wäre einer der schönsten Augenblicke meines Lebens«, behauptete Grunert. »Die Internationale ist mir bereits in vier Sprachen geläufig – wollen wir sie jetzt singen?«

Der Schreiber winkte grinsend ab: Der Lastwagen war vorgefahren. Der Fahrer, ein Zivilist, meldete sich in militärischer Form. Er erhielt zunächst die Aufforderung, bequem zu stehen; dann wurde ihm folgender Befehl zuteil: »Das hier ist Grunert, der für uns arbeitet. Er wird dir sagen, wohin du fahren sollst. Eine besondere schriftliche Anordnung brauchst du nicht, da es sich lediglich um eine Versorgungsfahrt innerhalb Werk und Lager handelt.«

Der Kraftfahrer nickte willig und folgte dann Grunert, ohne ein Wort zu sagen. Grunert redete ihn wie beiläufig in deutscher Sprache an; aber der so Überprüfte zuckte mit den Schultern und lächelte breit und nicht ganz ohne Bedauern. Er behauptete sogar, nicht einmal richtig russisch sprechen zu können; er käme vom Balkan.

»Gesegnet sei der Turmbau von Babylon«, sagte Grunert.

Der Himmel schien nahezu wolkenlos, dennoch leuchteten die Sterne hier nicht. Der Nebel, der sonst Tag und Nacht seine dünnen Schleier zog, hatte sich in die wenigen Erdfalten hineinverkrochen. Die Sicht war auf kurze Entfernung hin gut; Menschen, die sich an die Dunkelheit gewöhnt hatten, konnten ohne Beleuchtung ein paar primitive Handgriffe mit Sicherheit ausüben. Außerdem wehte ein scharfer, beständiger, also geräuschtötender Wind: Der Wettergott schien diesmal nicht auf der Seite der stärkeren Bataillone zu sein.

Draußen, vor dem Eingang der Kommandantur, stand der

eine der beiden Wilhelm und nickte Grunert erfolgverkündend zu. »Die Artisten haben den Prellbock umgelegt«, berichtete er nach Aufforderung. »Der Waggon steht auf dem richtigen Gleis und ist voll Material – wir werden alles gut gebrauchen können. Der Punkt, an dem das Gefälle beginnt, ist ebenfalls festgestellt; aber wir paar Mann schaffen es nicht, den vollen Waggon bis dorthin zu schieben.«

»Ich bin gerade dabei, Verstärkung zu holen«, sagte Grunert.

Sie bestiegen den Lastwagen und rollten auf das Lagertor zu. Der Posten verzichtete auf jede Kontrolle; er war vorausschauend vom Schreiber der sowjetischen Kommandantur angerufen worden und hatte eindeutige Weisung erteilt bekommen. Sie fuhren weiter über die Lagerstraße zur Gemeinschaftsscheune hin.

»Ich brauche alles, was bereits nach einem Möbelstück aussieht«, sagte Grunert.

Wollmann streckte abwehrend die Hände aus. »Ich liefere keine halbfertigen Sachen!« rief er, wie immer schnell gekränkt in seiner Handwerkerehre. »Einen Tisch und einen Stuhl könnte ich gerade noch als einigermaßen brauchbar erklären; aber den anderen Dingen fehlt die Politur, manche sind noch nicht gebeizt.«

»Darauf kann ich keine Rücksicht nehmen«, sagte Grunert. »Heut noch muß eine Anzahl Möbelstücke auf der sowjetischen Kommandantur stehen – das kann von entscheidender Wichtigkeit sein.«

Wollmann hob abermals beschwörend die Hände, wie er es vermutlich bei Pfarrer Matthäus gelernt hatte, in jenen bereits so fern scheinenden Zeiten, als er noch Küster, Sargmacher und Totengräber gewesen war. Er sprach abermals von seiner Ehre als Handwerker und überdies von seiner Verantwortung als Leiter der Vereinigten Werkstätten. Gewiß, er wäre bereit, Grunert jedes gewünschte Zugeständnis zu machen, schwerlich aber eins, das er mit seinem ausgeprägten Pflichtgefühl nicht vereinbaren könne. »Auch ich bin, auf meine Art, ein Künstler«, fügte er hinzu.

»Was dich aber nicht davon abgehalten hat«, sagte Grunert grob, »als Puffvater zu fungieren.«

Wollmann schwieg, schwer getroffen. Dann zuckte er resignierend mit den Schultern. »Schon gut«, sagte er schließlich. »Wenn du glaubst, daß es von entscheidender Wichtigkeit sein kann –

dann sollst du die Möbel haben. Wir können sie ja dort, wo sie hinkommen, nachträglich polieren und ihnen an Ort und Stelle, morgen oder übermorgen, den letzten Schliff geben.«

Damit war zwar Wollmanns Widerstand gebrochen, aber seine bereitwillige Mitarbeit noch immer nicht errungen. Er versuchte, eine Menge Schwierigkeiten zu machen, und rang förmlich um jedes einzelne Möbelstück. Schließlich wurden vier Stühle, ein Tisch und ein Aktenschrank verladen.

»Ich brauche zwölf starke Männer zum Transport«, sagte Grunert.

»Ausgeschlossen!« rief Wollmann entsetzt. »Ich kann niemand entbehren. Jeder hat doch bereits für nachher, wenn der Waggon kommt, seine Funktion — alles ist, wie du es ja selbst angeordnet hast, genau geplant und auch bereits theoretisch durchgeprobt worden.«

»Beruhige dich«, sagte Grunert. »Bis dahin hast du deine zwölf starken Männer wieder.«

Er bestieg mit seinem Stoßtrupp den Lastwagen und ließ sich durch das Lagertor in das Werk hineinfahren. Abermals fand keine Kontrolle statt; nur ein Suchscheinwerfer streifte routinemäßig das Fahrzeug, das sein Tempo lediglich ein wenig verlangsamt hatte. In der Nähe des Verladebahnhofs ließ Grunert halten.

»Wir brauchen ein paar Tragegurte und Hebestangen«, erklärte er dem Kraftfahrer, der mechanisch zustimmend nickte. »Wir sind gleich wieder zurück.«

Die zwölf starken Männer stiegen aus und gingen vorsichtig, von Wilhelm und Grunert angeführt, auf das hintere Abstellgleis zu. Sie machten um die nur mäßig beleuchteten Verladerampen einen kleinen Bogen; sie mieden das Traktorenlager und schlichen an der Wand eines Geräteschuppens entlang. Schließlich vereinigten sie sich mit den Artisten, die bereits auf sie gewartet hatten. Gemeinsam näherten sie sich dem Waggon.

Lauernde Stille umgab sie. Der werkeigene Verladebahnhof war während der zweiten Schicht, von vierzehn bis zwanzig Uhr, ein nahezu totes Gelände. Die großen Verladungen fanden ausschließlich bei Tage statt, der besseren Übersicht und Kontrolle wegen. Jetzt, in den Abendstunden, döste lediglich irgendwo eine Telefonwache.

»Nur etwa zwanzig Meter weit muß der Waggon geschoben

werden«, flüsterte Wilhelm. »Dann haben wir den Punkt erreicht, an dem das Gefälle beginnt. Hier blockieren wir den Waggon mit Hemmschuhen – zur vereinbarten Zeit brauchen wir sie nur wegzunehmen und der ganze Kasten rollt dann, nach leichtem Anstoß, auf das Lager zu.«

»Und wir rollen mit«, sagte der eine der Artisten. Er war früher einmal als »lebende Kanonenkugel« eine Zirkussensation ersten Ranges gewesen; er fühlte sich offenbar ganz in seinem ureigenen Element.

Grunert hielt jeden weiteren Meinungsaustausch für überflüssig. Es wies den Männern ihre Plätze an. Die »lebende Kanonenkugel« übernahm sachverständig die Führung. Mit vereinten, geschickt eingesetzten Kräften gelang es ihnen, den Waggon in Bewegung zu setzen. Langsam rollte er dem Hemmschuh entgegen. Der scharfe Wind übertönte das dumpfe Dröhnen des Waggons und das Gekeuche der Schiebenden.

In wenigen Minuten war alles geschafft. Die Artisten blieben mit Wilhelm zurück, nachdem noch einmal an den genauen Zeitpunkt – »kurz vor Beendigung der letzten Schicht« – erinnert worden war. Grunert begab sich mit den restlichen Männern zum wartenden Lastwagen, ließ aufsitzen und zur Kommandantur fahren. Hier angekommen, lud er die Möbel aus. Ihr Anblick versetzte den Schreiber in ehrliche Begeisterung.

»Nicht schlecht, gar nicht schlecht!« rief er immer wieder. »Wenn das der Major sieht, wird er verstummen und erstaunen.«

»Hoffentlich«, sagte Grunert. »Und das ist noch lange nicht alles, was er sehen wird.«

»Mach nur so weiter, Genosse«, sagte der Schreiber, während er die Möbel prüfend befingerte: Der Fuchs der Kommandantur hatte sich in einen Hamster verwandelt.

Grunert begab sich unverzüglich in das Lager zurück, um mit den Seinen noch einmal den großen Plan bis in die kleinsten Details durchzusprechen. Alles schien vorzüglich vorbereitet: der Punkt, an dem der Waggon im Lager zum Stillstand gebracht werden sollte, war genau festgelegt; ein Eisenbahnspezialist, der ansonsten im Orchester Waldhorn blies, hatte bereits eine Sperrvorrichtung konstruiert. Die Transportkolonnen waren sorgfältig ausgesucht und genau eingewiesen worden; sie standen aktionsbereit. Das auf diese Weise eingebrachte Material sollte vorerst auf dem Lagerfriedhof, getarnt zwischen den Grabhügeln, abgestellt werden, damit es bei eventuell einsetzenden Nachforschungen nicht so leicht wieder aufgefunden werden konnte. Dieser Teil des Unternehmens »Bremse« lag in den Händen des anderen Wilhelm.

Gegen 21.30 Uhr standen die verläßlichsten Mitarbeiter der Abteilung K 5 auf ihren Posten. Im Lager herrschte Ruhe. Die Scheinwerfer krochen gleichgültig über den Stacheldraht; und die Wachtposten sahen kaum noch auf das, was vor ihren Augen angeleuchtet wurde.

In den Fabrikhallen verlangsamte sich das Arbeitstempo beträchtlich; die leitenden Funktionäre hatten das Werk, wie üblich, bereits verlassen. Ihre Vertreter gehörten der zweiten Garnitur an; auch sie sahen dem Ende der täglichen Arbeit mit Erleichterung entgegen. Und die engeren Vertrauten des deutschen Lagerkommandanten machten sich bereit, die Sklaven der zweiten Schicht in ihre Unterkünfte zurückzudirigieren.

Zu diesem Zeitpunkt zog Wilhelm den Hemmschuh von den Schienen. Die Artisten schoben den Waggon ohne sonderliche Kraftanwendung vorwärts; langsam begann er zu rollen. Einer nach dem anderen sprang auf. Zuletzt schwang sich, als der Wagen schon in guter Fahrt war, die »lebende Kanonenkugel« zufrieden keuchend durch die Tür ins Innere.

»Festhalten!« rief er. »Aber nicht die Muskeln verkrampfen! Der ganze Körper muß darauf gefaßt sein, daß er nach vorne gerissen wird.«

Der rollende Wagen vergrößerte seine Geschwindigkeit. Die pralle Ladung verlieh ihm erhebliches Gewicht, das überraschend starke Gefälle machte ihn zu einem Rammbock von gewaltiger Kraft: Er durchschlug den Stacheldraht wie ein mächtiges Geschoß. Ein heftiger, dumpfer Knall, danach ein kurzes, hohes Gewimmer von zitternden Drähten, und bald darauf das fast schon träge Dahinpoltern von entwurzelten Zaunpfählen – und der Waggon mit der kostbaren Ladung rollte in das Lager.

»Geschafft!« schrie Wilhelm mit wilder, würgender Begeisterung. Daß das eines der letzten Worte in seinem Leben war, konnte er nicht wissen.

Zunächst einmal ereignete sich nichts Besonderes, nichts, das als Bedrohung oder Gefahr angesehen werden konnte. Ein Waggon hatte sich in Bewegung gesetzt, er war die Gleise entlanggerollt und hatte dabei den Stacheldraht durchschlagen — nun wohl, das war eine Schweinerei, doch kaum etwas anderes sonst.

Als diese merkwürdige Geschichte passierte, hatte sich Grunert, scheinbar zufällig, beim Torposten aufgehalten. Er unterbrach seine Plauderei in russischer Sprache über kulturelle Errungenschaften und markierte Erstaunen, als ein Waggon in den Stacheldraht sauste, ihn durchschlug, dann gemächlich weiterrollte und schließlich hinter einer Baracke verschwand.

»Nanu!« sagte Grunert. Und das sagte er zu dem russischen Soldaten, mit dem er am Tor plauderte. Und dieser Soldat war gleichzeitig der wachhabende Unteroffizier aller Posten um das Kriegsgefangenenlager herum. »Was ist denn da schon wieder los!«

»Ob das wohl Sabotage ist?« fragte der Sowjetsoldat unruhig; und er schien selbst ein wenig erschreckt über seine finstere Vermutung zu sein.

»Das wird der Sturm gemacht haben«, suggerierte Grunert und gab sich unbekümmert. »Vielleicht funktioniert das Stellwerk nicht einwandfrei. Oder es hat eine Bremsvorrichtung versagt. Oder es handelt sich ganz einfach um eine falsche Weichenstellung.«

Das Telefon im Postenhäuschen klingelte aufgeregt.

Der nächstliegende Turmposten meldete genau das, was der Wachhabende bereits gesehen hatte. Zusätzlich glaubte er feststellen zu müssen: »Fluchtversuche nicht erkennbar.«

Grunert erlaubte sich, aufzulachen. »Wie stellt sich das dieser Mann vor?« fragte er. »Wer sollte wohl auf die dämliche Idee kommen, vom Lager in das Werk fliehen zu wollen?«

Auch diese suggestive Behauptung leuchtete dem Wachhabenden sofort ein. Er beruhigte seinen ein wenig erregten Untergebenen mit kargen Worten. Dann versuchte er, telefonisch dem diensttuenden Offizier, einem Leutnant, Meldung zu machen.

Ehe jedoch diese Verbindung gelang, vergingen vier oder fünf Minuten; der Leutnant war auf der Latrine. Als er endlich erreichbar war und behutsam unterrichtet wurde, ordnete er an: »Scheinwerfer auf die beschädigte Stelle richten. Zwei Wachtposten zusätzlich einsetzen. Augen offenhalten und mir jede Besonderheit sofort mitteilen!«

Aber vom Wachhabenden aus war nichts Besonderes zu sehen: Die angeleuchtete Durchbruchstelle war nicht übermäßig groß, niemand trieb sich in ihrer Nähe herum; und der Waggon stand irgendwo zwischen den Baracken.

»Grunert!« brüllten einige gut dirigierte Stimmen. »Wo ist Grunert! Grunert sofort zum deutschen Lagerkommandanten!«

»Der braucht vermutlich ein Beruhigungsmittel«, sagte Grunert zum Wachhabenden, und der grinste verständnisvoll. »Und ich werde ihm auch eine Pille verpassen – schließlich kann ja nicht jeder so gute Nerven haben wie Sie und ich.«

Schon wenige Sekunden, nachdem Grunert die Bearbeitung des Wachhabenden abgeschlossen hatte, prallte er auf Krieger. »Bist du des Teufels!« schrie ihm der deutsche Lagerkommandant entgegen.

»Warum regst du dich auf?« sagte Grunert. »Du sollst dich mit mir freuen – eine derartig günstige Gelegenheit kommt nicht so leicht wieder. Das ganze Lager hat den Vorteil davon!«

»Deine Leute widersetzen sich meinen Befehlen!« rief Krieger wütend.

»Was du nicht sagst!« staunte Grunert. »Vielleicht haben sie nicht genau zugehört, weil sie viel zu beschäftigt sind. Vielleicht halten sie auch deine Befehle in dieser Sache für wenig sinnvoll. Oder sie haben daran gedacht, daß sie gar nicht dir, sondern praktisch direkt dem sowjetischen Kommandanten unterstehen. Weißt du, Krieger, es ist wohl das beste, wenn du sie nicht in ihrer Arbeit störst. Später, wenn alles vorbei ist, können wir uns in Ruhe über diese Angelegenheit unterhalten!«

»Das«, rief Krieger heftig, »wird dich teuer zu stehen kommen! Das garantiere ich dir.«

Dann stürzte er davon; er hatte genug gesehen und mehr gehört, als er hören wollte – er wußte Bescheid. Die ganze Angelegenheit war eindeutig: seit langem geplant, genau durchorganisiert und mit gefährlicher Rücksichtslosigkeit durchgeführt worden! Denn: kaum war der Waggon zum Stillstand gebracht, standen auch schon Grunerts Transportameisen da und schleppten davon, was sie zu fassen bekamen.

Krieger traf vor seiner Baracke auf eine Ansammlung von Lagerpolizisten; Pratzke hatte sie, auf seine Anforderung, mit gewohnter Schnelligkeit alarmiert. Er sagte zu seinen Getreuen: »In wenigen Minuten geht es los! Macht euch auf einiges gefaßt!« Dann eilte er in die Baracke hinein.

Pratzke saß auf seinem Schreibtisch und versuchte zu telefonieren. Er schien die gewünschte Verbindung noch nicht bekommen zu haben oder auf irgend jemand zu warten, der erst an den Apparat geholt werden mußte. Er legte eine Hand über die Sprechmuschel, grinste Krieger an und sagte: »Cleverer Bursche, dieser Grunert, was!«

»Wir werden ihm das Handwerk legen!« versprach Krieger. »Wir werden mit unseren Leuten den Platz um den Waggon absperren. Dann werden wir das bereits wegtransportierte Material beschlagnahmen und zurückschaffen lassen. Wer uns daran zu hindern sucht, dem brechen wir die Knochen.«

»Bockmist!« sagte Pratzke ungeniert. »Das würde doch nur böses Blut geben. Das können wir uns nicht leisten. Jeder im Lager würde sagen, daß wir eine Söldnertruppe der Sowjets seien. Erinnerst du dich denn nicht an den Lastwagen voller Brote, der vor zwei Monaten irrtümlich zu uns ins Lager gefahren wurde? Wir haben ihn einfach abladen lassen, ohne mit der Wimper zu zucken, und dann das Brot sofort verteilt. Wir waren damals so etwas wie die Helden des Lagers. Und selbst der sowjetische Kommandant hat gelacht und gesagt: ›Da kann man nichts machen; wenn sich die dummen Kerle beklauen lassen, ist das allein ihre Schuld!‹ Und das war auch das einzige, was er dazu sagen konnte – hätte er denn versuchen sollen, uns das Brot aus dem Magen zu pumpen?«

»Und jetzt«, sagte Krieger, der sehr nachdenklich geworden war, »wird ausgerechnet dieser Grunert den Rahm abschöpfen.«

»Hemmungen hat der keine«, sagte Pratzke, nicht ganz ohne Anerkennung, »das muß man ihm lassen. Köpfchen hat er auch. Aber sind wir von Pappe?«

»Eben«, stimmte Krieger sofort zu. »Und deshalb können wir nicht so tun, als hätten wir nichts gehört und nichts gesehen. Irgend etwas muß jetzt geschehen, wenn wir uns nicht bis auf die Knochen blamieren wollen.«

Pratzke nickte zustimmend. »Ich bin gerade dabei, die Lage zu peilen«, versicherte er. »Jeden Augenblick muß der Arbeitsminister an den Apparat kommen — ich habe ihn zum Spürhund ernannt und in Richtung Verladebahnhof losgelassen.«

»Er wird uns nur das berichten können, was wir bereits wissen: Grunert hat auf dem hinteren Abstellgleis den Prellbock umlegen lassen.«

»Klar«, sagte Pratzke, der das ganze Werkgelände und seine Einrichtungen genau kannte. »Ohne Beseitigung dieser Hindernisse wäre die ganze Rutschpartie nicht möglich gewesen. Aber wenn sich der Gute schon soviel Mühe gegeben hat — warum sollten wir nicht auch davon profitieren?«

Krieger betrachtete seinen Pratzke mit schwankenden Gefühlen. Dieser Mann, das wußte er, hatte oft Ideen, die genauso kühn wie kriminell waren.

Pratzke bekam endlich die Verbindung, auf die er so lange gewartet hatte. »Schieß los!« rief er gespannt. Dann horchte er in den Apparat hinein, begann zu grinsen und blinzelte Krieger freundlich zu. »Du bist ein Goldjunge«, sagte er schließlich. »Du darfst mir nachher zur Feier des Tages eine Flasche Wodka spendieren.«

»Was soll das?« fragte Krieger ungehalten. »Machst du etwa Geschäfte, während hier der Teufel los ist?«

»Hör zu«, sagte Pratzke listig grinsend, während er mit nahezu liebevoller Sorgfalt den Hörer auflegte. »Auf dem linken Abstellgleis des Verladebahnhofs stehen noch weitere zwei Waggons, und beide sind voll. Einer ist mit Maschinenteilen beladen; er interessiert uns also nicht. Aber der andere — voller Kartoffeln!«

»Können wir das riskieren?« fragte Krieger; er hatte sofort verstanden, worauf Pratzke hinauswollte. »Zwei Waggons auf einmal — das ist ein zu dicker Brocken. Ich fürchte, das wird der sowjetische Kommandant niemals schlucken.«

»Der kann, wenn er muß, noch ganz andere Dinge verdauen«, sagte Pratzke überzeugend. »Und was kann uns dabei schon passieren? Haben wir den Prellbock umgelegt? Haben wir in den Stacheldrahtzaun ein Loch gesprengt? Das war Grunerts Geschoß! Wenn der Major diesen Brocken nicht schlucken will oder kann, dann wird das eben Grunert tun müssen — und der erstickt glatt daran.«

»Das klingt gar nicht schlecht«, sagte Krieger nahezu sprungbereit.

»Und wie stehen wir dann da!« rief Pratzke. Er sah genießerisch diesem seltenen Abenteuer entgegen, das geeignet war, einigen Leuten Kopf und Kragen zu kosten — entweder Grunert oder Krieger, oder sogar allen beiden —, nicht etwa ihm; er war schließlich nicht unmittelbar verantwortlich zu machen. »Bedenke doch, daß Grunert lediglich Bretter anbieten kann — und Bretter kann keiner fressen. Aber die Leute haben in erster Linie Hunger, dann erst das Bedürfnis nach besseren Sitz- und Liegeflächen. Nun gut — wir tun was für ihren Magen: Wir bieten ihnen einen ganzen Waggon Kartoffeln.«

»Also los!« rief Krieger entschlossen.

»Gemacht!« sagte Pratzke freudig. »Die Kartoffelausgabe findet in zehn Minuten statt.«

Pratzke rückte unverzüglich mit seinem Polizeihaufen aus. Er meldete am Lagertor, wie gewöhnlich um diese Zeit: »Begleitkommando für Arbeiter, Ende der zweiten Schicht!« Dann schwenkte er nach rechts ab, auf den nur mäßig erleuchteten Verladebahnhof zu. Hier döste die Telefonwache immer noch vor sich hin, und die Bereitschaftsgruppe spielte Schach — von dem verschwundenen Waggon hatten sie noch nichts gehört, geschweige denn gemerkt, daß in ihrem Bereich die Teufel tanzten.

Pratzke klärte die ihn ungläubig Anglotzenden zwar außerordentlich bereitwillig, aber auch sehr umständlich über das auf, was sich ereignet hatte. Dabei gab er sich nahezu kameradschaftlich besorgt, konnte aber sein großes Vergnügen kaum verbergen. Und während er noch die wesentlichen Einzelheiten mitteilte, hatte sein Stoßtrupp bereits die befohlene Arbeit geleistet: Der Waggon mit den Kartoffeln rollte!

Er rollte auf das Lager zu und durch die Lücke im Stacheldrahtzaun hindurch. Die Posten, die ihn gespenstisch vorbeigleiten sahen, staunten; des Sturms wegen war das rhythmische Gepolter auf den Schienen nicht sonderlich gut zu vernehmen. Dieser Waggon rollte mit weit größerer Geschwindigkeit als der erste in das Lager hinein, denn Pratzkes Polizeihaufen, der ja nicht aufzuspringen brauchte, hatte ihm großen Anfangsschwung verliehen. Und dann: für diesen Waggon existierte das Hindernis Stacheldrahtzaun nicht; er sauste wie ein Geschoß durch die Dunkelheit!

Ein gewaltiges Krachen beendete seine Fahrt: dumpfknallendes Gedröhn, wildes Kreischen von sich aufbäumendem Metall, schwirrendes Zersplittern von Holz, Und dann, nach einer knappen Sekunde lastenden Schweigens: der gurgelnde Schrei eines Menschen, wie eine Fontäne himmelwärts schießend. Hierauf Gewimmer, Flüche und Geschrei.

»Ran an die Kartoffeln!« trompetete einer mit Angriffsstimme.

Aus den Baracken strömte eine Menge Menschen, hastete herbei, stolpernd, fallend, sich wieder aufraffend — mit Körben, Kartons, Säcken und Brotbeuteln bewaffnet. Sie stürzten sich über die Kartoffeln, die aus dem zerbrochenen Waggon auf den Erdboden gerollt waren. Sie griffen mit hastigen Händen danach, rafften sie auf, bargen von der Beute, soviel sie konnten, auch zwischen Hemd und Brust, in den Hosentaschen, in der Unterhose.

»Sanitäter!« rief Grunert, der eine Laterne schwenkte. »Tragbahren müssen her!«

Aber niemand hörte auf ihn. Seine Leute transportierten mit fieberhafter Geschäftigkeit das restliche Material. Für die anderen schien nichts sonst auf der Welt zu existieren als Kartoffeln. Schließlich fanden sich drei, vier Leute, die Grunert halfen; darunter zwei, die selbst verletzt waren und bluteten.

Sie zogen zwei Tote und vier Schwerverwundete aus den Trümmern und legten sie seitwärts nieder; sie alle gehörten zu Grunerts Gruppe. Einer war zwischen die Puffer der aufeinanderprallenden Wagen geraten: sein Oberkörper war völlig zermalmt. Drei andere waren im Waggon von zerberstenden Eisenteilen, schwirrenden Holzsplittern und fallenden Materialkisten verletzt worden; einer von ihnen besaß keinen Kopf mehr. Zwei weitere gerieten unter den Wagen; einem davon war die linke Seite aufgerissen, dem anderen hatten die Räder beide Beine abgetrennt.

»Wo gehobelt wird, fallen Späne!« rief Pratzke rauh. Grunert schwieg entsetzt. Der Schein seiner Laterne leuchtete ihn an; er stand starr da, war bleich und schien zu zittern. Der Tote, der vor ihm lag, erschreckend klein, mit verrenkten Gliedern, blutüberströmt und ohne Kopf — dieser Tote war einer der beiden Wilhelm.

Pratzke allein beherrschte jetzt das Trümmerfeld, tatkräftig unterstützt von seiner vorzüglich eingespielten Rotte. Er achtete streng auf eine möglichst gerechte Verteilung der Kartoffeln; er bremste allzu wildes Hamstern handgreiflich ab und verschaffte später Hinzugekommenen eine Chance. Besondere Aufmerksamkeit widmete er den planlosen Raffern.

»Wehe dem, der hier Holz klaut!« schrie er. »Keine Planke darf fehlen! Alle Eisenbahnwaggons sind sowjetisches Staatseigentum – und auf diesem Gebiet verstehen die Iwans keinen Spaß; ich übrigens auch nicht! Wer hier die Waggons abzumontieren versucht oder sich auch nur einen herumliegenden Nagel, der zu einem Waggon gehört, in die Hosentasche steckt, dem lasse ich in den Hintern treten, daß er lauter Sowjetsterne funkeln sieht.«

Nach geraumer Zeit erst kam der diensttuende sowjetische Offizier, der Leutnant, angerannt. Eine schwerbewaffnete Gruppe flankierte ihn. Er sah nahezu verstört um sich und fand nur noch die Trümmer der beiden Waggons vor, die Toten und die Schwerverwundeten und einige wenige Ordnungspersonen mit roten und weißen Armbinden. Das Material war in Sicherheit; die Kartoffeln hatten ihre Interessenten gefunden.

»Was ist hier los?« rief der Leutnant erregt.

Pratzke zuckte mit den Schultern. »Mich müssen Sie nicht fragen, Herr Leutnant«, sagte er. »Als das hier passiert ist, befand ich mich gerade im Werkgelände. Und der deutsche Lagerkommandant befindet sich immer noch dort – die zweite Schicht geht nämlich zu Ende.«

»Halt's Maul!« rief der Leutnant grob. »Ich will wissen, was hier passiert ist.«

»Ein Unfall«, erklärte Pratzke ungekränkt. »Ein Eisenbahnunfall. Solange es Eisenbahnen gibt, gibt es auch Unfälle . . .«

»Schnauze zu!« schrie der Leutnant. »Ich habe selbst Augen im Kopf!«

Pratzke nickte. Ein Mann von seinem Format war nicht so leicht aus dem Gleichgewicht zu bringen, auch nicht durch ein paar Tote und schon gar nicht durch einen Leutnant, dessen Kopf vermutlich der Major am nächsten Tage fordern würde. In seinen Augen war die ganze Angelegenheit ein Erfolg geworden; das stimmte ihn versöhnlich.

Katerina, die Ärztin, erschien. Sanitäter folgten ihr. »Wo sind die Verletzten?« fragte sie.

Sie beachtete niemand, auch nicht den Leutnant, auch Grunert zunächst nicht. Sie kniete sich sofort bei den Menschen nieder, die auf der Erde lagen. Katerina untersuchte einen nach dem anderen. Das tat sie schnell und mit sicheren Griffen. Ihre Anordnungen klangen klar und ruhig; nichts verriet auch nur die mindeste Regung in ihr. Die Anwesenden betrachteten sie nahezu mit Ehrfurcht.

Als die Schwerverwundeten abtransportiert wurden, ging sie auf Grunert zu, der sich nicht von der Stelle gerührt zu haben schien. »Was haben Sie damit zu tun?« fragte sie.

Grunert antwortete nicht. Er sah sie nur an; und in seinem Blick war eine so große Ratlosigkeit, daß sie betroffen zurückwich. »Das habe ich nicht gewollt«, sagte Grunert mühsam.

In dieser Nacht gab es einige, die nicht schlafen konnten; es gab aber auch andere, die nicht schlafen wollten. Unruhe umlauerte Lager und Werk. Lichter flackerten hinter verhangenen Fenstern. Und die voll eingeschalteten Scheinwerfer legten grelle Trennungsstriche zwischen Freiheit und Gefangenschaft.

Innerhalb des Lagers fanden in dieser Nacht fast gar keine Kontrollen statt; denn Krieger und seine Leute hatten ganz andere, wichtigere Dinge zu tun. Sie nahmen in Kauf, daß sofort ein heimlicher Binnenverkehr einsetzte, ein heftiger Lebensmittel- und Nachrichtenhandel durch die inneren Stacheldrahtzäune hindurch. Während das alles geschah, übte der deutsche Lagerkommandant mit seinen Lagerpolizisten Zeugenaussagen ein.

Krieger wußte genau, was spätestens am nächsten Morgen zu erwarten war. Der sowjetische Kommandant würde Inquisitionstribunal spielen und hochnotpeinliche Verhöre vornehmen. Er würde alle Anstrengungen machen, um herauszufinden, auf welche Weise er sich am sichersten entlasten könnte, was gleichbedeutend damit war, einen Sündenbock zu finden. Es kam also darauf an, dem Major ein möglichst klares, übersichtliches Bild zu bieten und gefährliche Widersprüche auszuschalten. Und deshalb ging der Taktiker Krieger mit seinen Leuten sorgfältig Punkt für Punkt der Ereignisse durch; wobei er bedacht war, diese Ereignisse so zu sehen, wie sie sich seiner Meinung nach sehen lassen konnten.

»Wir wollen das alles noch einmal wiederholen«, sagte er. »Jeder muß jetzt wissen, wo er sich zur Zeit des Unfalls aufgehalten, was er getan hat, mit wem er zusammen war. Ist etwa noch jemand ohne Alibi?«

»Muß ich diese Theaterprobe noch bis zum Ende mitmachen?« fragte Pratzke. »Oder kann ich mich jetzt woanders belustigen lassen?«

Krieger gab sofort seine Einwilligung, denn sein engster Mitarbeiter hatte noch einen Sonderauftrag zu erfüllen. Pratzke begab sich ins Freie, winkte zum Wachturm hinauf und rief rüde Scherzworte. Der Posten lachte. Dann setzte sich Pratzke in Richtung auf die Gemeinschaftsscheune in Bewegung.

Dort schimmerte Licht durch die Fenster. Pratzke stellte sich auf die Zehenspitzen, konnte aber keine Einzelheiten erkennen. Er begab sich an die Tür, öffnete sie vorsichtig und lugte hinein: Drei Gestalten hockten auf dem Boden, und vor ihnen lagen längliche Bündel. Eine Laterne, die auf eine Kiste gestellt war, warf lange, tiefschwarze, flackernde Schatten in den Raum.

Pratzke schob sich interessiert näher. Er erkannte Grunert, Wilhelm und Maria. Und er sah, daß vor ihnen drei Leichen lagen. »Ich störe doch hoffentlich nicht«, sagte er.

Grunert hob den Kopf. »Du bist vermutlich nicht hierhergekommen, um uns dein Beileid auszusprechen?«

»Warum?« fragte Pratzke verwundert zurück. »Ich bin hier nicht als amtliche Trauerweide tätig, sondern als Polizeichef. Und als solcher muß ich feststellen, ohne große Verwunderung übrigens, daß hier anscheinend das Nachtlager von Granada geprobt wird; mit Maria in der Hauptrolle.«

Maria sah ihn mit großen, anklagenden Augen an. »Haben Sie denn gar keine Ehrfucht vor dem Tod?« fragte sie.

»Nein«, sagte Pratzke wahrheitsgemäß. »Warum sollte ich auch! Einer stirbt, ein anderer wird geboren — und am Ende leben immer zuviel Menschen auf der Welt. Sie treten sich gegenseitig auf die Füße, schaufeln für andere Gräber und fallen manchmal selbst hinein. Was ich im übrigen sagen wollte — hat irgend jemand Sylvia gesehen?«

Grunert erhob sich langsam und kam auf Pratzke zu. »Hast du sie etwa hierher bestellt?« fragte er.

»Klar«, sagte Pratzke. »Die Gelegenheit war doch günstig wie nie. Heute nacht geht im Lager sowieso einiges drunter und drüber.«

»Aber du kannst doch nicht . . .«

»Und ob ich kann!« Pratzke leistete sich nicht das mindeste Feingefühl. »Ich kann das genauso gut wie du, nur daß ich wesentlich großzügiger bin. Oder habe ich etwa vorhin beim Anblick deiner Maria auch nur mit der Wimper gezuckt oder Moral gepredigt? Nichts dergleichen – ich habe allerhöchstens verständnisvoll gegrinst.«

»Aber das ist doch etwas ganz anderes!« rief Grunert empört.

»Das ist eine Temperamentsfrage«, erklärte Pratzke. »Durchaus möglich, daß sie hier wirklich nur mit dir betet – aber das ist dann allein deine Schuld.«

Grunert versuchte, sich zu beherschen. Er sah ein, daß es völlig sinnlos war, mit Pratzke über derartige Themen zu reden; der hatte nun einmal seine eigenen Moralbegriffe, und die waren nicht zu ändern. »Du bist ein seltsamer Spaßvogel«, sagte Grunert. »Aber nach dem, was heute passiert ist, weiß ich deine besonderen Eigenschaften wohl nicht mehr so richtig zu schätzen.«

»Immerhin habt ihr noch Glück im Unglück gehabt«, sagte Pratzke.

»Wie meinst du das?« wollte Grunert wissen.

Pratzke wies auf die Leichen, die auf der Erde lagen. »Zwei Waggons«, sagte er, »sind ein ganz schönes Argument, aber drei Leichen auch! Die Waggons allein, das könnte glatt als Sabotage ausgelegt werden; aber diese Leichen sind der Beweis für einen Unfall – für einen Betriebsunfall. Mit einem Haufen Trümmer läßt sich vieles erklären, sogar das Verschwinden von Material. Oder glaubst du etwa, der Major wird scharf darauf sein, Moskau beizubringen, daß in seinem Bereich Sabotage verübt wird?«

»Das ist ein recht bemerkenswerter Gedankengang«, sagte Grunert nachdenklich.

»Ich habe nur gute Ideen«, versicherte Pratzke. »Und deshalb bin ich ja hier. Ich vermute, daß Sylvia in der Werkstatt ist.«

Pratzke ging, ein wenig in den Hüften schaukelnd, davon. Er öffnete die Tür, die in die Werkstatt führte, und leuchtete dort mit seiner Taschenlampe herum. »Na also!« rief er dann zufrieden. Er ging hinein und schloß die Tür hinter sich.

»Was ist das nur für ein Mensch!« sagte Maria mit Abscheu.

»Es gibt gar nicht wenige wie ihn«, sagte Grunert, der sich wieder neben Wilhelm und Maria niederließ. »Und noch manche andere wären so, wenn sie nur seinen Mut und seine Kraft hätten. Unter kriechendem Ungeziefer ist er ein riesenhaftes Wildschwein. Für ihn liegen hier Leichen herum, nicht etwa Menschen, die gestorben sind.«

Maria sah Wolfgang Grunert groß an. Er jedoch erwiderte ihren Blick nicht; er sah auf Wilhelm. Und er sah, daß Wilhelm, der starr und wie leblos dasaß, die Hand des toten Wilhelm hielt. Die Augen in seinem bleichen Gesicht waren geschlossen.

Grunert nickte Maria auffordernd zu. Sie erhoben sich beide. Mit vorsichtig tastenden Schritten entfernten sie sich von Wilhelm und dem Toten. Sie setzten sich auf eine Kiste.

»Ich danke dir«, sagte Wolfgang Grunert. »Ich danke dir dafür, daß du hierhergekommen bist.«

»Ich mußte es tun«, sagte Maria.

»Ich habe dieses Unglück nicht kommen sehen«, sagte Grunert. »Ich habe nie daran gedacht, daß so etwas passieren könnte.«

»Ich weiß es«, sagte Maria.

»Du weißt also genau, was geschehen ist«, sagte er rauh. »Und darüber hinaus mußt du wissen, daß auch ich schuldig geworden bin, ob ich es wollte oder nicht. Uns alle umlauert die Schuld; jeder kann ihr verfallen. Jeder!«

»Wovor fürchtest du dich?« fragte sie.

Er sah sie an. Das matte Licht erhellte ihre Züge nicht. Er ergriff mit beiden Händen ihren Kopf und beugte sich vor, um besser sehen zu können. Und er sah nichts als eine Fläche, die ihm entgegenschimmerte, und darin Augen, die an einen Weiher denken ließen, in dem sich der Mond spiegelt.

»Wie alt bist du?« fragte er.

»Alt genug«, sagte sie.

»Du bist noch ein Kind«, sagte er; und er zwang sich dazu, das mit Härte zu sagen. Er schob ihren Kopf von sich und ließ die Hände fallen. Sie versuchte, nach diesen Händen zu greifen; aber er entzog sich ihr mit Heftigkeit. »Du bist noch ein Kind.«

»Ein Kind«, sagte sie, »das um alles weiß, was Menschen sich antun können, das alles gesehen hat, was diese Welt bieten kann an Elend, Einsamkeit und Schmutz.«

»Maria«, sagte er mühsam, von ihr zurückweichend, als müsse er Schutz in der Dunkelheit suchen. »Du magst vieles wissen und gesehen haben – dennoch bist du nicht ohne Hoffnung.«

Sie nickte. »Wäre ich sonst hier?« sagte sie.

»Aber es gibt das vollkommene Glück nicht«, sagte er. »Höre auf, daran zu glauben. Du kannst nur versuchen, einen Zipfel der Vollkommenheit zu fassen – mehr nicht; niemals! Denn du bist nicht allein auf dieser Welt, auch nie allein mit einem anderen Menschen. Du bist ein Sandkorn in der Wüste, ein Tropfen im Meer –«

»Einmal«, sagte sie, »ein einziges Mal nur möchte ich glücklich sein.«

»Vergiß die Menschen nicht«, sagte Grunert. »Niemand kann leben, wie er will. Er kann versuchen, die allgemeinen Lebensbedingungen zu verbessern – ein wenig, einen Atemzug lang. Gelingt ihm das, verbessert er die Welt. Aber wie schwer, wie unendlich schwer ist das!«

»Ich liebe dich«, sagte Maria.

»Was ist Liebe?« sagte er und starrte zu Wilhelm hinüber.

Wilhelm hob, ganz langsam, seinen Kopf. Er lauschte in die Dunkelheit, die ihn und den Menschen umgab, der Inhalt seines Lebens gewesen war. Und er hörte Sylvia und Pratzke, er hörte ein plötzliches Aufkreischen, das sich von der Werkstatt her schamlos bis in den großen Raum hineindrängte.

»Ich könnte sie alle umbringen«, sagte Wilhelm.

Grunert ging auf ihn zu. »Wilhelm«, sagte er leise, »was willst du ändern?«

Wilhelm sah ihn an; die Hand des geliebten Freundes ließ er dabei nicht los. »Grunert«, sagte er, »wer ist schuld?«

»Das weiß ich nicht«, sagte Grunert. »Vielleicht bin ich es. Ich habe ihn dort hingestellt, wo er starb.«

»Der allein ist der Mörder«, sagte Wilhelm schwer, »der den zweiten Waggon auf den ersten prallen ließ, ohne Vorsichtsmaßnahme, ohne Warnung. Wer war das? Den bringe ich um!«

»Wollte er töten?« fragte Grunert hilflos.

»Er hat es getan«, sagte Wilhelm.

Und wieder schrie die Frau im Nebenzimmer auf. Maria senkte den Kopf und atmete schwer. Grunert blickte gequält ins Leere.

»Der Mörder muß sterben«, sagte Wilhelm tonlos. »Und wenn ich selbst dabei sterben muß.«

Der Tag, der dem großen Unglück folgte, schien keinerlei Kenntnis nehmen zu wollen von dem, was geschehen war. Der Himmel war nahezu heiter; und wenn auch die immer dahintaumelnden dünnen Nebelschleier nicht weichen wollten, so schienen dennoch Werk und Lager im Morgentau freundlich zu glänzen.

»Heute werden Köpfe rollen!«' rief der sowjetische Kommandant dröhnend, kaum daß er die Tür zu seinen Büroräumen geöffnet hatte. »Lassen Sie am besten gleich ein paar Gräber schaufeln!«

»Jawohl, Herr Major«, sagte sein Schreiber mit unbeweglichem Gesicht.

»Bin ich etwa in einem falschen Büro!« rief der Kommandant. Erst jetzt sah er die neuen Möbel. Er musterte sie kritisch; sie gefielen ihm nicht schlecht, aber gerade das war ganz dazu angetan, seinen Ärger noch zu steigern. »Doch nicht etwa von diesem Grunert?«

Der Schreiber nickte. »Gestern abend angeliefert. Qualitätsarbeit. Der Junge versteht seine Sache.«

»Dem werde ich das Handwerk legen!« schrie der Major. Dann begutachtete er die einzelnen Möbelstücke mit sachverständigen Blicken. Er beklopfte sie, überprüfte die Figuren, verglich Lehnen und Stuhlbeine und brummte dabei nicht unzufrieden. »Habe schon bessere Arbeit gesehen», sagte er schließlich.

»Doch wohl kaum in unserem Bereich«, sagte der Schreiber. Er begann zu vermuten, daß der Major das Tischlerhandwerk erlernt hatte, bevor er dazu gekommen war, die Rote Armee von Sieg zu Sieg zu führen.

»Schief und krumm», rief der Major und schob einen Stuhl zur Seite. »Alles ist hier schief und krumm! Jetzt werde ich einmal zu hobeln anfangen, bis die Bretter glühen — und das eine kann ich jetzt schon sagen: solche Späne hat die Welt noch nicht gesehen!«

Der Schreiber sah ganz so aus, als glaube er das unbedenklich. »Alle angeforderten Berichte, sagte er, »liegen bereits in einer neuen Mappe. In einer halben Stunde werden der Genosse Kommissar und der Genosse Direktor eintreffen.«

»Gut, gut«, sagte der Major. »Doch vorher will ich den Leutnant einseifen. Und dann sollen Krieger und Grunert kommen. Aber ihnen wird kein Stuhl angeboten, verstanden! Nicht einmal an die Wand lehnen dürfen sie sich! Auch ist ihnen verboten, daß sie miteinander sprechen. Jeder wird in eine Ecke gestellt.«

»Mit dem Gesicht zur Wand?« fragte der Schreiber ernsthaft.

Auf diese Frage zu antworten, hielt der Major für überflüssig; sie war damit verneint. Wenn es nach seinen Wünschen allein gegangen wäre, hätte er am liebsten beide in Ketten legen lassen, mit einer Kugel zwischen den Füßen, wie zur Zarenzeit. Doch derartige Maßnahmen wären zu voreilig gewesen; er konnte auch nicht gut auf Anhieb zwei seiner wichtigsten Leute erledigen. Es mußte genügen, wenn einer von ihnen über die Klinge sprang. Derartige Gedankengänge, fand er mit Bedauern, kamen dem Eingeständnis gleich, daß selbst seine Macht nicht unbegrenzt sei; und das ärgerte ihn.

Doch er brauchte nicht lange zu warten, um den sich mehr und mehr aufstauenden Ärger loszuwerden; der Leutnant erschien. Der Major brüllte ihn zusammen, daß er erzitterte, abwechselnd blaß und rot wurde und kein einziges Wort zu seiner Verteidigung fand. Der Major brillierte zunächst mit seinen artilleristischen Kenntnissen und nannte den Leutnant Versager, Blindgänger und Rohrkrepierer; hierauf wechselte er in den zoologischen Bereich über, um dann schließlich beim Jargon der Kanalarbeiter zu landen.

»Wen haben Sie verhaftet, Leutnant?« schrie er. »Wen haben Sie in Eisen legen lassen? Wer ist erschossen worden? Vor Ihren Augen findet eine Revolte statt, verbunden mit Sabotage – Sie drücken Ihren Strohsack breit! Sie greifen nicht durch, Sie ertappen niemand auf frischer Tat. Sie liefern mir keinen Schuldigen, nicht einen einzigen! Aber da ich einen Schuldigen brauche – ich wollte sagen: da ein Schuldiger vorhanden sein muß, werde ich mich einfach an Sie halten! Denn wenn Sie, unter dessen Augen die ganze Sauerei geschah, keinen einzigen finden können, der sie angezettelt hat – was liegt dann näher als die Vermutung, daß Sie selbst der Schuldige sind?«

In diesem Stil, in dieser Tonart und mit derartig kühnen Gedankengängen betätigte sich der Major volle zehn Minuten. Der Leutnant kam nicht einmal dazu, »Jawohl« zu sagen. Er wäre keine Sekunde lang verwundert gewesen, wenn ihm der Major den Befehl erteilt hätte, die Uniform auszuziehen und fortan bei den deutschen Kriegsgefangenen zu vegetieren.

Leicht benommen verließ der Leutnant das Zimmer des Kommandanten; er fühlte sich in diesem Augenblick wirklich schuldig und war auf jeden erdenklichen Urteilsspruch gefaßt. Er stolperte an dem Schreiber vorbei, der es gar nicht nötig zu haben schien, von einem Offizier Notiz zu nehmen; er tat, als wäre er schwer beschäftigt. Der Kommandant stieß inzwischen einige Laute aus, die bei großzügiger Auslegung als kämpferischer Gesang gewertet werden konnten.

Der Schreiber grinste verkniffen; und das tat er immer noch, als Krieger und Grunert erschienen. Der Schreiber begrüßte sie mit undeutbaren Wortgebilden, ohne sich dabei an einen der beiden unmittelbar zu wenden. Dann übermittelte er ihnen, so als spaße er, die Anordnungen des Kommandanten: »In die Ecke, meine Herren — und dort stumm sein wie ein Grab! Verständigungsversuche sind lebensgefährlich.«

»Wir haben uns sowieso nichts mehr zu sagen«, erklärte Grunert.

Und Krieger sagte reserviert: »Jedes Wort, das wir jemals gewechselt haben, war zuviel.«

Der Schreiber sah interessiert von einem der unversöhnlich erscheinenden Gegner zum anderen. Sie musterten sich nicht einmal mit finsteren Blicken; hier schien einer für den anderen überhaupt nicht zu existieren. Offenbar, sagte sich der Schreiber, haben sie sich in volle Deckung begeben, fest entschlossen, keinerlei Blöße zu zeigen.

»Wollt ihr euch etwa gegenseitig belasten?« fragte der Schreiber neugierig. »Ihr würdet bestimmt weiterkommen, wenn ihr den Versuch macht, euch gegenseitig zu entlasten. Vielleicht findet ihr dann einen dritten, den ihr gemeinsam belasten könnt — den Zufall zum Beispiel, das Wetter oder eine technische Störung. Oder seid ihr etwa versessen darauf, einen von euch baumeln zu sehen — ohne vorher genau zu wissen, wer derjenige sein wird?«

Krieger und Grunert sahen sich gleichzeitig ganz kurz an. Dann richteten sie sofort wieder, wie bei leichtfertigem Tun ertappt, den Blick auf irgendeinen belanglosen Gegenstand. Beide spürten genau, daß des Schreibers Ratschlag alles andere als dummes Geschwätz war; denn schließlich hatte keiner von ihnen ein reines Gewissen. Aber vorläufig war jeder fest davon überzeugt, daß der andere nicht zögern würde, ihn ans Messer zu liefern, sobald sich nur eine günstige Gelegenheit dafür anbieten würde. Erneut sahen sie sich, gleichzeitig, mit scheinbar flüchtigem Blick prüfend an.

Kommissar Grigorij tauchte gemeinsam mit Direktor Grünbaum auf; sie schienen ein vertrauliches Gespräch zu führen, das sie sofort abbrachen, als sie den Raum betraten. Der Kommissar hatte es sich offenbar nicht nehmen lassen, Grünbaum persönlich abzuholen, um so schon im voraus Informationen zu erhalten; seine Hand lag fürsorglich und fordernd auf dem Arm des Direktors.

Der Anblick von Krieger und Grunert, die, voneinander getrennt, schweigend im Raum standen, schien Grigorij zu erheitern. »Wer von euch wird überleben?« fragte er. Und er gab sich selbst die Antwort: »Nicht unbedingt der Klügere!«

Grünbaum sah zu Grunert hinüber; sein Blick verriet Trauer und Mitgefühl, doch nicht Besorgnis oder gar Angst. Er sagte zu Grigorij gewandt: »Ein wirklich bedauernswerter Unfall. Er hat Opfer genug gekostet.« Und als er das gesagt hatte, erkannte Grunert, daß es nicht der Kommissar, sondern daß er es war, zu dem Grünbaum gesprochen hatte.

Der Major war inzwischen von seinem Schreiber dahingehend informiert worden, daß die angesetzte Besprechung stattfinden könne; er erschien im Raum und begrüßte die Genossen. Krieger und Grunert schien er überhaupt nicht zu sehen. Er bat den Direktor und den Kommissar höflich und herzlich in sein Zimmer. Und bevor er selbst dort hineinging, sagte er in strengem Befehlston zu seinem Schreiber: »Zwei Posten vor das Haus, zwei vor die Tür. Und Stehzellen frei machen — wir werden voraussichtlich einige Verhaftungen vornehmen.«

Doch kaum befand sich der Major wieder in seinem Arbeitszimmer, setzte er sich bequem hin und sagte zu seinen Genossen: »Wir werden es uns gemütlich machen, meine Freunde. Was wollen wir trinken, was wollen wir essen? Wir haben viel Zeit, wir wollen gründlich sein. Und je länger es dauert, um so weicher werden die beiden Burschen dort draußen. Ich habe ihnen kräftig eingeheizt — jetzt schmoren sie.«

Grigorij versäumte es nicht, eine zustimmende Bemerkung zu machen. Derartige Aufweichungsmethoden fanden immer bei ihm Anklang, und das selbst dann, wenn der, der sie gebrauchte, nicht seine uneingeschränkte Zustimmung besaß. Grünbaum sagte nichts; er blätterte in den Unterlagen herum, die er sich mitgebracht hatte. Der Major entkorkte eine Flasche Wodka, füllte drei Wassergläser und sagte: »Zum Wohle.«

Sie tranken. Der Major leerte nahezu das ganze Glas auf einen Zug. Grigorij tat das gleiche. Direktor Grünbaum nippte lediglich ein wenig an seinem Getränk und wollte es dann absetzen. Als er jedoch die prüfenden Blicke seiner Genossen auf sich ruhen fühlte, trank auch er sein Glas leer.

Nachdem der Major die Gläser erneut gefüllt hatte, begann er zu reden. Er verwies zunächst darauf, daß ihn die Ereignisse der vergangenen Nacht alarmiert hätten. Diese Tatsache sei dann der Anlaß dazu gewesen, daß er sich unverzüglich mit Eifer und Intensität mit der Materie zu beschäftigen begonnen habe.

»Ich habe, verehrte Genossen«, sagte er dann, »alle Unterlagen überprüft und eine Anzahl Zeugen gründlich vernommen — unter ihnen auch, vor einer knappen halben Stunde, den für uns wichtigsten Augenzeugen, den Leutnant. Aber dennoch muß ich sagen, daß mir die ganze Angelegenheit keinesfalls als geklärt erscheint.«

»Tatsächlich?« fragte Grigorij gedehnt und mit lauernden Untertönen. »Was ist denn, wenn ich fragen darf, deiner Meinung nach an dieser ganzen Sache unklar?«

Der Major stärkte sich durch ein halbes Glas Wodka. Und während er es trank, betrachtete er Grigorijs und Grünbaums Gesichter; in dem einen las er hellwaches Mißtrauen, in dem anderen aber bereitwillige Aufmerksamkeit. Zwei zu eins, vermutlich, sagte sich der Major und setzte sein Glas ab. Das war für den Anfang durchaus erfreulich.

»Was mich besonders nachdenklich stimmt«, sagte der Major, wobei er tat, als leiste er gewaltige Gedankenarbeit, »und was nicht übersehen werden darf, ist die Tatsache, daß es Tote gegeben hat. Das nämlich läßt mich vermuten, daß es sich um einen Unfall handeln könnte, um eine Kette von Zufällen, also nicht um planvolles Vorgehen. Denn ich kenne unsere Kriegsgefangenen ziemlich genau, meine Freunde, ich habe eine jahrelange Erfahrung im Umgang mit ihnen. Gewiß, ich traue ihnen alles zu, einfach alles — nur eins nicht: sie werden sich nicht gegenseitig umbringen! Nicht auf diese Weise jedenfalls! Es mag vorkommen, daß hier und dort einmal einer umgelegt wird, aber nicht gleich in größeren Mengen. Das ist noch niemals geschehen.«

»Das klingt recht überzeugend«, warf Grigorij ein. »Ich möchte aber dennoch auf ein paar Kleinigkeiten aufmerksam machen, die mir näherer Betrachtung wert erscheinen. Zunächst eins: Die Toten und Schwerverwundeten gehören ausschließlich zur Abteilung K fünf – es sind also Grunerts Leute. Zwischen dem ersten Waggon, der anrollte, und dem zweiten, der nachrollte, verging eine Zeitspanne von mehr als fünfzehn Minuten. Der erste Waggon scheint also die Ursache dafür gewesen zu sein, daß der zweite in Bewegung gesetzt wurde. Da aber der erste ausschließlich von Grunerts Leuten ausgebeutet wurde, ist zu vermuten, daß der Konkurrent Krieger den zweiten anrollen ließ.«

»Und wenn es wirklich so gewesen wäre«, sagte der Major, »dann würde ich jetzt ein Gefühl der Erleichterung empfinden. Wenn sich die Burschen im Lager wirklich bis aufs Messer bekämpfen und dabei sogar über Leichen gehen, soll es mir recht sein. Wenn sich zwei zugleich um unsere Gunst bemühen, ist das immer vorteilhafter, als wenn nur einer gehorsam dahintrottet. Konkurrenzkampf steigert die Leistungen. Besorgt würde ich erst dann sein, wenn ich das alarmierende Gefühl hätte: diese Burschen ziehen alle am gleichen Strang – gegen uns.«

»Irgendein Deutscher hat einmal gesagt: ›Getrennt marschieren und vereint schlagen‹«, sagte Grigorij. »Diese Deutschen sind schon immer ein gefährliches Volk gewesen. Aber wenn sie erst einmal auf die Idee kommen sollten, das zu tun, was sie bisher noch niemals fertiggebracht haben, nämlich ihren gesunden Menschenverstand zu gebrauchen, dann kann man gar nicht vorsichtig genug sein. Und diesem Grunert traue ich glatt zu, daß er versuchen könnte, uns übers Ohr zu hauen, uns mit unseren eigenen Methoden lahmzulegen!«

»Auch ich«, versicherte der Major, »bin von Natur aus ein mißtrauischer Mensch – und am allerwenigsten vertraue ich den Deutschen. Sie haben zuerst mit uns einen Freundschaftspakt abgeschlossen und uns dann heimtückisch überfallen. Aber dieser Grunert ist alles andere als ein Nazi – Krieger ist weit eher ein Typ dafür. Und bietet uns nicht gerade Grunert kulturpolitische Chancen, die nicht zu verachten sind? Können wir ihn einfach abservieren, nachdem wir bereits Erfolgsmeldungen nach oben weitergericht haben? Und ist nicht außerdem die örtliche Parteiführung zum Festkonzert eingeladen worden – von uns beiden gemeinsam?«

Grigorij schwieg nachdenklich. Natürlich war das ein wichtiger, vielleicht sogar ein entscheidender Punkt. Sie hatten sich, im Augenblick, auf Grunert festgelegt. Und sie beide gedachten von der Organisation zu profitieren, die dieser Mann aufgezogen hatte. Und, wer weiß, vielleicht war dieser Grunert zufällig wirklich unschuldig? Vielleicht war Krieger der Schuldige? Oder beide? Oder keiner von beiden? Bei diesen Deutschen war eben alles möglich.

Der Major wartete höflich auf Grigorijs Antwort. Der Kommissar schwieg weiter. Beide blickten sich fragend an und dann zu Grünbaum hinüber. Der Direktor lächelte.

»Verehrte Genossen«, sagte Grünbaum mit seiner leisen, höflichen Stimme. »Ich bitte Sie, mir zu erlauben, von meinem Standpunkt aus Stellung zu nehmen. Zunächst: Es ist im Augenblick nicht einwandfrei zu bestimmen, was der Inhalt der beiden Waggons war; die Begleitpapiere sind, was immer wieder vorkommen kann, nicht rechtzeitig eingetroffen. Ferner: Es ist nicht mit absoluter Sicherheit nachzuweisen, daß die beiden fraglichen Waggons durch Maschinen oder Menschenkraft in Bewegung gesetzt worden sind. Der Sturm kann eine gewisse Rolle gespielt haben, auch eine Geländesenkung ist möglich, möglich ist weiterhin ein Versagen der Bremsen oder ein technischer Fehler der Weichen. Alle Untersuchungen jedenfalls, soweit sie bisher geführt worden sind, ergeben keinen Beweis dafür, daß hier Sabotage oder etwas Ähnliches vorgelegen haben muß.«

»Genosse Direktor«, sagte der Major nahezu friedlich, »ich habe schon immer ein besonderes Vertrauen zu unseren Technikern und Ingenieuren gehabt. Ich darf jetzt behaupten: Auch Sie haben mich nicht enttäuscht.«

Grünbaum wehrte bescheiden ab. »Ich tat, was ich konnte«, sagte er.

»Ich bin nicht so leicht zu überzeugen«, sagte Grigorij.

»Ich auch nicht, lieber Genosse«, stimmte der Major zu. »Aber ich wehre mich auch nicht gegen Tatsachen. Und in einem Punkt dürfen Sie ohne Besorgnis sein, hier decken sich unsere Ansichten hundertprozentig: Wir werden diese Deutschen so lange in ihrem eigenen Saft schmoren, bis sie wirklich genießbar werden. Ein schlechtes Gewissen hat schließlich jeder – warum sollten wir ihn davon befreien?«

In der Gemeinschaftsscheune erklang Musik von Peter Tschaikowskij. Das erste große Festkonzert, eine Art Gala- und Eröffnungsabend, fand programmgemäß statt.

Fast die ganze örtliche Prominenz hatte sich eingefunden. Daß einige unter ihnen von bitteren Gefühlen beherrscht wurden, von unterdrückter Wut und dem Verlangen nach Gewalt, änderte nichts daran, daß sie erschienen waren. Denn die noch vor dem »Unfall« ausgesprochenen und angenommenen Einladungen konnten nicht gut, ohne verdächtiges Aufsehen zu erregen, wieder rückgängig gemacht werden.

So saßen sie denn scheinbar einträchtig in der ersten Reihe nebeneinander: der sowjetische Kommandant und Grigorij, sein Kommissar; der örtliche Sekretär der Partei, sein Kulturbeauftragter und zwei Genossen von der Geheimpolizei; Grünbaum, der Direktor des Traktorenwerks *Roter Morgen*, mit seinen leitenden Ingenieuren; und Katerina, die Ärztin. Sie saßen, zunächst äußerst reserviert, auf Stühlen, die vorher in der Stadt und im Werk von der Gruppe K 5 ausgeliehen worden waren. Offiziell hatten Grunerts Leute für achtundzwanzig Stühle quittiert; da aber sechsundvierzig Stühle vorhanden waren, durfte der Abend, allein schon aus diesem Grunde, als Gewinn bezeichnet werden, noch bevor er überhaupt begonnen hatte.

Grunert hatte sich zunächst erboten, von diesen achtzehn erworbenen Stühlen neun Stück der deutschen Kommandantur zur Verfügung zu stellen. Krieger lehnte dieses Angebot glatt ab; mit Almosen, so führte er aus, sei er nicht zu bestechen. Als weitaus bedeutsamer hingegen erkannte Krieger sofort Grunerts Angebot an, ihn, den deutschen Lagerkommandanten, die Eröffnungsrede zu halten; hier zögerte er nur kurz und sprach dann seine Zustimmung aus. »Um den Sowjets kein Schauspiel der deutschen Zwietracht zu bieten!« sagte er.

Die beiden Rivalen hatten sehr schnell erkannt, daß sie zunächst einmal, ganz wider ihren Willen, im gleichen Rettungsboot saßen. Und das so lange, wie der Major alle Untersuchungen über den »Unfall« in der Schwebe ließ und nicht zu erkennen gab, wer für ihn als Sündenbock in Frage kam. Krieger und Grunert konnten im Augenblick gar nicht anders, als sich, wenn auch vorsichtig und wachsam, zurückzuhalten.

Der »Gala- und Eröffnungsabend« begann mit dem Einmarsch der Kriegsgefangenen. Etwa achthundert, darunter fast zweihundert weibliche, erschienen mit Schemeln, Kisten und Sitzklötzen. Sie drangen scharenweise dumpf murmelnd in die Scheune ein. Grunerts Ordnungsdienst, die Gruppe der Kraftakte, Artisten, Preisringer und Zauberer, hatte alle Hände voll zu tun. Auch Pratzke, offenbar von Krieger dazu inspiriert, unterstützte mit seinen Leuten tatkräftig den Versuch, die Ordnung zu wahren. Und das geschah mit dem Erfolg, daß am Ende die Elite der gemeingefährlichen Krieger-Clique, soweit sie nicht in der Fabrik war, ganz vorne saß, auf einen Haufen zusammengeballt, unmittelbar hinter den Frauen.

»Ist das nicht bedenklich?« wollte Wollmann von Grunert wissen. Denn dieses Arrangement war allzu offensichtlich erfolgt; es glich einer herausfordernden Demonstration von Kriegers Schlagkraft. »Die bekommen es glatt fertig und demolieren mir meinen ganzen Laden.«

»Damit ist durchaus zu rechnen«, gab Grunert zu, »aber nicht heute. Ich bin absolut sicher, daß die Clique bei der ersten günstigen Gelegenheit losschlagen wird, aber ihre Stunde ist noch nicht gekommen. Heute, in Anwesenheit des sowjetischen Kommandanten, wird sich Krieger keinen Tumult leisten, zumal ich ihn dazu gebracht habe, selbst einzusteigen – er wird die Eröffnungsrede halten. Aber um gegen alle Eventualitäten gesichert zu sein, werden wir die Artisten und die stämmigsten Handwerker in der Nähe der Clique postieren.«

Das geschah. Krieger, der neben Grunert in der Nähe des Eingangs stand, bemerkte dieses neue Manöver sofort; er registrierte es mit einem nahezu nachsichtigen Lächeln. »Allerhand Leute, die da beschäftigungslos herumstehen«, sagte er dann. »Wie sich diese Anhäufung von Untätigkeit mit deutscher Gründlichkeit, Sparsamkeit und Organisationsgabe vereinbaren läßt, ist mir nicht ganz klar.«

»Das ist auch nicht notwendig«, sagte Grunert.

Das Erscheinen des sowjetischen Kommandanten an der Spitze der Ehrengäste bewahrte die beiden Kampfhähne vor weiteren Aktionen. Krieger spielte fast übergangslos die Rolle des sorgsamen, superkorrekten deutschen Lagerkommandanten. Er schritt dem Major entgegen, blieb fünf Schritte vor ihm stehen, so daß der ausreichend Zeit hatte, anzuhalten. Er salutierte mit bewährter Straffheit. »Ich melde: eintausendachtundvierzig

Kriegsgefangene, ausübende Künstler mit eingeschlossen, zum Festkonzert versammelt.«

»Herzlich willkommen!« rief Grunert hinter Kriegers Rücken. Der Major verriet mit keiner Geste, wie sehr er immer wieder exakte militärische Schauspiele zu genießen vermochte. In dieser Sekunde spürte er wieder einmal beglückend deutlich, zur Elite der Menschheit zu gehören. Er vermeinte, fast körperlich die bewundernden Blicke seiner Gäste auf seinen breiten Schultern zu fühlen. Er legte lediglich knapp die Hand an die Kopfbedekkung; dann warf er Grunert einen mißtrauischen Blick zu und setzte sich wieder in Bewegung.

Krieger eilte ihm voraus. Zwei eigens dafür eingeteilte Lagerpolizisten öffneten die Tür zur Gemeinschaftsscheune weit. »Der Herr Kommandant kommt!« rief Krieger. Die Gefangenen erhoben sich stumm, standen nahezu stramm und starrten auf den Major, der an ihnen mit seinen Gästen vorüberschritt.

Abermals eilte Krieger voraus, auf die vorderste Stuhlreihe zu. Hier bot er der Prominenz die vorher genau auskalkulierten Plätze an: der Würdigste, oder eben der Mächtigste, also der Major, sollte in einem hochlehnigen Sessel genau in der Mitte sitzen; die anderen wohlgeordnet rechts und links daneben. Hier spielte sich zunächst ein kurzes, scherzhaftes, komplimentenreiches Intermezzo zwischen dem Kommandanten und dem örtlichen Parteisekretär ab; beide schienen gegenseitig bemüht, sich den Ehrensessel zuzuschieben. Schließlich setzte sich jeder genau auf den Platz, der vorher für ihn errechnet worden war. Grunert saß hinter Katerina; und neben Katerina saß Grigorij.

Krieger bat um die Erlaubnis, mit der festlichen Feierstunde beginnen zu dürfen. Der Major nickte lässig zustimmend und flüsterte dann scherzend auf den Parteisekretär ein. Katerina drehte sich, wie zufällig, um und sah Grunert an. Der beugte sich leicht vor und versuchte, sie anzulächeln; aber er war nicht ganz sicher, ob sie gewillt war, das zur Kenntnis zu nehmen.

»Herr Major! Verehrte Gäste! Liebe Kameraden!« So begann Krieger mit lautstarker Stimme. Sein Dolmetscher hatte zwei Schritte rückwärts-seitlich Stellung bezogen und übersetzte Satz für Satz in gurgelndes Proletenrussisch; er hatte seine Sprachkenntnisse als »Einkäufer« bei einer Fleischereikompanie erworben.

Krieger zögerte nicht eine Sekunde lang, zu behaupten, daß es schon immer der Wunsch der vielen geistig aufgeschlossenen Kriegsgefangenen gewesen sei, und in Besonderheit der von ihm gleiteten deutschen Lagerkommandantur, die kulturellen Werte zu pflegen. »Denn diese Kulturgüter, die Blüten des Geistes — sie gehören, über alle nationalen Zwistigkeiten hinaus, der ganzen Menschheit; soweit sie guten Willens ist und bereit, für den wahren Frieden zu kämpfen!«

Grigorij drehte sich bei diesen Worten Grunert zu und grinste ihn an. Grunert grinste zurück und flüsterte: »Meine Schule!«

Krieger hatte, in ganz kurzer Zeit, ein überaus hohes Roß bestiegen. Seine Eröffnungsrede war eine kleine Meisterleistung: Denn einmal bot er seinen Kameraden das unerschütterliche Bild eines geborenen Vorgesetzten und vaterlandsbewußten Deutschen, der weit vorausschauend überdies schon immer ein Mann von hoher Kultur gewesen war. Gleichzeitig aber gelang es Krieger, der Sowjetprominenz klarzumachen, daß er der rechte Mann dafür sei, eine erfreuliche Verständigung zu erzielen — gepaart mit stolzer Dankbarkeit, vermischt mit heroischer Schicksalsgläubigkeit, zu allseitiger Freude und gemeinsamem Vorteil! Kurz: die Kultur, sein Anliegen — das Lagertheater, sein Werk!

»Wir aber«, sagte Grunert, als die Reihe an ihm war, eine Rede zu halten, »wir haben nichts weiter getan, als diese schönen Theorien in die Praxis umgesetzt.«

Grunert sprach seine »einleitenden Worte« abwechselnd deutsch und russisch; und er sagte in der einen Sprache nicht genau das gleiche wie in der anderen. Aber er sprach in leichtem Plauderton, pointenreich und ein wenig kompliziert, schnell außerdem; und daher vermochten selbst alle diejenigen, die beide Sprachen beherrschten, ihm nicht immer zu folgen.

Er schien in der Hauptsache von Tschaikowskij zu sprechen, dessen Genie dieser erste Abend gewidmet sei; in Wirklichkeit aber sprach er von den Leistungen seiner Leute, die jede Anerkennung verdienten. Schließlich ließ er, an die »sowjetischen Freunde, Gönner und Förderer«, wie er auf russisch sagte, bunte, handgemalte, mit zierlichen Figuren versehene Programmzettel verteilen. »Zur Erinnerung an einen Abend der Huldigung an die unsterbliche russische Kultur.«

»Bravo!« rief der Sekretär der Partei spontan; denn er gehörte zu den wenigen Gästen, die nicht die geringste Ahnung von den

Hintergründen des »Unfalls« und seinen möglichen Folgen hatte.

Auf einen Blick von Grunert hin begannen die postierten Angehörigen der Gruppe Artisten Beifall zu klatschen. Einige wenige aus den Reihen der Kriegsgefangenen verstärkten zögernd diesen Applaus. Schließlich schlug auch Krieger notgedrungen, da er Grigorijs Blicke auf sich gerichtet fühlte, die Hände ein paarmal zusammen. Als das seine Clique sah, hielt sie es für ein befehlsgleiches Zeichen und veranstaltete rauhen Beifallstumult. Schließlich applaudierten alle Anwesenden.

Grunert setzte sich, ein wenig erschöpft, wieder auf seinen Platz hinter Katerina. Die Ärztin drehte sich zu ihm hin und sagte: »Ich freue mich, Grunert, daß die Untersuchungen keine Belastung für Sie ergeben zu haben scheinen.«

»Woraus folgerst du das?« warf Grigorij, der zugehört hatte, sofort ein. »Noch ist nichts bewiesen — am allerwenigsten seine Unschuld.«

Katerina schien diese Auskunft fast zu entsetzen. Sie blickte errregt von einem zum anderen. »Aber«, sagte sie dann mühsam und ratlos, »wenn das wirklich der Fall ist — wie kann man uns dann zumuten, daß wir an einer derartigen Veranstaltung teilnehmen?«

»Das«, versicherte Grigorij mit gefährlichem Lächeln, »ist nur eine von vielen Fragen, die zu klären ich nunmehr mit allen Mitteln und ohne Rücksicht entschlossen bin.«

Grunert hatte kaum Zeit, über dieses knappe, bedrohliche Gespräch nachzudenken. Er erkannte schnell, daß die letzten Bemerkungen weit über Grigorijs sonstige Freude an zweideutigen, quälenden Worten hinausgingen. Es war vielmehr, als habe der Kommissar ganz kurz seine Maske abgenommen — Katerinas wegen.

Aber andere Sorgen waren im Augenblick vordringlicher: Die Mitglieder des Orchesters und in Besonderheit der Dirigent waren daran gewesen, zu revoltieren, und zwar, wie sie behauptet hatten, aus rein künstlerischen Gründen. Das war durch den Tod des einen Wilhelm, des Verwaltungsdirektors, hervorgerufen worden; dadurch hatte der andere Wilhelm, der Intendant, jegliche Freude an seiner Aufgabe verloren. Er war kaum noch zu bewegen, das Allernotwendigste zu tun; er trauerte. Er vernachlässigte die Kunst.

Auch jetzt, in diesem Augenblick, da der Dirigent das Podium betrat, stand Wilhelm in den Werkstätten, die heute Garderoben waren, am Fenster und starrte auf den Friedhof, wo sein Freund lag.

»Es ist doch nicht zu ändern« sagte Grunert, der hinter Wilhelm getreten war. »Du mußt das einsehen – ich brauche heute deine Hilfe dringender denn je.«

»Zum letztenmal«, sagte Wilhelm dumpf. Und er begab sich wortlos auf seinen Platz zwischen Garderobe und Bühne.

Grunert eilte aufatmend in die Scheune zurück. Dort hob gerade Pfarrer Matthäus, diesmal ausschließlich in seiner Eigenschaft als künstlerischer Mensch, seinen Dirigentenstab. Und Grunert sah, daß die Hände des alten Mannes zitterten; er warf noch einen kurzen, qualvollen Blick himmelwärts, als flehe er um ein Wunder – dann gab er das Zeichen.

Der Programmzettel verzeichnete: Peter I. Tschaikowskij *Symphonie Nr. 6* h-Moll, op. 74 *(Pathétique)*. Dann stand dort: 1. Satz: *Allegro molto vivace*. Das aber war ein Betrug, eine Erpressung, eine Vergewaltigung. Und das war der Grund, weshalb Matthäus Höllenqualen litt und das Orchester zu rebellieren drohte – vor allem die Holzbläser; denn die in Besonderheit fühlten sich degradiert, verschmäht und entehrt. Möglich war aber auch, daß einige Musiker von der Krieger-Clique gekauft oder lebensgefährlich bedroht worden waren, und daher hatten sie den ersten Mißklang zum Anlaß genommen, eine Meuterei anzuzetteln.

Derartige und ähnliche Geschehnisse, so wurde Grunert von Wissenden aufgeklärt, kamen bei allen Bühnen vor – sie wurden dort Intrigen genannt, auch Künstlerkollaps oder Primadonnenlaunen; und als Primadonna fühlte sich schon, wer gelegentlich die Becken zusammenschlug oder die Pauke haute. Hier jedoch, in einer derartig gespannten Situation, konnte sich jedes Mißverständnis zu einer Katastrophe auswachsen. Und Grunert hatte daher dem gesamten Orchester niedrigste Fabrikarbeit angedroht, wenn es sich nicht bedingungslos nach seinen Anordnun richten würde.

Das hatte geholfen. Dabei waren die Bedenken der Musikroboter gegen Grunerts Forderungen und Einfälle geradezu lächerlich gewesen – jedenfalls glaubte Grunert das; denn ihm kam es allein auf die Wirkung an, nicht etwa auf die Mittel, mit denen sie erzielt wurde. Das Konzert hatte stattzufinden und zumindest Zufriedenheit zu erwecken, wenn nicht gar Begeisterung; nichts sonst war wichtig.

Dirigent Matthäus aber, von einem konkurrierenden Kollegen heimtückisch dazu angefeuert, hatte sich zunächst überhaupt geweigert, nach einer derartig kurzen Probezeit sein Orchester der »Öffentlichkeit« vorzuführen. Grunert aber hatte gesagt: »Hauptsache Musik – mit den Leningrader Philharmonikern können wir sowieso nicht konkurrieren.«

Dann hatte Matthäus behauptet, Tschaikowskijs Sechste sei, in Besonderheit für Anfänger, zu schwer, zu kompliziert. Hierauf Grunert: »Dann müssen Sie eben die Partitur vereinfachen – wozu sind Sie Dirigent? Außerdem muß es die Sechste sein, weil wir gar keine anderen Noten bekommen haben.«

Bald danach hatte Matthäus geschworen, bei allem, was ihm heilig sei, daß der 1. Satz, das Adagio, unter keinen Umständen zu bewältigen wäre: die Holzbläser würden völlig versagen. Hierzu Grunert, nach einer beleidigenden Bemerkung über die Holzbläser: »Dann lassen Sie doch einfach den Ersten Satz weg – er hat sowieso zuwenig Feuer, und wir brauchen einen furiosen Auftakt. Je lauter die Musik, um so weniger fällt auf, wie unbegabt ihr seid.«

Diese lästigen, sinnlosen und schließlich von Grunert nahezu brutal beendeten Auseinandersetzungen hatten letzten Endes zur Folge, daß der 1. Satz tatsächlich ganz wegfiel und an seine Stelle der 3. trat, der phänomental zu steigernde E-Dur-Marsch. Hierauf folgte zunächst einmal der 2. Satz, das *Allegro con gracia,* und dann erst, unmittelbar danach, der 4. Satz, das Finale. »Kaum einer«, behauptete Grunert kühn, »wird das merken.« Und so war es auch.

Das Orchester schleppte sich, pedantisch geführt, durch die Sätze. Von Zeit zu Zeit entglitt es, meist gegen Satzende zu, der Führung des Dirigenten. Dann kam dilettantisches Feuerwerk auf, und der eine oder andere wagte einen schönen Alleingang. Dennoch durfte zumindest behauptet werden, daß die Geigen beim *Adagio lamentoso* wahrhaft herzzerreißend schluchzten. Tschaikowskij triumphierte trotz allem.

»Bravo, bravo!« rief der örtliche Parteisekretär. Dann beglückwünschte er den sowjetischen Kommandanten zu dieser »ungewöhnlichen, erhebenden« Leistung. Der Major nahm diese

Komplimente mit Haltung entgegen, doch er war sichtlich geschmeichelt. Katerina schien ergriffen, und Grigorij saß da wie versteint. Grünbaum aber machte den Eindruck, sich verkriechen zu wollen; denn er liebte Musik nicht nur, er war auch ein Kenner.

Das Publikum raste Beifall. Dirigent Matthäus strahlte; Tränen der Rührung schienen sich in seinen Augen zu sammeln. Die Musiker saßen mit lässiger Überlegenheit auf dem Podium; es war, als hätten sie keine Sekunde an ihrer Genialität gezweifelt. Grunert aber hatte keine Zeit, auf seinen ersten Lorbeeren auszuruhen.

Schon erhob sich, ganz wider das Programm, Krieger. Er ging auf den sowjetischen Kommandanten zu. »Nunmehr, Herr Major«, sagte er, »ist eine kleine Pause vorgesehen. Wenn Herr Major gestatten, werden jetzt einige Kriegsgefangene dem Herrn Major und seinen verehrten Gästen kleine, bescheidene künstlerische und handwerkliche Arbeiten vorführen, die in unserer Freizeit entstanden sind.«

Hierzu gab der Major seine Erlaubnis, nach einem lebhaft zustimmenden Blick des Parteisekretärs. Grunert sah mit Unruhe das kurze triumphierende Aufleuchten in Kriegers Gesicht. Dieser heimtückische Bursche, dachte Grunert, bekommt es doch glatt fertig, meinen Erfolg auf sein Konto buchen zu wollen; und das mußte vermieden werden.

Die vorgeführten »Kunstwerke« — während der Freizeit entstanden — vermochten ihre Betrachter zu interessieren; sie wurden auf vier kleinen Tischen vor der Sowjetprominenz aufgebaut. Einige der Künstler standen erklärungsbereit dahinter. Die durchaus ansehnliche Miniaturausstellung war, wie Grunert nicht neidlos zugestehen mußte, ein kleines Bravourstück.

»Ihr nehmt euch ganz schön den Wind aus den Segeln«, sagte Grigorij, der die Situation sichtlich genoß.

»Sie können ganz unbesorgt sein, Herr Kommissar«, versicherte Grunert. »Meine besten Katzen lasse ich erst aus dem Sack. Wie gefallen Ihnen übrigens die von mir persönlich ausgewählten Leitsprüche?«

»Mist«, sagte Grigorij mit Überzeugung.

Grunert gab sich bestürzt. »Aber ich war der festen Ansicht, daß die ausgehängten Parolen außerordentlich geschickt ausgesucht seien.«

»Das sind sie ja auch«, sagte Grigorij grinsend. »Hast du denn nicht gehört, daß ich sie als ›Mist‹ bezeichnet habe? Ein größeres Kompliment könnte ich kaum machen. Und diesmal hast du es dir ehrlich verdient.«

Grigorij begab sich zu seinen Genossen, die sich neugierig von ihren Plätzen erhoben hatten und nunmehr, sichtlich interessiert, die ausgestellten »Kunstwerke« umstanden. Sie sahen, unter anderem: künstlerische Aschenbecher, Trinkgefäße, Schalen, Kassetten, Halsbänder und Gürtelspangen aus Konservenblech. Ferner waren vorhanden: Eßbestecke, Schmuckkästen, Brotteller, Servierbretter und Buchdeckel aus Holz, zum Teil sogar aus winzigen, zusammengefügten oder -geklebten Holzstückchen. Weiterhin waren zahlreiche Produkte der bildenden Kunst zu besichtigen, wie Landschaften, Mosaikplatten und Miniaturplastiken. Das Glanzstück aber war ein vielfarbiges Porträt, das aufdringlich nach frischen Fabrikfarben roch – es stellte, unverkennbar, den Major dar.

»Ganz ausgezeichnet«, lobte der Parteisekretär tönend. »Kann auch von mir so ein künstlerisches Porträt hergestellt werden?«

»Selbstverständlich«, versicherte Krieger sofort. »Ich werde mir erlauben, die Zustimmung von Herrn Major vorausgesetzt, das Nötige zu veranlassen.« Sodann gab er weitere, allgemeine Erklärungen ab; und dabei versäumte er es nicht, den verehrten Gästen des Herrn Majors zu versichern, daß sämtliche hier zu sehenden Werke ausschließlich außerhalb der amtlichen Arbeitszeit entstanden wären und daß nur solches Material zur Verwendung gelangt sei, das eindeutig als Abfall deklariert worden war.

Der sowjetische Kommandant lächelte, zum erstenmal an diesem Abend. Denn mit dieser Erklärung wurde trefflich bewiesen, daß in seinem Bereich selbst noch aus Abfall Kunstwerke entstehen konnten, und das erfreute ihn ungemein. »Bei uns«, sagte er zum Parteisekretär, »wird grundsätzlich immer weit mehr getan, als verlangt wird. Aber ich sage das nicht, um mich zu loben; ich stelle es lediglich als eine Selbstverständlichkeit fest.«

Direktor Grünbaum schob sich, während die Besichtigung

weiterging, langsam auf Grunert zu. »Sie haben mich in eine fürchterliche Situation gebracht«, sagte er.

»Tut mir aufrichtig leid«, sagte Grunert ehrlich. »Aber ich habe eine derartige Katastrophe nicht voraussehen können.«

»Ich nehme an, Grunert, daß Sie den Unfall meinen — und es war vermutlich ein Unfall, soweit es sich von uns aus übersehen läßt. Ja, schrecklich. Eine schlimme Sache. Aber meine Bemerkung bezog sich nur auf das Konzert, das Sie veranstaltet haben — ich verstehe nämlich, leider, ein wenig von Musik.«

»Dann werden Sie, wie ich fürchte, noch hart geprüft werden«, sagte Grunert. »Der zweite Teil der Darbietung wird den ersten noch unterbieten.«

»Wahrscheinlich«, sagte Grünbaum ergeben, »habe ich eine Strafe verdient.«

Inzwischen nahm die Besichtigung der »Kunstwerke« ihren Fortgang. Der Major vermochte sich offenbar nur schwer von dem Anblick seines leuchtenden Porträts zu trennen. Die Gäste hatten angefangen, die einzelnen Gegenstände zu betasten. Ein Mann aus dem Begleitkommando des Parteisekretärs, ein Mitglied der Geheimen Polizei also, steckte sich ungeniert nach längerer Wahl einen Aschenbecher in die Tasche. Krieger sah es, sagte aber selbstverständlich nichts; vielmehr zeigte sein zufriedener Gesichtsausdruck, daß er recht erfreut über den erfolgreichen Verlauf seiner Ausstellung war.

»Herrlich«, sagte Katerina und hielt ein Armband hoch. »Ist es verkäuflich?«

»Darf ich bitten«, sagte Krieger sofort, »dieses Armband als ein bescheidenes Zeichen unserer Verehrung entgegenzunehmen?«

»Aber nein«, wehrte Katerina errötend ab, »bitte nicht.«

»Sie würden uns eine besondere Freude machen«, versicherte Krieger. »Die vorbildliche ärztliche Betreuung in diesem Lager ist von uns immer schon mit Dankbarkeit gewürdigt worden.«

Katerina war sichtlich verwirrt. Sie blickte, hilfesuchend, zum Kommandanten hinüber; der nickte zustimmend. Hierauf sah sie Grigorij an. Der sagte: »Nichts dagegen einzuwenden, Genossin. Du kannst das Armband annehmen. Ich werde demjenigen, der es gearbeitet hat, als Gegenleistung einige Naturalien zukommen lassen.«

Und die Kriegsgefangenen, die diesen Sonderdarbietungen

mit Interesse gefolgt waren, klatschten Beifall. Katerinas Verlegenheit stieg heftig an; ihr dunkles Gesicht leuchtete in tiefem Rotbraun. Sie legte das Armband, mit einer spontanen Geste, auf den Tisch zurück. Grigorij trat hinzu und nahm es an sich.

»Dürfen wir jetzt mit dem zweiten Teil beginnen?«

Der sowjetische Kommandant nickte würdevoll und begab sich unverzüglich auf seinen Platz zurück. Er hatte es vermieden, Krieger seine besondere Anerkennung auszusprechen; Grunert registrierte das mit Genugtuung. Die Gäste folgten dem Beispiel des Majors; sie setzten sich ebenfalls und sahen erwartungsvoll den weiteren Ereignissen entgegen.

Inzwischen waren einige Veränderungen erfolgt: das Orchester hatte das Podium verlassen und sich seitwärts gruppiert. Ein roter Vorhang trennte nunmehr die Bühne vom Zuschauerraum. Und hinter diesem Vorhang, der, wie Grigorij vermutete, aus Fahnentuch zusammengeschneidert worden war, hatten die Handwerker Kulissen aufgebaut; ihre bizarr geformten Endstücke ragten hoch hinaus.

Das Programm verkündete nunmehr: Peter I. Tschaikowskij, *Nußknacker-Suite*, op. 71 a. Gespielt vom Symphonie-Orchester des Lagers 13713, unter seinem Dirigenten Adalbert Matthäus. Als burleskes Miniaturballett frei bearbeitet, inszeniert und getanzt von Damen und Herren des Ensembles. Kostüme und Dekorationen aus eigenen Werkstätten.

Doch bevor dieser mit Spannung erwartete Kunstgenuß Wirklichkeit werden konnte, leistete sich Grunert ein kurzes, aber wirksames hochpolitisches Intermezzo: Ein sanft anschwellender Trommelwirbel ertönte; die Lichter im Saal — denn die Scheune schien tatsächlich zu einem Saal geworden zu sein — erloschen. Und jetzt traten drei von den sowjetischen Wachtruppen ausgeliehene Scheinwerfer in Aktion, sie vereinigten ihre Leuchtkraft und konzentrierten sich nacheinander auf drei Schriftbänder. Sie verkündeten in russischer und deutscher Sprache folgendes: *Ohne Kultur kein Frieden — Ohne Frieden keine Freiheit — Keine Freiheit ohne Sowjetunion.*

»Ganz ausgezeichnet!« rief der Parteisekretär.

Einige Kriegsgefangenen begannen zu klatschen; und zwar in derartig herausfordernder Weise, daß der hellhörige Grigorij witternd den Kopf hob. Grunert beeilte sich infolgedessen, das Zeichen zum Beginn des zweiten Teiles zu geben.

Was hier zunächst geschah, erhöhte die allgemeine Stimmung erheblich: vor den Vorhang trat ein Mädchen, auf klassisch-griechische Weise leicht gewandet, mit einem nahezu durchsichtigen Kostüm aus Gaze. Es war die gleiche Gaze, erkannte Direktor Grünbaum sofort, die im Traktorenwerk als Dichtungsmaterial Verwendung fand. Aber das zierliche, hochbeinige Mädchen erregte allgemeines Entzücken, nicht zuletzt auf den vordersten Plätzen. Und dieses anmutig einhertänzelnde Wesen war Maria.

Maria knixte tief und erhielt sofort, ehe sie noch ihren Mund aufgemacht hatte, lebhaften Beifall. Der Major gab bei ihrem Anblick seine gleichmütig-abwartende Haltung auf; und auch der Parteisekretär begann zu strahlen. Selbst Grigorijs kalte Augen schienen sich ein wenig zu erwärmen.

Maria knixte abermals, wobei sie sich gleichzeitig verbeugte, was staunende Rufe der Bewunderung und sogar einige anerkennende Worte aus den hinteren Reihen zur Folge hatte. Nur mit einiger Mühe konnte Maria mit ihrem Prolog beginnen. Diese *Widmung an ein geneigtes Auditorium* hatte den einstigen Liedersänger der SA, Rammacher, zum Verfasser. Zwei Experten waren um die russische Fassung bemüht gewesen. Und Maria hatte sie in heißer Erregung, und ohne alles zu verstehen, mühsam und beharrlich auswendig gelernt.

Diese *Widmung* sollte um Nachsicht bitten und versichern, daß Tschaikowskij geliebt und verehrt werde, wenn es auch den hier aufgebotenen schwachen, doch willigen Kräften niemals gelingen würde, seinen Genius in seiner ganzen Leuchtkraft erstrahlen zu lassen. Auch befinde sich, leider, in diesem Lager keine Galina Ulanowa, keine Primaballerina, wie am Bolschoi-Theater oder in Leningrad.

Diese »Dichtung« begann mit den Worten:

Freudig sind zum Tanz erschienen
alle, die den Musen dienen.
Zwar geben Steine niemals Brot,
doch zur Tugend wird oft Not.

In diesem Sinne ging der Prolog weiter. Zunächst hatte Maria fünf von einundzwanzig Stophen zu bewältigen; die restlichen waren als Rezitation zwischen den einzelnen Tänzen und als

Epilog gedacht. Maria entledigte sich ihrer Aufgabe mit Tapferkeit und nicht ohne Anmut. Und wenn sie sich bei der russischen Version versprach, was ziemlich oft vorkam, dann lächelte der Major ermutigend; und seine Gäste taten das gleiche.

Während der Ouvertüre wurde ruckartig, nahezu rhythmisch, der Vorhang auseinandergezogen. Er gab das zwar nur spärliche, aber geheimnisvoll beleuchtete Bühnenbild frei. Es schien eine Art Zauberwald darzustellen, mit kurios-knorrigen Bäumen und einer Eule, deren Augen aus Glühbirnen bestanden; sie leuchteten mehrmals effektvoll auf. Besondere Attraktion war ein Wildschwein, das zweimal quer über die Bühne gezogen wurde, von einem nachhuschenden Scheinwerferstrahl verfolgt.

Die Szene belebte sich erst dann mit märchenhaft-menschlichen Wesen, als die »Charaktertänze« begannen. Auch das war wohlüberlegt. Zwar hätten die Verantwortlichen Inszenatoren Grunert an der Spitze, am liebsten mit einem mitreißenden, großangelegten Ensembletanz begonnen, aber die zur Verfügung stehenden Kräfte reichten dazu bei weitem nicht aus. So war es denn ratsam, sich mit mehr oder weniger gekonnten Solodarbietungen zu begnügen.

Der *Marsch* jedoch, der erste der Charaktertänze, war durchaus geeignet, fast allen beteiligten Damen zu einem gemeinsamen Auftritt zu verhelfen — er fand bei mäßigster Beleuchtung statt: Fünf Zwerge, mit Zeltbahnen vermummt, wackelten klein und grotesk über die Bühne und produzierten einige militärische Späßchen; sie exerzierten mit Fliegenpilzen. Dann aber erhoben sich die fünf Damen, die bisher auf dem Boden gehockt hatten, zu voller Größe; sie warfen die Zeltbahnen weg und strampelten in knappen Kostümen, unter frenetischem Beifall, bis an die Rampe.

Der *Tanz der Zuckerfee,* der dann folgte, erwies sich als durchaus ernst zu nehmende Solodarbietung der einzigen, vor langen Jahren geschulten Balletteuse. Und so erschreckend mager und knochig sie auch aussah, ihre Bewegungen wirkten dennoch nahezu verzaubernd.

Beim *Chinesischen Tanz* und beim *Tanz der Rohrflöten* brillierten die Mädchen aus dem Nachtlokal. Und der *Arabische Tanz* war ein vielumjubelter Alleingang von Pratzkes heftig hüftenschwenkender Sylvia. Ihre Darbietung mußte wiederholt werden; die Zuschauer verlangten es stürmisch, auch die aus der ersten Reihe. Pratzke fiel vor Besitzerstolz fast vom Stuhl.

Diese überaus glückliche Entwicklung eines Unternehmens, das zunächst höchst fragwürdig erschienen war, befriedigte Grunert sehr. Für einige wenige Augenblicke glaubte er sogar, sich wieder privaten Dingen zuwenden zu dürfen. Er beugte sich vorsichtig nach vorne, Katerina zu.

Und er konnte ihre Hände sehen, die sich in ihrem Schoß unruhig bewegten. Als er deutlicher hinsah, bemerkte er, daß diese Hände mit dem Armband spielten, das vorher der Kommissar an sich genommen hatte. Fast verwundert stellte er fest: der Gedanke, daß sich Katerina von Grigorij beschenken ließ, schmerzte ihn.

Er blickte an Katerina vorbei auf den Major; der lächelte, denn Maria war wieder aufgetreten.

»Dem Major scheint deine Maria zu gefallen«, sagte Krieger neben Grunert.

»Sie ist nicht meine Maria!«

»Um so besser«, sagte Krieger.

Maria kündigte den *Trepak* an, den russischen Tanz. Bei diesem Punkt des Programms waren sich die Veranstalter sehr schnell dahingehend einig geworden, daß es unverantwortlicher Leichtsinn gewesen wäre, den Russen ein Experiment anzubieten, das sich am Ende doch nur als kläglicher Versuch entpuppen mußte. Die von Maria vorgetragene »Dichtung« gefiel sich hier in neckisch-schmeichelhaften Wendungen; so wie es Unsinn sei, Eulen nach Athen, Kuckucksuhren in die Schweiz und Käse in das Allgäu zu tragen, so werde auch niemand, der hier in diesem Lande als Gast weile, auf die absurde Idee kommen, in Rußland einen russischen Tanz zu wagen.

Der Parteisekretär, aufs höchste amüsiert, schlug sich auf den Schenkel. Selbst Grigorij lächelte verkniffen. Und der Major ließ Maria keinen Augenblick lang aus den Augen. Nur Grünbaum starrte dumpf und leidend vor sich hin.

Der russische Tanz, der *Trepak*, wurde zum Triumph von Grunerts Artisten und Zauberern. Sie ließen, vor einem schwarzen Hintergrund, weißleuchtende Skelette tanzen, in tollen, kühnen Verrenkungen, wie es ansonsten nur Geisterbahnen anzubieten vermögen. Begeisterung auch hier.

Und die Begeisterung hielt selbst noch beim *Blumenwalzer* an, in dem sich alle Solisten noch einmal vereinigten: Sylvia wakkelte angestrengt mit den Hüften, die Nachtlokaldohlen hüpften munter und das Ballettmädchen schwang mit Hingebung weite Tuchfahnen, von ständig wechselnden, grellbunten Lichtern umspielt.

Die Menge raste. Pratzke feuerte die Clique immer wieder zu wilden Beifallsorgien an. Krieger und Grunert lächelten, während sie sich feindlich musterten.

Der Major aber hatte die Hände verschränkt und wartete auf das Erscheinen von Maria; als er sie endlich sah, klatschte auch er heftig. »Bravo, bravo!« rief der Parteisekretär immer wieder. Und seine Begleiter sahen den Tänzerinnen ungeniert auf die Beine, auf die Brüste. Der Erfolg war phänomenal.

Der Major erhob sich, nachdem Maria die Bühne verlassen hatte, und ging auf Grunert zu. »Nicht schlecht«, sagte er. Und dann wandte er sich an Krieger und sagte ebenfalls: »Nicht schlecht.«

Der Parteisekretär folgte ihm unverzüglich. »Ganz hervorragend«, sagte er voller Anerkennung zu Grunert. »Wären Sie bereit, ein Gastspiel für unsere Genossen und deren Angehörige in der Stadt zu geben?«

»Selbstverständlich«, sagte Grunert sofort. Und er fügte hinzu: »Wenn der Herr Major die Einwilligung gibt.«

»Wann dürfen wir mit dem Porträt anfangen?« fragte Krieger den Parteisekretär. »Wir stehen jederzeit, wenn der Herr Major es erlaubt, zur Verfügung.«

Der Major war gut gelaunt; er bewilligte das Gastspiel »seiner« Truppe ebenso wie die Abstellung »seines« Porträtmalers. Er gab, dem Beispiel des Parteisekretärs ohne sonderliches Zögern folgend, Grunert ebenso wie Krieger die Hand. Beide strahlten, als wären sie soeben einer Naturkatastrophe glücklich entkommen.

»Freut euch nicht zu früh«, sagte Grigorij karg lächelnd. »Vögel, die früh singen, holt am Abend die Katze.«

Wolfgang Grunert hatte nicht einen Augenblick lang daran gedacht, selbstgefällig zu triumphieren; dafür war Grigorijs abschließende Bemerkung viel zu bedrohlich gewesen. Aber daß er nicht einmal Grund hatte, auch nur teilweise mit dem Verlauf der Ereignisse zufrieden zu sein, erfuhr er prompt am nächsten Morgen, als er die Gemeinschaftsscheune betrat: Anstelle von freudiger Genugtuung der Künstler über die erfolgreiche Festveranstaltung fand er Leute vor, die rebellische Forderungen erhoben.

»Ich stelle mein Amt als Dirigent zur Verfügung«, erklärte Matthäus nicht ohne Pathos. »Mein künstlerisches Verantwortungsbewußtsein erlaubt mir nicht . . .«

»Das heißt also«, sagte Grunert, der sofort begriffen hatte, worauf sein Chefdirigent hinaus wollte. »Sie gedenken mir einige Bedingungen aufzuzwingen — bei aller christlichen Nächstenliebe. Welche?«

Matthäus wehrte sich zunächst gegen den Verdacht, Vorteile erpressen zu wollen. Grunert beruhigte ihn und erklärte einen derartigen Vorgang für durchaus normal. Hierauf stellte Matthäus unverzüglich seine Forderungen: Der außer ihm als Dirigent der Lagersymphoniker vorgesehene Kapellmeister müsse eindeutig als Zweiter Dirigent deklariert und ferner müsse er ihm, Matthäus, unmittelbar unterstellt und an seine Weisungen gebunden werden. Weiterhin müsse im Interesse der künstlerischen Leistungen des Orchesters absolute Ruhe bei den Proben gewährleistet sein — das chaotische Durcheinander im Gemeinschaftsbau habe zu verschwinden.

»Mann Gottes«, sagte Grunert nur, »Sie werden doch nicht allen Ernstes von mir ein Wunder erwarten wollen?«

Nicht weniger kurios erschien, zunächst, die zweite Episode an diesem Vormittag: Sylvia weigerte sich, weiterhin an den Proben der Ballettgruppe teilzunehmen, wenn ihr nicht der Titel einer »Solotänzerin« zuerkannt werde. »Ich habe ein Recht darauf«, sagte sie voll Künstlerstolz. »Die Leute waren bei meinem *Arabischen Tanz* außer Rand und Band. Und Pratzke meint auch, daß ich einen derartigen Titel beanspruchen darf.«

Diese letzte Bemerkung empfand Grunert als ein wenig zu weitgehend, zumal sie vor den neugierigen Ohren der gesamten Ballettgruppe gefallen war. Er hatte zunächst keine Sekunde lang zögern wollen, Sylvia den verlangten Titel zu verleihen — denn was war denn schon, zumal unter diesen Umständen, ein Titel? Aber Sylvia selbst hatte ihn auf eine Idee gebracht: Er würde diesen Titel mit Pratzke aushandeln.

»Meine verehrte Dame«, sagte Grunert zu Sylvia, »ich will

gerne an Ihre besonderen Qualitäten glauben, aber ich möchte auch gerne, in beiderseitigem Interesse, den Verdacht vermeiden, daß Sie von mir bevorzugt behandelt werden — das könnte zu einigen peinlichen Mißverständnissen führen.«

»Früher oder später«, sagte Sylvia entschlossen, »wird sich etwas Derartiges oder Ähnliches wohl sowieso nicht vermeiden lassen. Wir Künstler sind eben nicht mit den normalen bürgerlichen Maßstäben zu messen. Und seit gestern abend bin ich mir über meine Begabung ganz klargeworden. Ich bin in den vergangenen Jahren menschlich und vor allen Dingen künstlerisch ungemein gereift und fühle mich zu großen Aufgaben berufen. Und deshalb darf ich auch nicht zögern, meine Chancen wahrzunehmen: Das Ballett muß sich nach mir ausrichten; ich möchte gerne als nächstes *Dornröschen* und den *Sterbenden Schwan* tanzen.«

Grunert hatte alle Mühe, ein Gelächter zu unterdrücken: Diese kompakte Busen- und Schenkelschönheit von mittlerer Nachtlokalqualität hatte offensichtlich Blut, also Beifall geleckt. Ein paar hundert Männer hatten ihretwegen Tumult vollführt, und das war wie hochprozentiger Alkohol in ihr kleines Köpfchen gestiegen und hatte sie berauscht. Sie würde vermutlich Pratzke noch manche saftige Überraschung bereiten; aber bis dahin war sie eine brauchbare Figur im Spiel.

Der nächste, der an diesem Vormittag Grunert aus dem Gleichgewicht zu bringen versuchte, war Wollmann. Der verdienstvolle Leiter der Vereinigten Werkstätten, der sich in wenigen Tagen vom Sargmacher und Puffvater zum betriebsamen, einfallsreichen und hemmungslosen Organisator entwickelt hatte, schien vor neuen Einfällen und Forderungen fast zu bersten.

»Zunächst einmal«, sagte Wollmann, »habe ich dir mitzuteilen, daß sich unter dem Material unseres Waggons auch zwei kleinere Kisten mit Spezialschrauben befinden. Wilhelm, der sich auskennt, sagt, daß sie wichtige Einzelteile bei der Montage des Zylinderkopfes sind; das Traktorenwerk braucht sie dringend. Was soll geschehen? Geben wir sie einfach zurück, oder sollen wir versuchen, sie einzutauschen?«

Grunert dachte kurz, aber intensiv nach. Er hatte einen vagen, nebelhaften Anflug eines Einfalls, den er schnell wieder verwarf, ohne ihn ganz auslöschen zu können. Er lächelte dabei verkniffen. Schließlich sagte er: »Ist das schon alles, was du mir anzubieten hast?«

»Ich wäre bereit«, sagte Wollmann, ohne dabei sonderlich zu zögern, »auch noch den Posten eines Intendanten und Verwaltungsdirektors auf mich zu nehmen.«

»Tatsächlich? Du willst dich opfern?«

»Einer wird das doch wohl tun müssen«, erklärte Wollmann entwaffnend schlicht. »Die Sache ist doch so: Die künstlerischen Richtlinien gibst du, oder eben das, was so von dir bezeichnet wird. Diverse Hilfskräfte, wie Dirigenten, Regisseure und Dramaturgen, stehen in rauhen Mengen zur Verfügung. Du brauchst also nur noch jemanden, der den Laden hier rein organisatorisch in Schwung hält — und einen besseren als mich kannst du doch kaum finden. Ich kenne mich in diesem Stall schon recht gut aus.«

»Wenn mich nicht alles täuscht«, sagte Grunert, »ist bei dem Unglück nur der eine der beiden Wilhelm ums Leben gekommen.«

»Es ist doch klar«, sagte Wollmann, »daß du mit dem anderen Wilhelm kaum noch zu rechnen hast.«

Grunert begab sich sofort, von Wollmann geleitet, zu den Werkstätten, in denen heftig gearbeitet wurde. Hier stellte er sich an eines der rückwärtigen Fenster und sah auf die Gräber der Kriegsgefangenen hinaus. Hier werkte, einsam, der übriggebliebene Wilhelm; er formte mit Hingebung den Grabhügel des geliebten Freundes.

Grunert bedeutete Wollmann, zurückzubleiben; er ging hinaus, auf Wilhelm zu. Der schien ihn nicht kommen zu hören. Er glättete die Oberfläche des Hügels sorgfältig mit einer Holzlatte.

»Wilhelm«, fragte Grunert ruhig und ohne Vorwurf, »wirst du das niemals überwinden können?«

»Nein«, sagte Wilhelm einfach, ohne aufzusehen.

»Wann wirst du deine Arbeit bei mir wieder aufnehmen?«

»Niemals«, sagte Wilhelm und sah zu Grunert auf. Sein trauriges Gesicht zeigte eine sanfte, nicht zu erschütternde Entschlossenheit. »Es tut mir leid, dich enttäuschen zu müssen«, sagte er dann. »Aber ich kann nicht dort sein, wo Musik ist, Gesang, Tanz, Fröhlichkeit und Illusion. Es schmerzt mich zu sehr, unter Menschen zu sein, für die Wilhelms Tod nichts anderes ist als ein blutiger Zufall, der möglichst schnell wieder vergessen werden muß, weil er sie belastet. Kannst du mich verstehen?«

Grunert nickte. »Und was willst du tun?«

»Den Schuldigen finden«, sagte Wilhelm kaum vernehmbar. »Darauf warten, bis der Schuldige gefunden wird. Und du wirst mir dabei helfen, Grunert. Du hast es mir versprochen. Du wirst mir den Namen nennen, sobald du ihn weißt.«

»Sobald ich Beweise habe«, sagte Grunert.

»Ich werde alles tun, um dir dabei behilflich zu sein«, sagte Wilhelm. Er erhob sich, blieb dicht vor Grunert stehen und sah ihn an, mehr flehend als fordernd. »Sage mir, was ich tun soll. Aber bitte, befreie mich von diesem albernen, verlogenen, unfruchtbaren Theaterbetrieb!«

Grunert sah jetzt weit über Wilhelm hinaus, über alle Gräber hinweg. Er sah auf die schwebenden, zerflatternden, immer wieder hochkriechenden Rauch- und Nebelfetzen, die mit zäher Beharrlichkeit, aber immer wieder vergeblich, bemüht zu sein schienen, das Traktorenwerk einzuhüllen. Er sagte, und es war, als sage er das alles allein zu sich: »Wir müssen den Versuch wagen, die Clique zu sprengen.« Und fast unmittelbar danach fragte er: »Du verstehst ziemlich viel von der Montage der Traktoren, nicht wahr?«

»Einiges«, sagte Wilhelm. »Meine Spezialität war die Montage der Zylinderblöcke. Ich sollte Vorarbeiter werden — aber ich gehörte nicht zur Clique.«

»Kann das Fehlen einer Spezialschraube den ganzen Betrieb lahmlegen?« wollte Grunert wissen.

»Ja«, sagte Wilhelm, »wenn es sich wirklich um eine jener Spezialschrauben handelt, die eigens in einer Zubringerfabrik hergestellt werden müssen. Gewöhnliche Schrauben können wir zur Not in unseren betriebseigenen Werkstätten herstellen. Warum interessiert dich das?«

»Das weiß ich noch nicht genau«, sagte Grunert ausweichend. »Ich weiß nur so viel, daß ich jetzt versuchen muß, Anker zu werfen und festen Grund zu finden. Und ich muß ihn finden, wenn ich nicht einen neuen, endgültigen Schiffbruch riskieren will.«

Wolfgang Grunert sagte noch ein paar allgemeine, freundliche Worte, dann verließ er Wilhelm und begab sich wieder in die Werkstätten zurück. Hier wartete Wollmann bereits auf ihn.

»Es kann durchaus sein«, sagte Grunert zu ihm, »daß ich auf dein Angebot eingehe und dich zum Intendanten mache. Bis dahin kannst du dich bereits entsprechend betätigen.«

»Gut«, sagte Wollmann völlig ungerührt; und es war so, als habe er lediglich den Auftrag erhalten, zu sechs Stühlen noch drei weitere zu liefern. »Bist du damit einverstanden, wenn ich die Artisten zu Inspizienten ernenne und sie auf die einzelnen Gruppen sozusagen als Wachhunde loslasse?«

»Keine schlechte Idee«, sagte Grunert mit Anerkennung. »Wir werden diesen Plan nachher in allen Einzelheiten ausarbeiten.«

»Krieger«, berichtete Wollmann und schien genau zu wissen, was Grunert in Besonderheit interessierte, »hat vorhin bereits herumgeschnüffelt – und zwar genau an deinen Kochtöpfen.«

»Er war schon wieder in der Werkstatt?«

»Nicht nur dort – er hat sich besonders zu Maria hingezogen gefühlt. Er hat sich volle fünfzehn Minuten lang mit ihr unterhalten. Sollen wir derartige Annäherungsversuche in Zukunft unterbinden?«

Grunert verneinte diese Frage unverzüglich. »Maria verdient es nicht, daß wir ihr mißtrauen«, sagte er. Und sofort fügte er unbedenklich hinzu: »Aber das sollte uns natürlich nicht daran hindern, aufzupassen. Schließlich ist sie noch ein Kind.«

Grunert verließ Wollmann eilig und ging mit schnellen Schritten durch die Gemeinschaftsscheune. Dabei hielt er nach Maria Ausschau. Sie stand in einer Ecke und sah ihn mit treuherzigem Lächeln an, mit gutmütigen Hundeaugen, die jeder Bewegung ihres Herrn folgten. Dieser irritierende Anblick beschleunigte Grunerts Schritte erheblich.

Er suchte Pratzke und fand ihn in bequemer Lage vor: Er hatte sich über seinen Strohsack geworfen und ruhte von den Erlebnissen des vergangenen Abends und von den Strapazen der letzten Nacht aus. »Störe mich nicht«, sagte er zu Grunert. »Du siehst doch, daß ich schwer beschäftigt bin.«

»Deine Sylvia«, sagte Grunert und setzte sich zu ihm, »ist ein unwahrscheinliches Exemplar von Weib.«

»Wem sagst du das!« rief Pratzke.

»Sie legt Wert darauf, als Solotänzerin bezeichnet zu werden.«

»Weißt du, Grunert«, sagte Pratzke nahezu versonnen, »ich

habe schon viele Frauen kennengelernt, verdammt viele — das kannst du mir glauben. Aber so etwas wie diese Sylvia ist mir noch niemals vorgekommen!«

»Das glaube ich dir gerne«, sagte Grunert.

»Ich will dich nicht durch Details beunruhigen«, sagte Pratzke großzügig. »Aber Solotänzerin ist nur ein schwacher Ausdruck für das, was sie wirklich kann.« Und plötzlich mißtrauisch, den Oberkörper ein wenig erhebend, fragte er. »Willst du ihr etwa diese Freude nicht machen?«

»Ich finde«, sagte Grunert lächelnd, »du sollst ihr es selber sagen, daß ich selbstverständlich einverstanden bin.«

»Und was soll mich das kosten?« fragte Pratzke sofort.

»Ich tue es aus Freundschaft«, versicherte Grunert.

»Und was soll ich dafür aus Freundschaft tun?«

»Nichts Besonderes«, sagte Grunert und gab sich harmlos. »Nur eine Kleinigkeit. Wilhelm will nicht mehr bei mir mitmachen.«

»Hat ihm das Ableben seiner Wilhelmine das Künstlerherz gebrochen?« fragte Pratzke rauh.

Grunert besaß Takt genug, nicht auf diese rüde Frage einzugehen. »Wilhelm will in die Fabrik zurück«, sagte er. »Auf seinen alten Posten, dorthin, wo die Zylinderblöcke montiert werden. Kannst du das arrangieren?«

»Klar«, sagte Pratzke. »Nichts leichter als das. Der Werkmeister Alexej, dem diese Montage untersteht, hat damals fast geheult, als wir ihm seinen Wilhelm weggenommen haben. Er wird sich vor Freude in die Hosen machen, wenn er ihn wiederkriegt.«

»Als Vorarbeiter?« fragte Grunert behutsam.

Pratzke, der wieder lässig dalag, blickte Grunert mit leicht zusammengekniffenen Augen listig an. Vorarbeiterposten waren ausnahmslos der Clique vorbehalten, und Grunert wußte das; wenn er dennoch eine derartige Forderung stellte, konnte das nicht ohne Grund geschehen.

»Ich bin Wilhelm sehr verpflichtet«, beeilte sich Grunert zu versichern. »Ich möchte, daß es ihm gutgeht, daß er in den Genuß besonderer Vergünstigungen kommt. Man muß Mitleid mit ihm haben — er ist ein gebrochener Mann.«

»Also gut«, sagte Pratzke. »Schließlich bin ich nicht kleinlich.

Und wenn meine Sylvia Solotänzerin wird, soll mir das einen Vorarbeiterposten wert sein.«

»Von mir aus«, sagte Grunert, »kann sich deine Sylvia sogar Primaballerina nennen, wenn es ihr Spaß macht.«

»Das klingt gar nicht schlecht«, sagte Pratzke zufrieden. »Später einmal werde ich dann sagen können: Ich habe sogar ein Verhältnis mit einer Primaballerina gehabt — und das in Rußland. Die Leute werden dann annehmen müssen, daß ich die ganze Prominenz des Kremls ausgestochen habe.«

»Und sie werden es dir sogar zutrauen«, sagte Grunert amüsiert.

»Mit dir kann man zusammenarbeiten«, versicherte Pratzke. »Und du sollst niemals sagen, daß ich mich nicht dafür revanchiert habe. Und deshalb ein kleiner Hinweis unter Freunden: Krieger hat heute früh versucht, Grigorij in den Hintern zu kriechen — ohne dabei seine vorbildliche Haltung aufzugeben, was ein besonderes Kunststück ist.«

»Sie werden allgemeine Dinge besprochen haben«, sagte Grunert, den die Mitteilung beunruhigte.

»Schon möglich«, sagte Pratzke gedehnt, »aber nicht unbedingt wahrscheinlich. Krieger hat nämlich zu dieser Besprechung ein paar Zettel mitgenommen, sie aber meines Wissens nicht wieder zurückgebracht. Und zu diesen Zetteln gehörte auch die eidesstattliche Erklärung, die dein ehemaliger Pauker abgegeben hat — eine Erklärung, in der behauptet wird, daß du ihn damals denunziert haben sollst. Peinlich, was?«

Grunert verspürte das dringende Bedürfnis, sich ein wenig Erleichterung zu verschaffen und dabei gleichzeitig der »Stimme des Volkes« zu lauschen. Er begab sich also auf Latrine C.

Der Zeitpunkt war günstig gewählt: Die erste Schicht hatte ihre Arbeit beendet und ihr warmes Essen verspeist; jetzt fanden jene befreienden Gespräche statt, die im Lager »Stuhlgang der Seele« genannt wurden. Der Platz, den Grunert sich nahezu am hintersten Ende der Sitzreihe ausgesucht hatte, war recht günstig gewählt und gerade noch rechtzeitig eingenommen worden: In wenigen Minuten war die Anstalt gefüllt.

»Dieses Weib«, sagte einer versonnen, »hatte ein Hinterteil

wie ein Pferd. Das war ganz große Kunst! Wenn das bei uns so weitergeht, dürfen wir vielleicht auch noch mal ins Rennen.«

»Abkratzen – das ist hier das einzige, was du darfst! Und wenn du es nicht allein schaffst, dann helfen dir vielleicht einige Kameraden nach«, grollte ein anderer.

»Du mußt nicht immer gleich schwarz sehen«, belehrte ihn der Wortführer versonnen. »Du kannst doch auch Glück haben! Bei dem Unfall waren nur zwei gleich tot; einen dritten haben die Stümper im Lazarett nicht wieder auf die Beine bringen können – aber die restlichen vier, Mensch, die leben jetzt beinahe wie Gott in Frankreich. Sie brauchen nicht mehr zu arbeiten, liegen auf prima Betten, bekommen Lazarettverpflegung und werden am Ende viel früher entlassen als wir alle.«

»Könnt ihr euch nicht über ein anderes Thema unterhalten!« rief ein dritter empört.

»Nein«, sagte der Versonnene beharrlich. »Zusätzliche Kartoffeln sind gut, wenn hier eine neue bequeme Sitzfläche hinkommt, wäre das auch gut. Und hüpfende Weiber sind ebenfalls nicht zu verachten. Aber es geht doch nichts über einen kleinen Unfall, der dich für den Rest der Gefangenschaft in den Ruhestand versetzt.«

Dieses Gespräch, an dem sich nach und nach auch zahlreiche andere beteiligten, wurde mit einigem Eifer fortgesetzt. Es konzentrierte sich mehr und mehr auf die Ballettdarbietungen, die ganz offensichtlich kräftigsten Beifall fanden. Eine gewisse gelöste Stimmung machte sich mehr und mehr bemerkbar.

»Ganz langsam«, sagte der Wortführer, »kommen wir den guten Sachen immer näher. Noch vor einer Woche mußten alle Briefe, die für das Frauenlager bestimmt waren, in Papierschiffchen durch den Abwässerkanal transportiert werden. Oder sie wurden während des Gottesdienstes heimlich von Hand zu Hand weitergeleitet. Heute aber ist die ganze Gemeinschaftsscheune ein einziges Postamt.«

»Wehe uns«, sagte einer angestrengt, »wenn das die Sowjets merken!«

»Die Sowjets sind noch harmlos, im Vergleich zu unserem eigenen Greifer!« rief einer mit Verschwörerstimme. »Ihr könnt es mir glauben: es sind Stänkerer am Werk! Und die Lagerpolizisten sollen mit Holzknüppeln ausgerüstet werden – gegen wen, ist doch wohl klar!«

Grunert entfernte sich nachdenklich; so viel und so laut war kaum jemals vorher an diesem Ort gesprochen worden. Das war kein gutes Zeichen, denn gewöhnlich war dort das Hauptthema baldige Entlassung, Jugenderinnerungen ein anderes, Frauen ein drittes. Diesmal aber kamen Grunert einige Formulierungen ausgesprochen anrüchig vor.

Er verließ das Lager und begab sich auf das Werkgelände. Zunächst gedachte er bei der sowjetischen Kommandantur Station zu machen. Er sah in den Raum hinein, in dem der Schreiber tatenlos herumsaß.

»Komm ruhig näher«, sagte der zu Grunert. »keiner deiner speziellen Freunde ist anwesend — weder der Kommissar noch Krieger, die sind schon wieder gegangen.«

»Haben Sie eine Besprechung mit dem Kommandanten gehabt?« wollte Grunert wissen.

»Was macht die Möbelproduktion?« fragte der Schreiber beiläufig.

»Ich liefere morgen«, versprach Grunert. »Gegen Abend. Bekomme ich einen Lastwagen für den Transport?«

»In die Stadt?« fragte der Schreiber lauernd. Und als Grunert nickte, grinste er befriedigt: es waren also seine Möbel, die angeliefert wurden. »In Ordnung«, sagte er sodann. »Und was die Besprechung zwischen dem Kommandanten und dem Kommissar anbelangt, bei der auch Krieger zugegen war, so kannst du einigermaßen beruhigt sein — vorläufig jedenfalls. Was der Major nicht hören will, das hört er nicht so leicht.«

»Was, zum Beispiel, macht ihn taub?« fragte Grunert.

»Er ist ein sehr kulturliebender Mensch«, versicherte der Schreiber und sah himmelwärts. »Und er ist auch an künstlerischen Menschen interessiert.«

»Hat er sich etwa nach Maria erkundigt?« fragte Grunert.

»Das«, sagte der Schreiber und faltete seine Hände, »war gar nicht erst nötig. Krieger hat ihm ausführlich von dieser Maria berichtet, ohne erst dazu aufgefordert worden zu sein. Kein dummer Mann, dieser Krieger. Es würde vielleicht gar nichts schaden, wenn du versuchen würdest, noch ein wenig klüger als er zu sein — auch in diesem Punkt. Denn der Major, mein Lieber, ist immer noch etwas wichtiger als der Kommissar. Und da Grigorij dein Freund nicht ist und wohl auch nicht werden wird, solltest du dich wenigstens bemühen, dem Kommandanten gefällig zu sein. Ich sage das nicht deinetwegen, Grunert, nur wegen der Möbel – ich habe nämlich eine Schwäche für Wohnkultur.«

Damit verabschiedete der Schreiber seinen Besucher, nicht ohne noch einmal zu versichern, daß der Lastwagen rechtzeitig morgen abend bereitstehen werde. Grunert begab sich ins Freie und überlegte dann kurz, wen er nunmehr aufsuchen sollte. Er entscheid sich für Katerina.

Grunert traf die Ärztin, wie zu erwarten gewesen war, im Lazarett an. Sie stand bei einem Verletzten und legte eine Wunde bloß; sie tupfte sie sorgfältig, mit schnellen, sicheren Griffen ab. Als sie Grunert bemerkte, richtete sie sich kurz ruckartig auf, als müsse sie ein paar Haare, die ihr in die Stirn gefallen waren, wieder zurückwerfen. Ihre Augen sahen ihn dabei fest an; und er glaubte in ihnen Freude zu sehen. Dann arbeitete sie weiter.

Als sie mit dieser Beschäftigung fertig war, sagte sie: »Schluß für heute!« Die deutschen Sanitäter führten den Verletzten hinaus. Katerina strich mit ein wenig hastigen Bewegungen ihren weißen Kittel glatt und kam auf Grunert zu. Sie streckte ihm die Hand hin. Er zögerte ein wenig, sie zu ergreifen – denn sie trug das Armband, das ein deutscher Kriegsgefangener angefertigt und das Grigorij für sie erworben hatte.

Katerina schien sein Zögern nicht zu bemerken; ihre Augen blickten freundlich, und ihr Händedruck war stark. »Ich freue mich«, sagte sie, »daß Ihnen und Ihren Künstlern ein so schöner Abend gelungen ist.«

»Sprechen Sie mir nicht zu früh Ihre Glückwünsche aus«, sagte Grunert warnend. »Es gibt Menschen, die am Trapez einen dreifachen Salto schlagen können, was sie aber nicht hindert, auf einer Bananenschale auszurutschen und sich das Genick zu brechen.«

Katerina wies ihm einen Platz an; sie setzte sich ebenfalls. »Ich bin froh«, sagte sie, »daß alle Vermutungen, die sich mir zunächst aufgedrängt hatten, nicht zuzutreffen scheinen. Der Major ist der Ansicht, daß Sie uns mit Ihren Künstlern wertvolle Hilfe geleistet haben und auch weiterhin leisten werden. Und auch Direktor Grünbaum schließt sich dieser Ansicht an.«

»Leider«, sagte Grunert betrübt, »wird diese positive Meinung nicht allgemein geteilt.«

»Sie denken an Grigorij«, sagte Katerina sehr ernst, aber durchaus nicht hoffnungslos. »Und bedauerlicherweise haben Sie in diesem Punkt recht. Der Kommissar ist überaus vorsichtig; seine Stellung verpflichtet ihn dazu. Und er war noch niemals leicht zu überzeugen. Sicherlich wird er Gründe für seine Zurückhaltung haben — doch ich kenne sie nicht.«

»Aber ich glaube sie zu kennen«, sagte Grunert vorsichtig. Und dabei betrachtete er Katerina mit einer Freundlichkeit, die sie leicht verlegen zu machen schien.

Sie straffte sich, als müsse sie Abwehrstellung gegen irgend etwas ihr noch Unbekanntes beziehen. Sie vermied es, ihn anzusehen oder etwa gar seine freundlichen Blicke zu erwidern. Doch ihre Stimme klang ein wenig leiser, als sie sagte: »Wollen Sie versuchen, mir die Gründe zu erklären, die Ihrer Ansicht nach zu Grigorijs Ablehnung geführt haben könnten?«

»Ich weiß nicht«, behauptete Grunert scheinbar verlegen, »ob ich das mit aller Offenheit wagen darf.«

»Ich bitte Sie darum«, sagte Katerina; und ihre Heiserkeit schien zuzunehmen.

»Nun gut«, sagte Grunert entschlossen. »Ich werde immer zu tun versuchen, was Sie wünschen — selbst auf die Gefahr hin, mißverstanden zu werden. Also: Ich bin sicherlich kein perfekter Kommunist; und selbst wenn ich mir alle erdenkliche Mühe geben würde, könnte ich es naturgemäß in dieser kurzen Zeit wohl auch nicht werden.«

»Das stimmt«, sagte Katerina und empfand sichtlich Genugtuung über diese seine Äußerung, die sie für Ehrlichkeit hielt. »Und es ist gut, daß Sie das einsehen.«

»Ich betrachte diese Einsicht als selbstverständlich«, versicherte Grunert. »Und ein so erfahrener Mann wie Kommissar Grigorij wird doch wohl noch schneller und mit einer viel größeren Selbstverständlichkeit gleichfalls zu dieser Ansicht gekommen sein. Er kann also unmöglich jetzt schon kommunistische Glanzleistungen von mir erwarten. Es müßte ihm vorerst genügen, wenn er sieht, daß ich mir Mühe gebe. Auf diesem Gebiet kann also der Grund zu seiner Abneigung nicht zu suchen sein. Und es handelt sich um eine Abneigung, die ich fast schon, aus bestimmten, später zu erklärenden Gründen, als Gegnerschaft bezeichnen möchte.«

»Weiter«, sagte Katerina drängend.

»Daß Grigorij mit dem Kommandanten und dem Direktor nicht übereinstimmt, kann vorkommen. Daß er aber, weit darüber hinaus, fast genau gegensätzliche Ansichten vertritt, das sollte zu denken geben. Hier müssen ganz besondere Gründe vorliegen.«

»Welche?« wollte Katerina wissen.

»Nun«, sagte Grunert gedehnt und schien lange, sehr lange zu zögern, wobei er nahezu verlegen zu Boden sah. »Es könnte sich vielleicht noch um ein politisches Mißverständnis handeln, oder aber, was ich für wahrscheinlicher halte, was ich jedoch kaum auszusprechen wage: um eine private Differenz.«

»Warum?« fragte Katerina nahezu erregt; sie atmete heftiger als gewöhnlich.

»Sie haben mich um Offenheit ersucht, Doktor«, sagte Grunert mit besorgter Stimme, »und ich glaubte, nicht zögern zu dürfen, Ihr Verlangen zu erfüllen. Doch bleiben wir, mit Ihrer Erlaubnis, zunächst einmal bei dem möglichen politischen Mißverständnis. Vielleicht erinnern Sie sich noch an die Unterredung, die ich mit dem Kommissar in Ihrer Gegenwart hatte – hier, in diesem Raum. Es sind damals, von seiten Grigorijs, reichlich kühn erscheinende Formulierungen gefallen, so daß selbst ich, ein Laie, mich verwundert fragen mußte: Ist das eine bewußte Provozierung oder ein seltener Augenblick der Aufrichtigkeit?«

»Ich entsinne mich genau«, sagte Katerina lebhaft. »Und mir ging es ähnlich wie Ihnen; auch ich fand seine Äußerungen verwirrend.«

»Hat er sie Ihnen nachträglich erklärt?«

»Nein«, sagte Katerina. »Nachher kamen wir nicht mehr dazu.«

»Natürlich nicht«, sagte Grunert.

»Ich hatte«, sagte Katerina überraschend schroff, »zu arbeiten.«

»Verzeihen Sie mir, bitte!« rief Grunert sofort. »Versuchen Sie meine Erregung zu verstehen. Ich gebe mir alle Mühe, das scheinbar Unbegreifliche überzeugend zu erklären. Und da ohne Zweifel Kommissar Grigorij ein kluger Mann ist, neige ich immer mehr zu der Annahme, daß ein politisches Mißverständnis gar nicht vorliegen kann – sondern eben: dieses andere!«

»Sprechen Sie es aus!«

»Ich wage es nicht«, behauptete Grunert. »Ich will nicht, daß Sie mich mißverstehen. Ich kann nicht Ihr Wohlwollen, vielleicht sogar Ihre freundliche Zuneigung aufs Spiel setzen.«

»Sagen Sie es trotzdem«, beharrte Katerina.

»Nun gut«, sagte Grunert ergeben: »Dann will ich nicht ausweichen. Mit aller Offenheit also: Ich glaube, daß die unversöhnliche Gegnerschaft des Kommissars ausschließlich private Gründe hat.«

Katerina erhob sich. Grunert stand, mit höflicher, um Verzeihung bittender Geste, ebenfalls auf. Sie begann, mit unruhigen Schritten im kleinen Raum auf und ab zu gehen. Schließlich blieb sie mit dem Rücken zur Tür stehen, fast so, als wolle sie ihm den Ausgang versperren. Sie sah ihn fordernd an. »Erklären Sie das näher«, verlangte sie.

Grunert spürte, daß ihm der Schweiß ausbrach. Er mußte fürchten, zu weit, viel zu weit gegangen zu sein. Er verlor die Übersicht; er vermochte nicht mehr zu erkennen, ob Katerina empört oder erregt war. Er wußte in diesem Augenblick nur eins: daß sie merkwürdig schön und anziehend war, mit ihren wildleuchtenden Augen, dem flammenden Gesicht, der trotzig herausfordernden Haltung und den wie hilflos hängenden Händen.

Noch einmal zwang er sich zur Konzentration; wenn er jetzt, in diesem Augenblick, eine Dummheit machte, war er verloren. Oder war vielleicht auch gerade dadurch alles zu gewinnen? Sein Gesicht verriet seine Ratlosigkeit.

»Denken Sie von mir, was Sie wollen«, sagte Grunert hastig. »Und so banal das klingen mag: Auch ich bin nichts anderes als ein Mensch – ein Mann! Sie werden vielleicht gar nicht einmal bemerkt oder auch nur für möglich gehalten haben, was Grigorij nicht entgangen ist. Sie sind daran unschuldig wie der erste Frühlingstag. Aber Sie können es auch nicht aus der Welt schaffen.«

»Und was ist das?« fragte Katerina leise. Und es war ihr anzumerken, daß sie die Antwort genau kannte und nun nicht mehr zögerte, sie sich anzuhören. »Was ist nicht aus der Welt zu schaffen?«

»Die Tatsache«, sagte Grunert kühn, »daß ich Sie liebe.«

Katerina sagte kein Wort. Sie lehnte sich, als müsse sie einen Halt suchen, zurück. Sie schloß, wie erschöpft, die Augen.

»Ich weiß sehr wohl«, sagte Grunert, »wie sinnlos das ist. Sie dürfen diese Liebe nie erwidern, selbst wenn Sie es wollten. Und Sie werden es niemals wollen. Denn selbstverständlich fühlen Sie sich zu Grigorij weit mehr hingezogen als zu mir – Sie tragen ja auch sein Armband.«

Katerina schlug ihre großen, leuchtenden Augen wieder auf. Dann hob sie den linken Arm, als müsse sie ihn betrachten. Sie lächelte. Und dann griff sie mit der rechten Hand nach dem Armband, streifte es ab und ließ es fallen.

In der Halle 3 des Traktorenwerkes *Roter Morgen* wurde der Dieselmotor montiert. Und hier arbeitete wieder Wilhelm. Alexej, der Hallengewaltige, ließ ihn in den ersten Stunden kaum aus den Augen. Dann endlich glaubte er, sicher sein zu können, daß hier eine gutfunktionierende Maschine in Aktion getreten war.

Alexej war ein stämmiger Mann mit einem bekümmerten Robbengesicht; und er sagte: »Wilhelm, bei uns wird neuerdings gesteigerter Wert auf Ethos der Arbeit gelegt.«

»Also auf erhöhte Produktionsziffern«, sagte Wilhelm. Und er betrachtete nachdenklich die Spezialschrauben, die in kleinen Kisten am Rande der Montagebahn lagen. Die gleiche Sorte Schrauben hatte er in den letzten Tagen schon einmal gesehen: Sie füllten zwei überflüssig erscheinende große Kisten aus. Sie hatten sich in dem zweckentfremdeten Waggon befunden und lagerten nun in einer Ecke des Lagerfriedhofs.

»Wir haben schon wieder einmal«, sagte Alexej nahezu stolz, »den ganzen Betrieb radikal modernisiert.«

»Ihr habt aber endlich eingesehen«, sagte Wilhelm, »daß es nur auf Leistung ankommt, nicht auf die Nationalität oder gar auf Parteibücher.«

»Wir«, sagte Alexej, »sind das vorurteilsloseste, großzügigste und fortschrittlichste Volk der Welt! Und deshalb zögern wir auch nicht, unseren deutschen Kriegsgefangenen die gleichen Chancen zu geben wie unseren eigenen Genossen.«

Wilhelm wußte genau, was das zu bedeuten hatte: gleiche Leistung bei ungleicher Behandlung; und von auch nur annähernd gleichem Lohn war selbstverständlich nicht die Rede. In den wenigen Tagen, in denen er das Werk nicht mehr betreten hatte, waren erhebliche Veränderungen vorgenommen worden. Das berüchtigte Wettbewerbsprinzip dominierte: Deutsche Kriegsgefangene bildeten eigene Arbeitsgruppen; und diese wurden planmäßig gegen sowjetische Gruppen ausgespielt; und jede von ihnen war versessen darauf, nicht als zweitrangig zu gelten. Die Produktionsziffern begannen langsam, aber stetig über das Soll hinauszuklettern.

»Das alles genügt natürlich noch nicht«, sagte Alexej; denn er gefiel sich immer wieder gerne darin, auch als bedeutender Theoretiker zu gelten. »Wenn ich nämlich zwei kleine Arbeitsgruppen im gleichen Arbeitsgang gegeneinandersetze, dann begnügt sich jede von ihnen mit dem allergeringsten Vorsprung. Auch vergeuden sie viel zuviel Zeit damit, sich gegenseitig zu belauern. Das Ideal wäre, eine komplette rein deutsche Schicht gegen eine rein sowjetische zum edlen Wettstreit herauszufordern.«

Wilhelm erkannte langsam, welche Geister hier am Werk waren: Es ging im Grunde allein um die befohlene Steigerung der Produktionsziffern; von ihrer konstanten Erhöhung hing Wohl und Wehe nicht etwa nur des ganzen Lagers, sondern auch das der Direktoren, des Kommissars und nicht zuletzt des Kommandanten ab. Nur unter diesem mächtigen Druck war es zu verstehen, daß Entscheidungen getroffen und Zugeständnisse gemacht wurden, die nahezu großzügig wirkten; sie waren aber nichts anderes als wohlberechnete Schach- und Winkelzüge.

Das also war der eigentliche Grund, warum es Alexej nahezu gerührt begrüßt hatte, daß ihm sein Wilhelm wieder zugeteilt wurde. Er zögerte keinen Augenblick, ihn zum Vorarbeiter zu machen. Und glücklicherweise wurde der bisherige Vorarbeiter, der in Alexejs Augen ein penetranter deutscher Starrkopf war, von Pratzke in die Lagerpolizei übernommen. Jetzt war also Wilhelm Brigadier. Und seine Montagegruppe trug den stolzen Namen: Brigade Wilhelm vom *Roten Morgen.*

Alexej schlug seinem neuen Mitarbeiter wohlwollend auf die Schulter. Und da Wilhelm überdies den Vorzug hatte, recht gut russisch sprechen zu können, sprach er ihm mit tönenden Worten sein Vertrauen aus – er hoffe, sagte er, wie in solchen Fällen üblich, daß sein großes Vertrauen nicht enttäuscht werde.

Hierauf forderte der Werkmeister seinen neuen Vertrauensmann auf, ihn in das Materiallager zu begleiten. Wilhelm kam dieser Aufforderung willig nach.

»Das hier ist von ganz besonderer Wichtigkeit«, erläuterte Alexej. Sie standen in dem Schuppen, in dem sich die Einzelteile stapelten, die für die Montagehalle 3 gebraucht wurden. »Der Nachschub muß klappen; er klappt bei mir auch immer. Diese Vorräte reichen mindestens für vierzehn volle Arbeitstage aus.«

Wilhelm sah sich prüfend um. Er fand recht bald, was er suchte: den Vorrat an Spezialschrauben. Er begann zu rechnen; er überschlug grob die vorhandene Menge und dividierte sie sodann durch den täglichen Bedarf. »Das kann doch wohl nicht ganz stimmen«, sagte er dann.

Alexej rechnete sofort nach; und während er das tat, lief er langsam rot an vor Wut. Es war, als leuchte sein Robbengesicht in später Abendsonne. Er schrie nach dem Lagerverwalter. Der stolperte mißmutig herbei.

Alexej leistete sich zunächst Satzgebilde, die die Vermutung nahelegten, er habe dem Major nicht ohne Erfolg aufs Maul geschaut. Er zitierte Tiernamen, erinnerte an Menschheitskatastrophen und landete schließlich beim Gewissen, dem Verantwortungsgefühl, der Ehre und der Partei. »Das«, rief er, »ist Sabotage! Sabotage am vaterländischen Aufbauwerk, an der Sowjetunion, am Weltfrieden und an der Montagehalle drei!«

»Was ist denn eigentlich los?« fragte der Lagerverwalter konsterniert. Er war noch nicht lange auf seinem Posten, außerdem hatte er nicht den Vorzug, Genosse zu sein; er konnte es sich also nicht leisten, einen alten, erfahrenen Sowjetarbeiter in führender Position zu brüskieren.

»Die Spezialschrauben vom Typ M siebzehn!« schrie Alexej wutentbrannt. »Sie reichen höchstens noch für sieben Tage — vielleicht auch nur noch für fünf Tage, wenn die Produktionsziffern weiter so rapid ansteigen.«

»Das ist ganz ausgeschlossen«, sagte der Lagerverwalter überzeugt.

»Was heißt das?« würgte Alexej hervor; er schien seinen Ohren nicht trauen zu wollen. »Du wagst es zu bezweifeln, daß unsere Produktionsziffern ansteigen werden? Das ist Zersetzung des Arbeitswillens und Untergrabung von Ethos und Ehre der Werktätigen.«

»Das meinte ich doch gar nicht«, schrie jetzt der Lagerverwalter erregt zurück. »Spezialschrauben vom Typ M siebzehn sind bereits vor vier Wochen bestellt worden. Vor drei Wochen kam die Bestätigung, vor zwei Wochen erfolgte der Versand — sie müssen also in der letzten Woche hier eingetroffen sein.«

»Sind sie eingetroffen?« fragte Wilhelm freundlich, doch ohne zu lächeln; denn das hatte er verlernt.

Alexej und sein Lagerverwalter waren ganz plötzlich ruhig geworden, nachdem sie sich so überaus herzhaft angebrüllt hatten. Sie begannen sofort, gemeinsam alle Unterlagen zu überprüfen, was praktisch bedeutete: der Lagerverwalter sichtete und sammelte und stapelte alle Belege für Alexej auf.

Der Hallengewaltige begab sich währenddessen mit Wilhelm wieder zur Montagebahn zurück. »Da siehst du«, sagte er, »wie ich hier aufpassen muß, und daß ich verläßliche Mitarbeiter gut gebrauchen kann. Du jedenfalls hast die Augen offen, und das soll dein Schade nicht sein. Du bekommst nachher ein Brot.«

Dieses Brot gedachte Wilhelm mit Grunert zu teilen, als er nach Beendigung seiner Schicht wieder in der Baracke eintraf. Er schnitt es sorgsam in zwei gleich große Teile.

»Hat der Bursche eigentlich noch mehr von dieser Sorte?« fragte Grunert.

Wilhelm nickte zustimmend. »Alexej hat Beziehungen zu fast allen Kolchosen in der Umgebung. Er ist der Führer des sogenannten freiwilligen Freundschaftskommandos.«

»Was ist denn das schon wieder?« fragte Grunert und brach sich ein Stück Brot ab.

»Das«, sagte Wilhelm kauend, »ist einer von jenen Vereinen, die sich die Partei ausgedacht hat. Er soll das Solidaritätsgefühl zwischen Arbeitern und Bauern fördern. Praktisch sieht das so aus: Wenn die Traktoristen in den Kolchosen ihre Schlitten versauen, was ziemlich oft vorkommen soll, dann setzt sich Alexejs Haufen in Bewegung und repariert den Schaden wieder.«

»Gegen Lebensmittel?« fragte Grunert.

»Normalerweise nicht«, erklärte Wilhelm bereitwillig, »denn normalerweise geschieht ja das alles nur aus purer Freundschaft. Aber Alexej ist der Knabe an der Quelle. Denn wo wohl, mein lieber Grunert, gibt es die meisten Pannen? Am Motor! Und wo werden die Motoren montiert? In der Halle drei. Und wer hat dort Zugang zu sämtlichen Ersatzteilen? Also! Und eine Einspritzpumpe, eine Dichtung, eine Spezialschraube – sie sind leicht in einer Aktentasche unterzubringen.«

»Ich frage mich jetzt«, sagte Grunert versonnen, wobei er sich lang über seine Pritsche legte, »wieviel Lebensmittel wohl ein ganzer, fabrikneuer Traktor einbringen würde?«

Und während Grunert auf die Bretter über sich starrte, vermeinte er zu sehen, wie sich ein Traktor in ein lebendes Schwein verwandelte, dann in eine Kuh; und neben dieser Kuh stand ein Faß Butter und eine große Kiste voller Brote, und in einem Sack steckten fette Würste.

»Alles Zeitvergeudung«, sagte Wilhelm dumpf. Und er drehte sich zur Seite. Hier lagen immer noch, sorgfältig gebügelt, die Sachen des geliebten Freundes. »Ich will nur noch den Kerl treffen, der schuldig ist – alles andere ist mir gleichgültig.«

»Es ist doch wohl so«, sagte Grunert leise. »Wenn im Werk ein wichtiges Einzelteil fehlt, eines, das in den eigenen Werkstätten nicht herstellbar ist, zum Beispiel diese Spezialschraube M siebzehn – dann geht es doch einfach nicht weiter. Dann muß doch praktisch die ganze Produktion zum Erliegen kommen.«

»Und was dann?«

»Dann«, sagte Grunert, »werden Schuldige gesucht und gefunden werden. Und auf wen wohl könnte die Lawine zurollen? Auf die deutsche Lagerkommandantur und die Krieger-Clique, die bekanntlich alle Schlüsselstellungen im Werk in den Händen hält! Das könnte geschehen, wenn wir geschickt manövrieren und jeden sich anbietenden Vorteil entschlossen ausnutzen. Gelingt uns das aber, lieber Wilhelm, dann treffen wir zugleich damit diejenigen, die schuldig sind. Und wir treffen sie vernichtend!«

»Dann werden wir es tun«, sagte Wilhelm.

Aber ehe sie noch diesen aufdämmernden Plan in nähere Einzelheiten zerlegen konnten, wurden sie von Wollmann gestört. Der meldete: »Der Lastwagen mit dem üblichen Begleitposten ist eingetroffen. Die Möbel sind bereits verladen.«

»Gut«, sagte Grunert sofort. »Dann wollen wir fahren.«

»Kann ich mitkommen?« wollte Wollmann wissen. »Ich gedenke bei dieser Gelegenheit, gleich einige nicht unwichtige Besorgungen zu machen. Denn Zeit ist Geld; und man muß doch die Feste feiern, wie sie fallen.«

Grunert gab leicht belustigt seine Zustimmung. »Du bist kaum noch wiederzuerkennen, Wollmann«, sagte er nahezu heiter. »Du siehst neuerdings aus wie ein Großunternehmer, der frühzeitig erkannt hat, wo das Geld auf der Straße liegt.«

»Das habe ich alles von dir gelernt«, sagte Wollmann mit zufriedenem Grinsen. »Und einmal werde ich auch richtig russisch quatschen können, und das wird dir viel Arbeit ersparen. Denn das mußt du wissen: wenn ich erst einmal anfange, dann höre ich auch so leicht nicht wieder auf. Meine Betriebe waren immer Musterbetriebe! Das ist mein ganzer Ehrgeiz.«

Sie gingen zum Lastwagen. Grunert begrüßte die Artisten, die sich bereits unter den Zeltplanen aufhielten. Er überprüfte kurz die Ladung. Dann wechselte er einige freundliche Worte mit dem Begleitposten, der diesmal besonders verwegen aussah und der sich überdies noch erfreulicherweise als außerordentlich beschränkt entpuppte. Sie fuhren ins Werk. Hier stieg der Schreiber der Kommandantur zu, völlig wortlos und so, als habe er einen streng dienstlichen Auftrag zu erfüllen.

Sie verließen das Werk. »Sondertransport der Kommandantur. Nicht zu kontrollieren!« rief der Schreiber dem Torposten zu. Dann fuhren sie auf der langen Straße der Stadt entgegen. Es dämmerte bereits; die Dunkelheit schien eilig heranzukriechen. Die Scheinwerfer beleuchteten die strapazierte Straße, und ihr karges, stumpfes Licht glitt an Birkenbäumen vorüber.

Die Stadt selbst bestand aus Ketten von Holzhäusern, aus denen hier und dort massige Betonklötze hochragten. Die spärliche Beleuchtung ließ an ein groteskes Märchenbild denken.

Diese Stadt lebte von einigen Fabriken – und darunter befand sich auch das Traktorenwerk *Roter Morgen.* Sie war der Umschlagplatz für landwirtschaftliche Produkte, besaß ein modernes Zuchthaus, einen Gemeinschaftspalast, sieben Kinos, zwei Kasernen und vier Ausbildungslager. Die Menschen auf den Straßen bewegten sich dennoch mit großer, wohltuender Gleichgültigkeit.

Das Haus, in dem der Schreiber wohnte, war bald gefunden; es war klein und baufällig. Eine rundliche Frau mit freundlichen Augen und zwei neugierigen Kindern wartete bereits sichtlich erregt vor der Tür. Bei ihrem Anblick verfiel der Kommandanturschreiber den Gefangenen gegenüber in scharfen, militärischen Jargon; er rief Befehle und Anweisungen und wollte den Seinen sichtlich imponieren. Sie betrachteten ihn denn auch mit Stolz und nicht ohne Respekt. Die wenigen Möbelstücke waren schnell ausgeladen; sie verschwanden, unter entzückten Ausrufen von Mutter und Kindern, im Innern des Hauses.

»Erledigt!« rief der Schreiber. »Entlassen!« Und auf deutsch fügte er, zu Grunert gewandt, hinzu: »Ganz ausgezeichnete Arbeit!« Dann verschwand er.

»So«, sagte Wollmann unternehmungslustig. »Und jetzt hinein ins Vergnügen!«

»Was hast du vor?« wollte Grunert wissen.

»Nur das Allerbeste«, versicherte Wollmann grinsend; und die Artisten lachten.

»Na schön«, sagte Grunert interessiert, denn er spürte deutlich, daß Wollmann darauf brannte, seine besonderen Talente zu demonstrieren. »Dann zeige mal, was du kannst. Ich werde mich überraschen lassen.«

Und während der Lastwagen anfuhr, erklärte Wollmann: »Wir arbeiten streng nach deinen Methoden, Grunert. Alles ist genau geplant und durchprobiert worden. Deine Aufgabe besteht lediglich darin, die beiden Sowjets, den Kraftfahrer und den Begleitposten, auf Vordermann zu bringen. Alles andere machen wir dann mit der linken Hand.«

Grunert übermittelte dem Kraftfahrer Wollmanns Richtungsangaben. Dem Fahrer schien es völlig gleichgültig zu sein, wohin er dirigiert wurde; dem Wachtposten selbstverständlich auch.

»Unser seliger Wilhelm hat bei einer seiner letzten Versorgungsfahrten«, so erklärte Wollmann, »in einer Seitenstraße eine Tischlerei ausgemacht, die nicht voll in Betrieb zu sein scheint. Dort wollen wir uns ein paar kleine Werkzeuge ausborgen.«

»Aber keinerlei Gewaltanwendung!« warnte Grunert.

»Selbstverständlich ohne Gewalt«, versicherte Wollmann bieder. »Nur mit Kraft!«

Sie hielten an einem Lattenzaun, vor einem Tor, dahinter befand sich ein Hof, dann ein offener Schuppen, in dem einige Stapel Bretter lagerten, schließlich eine Werkstatt, aus der ein paar matte Arbeitsgeräusche klangen.

Wollmann aber sagte: »Jetzt paß auf, Grunert – deine Schule!« Und er sagte das ohne besondere Betonung, vielmehr so, als beabsichtige er lediglich, einen Nagel aus einem Balken zu reißen.

Die Aktion ging fast lautlos vor sich. Die Akrobaten, Jongleure und Zauberer, die *Lebende Kanonenkugel* an ihrer Spitze, betraten den Hof. Zwei öffneten das Tor und sicherten es ab. Zwei weitere öffneten die breite Tür zur Werkstatt und hakten die einzelnen Flügel fest. Dann strömten alle zielstrebig in die Werkstatt hinein.

Grunert selbst folgte diesen exakt wirkenden Vorgängen ohne Staunen. Dann hörte er ein paar Worte, die so ähnlich klangen wie »Im Namen der Roten Armee!« Offenbar war das alles, was den Artisten in russischer Sprache vorsorglich beigebracht worden war; und Grunert fand, daß das als ausreichend angesehen werden konnte.

Er beeilte sich, unverzüglich das Seine zur Absicherung der Aktion zu tun. Er stellte den mitgebrachten Wachtposten an das Tor und gab dem Kraftfahrer den Befehl, rückwärts in den Hof hineinzufahren. Bei dieser Gelegenheit betrachtete er die Wagennummer und ein Truppenkennzeichen; sie waren systematisch stark verdreckt und damit unentzifferbar gemacht worden.

Im Innern der Werkstatt hatte inzwischen, unter Wollmanns fachkundiger Leitung, die Demontage von Maschinen und Geräten begonnen. Wollmann schien es besonders auf die Brettersäge, auf die Hobelmaschine und auf eine Werkbank abgesehen zu haben. Weiterhin ließ er eine Serie Bohrer, Stemmeisen und Holzpressen mitgehen.

Die beiden Tischler, die zu dieser Werkstatt gehörten, standen fassungslos im Raum. Sie schienen völlig verblüfft. Einer wagte einen Protest. Wollmann speiste ihn mit seinem stereotypen »Im Namen der Roten Armee« ab, was sichtlich Eindruck zu machen schien. Andere Auskünfte gab er nicht. Und da er, wie seine Mitpiraten, in einem alten russischen Militärmantel steckte, die Beleuchtung zudem unzureichend war, schien er es durchaus für möglich zu halten, einige Zeit ungefährdet werken zu können. Die gut eingespielte Transportkolonne arbeitete emsig.

Der protestierende Russe kam auf Grunert zu. »Das können Sie nicht tun«, sagte er.

»Doch«, sagte Grunert. »Sie sehen ja, daß wir es tun können.«

»Wir werden uns beschweren!«

»Versuchen Sie das ruhig«, sagte Grunert. »Ich fürchte nur, daß es zwecklos sein wird.«

»Warum geschieht das?«

»Die Sachen werden anderweitig gebraucht«, gab Grunert unerschütterlich freundlich zur Auskunft. Und während er das tat, hatte er einige Ursache, seine Leute zu bewundern: Sie schienen versessen darauf, einen Verladerekord aufzustellen.

Der Posten am Tor schien zu einem Standbild erstarrt. Der Kraftfahrer saß gelangweilt hinter seinem Steuerrad. Und Wollmann rief: »Vergeßt den Treibriemen nicht!«

Und als Grunert sah, daß der protestierende Genosse Tischler den Hof verließ, vermutlich um Hilfe zu holen, ordnete er an: »Schluß jetzt! Motor anlassen. Posten einziehen. Aufsitzen.«

Wollmann versuchte noch einen kurzen Protest: Er habe zwar bereits die Maschinen und auch das Werkzeug verladen, aber er könne es nicht verantworten, die schönen Bretter zurückzulassen; sie könnten verfaulen, und das sei gewiß nicht im Sinne des Fünfjahresplanes. Grunert sagte kurz: »Nein«; er ließ anfahren und nach rechts abbiegen.

»Das ist die falsche Richtung!« rief Wollmann. »Links mußt du fahren.«

»Idiot«, sagte Grunert. »Eben weil das Lager links liegt, ließ ich rechts abbiegen.«

Sie machten einen kleinen Umweg, vermieden die Hauptstraße und rollten dann langsam auf das Lager zu. Als sie die Stadt verlassen hatten, stieg Grunert nach hinten, zu Wollmann und seinen Leuten. Sie lachten heftig; offenbar war ihnen soeben ein besonders guter Witz erzählt worden.

»Wie die Anfänger!« sagte Grunert tadelnd. »Ihr hättet kein Wort Deutsch sprechen dürfen! Jetzt weiß man, wer hier am Werk war.«

»Keine Sorge«, sagte Wollmann, der nur mit Mühe sein Lachen unterdrücken konnte. »Deutsche Kriegsgefangene gibt es in der Gegend mehr als genug. Sie arbeiten in den Ausbildungslagern, bei der Straßenreinigung und auf den Kolchosen in der Umgebung. Und auf die Idee, daß es ausgerechnet Kriegsgefangene vom *Roten Morgen* waren, wird wohl kaum jemand kommen. Denn schließlich ist unser Traktorenwerk der Stolz des Landes; und Maschinen, so wird man sich sagen müssen, gibt es dort mehr als genug.« Und abermals lachte er, heftig amüsiert; und die Artisten stimmten herzhaft ein.

Grunert schüttelte den Kopf. Seine lebhafte Phantasie ließ es nicht zu, das einfältige Triumphgefühl seiner Schicksalsgenossen unbekümmert zu teilen.

»Wenn du wüßtest, was wir inzwischen entdeckt haben«, sagte Wollmann, »du würdest dich kugeln!«

»Und was glaubt ihr Helden entdeckt zu haben?«

»Grunert«, sagte Wollmann, »halte dich fest: Fast alle Maschinen und Geräte, die wir soeben vereinnahmt haben, stammen aus Deutschland! Wir haben also lediglich der Demontage eine kleine Remontage folgen lassen.«

»Versuche mal, das den Sowjets klarzumachen«, sagte Grunert. »Und du wirst sehr schnell merken, daß du zu früh gelacht hast.«

Die einst so triste Gemeinschaftsscheune hatte sich in ein nahezu attraktives Bienenhaus verwandelt. Die Bühne besaß einen Zugvorhang, auf den eine lachende und eine weinende Maske aus gelbem Tuch genäht waren. Und die Blenden der Kulissen waren zweifarbig, rot-gelb für heitere Stimmungen, blau-grün für feierlich-festliche Programme.

Die Wände waren geglättet und mit jenem Packpapier ausgeschlagen worden, das eigentlich für die fertiggestellten Traktoren Verwendung finden sollte. Aber niemand gedachte, diese Zweckentfremdung zu rügen, denn ein einfallsreicher Künstler hatte sich für diese ungewöhnlichen Tapeten nicht minder ungewöhnliche Bemalungen ausgedacht: Eine Serie großflächiger Bilder zeigte die enge Verbundenheit von Traktor und Kunst.

So gab es zum Beispiel riesige Notenlinien, auf denen statt Noten niedliche Traktoren Walzer tanzten. Ferner war eine Art Wallenstein zu sichten, der seine Gegner höchst wirkungsvoll mit einem Traktor überrollte. Weiterhin existierten Schneewittchen und die sieben Zwerge; letztere werkten als muntere Traktoristen gegen royalistische Hexen. Und schließlich gab es auch den Dr. Heinrich Faust, der in seiner Studierstube über der Konstruktion eines Traktors brütete.

Diese Kunstwerke erregten großes Aufsehen. Die Ingenieure der Fabrik kamen mit Gästen, um sie zu besichtigen; Ansichtspostkarten wurden von ihnen hergestellt und sogar ein Sonderkatalog befand sich in Vorbereitung.

Wollmann stolzierte durch diese Pracht und Geschäftigkeit wie ein Pfau. Aus dem zerknitterten Sargtischler war ein beinahe schon elegant zu nennender Mann geworden, denn er hatte sich von seiner Schneiderwerkstatt einen verwegenen, höchst modisch wirkenden Anzug anfertigen lassen.

Sein Lieblingsplatz in der Gemeinschaftsscheune war das kanzelartige, ziemlich breite Vortragspodium neben der Bühne. Von hier aus vermochte er den ganzen Saal und auch Teile seiner Werkstätten zu überblicken. Hier sah er, wie ein Schloßherr von seines Daches Zinnen, auf die geschäftige Betriebsamkeit der probenden Künstler. Hier hörte er den munteren Lärm und achtete darauf, daß niemand den Anschein erweckte, zu faulenzen oder private Gespräche zu führen.

Besonderes Mißtrauen erweckte in Wollmann immer wieder die Tätigkeit des sogenannten Theaterensembles. Einer, der Regisseur, redete beständig herum; er war aber so ziemlich der einzige, der den Eindruck der Vollbeschäftigung machte. Kaum mehr als zwei oder drei andere sprachen kuriose und geschraubte Worte. Der stattliche Rest der Schauspieler aber starrte vor sich hin oder las in Büchern, mit einer Selbstverständlichkeit, als sei das Lesen von Büchern ein normaler Arbeitsvorgang. Jedenfalls war dieser Anblick immer wieder dazu angetan, Wollmann aufzuregen und zu rauhen Taten anzustacheln. Dennoch zwang er sich dazu, Grunerts Richtlinien einzuhalten.

Und während er so die Tätigkeit seiner Untertanen überwachte, sah er Krieger, den deutschen Lagerkommandanten, auftauchen. Der blickte kurz und suchend um sich. Dann schien er offenbar entdeckt zu haben, was er gesucht hatte. Er ging auf Maria zu — mit herzlichem Lächeln und ausgestreckter Hand.

»Grunert benachrichtigen«, sagte Wollmann, ohne zu zögern. »Der Fuchs ist schon wieder im Bau.«

Das sagte Wollmann zu einem seiner Artisten, der als Wächter und Läufer zugleich auf der untersten Stufe des Podiums saß, gewissermaßen dem Scheunenbeherrscher zu Füßen. Der Wachhund erhob sich unverzüglich, um Grunert zu suchen; und er war sicher, ihn dort zu finden, wo der sich am liebsten aufhielt: hinten in den Werkstätten.

Auch Wollmann hatte inzwischen seinen thronartigen Platz verlassen. Er schlenderte auf Krieger und Maria zu, die sich ein wenig abgesondert hatten und offenbar ein sehr wichtiges Gespräch zu führen schienen. Wollmann ging sofort auf sie zu und sagte dann, sich an Krieger wendend: »Unser zweites Programm, der heiteren Muse gewidmet, wird heute abend zum letztenmal gespielt. Für unser drittes Programm sind noch drei Wiederholungen vorgesehen.«

»Schon gut«, sagte Krieger unwillig abweisend.

»Das erste Programm jedoch«, erklärte Wollmann, der sich vorgenommen hatte, dieses vermutlich rein private Gespräch zu stören, »der Tschaikowskij-Abend, soll in der kommenden Woche viermal in der Werkkantine und zweimal in der Stadt aufgeführt werden.«

»Schon gut«, sagte Krieger.

»Wenn dich das nicht interessiert«, sagte Wollmann bereitwillig, »dann können wir in Zukunft gerne darauf verzichten, dir nähere Einzelheiten . . .«

»Es interessiert mich!« warf Krieger heftig ein. »Aber nicht jetzt!«

»Sollte ich etwa gestört haben?« wollte nunmehr der hartnäckige Wollmann wissen.

Der sonst so beherrschte Krieger fand keine rechten Worte, es kostete ihn einige Mühe, sein Erstaunen über Wollmanns neuartige Aggressivität zu überwinden. Der Einfluß Grunerts, fand er, war verheerend; es schien wirklich dringend geboten, ihn auszuschalten. »Höre mal«, sagte er energisch, »nimm endlich zur Kenntnis, daß ich mich nicht stören lasse – schon gar nicht durch einen von deiner Sorte!«

»Wie du willst«, sagte Wollmann überraschend friedfertig, denn er sah Grunert kommen.

Grunert nickte dem getreuen Störenfried zu. Dann warf er einen kurzen prüfenden Blick auf Maria. Hierauf stellte er sich Krieger gegenüber. »Was führt dich zu uns?« verlangte er zu wissen.

»Nichts, das dich angeht«, sagte Krieger abweisend.

»Geht es mich nichts an, Maria?« fragte Grunert.

Sie sahen sich alle drei an: vorsichtig, mißtrauisch und lauernd. Jeder schien darauf zu warten, daß ein anderer sprechen würde; aber keiner wollte den Anfang machen. Der Lärm der Gemeinschaftsscheune hüllte sie ein.

»Früher oder später«, sagte Grunert schließlich, »werde ich es erfahren.«

»Möglich«, sagte Krieger unzugänglich.

Maria betrachtete die beiden Männer, die sich vor ihr wie Kampfhähne aufgebaut hatten; das tat sie zunächst mit Verwunderung, dann nahezu amüsiert. Sie spürte das heimliche Verlangen, mehr von ihnen zu wissen, als sie preisgeben wollten. »Warum eigentlich«, fragte sie gedehnt, »sprechen wir nicht offen darüber? Ist es ein Geheimnis oder ist irgend etwas dabei bedenklich?«

»Natürlich nicht«, sagte Krieger sofort und in dem Bestreben, Herr der Situation zu bleiben. »Wir sprachen über eine Angelegenheit, die zwar nicht uninteressant ist, die aber auch keine besondere Bedeutung hat.«

»Um so besser«, sagte Grunert. »Also – warum zögerst du, mich aufzuklären?«

»Das tue ich nicht«, sagte Krieger. »Von Zögern kann keine Rede sein. Wenn ich es nicht für notwendig hielt, dir eine Aufklärung zu geben, so deshalb, weil es dich persönlich gar nichts angeht – ich hoffe wenigstens, daß es so ist.«

»Du redest verdächtig viel um das Thema herum«, stellte Grunert fest. »Du willst mich doch nicht etwa dazu zwingen, mißtrauisch zu werden?«

Maria war ein wenig zurückgewichen, so, als wäre sie bestrebt, durch größere Entfernung bessere Übersicht zu gewinnen. Sie lehnte sich gegen die Wand. Und von hier aus verfolgte sie, mit zunehmender Belustigung offenbar, diese Auseinandersetzung um ihre Person, die bei gleichbleibender oder gar noch verminderter Lautstärke immer heftiger wurde.

»Es ist alles recht einfach«, sagte Krieger scheinbar gleichmütig. »Der sowjetische Kommandant trägt sich mit der Absicht, auf seiner Dienststelle eine deutsche Hilfskraft einzustellen. Das könnte eine schöne und lohnende Aufgabe sein. Ich habe dabei an Maria gedacht.«

Grunert erlag prompt der Versuchung, offen auszusprechen, was er dachte. »Du willst sie verkuppeln!« rief er empört.

Krieger zuckte leicht zusammen. Sein Mund schien noch schmaler zu werden, als er es gewöhnlich schon war. Er versenkte seine Hände tief in die Seitentaschen seines Rocks und warf einen prüfenden Blick auf Maria, er schien Erleichterung zu empfinden, weil sie ihr Lächeln nicht aufgab.

»Grunert«, sagte jetzt Krieger gepreßt, »ich hätte gute Lust, dir deiner zynischen Bemerkung wegen ins Gesicht zu schlagen. Aber was hätte das für einen Sinn?«

»Sehr richtig«, erwiderte Grunert, gleichermaßen wie Krieger bemüht, seine Erregung zu meistern.

»Im Augenblick jedenfalls«, sagte Krieger, »halte ich es für richtiger, und das allein Marias wegen, offen auf deine penetrante Verdächtigung zu antworten.«

»Das ist so ziemlich das geschickteste, was du tun kannst«, erklärte Grunert.

»Natürlich«, sagte Krieger. »Oder hast du etwa gedacht, ich würde nach deiner diskriminierenden Äußerung wutschnaubend das Feld räumen, damit du dann Maria in aller Ruhe deine Ansichten aufzwingen kannst?«

»Ich habe es nicht unbedingt erwartet, war aber dennoch nicht ganz ohne Hoffnung.«

»Das ist nicht die einzige Hoffnung, die du begraben wirst, Grunert«, versicherte Krieger. »Aber kommen wir zur Sache: Wenn einer aus unseren Reihen direkt in der sowjetischen Kommandantur arbeiten würde, könnte das eine große Hilfe für uns alle bedeuten.«

»Und warum sollte ausgerechnet Maria für dich Spitzeldienste leisten?«

»Deine Formulierungen gefallen mir nicht, Grunert.«

»Das ist auch gar nicht beabsichtigt, Krieger.«

»Der Major selbst«, sagte Krieger, der entschlossen schien, sich nicht mehr ablenken zu lassen, »hat die Schaffung einer derartigen Vertrauensstellung angeregt und überdies den Vorschlag gemacht, diesen Posten mit Maria zu besetzen. Selbstverständlich habe ich, im Interesse unserer Gemeinschaft, nicht etwa abgeraten, sondern zugestimmt; und ich habe auch Maria gegenüber diese meine Ansicht mit Nachdruck vertreten. Mit Kuppelei jedenfalls hat das nicht das geringste zu tun — Maria kann ablehnen oder annehmen; die Entscheidung liegt allein bei ihr.«

»Aber du hast ihr dringend geraten, ja zu sagen!«

»Selbstverständlich.«

»Und du behauptest im Ernst, daran zu glauben, daß der Major Maria nur deshalb auf seine Dienststelle nimmt, um in einen besseren Kontakt mit den Kriegsgefangenen zu kommen? Du bist doch nicht so naiv, daran zu glauben, daß der Major ihr Briefe diktieren oder eventuell mit ihr Schach spielen will?«

»Das«, warf jetzt Maria überraschend ein, »ist doch wohl meine Angelegenheit, nicht wahr? Denn was ich nicht tun will, das werde ich auch nicht tun. Die Zeiten der Vergewaltigungen sind schließlich vorüber; heute steht darauf Zuchthaus. Außerdem ist der Major ein halbwegs kultivierter Mann – warum sollte ich mich vor ihm fürchten?«

»Bist du verrückt geworden?« rief Grunert grob.

»Ist denn deine Einstellung der Ärztin gegenüber etwas wesentlich anderes?« fragte Maria leise.

Grunert verstummte verwirrt. Er sah nahezu hilflos Maria an; aber die wich seinem Blick bewußt kränkend aus, als wäre er es nicht wert, noch weiterhin beachtet zu werden. Und er fragte sich bestürzt, woher sie wohl wisse, was bisher noch als Geheimnis zweier Menschen gelten konnte.

Krieger erkannte Grunerts Verwirrung sofort; und er nahm sich nicht erst die Zeit dazu, darüber nachzudenken, was wohl zu diesem begrüßenswerten Zustand geführt haben könnte – er riß, mit bewährter Entschlossenheit, das Gespräch an sich. »So ist es!« rief er aus. »Maria wird sich niemals zu einer Handlung zwingen lassen, die sie nicht mit voller Überzeugung bejaht. Und ich garantiere, daß sie jede gewünschte Unterstützung von mir bekommen wird.«

»Du kannst dich doch nicht so verkaufen lassen, Maria«, sagte Grunert fast klagend und ohne Überzeugungskraft.

»Davon kann doch gar keine Rede sein!« rief Krieger suggestiv. »Und es ist völlig vergeblich, Grunert, wenn du etwa versuchen solltest, Maria mit deinen kleinlichen Maßstäben zu messen. Denn Maria sucht doch keinen persönlichen Vorteil für sich. Sie gehört zu den wenigen Menschen, die genau wissen, was Pflicht und Verantwortungsgefühl gegenüber der Gemeinschaft bedeuten können. Was wißt denn ihr morallosen Realisten, was in einem idealistisch gesinnten Wesen vor sich geht!«

»Du glaubst doch nicht etwa an dieses Geschwätz, Maria?« fragte Grunert.

»Ich glaube an das, was ich weiß«, sagte sie und ließ ihren Blick schnell über ihn hinweggleiten.

»Wie wenig doch im Grunde Grunert von uns allen weiß«, sagte Krieger. Er fühlte deutlich, daß die Position seines Gegners, aus welchen Gründen auch immer, stark geschwächt war. »Deine Gedanken, Grunert, sind krank, denn sie wissen nicht mehr, was Vaterland, Heimat und Volksgemeinschaft bedeuten. Du willst nur noch gewinnen! Daß auch Opfer gebracht werden müssen, ganz bewußt und mit aller Selbstlosigkeit, das leugnest du. Um es mit aller Deutlichkeit zu sagen: Du bist kein echter Deutscher mehr!«

»Deine Komplimente öden mich langsam an«, sagte Grunert böse.

»Jeder von uns«, sagte Krieger groß, »muß alles tun, was in seinen Kräften steht, wenn wir überleben wollen. Und die Macht der Frauen war nie gering, insbesondere dann, wenn es darum ging, mit ihren Mitteln und Methoden zu schaffen, was Männerkraft nicht gelang. Eine Dalila überwand Samson, Judith machte Holofernes unschädlich, Cäsar kniete vor Cleopatra und Napoleon ließ sich von Königin Luise erweichen.«

»Und Maria, meinst du Ferkel, wird den Major lahmlegen?«

»Sie wird viel Gutes für uns alle tun können«, versicherte Krieger überlegen. »Und das allein durch Klugheit, Aufmerksamkeit und List. Niemand verlangt dabei etwa ein körperliches Opfer von ihr – Königin Luise hatte es auch nicht nötig. Daß der Major Gefallen an ihr gefunden hat, bedeutet in diesem Zusammenhang so gut wie nichts – wir alle haben schließlich an Maria Gefallen gefunden und würden es keinen Augenblick lang an Respekt ihr gegenüber fehlen lassen. Ich glaube, Maria spürt das deutlich. Und deshalb bin ich überzeugt, daß sie jetzt nicht zögern wird, unserem Wunsch zu entsprechen.«

»Vielleicht kann ich wirklich auf diese Weise Menschen helfen, die mir nahestehen«, sagte Maria. Und dabei sah sie Grunert an. Der jedoch hatte seinen Kopf gesenkt und starrte düster auf den Boden.

»Dann wollen wir nicht zögern«, sagte Krieger freudig. Und er zog Maria mit sich.

Grunert bekam es nicht mehr fertig, den beiden nachzusehen. Mitten im Lärm und dem geschäftigen Treiben kam er sich einsam und verlassen vor, wie ausgesetzt auf einer Insel. Ihm war, als stünde er frierend im Freien, von dem letzten Menschen getrennt, auf den er gehofft hatte – ohne allerdings, das gestand er sich offen ein, dazu berechtigt gewesen zu sein.

Doch er blieb nicht lange allein. Wollmann erschien. Und der sich sonst so überaus gewichtig gebende Scheunenbeherrscher war bleich und erregt; und seine Stimme bebte vor Empörung und Wut. »Ich mache Schluß!« rief er.

»Was ist denn jetzt schon wieder los«, fragte Grunert und kam sich vor wie Hiob, auf den die Unglücksbotschaften niederprasseln. Und er fragte sich vergeblich, was wohl geschehen sein könnte, um ausgerechnet diesen Wollmann mit der Elefantenhaut derartig aus dem Gleichgewicht zu bringen.

»Dieses Miststück, diese Sylvia«, forderte Wollmann bebend, »muß hier sofort verschwinden.«

»Macht sie wieder Schwierigkeiten?« wollte Grunert wissen.

»Im Gegenteil«, sagte Wollmann dumpf, »sie hat versucht, mich zu verführen.«

»Und darüber regst du dich auf?« fragte Grunert verwundert. Und er lachte kurz, aber unfroh auf; seine Gemütsverfassung nach dem vorangegangenen Gespräch erlaubte ihm noch keinen Heiterkeitsausbruch. »Ist das nicht vielmehr ein Vorgang, der dir Genugtuung bereiten sollte?«

»Ich bin ein alter, in Ehren ergrauter Mann«, sagte Wollmann, »ein Familienvater mit Kindern und Enkelkindern. Außerdem bin ich hier Respektsperson. Aber dieses Luder wurde derart handgreiflich, daß ich fast einen Herzschlag bekam. Auf mein Wort: sie war sozusagen kurz davor, mich zu vergewaltigen – und das, nachdem ich sie mit dem Zweiten Kapellmeister erwischt hatte. Auf der Instrumentenkiste!«

»Das wird doch hoffentlich den Instrumenten nicht geschadet haben?«

»Das Weib muß weg!« forderte Wollmann.

»Nicht so stürmisch, Wollmann«, gab Grunert zu bedenken. »Schließlich waren wir doch gerade bei dieser Sylvia von Anfang an auf einiges gefaßt! Und vergessen wir auch nicht, daß sie Pratzkes Protektionskind ist.«

»Dann werden wir eben Pratzke klarmachen müssen, daß dieses Weibsbild eine Hure ist«, sagte Wollmann unnachgiebig. »Er soll ihr ein Bordell einrichten, aber nicht uns zu stellvertretenden Zuhältern degradieren.«

»Du bist früher einmal wesentlich großzügiger gewesen«, sagte Grunert.

Aber Wollmann schien nicht bereit, sich erweichen zu lassen. »Alles zu seiner Zeit«, sagte er. »Damals war das eine Preisfrage, aber heute ist das eine Prestigeangelegenheit. Diese Sylvia verhurt unser ganzes Renommee. Und sie tut alles nur aus purer Berechnung. Vom Kapellmeister wollte sie eine besonders effektvolle Instrumentierung, von mir eine Sondervorstellung — und wenn das so weitergeht, kommen auch noch die Beleuchter an die Reihe, damit alle Scheinwerfer auf sie gerichtet werden.«

»Ich weiß nicht recht«, sagte Grunert nachdenklich, »wie ich das Pratzke beibringen soll.«

»Daß weiß ich auch nicht«, gab Wollmann zu. »Aber beibringen wirst du es ihm müssen. Denn einer von uns beiden muß gehen: sie oder ich. Auf dieser Forderung muß ich bestehen, wenn ich hier nicht zu einer komischen Figur werden will. Und das eine sage ich dir: Wenn man diesem Mistvieh nicht entschlossen das Handwerk legt, macht sie uns alle zu Hampelmännern.«

Das Fuchsgesicht, der Schreiber der Kommandantur, schien sich in eine Ratte verwandelt zu haben. Er bewegte sich unruhig durch das Vorzimmer des Majors wie durch einen Käfig. Er ging von der Tür zum Fenster und vom Fenster zu seinem Arbeitstisch, auf dem eine Anfrage der örtlichen Polizei lag. Er wartete auf Grunert.

Grunert wußte, daß er vom Schreiber dringend erwartet wurde; und deshalb ließ er sich Zeit. Er suchte Wilhelm in der Montagehalle 3 auf; dort wurde nach wie vor fieberhaft, doch bisher ohne jedes Ergebnis, nach dem Verbleib der Spezialschrauben geforscht. Dann versuchte er, Katerina zu sehen, aber die Ärztin war mitten in einer komplizierten Operation und durfte nicht gestört werden. Grunert nahm an, daß sie ihm bewußt auswich; und er vermochte nicht klar zu erkennen, ob das nun ein gutes oder ein schlechtes Zeichen war.

Ganz gemächlich, seinen verwirrten Gedanken freien Spielraum lassend, begab sich Grunert nunmehr in das Kommandanturgebäude. Hier stürzte ihm Rattengesicht zischend entgegen. »Alles stimmt!« rief der Schreiber.

»Wenn alles stimmt, dann ist ja alles in Ordnung«, sagte Grunert ungerührt; er war entschlossen, kein besonderes Entgegenkommen zu zeigen.

»Die Uhrzeit stimmt genau«, rief der Schreiber und streckte einen Zettel anklägerisch aus. »Auch der Typ des Lastwagens stimmt. Und die Anzahl der beteiligten Personen stimmt auch!«

»Dann freu dich doch darüber«, sagte Grunert. Er nahm gelassen dem Schreiber den Zettel aus der Hand, um ihn dann nahezu desinteressiert zu betrachten. Er fragte sich dabei, wie wohl Rattengesicht auf das neuartige »Du« reagieren würde; aber der schien diese verdächtige, vertrauliche Anrede gar nicht bemerkt zu haben.

»Ihr habt tatsächlich die Tischlerei ausgeräumt?« fragte der Schreiber.

»Nicht ausgeräumt«, korrigierte Grunert freundlich. »Wir haben uns lediglich ein paar Gegenstände ausgeliehen.«

»Das ist Diebstahl!« sagte Rattengesicht entsetzt. »Das ist ein Raubüberfall! Und das wird dich den Kopf kosten.«

»Mich?« fragte Grunert gedehnt.

Der Schreiber verstand. Er hatte damit gerechnet, daß ihm eine gewisse indirekte Beteiligung vorgeworfen werden könnte; daß aber hier dieser Grunert seine erwiesene Mitschuld als die selbstverständlichste Sache von der Welt hinstellte, verschlug ihm die Sprache. Seine Äuglein funkelten vor hilfloser Wut.

»Muß ich etwa deutlicher werden?« fragte Grunert höflich. »Wenn nämlich herausgefunden werden sollte, wer das war, der sich da in der Tischlerei diverse Handwerkszeuge und Maschinen ausgeborgt hat, dann wird man auch sofort wissen wollen, wer den Lastwagen und den Wachtposten gestellt hat und mit welcher Begründung das geschehen ist.«

»Daß weiß ich«, rief Rattengesicht böse. »Das brauchst du mir nicht zu sagen.«

»Um so besser«, erklärte Grunert. Der Schreiber konnte es sich niemals leisten, seinen Vorgesetzten gegenüber zuzugeben, daß er Soldaten und Fahrzeuge der Roten Armee und seine wahrlich nicht einflußlose Stellung dazu mißbraucht hatte, sich persönliche Vorteile zu verschaffen.

»Ich habe große Lust«, versicherte Rattengesicht, »euch an den Galgen zu liefern. Aber ich bin auch nur ein Mensch.«

»Und was für einer«, sagte Grunert.

»Und deshalb«, würgte der Schreiber weiter, »will ich euch

diesmal noch in Schutz nehmen. Ich werde melden, daß sich zur fraglichen Zeit keiner unserer Lastwagen und kein Personal außerhalb von Werk und Lager befunden haben. Was tue ich nicht alles für euch!«

Grunert lachte. »Wie ich dich kenne«, sagte er, »wirst du weder den Lastwagen noch das Begleitpersonal offiziell angefordert haben — schließlich hast du deine guten Beziehungen. Das ganze Unternehmen ist also nicht einmal registriert. Kommt nun irgend etwas heraus, was du selbstverständlich mit allen Mitteln zu verhüten suchen wirst, dann wird man von dir wissen wollen, warum diese Fahrt stattgefunden hat und warum sie nicht registriert worden ist. Ich möchte dann nicht in deiner Haut stecken. Denn es kann sein, daß wir am Ende als hilflose, arme, verführte und geprügelte Kriegsgefangenen dastehen — unschuldige Opfer eines skrupellosen Funktionärs.«

Der Schreiber ließ sich, wie entkräftet, auf einen Stuhl fallen.

»Damit wir uns richtig verstehen«, sagte Grunert nunmehr großzügig. »Ich beabsichtige keinerlei Erpressungen, ich lege nur Wert auf intensive Zusammenarbeit.«

»Was willst du denn noch?« würgte der Schreiber mißtrauisch hervor.

»Hier, in diesen Laden«, sagte Grunert behutsam, »wird heute oder morgen ein Mädchen einziehen — es heißt Maria. Du wirst ein wenig auf das Kind achtgeben. Wenn nämlich irgend etwas mit ihr passieren sollte, das nicht ganz einwandfrei ist, dann melde ich mich freiwillig als derjenige, der die Tischlerei leergemacht hat — so leid mir das für dich auch tun würde.«

Damit ließ Grunert Rattengesicht sitzen. Er war absolut sicher, daß in Zukunft auf der sowjetischen Kommandantur seine Ansichten noch weit mehr Anklang finden würden als bisher. Und als kleines Zeichen seiner Dankbarkeit beschloß er, den für den Schreiber vorgesehenen Schrank besonders prächtig anmalen zu lassen.

Wolfgang Grunert begab sich abermals zur Lazarettbaracke und verlangte Katerina zu sprechen. Aber die Ärztin, so wurde ihm mitgeteilt, bedauere, ihn auch jetzt nicht empfangen zu können; sie befinde sich mitten in einer neuen Operation. Das war keine Ausrede; Grunert überzeugte sich davon. Und als er das getan hatte, schritt er erleichtert davon, auf das Frauenlager zu.

Fast schien es, als habe ihn Mutter Simoneit erwartet. Sie kam sofort aus ihrer Baracke auf ihn zu und sagte: »Ich habe das kommen sehen, Grunert; aber du wolltest es ja nicht glauben. Es ist skandalös!«

»Also los«, sagte Grunert, »genieren Sie sich nicht. Erzählen Sie mir die allerneuesten Skandalgeschichten.«

»Laß mich doch ausreden«, verlangte die Simoneit. »Ich habe vor Sylvia gewarnt.«

»Ach!« rief Grunert angewidert aus, mit einer weiten, wegwerfenden Geste. »Kommen Sie mir nicht auch noch mit der. Sie wird fliegen — im hohen Bogen! Ich weiß nur noch nicht, wann.«

»Laß mich doch ausreden«, verlangte die Simoneit. »Ich habe dich nicht nur vor Sylvia gewarnt, sondern vor allen Dingen davor, Sylvia und Hannelore in eine Gruppe zu stecken. Jetzt ist das Unglück passiert.«

»Wer hat denn wem die Augen ausgekratzt?«

»Dieser Sylvia«, berichtete Mutter Simoneit mit Empörung, »scheint irgend etwas schiefgegangen zu sein. Um sich abzureagieren, hat sie ihre Wut an Hannelore ausgelassen, die bei dir in der Schneiderwerkstatt sitzt. Sylvia hat sich zunächst in der bösartigsten Weise und mit den unflätigsten Ausdrücken über die schließlich ja doch schwangere Hannelore lustig gemacht, bis sich Hannelore nicht mehr beherrschen konnte und ihr eine Ohrfeige geknallt hat.«

»Nur eine?« fragte Grunert leicht enttäuscht.

»Hierauf«, so fuhr Frau Simoneit in ihrem Bericht fort, »hat sich Sylvia auf die Schwangere gestürzt und wie wild auf sie eingeschlagen; sie konnten nur mit Mühe auseinandergezerrt werden. Und jetzt scheint sich eine Frühgeburt anzukündigen.«

»Wo liegt sie?« wollte Grunert wissen.

»Bei mir, in meinem Raum. Ich habe sie auf mein Bett legen lassen.« Die Simoneit schien von der spürbaren Anteilnahme und dem Eifer Grunerts sichtlich angetan. »Werden wir mit ärztlicher Hilfe rechnen können?« fragte sie. »Eine Frühgeburt ist nie unkompliziert.«

»Ich werde sofort mit der Ärztin sprechen«, versicherte Grunert. »Und wie ich sie kenne, wird sie keinen Augenblick zögern, zu helfen.«

Die Simoneit nickte und schien ein wenig beruhigt. »Noch

etwas, Grunert, macht mir Sorgen«, sagte sie. »Wer ist der Vater von Hannelores Kind! Du wolltest Nachforschungen anstellen — hast du irgend etwas erreicht? Das mußt du wissen, Grunert: Hannelore vertraut dir nicht nur — sie hofft auf dich! Sie wäre bestimmt glücklicher und vieles würde ihr leichterfallen, wenn das Kind einen Vater hat.«

»Wir werden für das Kind einen Vater besorgen«, versprach Grunert nahezu feierlich.

»Wenn du das schaffst, Grunert«, sagte Mutter Simoneit sichtlich erleichtert, »dann wirst du erleben, wie eine alte Frau dich umarmt. Aber worauf wartest du denn noch? Hannelore muß ins Lazarett, und ein Vater muß mit seinem Glück vertraut gemacht werden — das ist wahrlich kein leichtes Stück Arbeit!«

Grunert nickte Frau Simoneit zu und entfernte sich mit schnellen Schritten. Er begab sich, zum drittenmal innerhalb kurzer Zeit, in das Lazarett. Hier traf er den deutschen Verwalter an; er gab sich Mühe, einigermaßen freundlich zu sein, und verlangte Katerina, die Ärztin, zu sprechen.

»Sie operiert«, war die stereotype Antwort.

»Sage ihr, daß es dringend ist!«

Der Verwalter war ein magerer, müder Bürogaul; er schien aber Wert darauf zu legen, als rassiges Rennpferd zu gelten. Er musterte Grunert nahezu verachtungsvoll. »Wie denkst du dir das eigentlich?« wollte er wissen. »Hier werden keine Tische gehobelt, hier werden Menschen operiert. Bei uns geht es um Leben oder Tod.«

»Bei dir geht es um deinen Posten«, sagte Grunert grob. »Und wenn du jetzt nicht gleich spurst, bist du hier die längste Zeit Made im Lazarettspeck gewesen. Also los! Ich habe mit der Ärztin zu reden.«

»Aber mein Lieber!« sagte der Verwalter einlenkend und nunmehr um Höflichkeit bemüht. Er hatte schnell erkannt, daß es zwecklos und vielleicht auch nicht ganz ungefährlich war, vor derartig einflußreichen Leuten wie Grunert auf besondere Vorrechte zu pochen. »Ich weiß sehr wohl, daß dich die Doktorin sofort empfangen würde, wenn die Zeit dafür vorhanden wäre. Aber sie operiert wirklich. Und mitten in einer Operation darf sie natürlich nicht gestört werden.«

»Es ist sehr wichtig«, sagte Grunert zögernd.

»Handelt es sich um einen Patienten? Wenn das so ist, dann

kann ich sicherlich alle notwendigen Entscheidungen treffen. Das tue ich immer, wenn die Doktorin nicht anwesend ist oder wenn sie, wie jetzt, nicht gestört werden darf. Also, mein Lieber, vertraue dich mir getrost an; ich werde tun, was ich kann.« Hierauf schien er ein wenig, sehr vorsichtig, Grunert zuzuzwinkern und sagte dann: »Deine Wünsche werden natürlich bevorzugt berücksichtigt – das wird sicherlich ganz im Sinne der Doktorin sein.«

»Nun gut«, sagte Grunert, nach kurzem Zögern. »Es handelt sich um eine Patientin. Frühgeburt!«

»Was?« rief der Verwalter alarmiert.

»Eine Frau kriegt ein Kind.«

»Ausgeschlossen!« rief der Verwalter.

»Du wirst nichts daran ändern«, sagte Grunert unwillig.

»Es ist völlig ausgeschlossen«, sagte der Verwalter mit pastoralem Eifer, »daß wir diese Frau bei uns aufnehmen. Ein derartiger Fall ist in der Lazarettordnung nicht vorgesehen; das kannst du mir glauben. Ich kenne mich da ganz genau aus. Da ist gar nichts dagegen zu machen. Nicht einmal der Major kann die bestehenden Ordnungen umwerfen; selbst er benötigt dazu die Zustimmung des Generals – und soweit ich informiert bin, ist diese Zustimmung noch niemals erbeten und somit auch noch niemals erteilt worden.«

»Halt die Schnauze«, sagte Grunert grob. »Während du hier Monologe vom Stapel läßt, verblutet womöglich im Lager eine Frau!«

»Ich tue doch nur meine Pflicht«, versicherte der Verwalter zäh.

»Du wirst sofort ein Bett frei machen und zwei Sanitäter mit einer Bahre ins Frauenlager schicken – das ist deine Pflicht.«

»Das ist nicht meine Pflicht«, wehrte sich der Verwalter. »Das verstößt gegen die Lazarettordnung. Und ich denke nicht daran, mich strafbar zu machen. Ich kann dir nur den einen guten Rat geben: warte, bis die Doktorin mit der Operation fertig ist.«

»Wie lange kann das noch dauern?«

Der Verwalter zuckte heftig mit der rechten Schulter. Er war stark beleidigt und hielt offenbar weitere Worte für überflüssig. Er begann, in einer Kladde herumzublättern; und das tat er herausfordernd und desinteressiert. »Außerdem«, sagte er schließlich, »ist kein Bett frei.«

Grunert setzte sich entschlossen in Bewegung; er eilte über den Korridor auf den Raum zu, in dem die Operationen stattfanden. Er übersah das Schild, das an der Tür angebracht war und das in russischer und deutscher Sprache die Aufschrift trug: Operation. Eintritt verboten.

Er öffnete vorsichtig die Tür und trat ein. Einige Augen starrten ihn vorwurfsvoll an. Er schloß die Tür hinter sich und ging auf den Operationstisch zu. »Was soll das!« fuhr ihn ein deutscher Arzt an.

»Laß dich nicht ablenken«, sagte Grunert zu ihm. Er ging um den Operationstisch herum, bis er Katerina gegenüberstand.

Die Ärztin nahm offenbar einen Eingriff in eine Bauchhöhle vor. Sie ließ durch eine breitgeschnittene Öffnung die rechte Hand tastend vorwärtsgleiten; sie schien irgend etwas greifen, festhalten und verschieben zu wollen. Sie arbeitete angestrengt, mit ruhigen Bewegungen; ihre Augen waren nur spaltbreit geöffnet, als müsse sie sich auf einen einzigen Punkt konzentrieren. Und ihre Stirn glänzte schweißnaß.

Grunert betrachtete sie mit heimlicher Bewunderung und nicht ohne Rührung. Der schwere, gewichtige Ernst, der auf ihrem Gesicht lag, machte sie auf geheimnisvolle Weise erschreckend und zugleich mitleiderregend schön.

»Ich glaube, ich habe es geschafft«, sagte Katerina schließlich mühsam. Ihre Hand schien noch einmal sanft tastend, tief in der Bauchhöhle des Operierten, die Lage der Gedärme zu überprüfen. Dann erst schlug sie die Augen weit auf. Und als sie Grunert sah, begann sich ihr erstarrtes Gesicht zu einem fernen, behutsamen Lächeln zu lösen.

»Das macht Ihnen so leicht keiner nach, Doktor«, sagte der deutsche Arzt, der ihr assistierte, mit ehrlicher Anerkennung. »Ich kenne nur noch einen einzigen, der derartige Eingriffe, allein seinem Tastsinn vertrauend, gewagt hat – und das war Professor Spatz in Königsberg.«

Katerinas Lächeln verstärkte sich. Und während sie nach dem nächsten Instrument griff, sagte sie: »Ich habe alles gelesen, was von und über Professor Spatz veröffentlicht worden ist – er war mein großes Vorbild. Und ich habe es immer wieder bedauert, daß es die politischen Konstellationen nicht zuließen, bei ihm zu studieren oder gar mit ihm zu arbeiten.«

»Ist die Operation beendet?« wollte Grunert wissen.

»Nein!« sagte der deutsche Arzt abweisend.

»Irgend etwas Besonderes?« fragte Katerina, ohne ihre Arbeit zu unterbrechen.

»Im Frauenlager«, sagte Grunert, »liegt eine Frau und blutet. Es scheint sich um eine Frühgeburt zu handeln.«

»Warum wird sie nicht ins Lazarett gebracht?« fragte Katerina mit erlösender Selbstverständlichkeit.

»Der Armleuchter von Verwalter«, sagte Grunert, »weigert sich, das zuzulassen. Etwas Derartiges, behauptet er, sei in der Lazarettordnung nicht vorgesehen. Außerdem sei kein Bett frei.«

Katerina blickte kurz auf. Ihre Augen schienen Grunert anzulächeln. »Das Bett in meinem Zimmer ist frei«, sagte sie. »Ich bin in zwanzig Minuten mit diesem Patienten fertig; dann werde ich mich um die Schwangere kümmern können. Zufrieden?«

»Sehr zufrieden«, versicherte Grunert dankbar. Er beeilte sich, hinauszukommen, um sie nicht weiter von ihrer Arbeit abzulenken.

Im Korridor prallte Grunert auf den lauernden, leichtverstörten Verwalter. »Tummle dich, du Molch!« rief er ihm zu. »Deine Lazarettordnung kannst du zerschneiden und auf die Latrine hängen. Ab sofort sind auch hier Kranke wichtiger als Paragraphen.«

»Du scheinst ja mächtig Eindruck auf sie gemacht zu haben«, sagte der Verwalter sauer. »Du bist ein vielbegehrter Mann. Die Dienststelle des Kommissars verlangt auch nach dir; Grigorij will dich sprechen.«

»Wie schade«, sagte Grunert nach kurzem Nachdenken, »daß du mir diesen Wunsch nicht mehr übermitteln konntest: du hast mich leider nicht erreichen können. Klar? Ich habe es nämlich sehr eilig und nicht einmal Zeit, dich um deinen schönen Posten zu bringen.«

Wolfgang Grunert schlug einen großen Bogen um die Dienststelle des Kommissars Grigorij. Er begab sich, über den Verladebahnhof, zur sowjetischen Lagerkommandantur. Hier betrat er das Vorzimmer, in dem der Schreiber residierte, und grinste außerordentlich genossenschaftlich. Fuchsgesicht schien bei seinem Anblick zusammenzuschrumpfen.

»Bist du allein?« fragte Grunert freundlich. »Ich will dich selbstverständlich nicht stören. Aber wenn du eine Minute Zeit für mich hast, sollte es mich freuen.«

»Was verlangst du denn noch alles von mir?« fragte der Fuchsgesichtige; und wieder drohte er, sich in eine Ratte zu verwandeln.

»Ich will nur ein wenig mit dir plaudern!« versicherte Grunert treuherzig und setzte sich auf den Schreibtisch. »Wenn du nämlich wüßtest, lieber Freund, was da so alles in letzter Zeit auf mich einstürmt — du würdest mich bedauern. Weinen würdest du um mich!«

»Das glaube ich kaum«, sagte der Schreiber. »Im übrigen habe ich die Sache mit der Tischlerei abbiegen können. Vorläufig ist also aus dieser Richtung nichts zu befürchten.«

»Du bist ein Schatz«, versicherte Grunert freudig. »Du kannst so bleiben. Hast du übrigens eine Ahnung, was der Kommissar von mir will?«

»Fertigmachen will er dich!« sagte der Fuchs, nicht ohne heimliches Triumphgefühl. »Und wenn das einem gelingt — dann ihm.«

»Das wäre aber verdammt schade um uns«, sagte Grunert und gab sich unbekümmert. »In meinem Fall ist es ja nicht weiter schlimm — aber du hast Frau und Kinder, reizende Kinder übrigens, außerdem ein kleines Häuschen und sehr schöne Möbel. Aber du brauchst dir keine Sorgen zu machen; wenn wir zusammenhalten, kann kaum irgend etwas schiefgehen. Natürlich müssen wir vorbeugen. Und deshalb wäre es ganz gut, wenn du herauszubekommen versuchst, was Grigorij gegen mich vorzubringen hat.«

»Hätte ich dich doch nie gesehen!« würgte der Schreiber klagend hervor.

»So etwas mußt du nicht sagen! Ich persönlich segne den Tag, an dem wir uns begegnet sind. Hast du irgend etwas zu trinken da?«

»Die Flasche steht im Aktenschrank«, sagte der Schreiber resignierend.

»Ich nehme sie mit«, sagte Grunert, nachdem er den Schrank

geöffnet und die Flasche ohne sonderliche Mühe gefunden hatte. »Sie ist, zum Glück, noch fast voll. Vielen Dank dafür. Ich werde nicht versäumen, auf dein Wohl zu trinken. Und sei überzeugt davon: dieser Wodka dient einem guten Zweck. Mit ihm soll nämlich nichts Geringeres erreicht werden als die Erzeugung von Vaterfreuden!«

Wolfgang Grunert steckte die Flasche ein. Er schlug dem Schreiber kameradschaftlich auf die Schulter und begab sich unverzüglich zu seiner Gemeinschaftsscheune. Hier beauftragte er einen bewährten Mann seiner Privatpolizei, den Untermann einer arabischen Springertruppe aus Sachsen, Pratzke aufzusuchen. Pratzke sollte »auf ein Gläschen« in den hinteren Raum der Werkstätten gebeten werden, in das ziemlich luxuriös ausgestattete sogenannte »Konstruktionsbüro«, das Wollmann für sich persönlich eingerichtet hatte.

Pratzke erschien gewissermaßen mit hängender Zunge, denn zu einem Wodka brauchte man ihn nicht zweimal aufzufordern.

»Herzlichen Glückwunsch!« rief er. »Du hast offenbar eine neue Quelle entdeckt – das müssen wir feiern. Und das eine will ich dir verraten: nichts ist hier so wichtig wie Wodka – für eine einzige Flasche präsentiert die sowjetische Lagerwache vor dir. Aber so einen gigantischen Militaristen gibt es gar nicht, der dafür unter diesen Umständen eine ganze Flasche Wodka opfern würde.«

Grunert füllte zwei Gläser, die er aus der Hosentasche gezogen hatte. Es waren Gläser, die der Kommandantur gehörten. »Wir werden immer vornehmer«, rief Pratzke.

»Wir leisten uns von Tag zu Tag immer mehr Freiheiten«, sagte Grunert und stieß mit Pratzke an. »Aber der Freiheit sind wir keinen Schritt näher gekommen.«

»Fühlst du dich nicht wohl?« fragte Pratzke. »Hast du Magenbeschwerden, Ohrensausen oder Augenflimmern? Das haben viele von uns. Das kommt von der allgemeinen Unterernährung. Es ist wirklich ein Hundeleben, das wir hier führen – selbst ich werde nicht jeden Tag satt.«

»Manchmal«, behauptete Grunert, wobei er erneut die Gläser füllte, »frage ich mich, ob alle meine Bemühungen auch nur den geringsten Sinn haben.«

»Wenn nur ab und zu eine Flasche Wodka dabei herausspringt«, sagte Pratzke sinnend, »kann das Leben so völlig sinnlos gar nicht sein.«

»Durchaus möglich«, fuhr Grunert fort, »daß es mir gelingt, dir und mir das Dasein ein wenig zu erleichtern — und ein paar anderen dazu. Kann sogar sein, daß einhundertfünfzig Menschen, also die ganze Gruppe K fünf, das Gefühl haben, ihr Leben sei in der letzten Zeit ein wenig lebenswerter geworden. Aber was ist das schon! Hier vegetieren fünftausend Menschen! Und ist es nicht fast wie ein Verrat an diesen fünftausend, wenn eine Handvoll Menschen versucht, letzten Endes auf ihre Kosten versucht, ein wenig besser, bequemer, satter zu leben?«

»Vielleicht brauchst du eine Frau?« sagte Pratzke versonnen.

»Um zu den Enttäuschungen des normalen Lebens noch die Lüge und den Betrug der sogenannten Liebe in Kauf zu nehmen?«

»Wie wahr«, sagte Pratzke dumpf, nach der Flasche greifend, »wie wahr!«

»Siehst du«, sagte Grunert und gab sich mitfühlend, »selbst ein Mann von deinem Format bleibt nicht von Heimsuchungen verschont. Wer will da noch behaupten, die Welt zu verstehen? Du siehst blendend aus, bist ein stattlicher Mann, hast Einfluß und Macht, überdies sind dir Kraft, Energie und Ausdauer zu eigen —«

»Stimmt genau«, versicherte Pratzke mit schlichtem Stolz.

»Und trotzdem!« sagte Grunert bedeutungsschwer.

»Ja«, sagte Pratzke, der zusammengesunken war. Der genossene Alkohol ließ ihn seine Erfahrungen als dramatisches Schicksal erscheinen. »Diese Sylvia ist mein Ruin.«

»Sie verdient dich nicht«, versicherte Grunert; und er überließ Pratzke bereitwillig den weitaus größten Teil des Wodkas. »Und selbst wenn sie ihre ganz speziellen Qualitäten haben sollte . . .«

»Die hat sie!« warf Pratzke mit Überzeugung ein.

». . . so ist sie doch keinesfalls eine Frau von Format!«

»Sie ist meiner nicht würdig«, stimmte Pratzke zu. Denn die große Achtung, die er vor sich empfand, vermochte selbst diese geradezu peinliche Niederlage nicht wesentlich zu schmälern. »Es mangelt ihr an den wichtigsten Dingen, an Treue, Ehrgefühl und Stolz. Sie ist wie ein Kaninchen, wie eine streunende Katze, wie eine läufige Hündin.«

»Du hast sie durchschaut«, sagte Grunert. »Ein Mann minderen Formats würde jetzt jammern — du nicht. Du hast die Wahrheit erkannt und bist bereit, die Konsequenzen daraus zu ziehen.«

»Welche Konsequenzen?« fragte Pratzke und blickte verlangend nach der Wodkaflasche.

Wolfgang Grunert tat, als denke er nach. »Wenn das alles hier einmal vorüber sein sollte, wenn auch für mich der Krieg aus ist und ich wieder in der Heimat bin, dann kaufe ich mir eine Hütte irgendwo in den Wäldern, in den Bergen, an einem einsamen See oder im Moor. Hierauf suche ich mir eine Frau, und mit ihr werde ich eine Familie gründen. Denn was gibt es Schöneres als Freiheit, Natur und Kinder!«

»Nicht schlecht!« stimmte Pratzke ohne Überzeugung zu.

Grunert füllte aufmerksam Pratzkes Glas und ermunterte ihn, es auszutrinken. »Du bist nicht so leicht unterzukriegen«, sagte er. »Du wirst mit allen Problemen fertig. Und wenn du nur willst, dann hat diese Sylvia aufgehört, für dich zu existieren.«

»Vorher aber«, versicherte Pratzke, »poliere ich ihr noch die Fresse.« Dieses nicht ganz unberechtigt erscheinende Verlangen quittierte Grunert mit nahezu zustimmendem Schweigen. Dann sagte er: »Du bist hier im Lager eine Respektsperson und mehr als nur der Stellvertreter des deutschen Kommandanten. Natürlich hast du auch Feinde.«

»Sie zittern vor mir«, behauptete Pratzke.

»Schon möglich«, sagte Grunert bereitwillig. »Fest scheint jedoch zu stehen, daß nicht nur deine Feinde, sondern auch deine Freunde Anstoß nehmen an deinem Verhältnis mit dieser mehr als fragwürdigen Person. Natürlich hat dir jeder dein Vergnügen gegönnt — so ganz nebenbei, am Rande, gelegentlich einmal. Was aber nun einmal dem Deutschen am meisten imponiert, das hast du — in diesem Fall — außer acht gelassen.«

»Und was ist das?« fragt Pratzke.

»Würde!« sagte Grunert. »Der Deutsche will seine führenden Persönlichkeiten würdevoll sehen — möglichst als glückliche, treusorgende, beständige Familienväter. Ein vorbildliches Privatleben erweckt im Volk, das gern bewundern will, stets freudige Anteilnahme und gläubiges Vertrauen. Das ist die Richtung, die du einschlagen solltest. Denn eines Tages — und vielleicht ist dieser Tag nicht mehr fern – könntest du der deutsche Kommandant des Lagers sein.«

»Alles ganz schön und gut«, sagte Pratzke schwer atmend. »Aber schließlich leben wir hier nicht unter normalen Verhältnissen. Hier läßt sich kein Familienidyll aufziehen.«

»Aber warum denn nicht!« rief Grunert mit täuschend echt wirkender Begeisterung.

»Willst du mich etwa auf den Arm nehmen?« fragte Pratzke, dessen Mißtrauen niemals ganz einzuschlafen schien.

Wolfgang Grunert leerte den Rest der Flasche in Pratzkes Glas. »Du scheinst die gute, brave Hannelore ganz vergessen zu haben«, sagte Grunert. »Das ist doch eine Frau nach dem Herzen des Volkes: einfach, gerade, auf gesunde und naturhafte Art schön – der Idealtyp vertrauenerweckender Mütterlichkeit. Und jetzt, vielleicht sogar in diesem Augenblick, bekommt deine Hannelore ein Kind.«

»Jetzt schon?« rief Pratzke alarmiert. »Das kann nicht stimmen.«

»Es handelt sich um eine Frühgeburt«, erklärte Grunert besänftigend. »Und nun mache doch einmal den Versuch, dir die ganze Situation vorzustellen. Da bekommt also eine unserer Frauen ein Kind – es ist das erste Kind, das in diesem Lager geboren wird. Natürlich gehört diesem Kind unsere ganze Sympathie; selbst härteste Männer werden sich gerührt fühlen und freudig zustimmen, wenn der Vorschlag gemacht wird, daß das gesamte Lager die Patenschaft übernehmen soll. Das tiefste Mitgefühl und die größte Hochachtung aber gilt der Mutter, die unter derartigen Umständen einem prachtvollen Kinde das Leben schenkte. Arme, tapfere Mutter, wird man sagen. Jetzt aber kommst du und nimmst – eine einzigartige und bewegende Geste! – Mutter und Kind unter deinen persönlichen Schutz; wie ein Ehrenmann bekennst du dich zu ihnen.«

»Klingt nicht schlecht«, gab Pratzke zu, »klingt wirklich gar nicht schlecht.«

»Denke darüber nach«, sagte Grunert und ging hinaus, ein Geschäft vorschützend. Er durchschritt die Werkstatträume, die jetzt in Künstlergarderoben verwandelt waren: die Abendvorstellung fand statt. Auf der Bühne spielte ein Pianist die sogenannte *Mondscheinsonate.* Nahezu tausend Menschen starrten verträumt vor sich hin.

»Grigorij, der Kommissar, sucht dich«, flüsterte Wollmann.

»Wie schade«, sagte Grunert, »daß er mich nicht finden kann. Ich werde nachher den hinteren Ausgang benutzen — und muß noch ins Lazarett; möglicherweise bleibe ich die ganze Nacht dort.«

»Ist es denn schon soweit?« fragte Wollmann grinsend; und er wollte hinzufügen: mit dir und der Ärztin.

Grunerts Gedanken waren schon wieder bei Pratzke und Hannelore; er nickte daher ahnungslos. »Heute nacht kann sich einiges entscheiden«, sagte er.

Er ging wieder durch die Werkstätten in das Konstruktionsbüro zurück, wo Pratzke nicht gerade erwartungsfroh dasaß. Er starrte vielmehr sinnend vor sich hin.

»Nun?« fragte Grunert und gab sich heiter. »Hast du dir die ganze Sache überlegt?«

»Mehr Schnaps hast du wohl nicht?« wollte Pratzke wissen. Und als Grunert verneinte, fragte er: »Und wenn das gar nicht mein Kind ist — was dann? Was dann, wenn mir ein asiatischer Bastard entgegenblickt? Auf dieser Welt ist alles möglich. Aber zum Gespött lasse ich mich nicht machen, ich nicht.«

Wolfgang Grunert holte tief Atem; dann begann er erneut mit großer Selbstverleugnung und mit schöner Überzeugungskraft Pratzkes Verdienste und Vorzüge aufzuzählen. Er rühmte dessen einzigartige Persönlichkeit; sie werde sich in dem Kinde unverkennbar wiederfinden lassen. Natürlich brauche er nicht den Fisch im Teich beziehungsweise die Katze im Sack zu kaufen; er möge das Neugeborene besichtigen, den Rat der Freunde und Experten einholen und sich erst dann entscheiden. »Gehen wir ins Lazarett!«

»Können wir das riskieren?« fragte Pratzke. »Der Doktor wird uns in hohem Bogen hinausfeuern.«

»Nicht, wenn ich dabei bin«, versicherte Grunert.

»Diese Katerina wird, glaubst du, bei dir eine Ausnahme machen?« fragte Pratzke erstaunt aufhorchend.

»Ich glaube schon«, sagte Grunert.

Pratzke betrachtete den Mann, den er für seinen engsten Verbündeten hielt, mit steigendem Interesse. Die Sache mit Katerina imponierte ihm. »Ich habe nicht geglaubt«, sagte er dann, »daß das einer schaffen würde. Dazu gehört Mut. Aber die Vorteile, die sich daraus ergeben könnten, sind nicht zu unterschätzen.«

»Ich muß dich doch sehr bitten, die Situation nicht mißzuverstehen«, sagte Grunert sanft korrigierend. »Die Ärztin ist meinen Bestrebungen gegenüber sehr aufgeschlossen — aber das ist auch schon alles. Es besteht vielleicht sogar eine gewisse Sympathie zwischen uns; die hat jedoch nicht das geringste mit persönlichen Beziehungen zu tun.«

»Verstehe, verstehe«, versicherte Pratzke augenzwinkernd. »Ich kannte einmal eine Dame, die ließ sich sogar noch im Bett mit ›gnädige Frau‹ anreden. Und zu mir sagte sie immer ›Ottokar‹, denn so hieß ihr Mann. Doch Scherz beiseite. Du hast vorhin gesagt, daß ich der richtige Mann wäre, hier deutscher Lagerkommandant zu sein. War das ein Witz?«

»Mein voller Ernst«, versicherte Grunert. »Du kannst in dieser Angelegenheit jederzeit mit mir rechnen.«

»Dann«, sagte Pratzke unternehmungslustig, »will ich nur hoffen, daß deine Ärztin ihre Sympathie für dich in diesem einen Punkt auch auf mich übertragen wird. Auch den Major werden wir mit vereinten Kräften überzeugen können. Also los — sehen wir uns an, was der Storch gebracht hat!«

Die Mitteilung, daß es sich um eine besonders komplizierte Geburt handele, schien Pratzke nicht im geringsten zu beunruhigen.

Ihn erfüllte es zunächst mit Respekt und Zuversicht, daß die Ärztin Katerina keinen Augenblick lang gezögert hatte, die beiden nächtlichen Besucher im Lazarett zu empfangen. Sie hatte beide vergleichsweise freundlich angesehen, Grunert ein wenig länger als Pratzke, und ihnen dann das Operationszimmer als Aufenthaltsraum zugewiesen.

»Noch ist es nicht soweit«, sagte sie offenbar gut gelaunt. »Mögliche Väter und sonstige Interessenten werden gebeten, sich in Geduld zu üben.«

Pratzke blickte ihr kurz nach und zwinkerte dann Grunert verständnisinnig und anerkennend zu. Hierauf begann er nahezu systematisch den Raum abzusuchen. Er schaute in die Instrumentenschränke, unter den Operationstisch und in die

Abfalleimer. »Ein billiger Laden«, sagte er dann enttäuscht. »Ein Operationszimmer ohne Alkohol — wo gibt es denn so etwas?«

»Hast du dir eigentlich schon einmal darüber Gedanken gemacht«, fragte Grunert ablenkend, »welchen Namen du deinem Kind geben könntest?«

»Klar«, sagte Pratzke und zerrte einen Instrumentenschrank ein wenig von der Wand; er hatte das Gefühl, der sei auf der Rückseite hohl — er schob seinen Arm dahinter und tastete den Zwischenraum ab. »Wenn es ein Junge wird, nenne ich ihn Peter, ist es nur ein Mädchen, soll es von mir aus Petra heißen. Peter Pratzke — klingt nicht schlecht, was?«

Grunert nickte zustimmend, wobei er nicht ohne Besorgnis Pratzkes Geschäftigkeit beobachtete, die noch dazu mit einigem Lärm verbunden war. »Wenn du dich unbedingt mit Schnaps stärken mußt«, sagte er, »warum dann diese Umstände? Du solltest dich gleich dorthin wenden, wo die Quellen fließen — schließlich ist doch einer deiner Leute in diesem Laden Verwalter.«

»Höre mal«, sagte Pratzke nicht ohne Tadel, »ich brauche keinen Schnaps, um mich zu stärken. Aber vielleicht habe ich das Bedürfnis, ein frohes Ereignis in sozusagen altgermanischer Weise zu begießen. Wie dem auch sei: der Verwalter soll kommen!«

Grunert zögerte nicht, Pratzkes Wunsch zu entsprechen. Denn er begrüßte es, daß der zähe, engstirnige Paragraphenreiter in Pratzkes Hände geriet. Er begab sich durch den Korridor in das Büro, in dem der Verwalter allnächtlich sein Lager aufzuschlagen pflegte: eingehüllt in neue Lazarettdecken, hingestreckt auf frischgereinigten Polstern, sanft schnarchend — so lag er da.

Grunert weckte ihn und übermittelte ihm Pratzkes Befehl. Der Verwalter taumelte hoch und stand dann schließlich gehorsam auf, wobei er einige unverständliche Flüche vor sich hinmurmelte. Er ließ völlig offen, wem seine Verwünschungen galten. Er schlurfte durch den Korridor und schob sich in das Operationszimmer hinein.

Pratzke kannte seine Leute genau und wußte, wie er sie am erfolgreichsten zu behandeln hatte. Er hielt sich nicht erst lange bei freundlichen Vorreden und unverbindlichen Höflichkeitsphrasen auf. Er sagte ganz einfach: »Bring uns was zum Saufen!«

»Doch nicht etwa Alkohol?« fragte der Verwalter und gab sich mit Vorsicht empört.

»Freundchen«, sagte Pratzke warnend, »du wirst mir doch nicht etwa weismachen wollen, daß du keinen Sinn für Gastfreundschaft besitzt? Hier gibt es doch Alkohol in Mengen; und du bist der Knabe, den ich an die Quelle gesetzt habe. Entweder du hast dir einen Schnaps gebraut und du willst ihn nicht probieren lassen — dann ist das alles andere als kameradschaftlich. Oder: du hast keinen Alkohol für dich und deine Freunde abgezapft — dann bist du ein Idiot. Und ich kann weder unkameradschaftliche Mitarbeiter noch ausgemachte Idioten gebrauchen. Ist das klar?«

Das war dem Verwalter offenbar sofort deutlich genug. Er beeilte sich, zu verschwinden. Nach drei Minuten war er wieder da. Er hatte eine großbauchige, halbvolle Medizinflasche mitgebracht, deren Inhalt grünlich schimmerte: Es waren im Alkohol aufgelöste Pfefferminzbonbons. Einige Beutel dieser »Hustenbonbons« hatten sich vor einiger Zeit ins Lazarett verirrt und waren vom Verwalter »vereinnahmt« worden — was, wie er glaubte, völlig zu Recht geschehen und überdies noch sinnvoll war: wie wohl hätte er ein paar hundert Pfefferminzbonbons auf fünftausend Kriegsgefangene aufteilen sollen?

Pratzke nahm dem Verwalter die Flasche ab, roch daran und nahm einen Probeschluck. »Du bist gar nicht so unbegabt, wie ich zunächst befürchtet hatte«, sagte er. Und dann erlaubte er dem Verwalter, sich wieder zu entfernen, selbstverständlich ohne Medizinflasche.

Sie tranken mit einigem Genuß und zunächst schweigend. Dann begann Pratzke, den Einfallsreichtum und das Organisationstalent der von ihm ausgesuchten Leute zu rühmen; einen Schnaps wie diesen habe er eigentlich nur in Frankreich getrunken. Grunert erzählte von einer Kindstaufe in Bayern, zu der er einmal eingeladen gewesen wäre — das Bier sei in Strömen geflossen, dazu Enzian aus Zweiliterkrügen; und ein halber Ochse wäre gebraten worden.

»Wir werden uns, wenn es soweit kommen sollte, mit einem Spanferkel begnügen müssen«, sagte Pratzke nahezu bescheiden.

»Wenn es uns aber gelingen sollte, einen ganzen fabriksneuen Traktor unterderhand zu verkaufen — und das ist möglich, ich habe da schon vorgefühlt —, dann können wir uns ein Fest leisten, wie es selbst in Bayern nur alle Jahre einmal vorkommt. Wenn du Vater wirst, braten wir einen ganzen Ochsen am Spieß. Und außerdem lasse ich eine Festvorstellung arrangieren.«

»Hoffentlich bin ich tatsächlich der Vater des Kindes«, sagte Pratzke. Er hatte sich offenbar mehr und mehr und nicht zuletzt mit Hilfe das Alkohols in seine neue Rolle hineingelebt.

Als die Ärztin erschien, war einige Zeit vergangen; und die aromatische grünliche Flüssigkeit in der Medizinflasche war fast völlig verschwunden. Katerina sah übermüdet und dennoch zufrieden aus. Sie lächelte Grunert an und sagte: »Wir haben es geschafft.«

»Es war nicht anders zu erwarten«, sagte Grunert und erwiderte ihr Lächeln.

»Es ist natürlich ein Junge«, sagte Pratzke schwer, denn er wußte, daß jetzt der Augenblick der großen Entscheidung gekommen war.

Katerina nickte, leicht belustigt und ohne den Blick von Grunert zu nehmen. »Kein Mann kann ahnen, was Frauen auszuhalten haben. Es ist eine Qual und dennoch zugleich eine Erlösung. Aber wenn nur ein Funken Hoffnung in uns ist, überstehen wir alles.«

»Hat sie etwa Schwäche gezeigt?« wollte Pratzke wissen.

»Wie kannst du so etwas denken«, beeilte sich Grunert zu sagen. »Hannelore ist eine starker, gesunder Mensch — die geborene Mutter! Sie verdient deine Bewunderung.«

»Das Kind ist gesund«, sagte Katerina, leicht amüsiert. »Der Mutter geht es gut.«

»Kann man den Knaben sehen?« fragte Pratzke.

Katerina bejahte diese Frage. Sie ging bereitwillig hinaus. Pratzke stärkte sich, indem er die letzten Reste des grüngefärbten Alkohols in sich hineinlaufen ließ. Grunert schien, versonnen, Katerina nachzublicken. Und er fand, daß sie sich in ungewöhnlicher, kaum zu erwartender Weise verändert hatte.

»Ich habe schon manchen Sturm erlebt«, sagte Pratzke dumpf, »aber man ist schließlich auch nur ein Mensch.«

Die Ärztin erschien wieder. Sie öffnete die Tür weit und ließ Frau Simoneit eintreten, die ein Bündel mit sich trug. In diesem

Paket aus Decken und Bettlaken lag ein verschrumpeltes, zerknittertes, rötlich schimmerndes Menschlein. Ein helles Stimmchen krähte in den Raum.

Die Anwesenden sahen Pratzke aufmerksam an. Pratzke starrte nahezu angsterfüllt auf das Kind, als wäre es eine Atombombe. Alle schwiegen erwartungsvoll; offenbar warteten sie darauf, daß der als Vater vorgesehene Pratzke das erste entscheidende Wort sprechen werde.

»Ist das überhaupt ein richtiger Mensch?« fragte er schließlich mühsam.

»Nun halten Sie gefälligst die Luft an!« rief die Simoneit empört. »Das ist eine Frage, die man wohl eher Ihnen stellen müßte. Das ist ein Prachtexemplar von einem Kind! Ich habe in meinem Leben schon viele Neugeborene gesehen, aber noch niemals ein Siebenmonatskind, das derartig robust und gesund war.«

»Meinen Sie wirklich?« fragte Pratzke hoffnungsvoll.

Er sah hilfesuchend zu Grunert hinüber. Aber auch dem hatte der Anblick des winzigen Menschleins fast völlig die Sprache verschlagen. Auf diesem Gebiet besaß er keinerlei Erfahrungen; seine sonst so lebhafte Phantasie drohte ihn im Stich zu lassen. »Sehr bemerkenswert«, sagte er fast stotternd. »Wirklich sehr bemerkenswert.«

»Kaum jemals«, sagte Frau Simoneit, »habe ich bei einem Säugling eine derartig kräftige Stimme gehört.«

»Die könnte er von mir haben«, sagte Pratzke spontan.

»Auch die Augen des Kindes sind von gleicher Farbe wie die Ihren«, sagte nunmehr Katerina; sie schien bereit, sich an dem großen und nicht unamüsanten Spiel zu beteiligen. Und sie lächelte Grunert vertraulich zu.

»Überhaupt«, sagte jetzt Grunert, der alle Hemmungen über Bord warf, »finde ich, daß dir der Knabe wie aus dem Gesicht geschnitten ist; das gleiche energische Kinn, ähnlich kraftvolle Fäuste und einen guten Riecher. Und dann die Haare!«

»Haare hat das Kind auch schon?« fragte Pratzke, der noch immer ratlos war und heftige innere Kämpfe zu bestehen schien. Er vermochte beim besten Willen keinerlei Ähnlichkeiten zwischen sich und diesem Säugling zu entdecken; aber die Bereitschaft, an sie zu glauben, wurde in ihm größer.

»Auch du wirst in deiner Jugend derartig seidig blond gewesen sein«, behauptete Grunert suggestiv.

»Das kann stimmen«, gab Pratzke, immer noch widerstrebend, zu. »Meine Mutter sagte immer, ich hätte Haare wie der junge Siegfried gehabt.«

»Na, siehst du!« rief Grunert triumphierend. »Und solche Haare hat der kleine Peter auch!«

Pratzke schob sich, höchst vorsichtig, ein wenig näher an das krähende Menschlein heran. Er streckte den Zeigefinger aus. Der Säugling schwieg plötzlich. Pratzke nahm die winzigen Händchen in seine großen, nicht gerade sauberen Finger. Da verzog der Säugling das Gesicht, und Pratzke deutete dies als Lächeln und als Zeichen von instinktiver Sympathie. Er fühlte sich versucht, anzunehmen, das Menschlein habe in ihm seinen Vater erkannt.

Pratzke lächelte breit und freudig erregt. Die Anwesenden lachten wie erlöst auf. Katerina sah Grunert in die Augen.

»Was ist denn das für eine private Theatervorstellung«, fragte ein spöttische Stimme von der Tür her.

Die Anwesenden drehten sich, wie ertappt, zu dem Mann hin, der jetzt den Raum betrat. Es war Grigorij, der Kommissar. Er kam näher und musterte einen nach dem anderen. Schließlich blieben seine prüfenden Augen auf dem Neugeborenen haften.

»Ein wahrhaft dramatischer Einfall«, sagte er dann gedehnt. Und mit lächelnder Bosheit fügte er hinzu: »Ist das etwa dein Kind, Grunert?«

»Nein«, sagte Pratzke groß. »Ich bin der Vater.«

»Weißt du das wirklich genau?« fragte Grigorij sanft.

Katerina war heftig errötet; sie drehte sich um und ging hinaus. Frau Simoneit folgte ihr unverzüglich, mit dem Kind auf dem Arm. Pratzke trottete nach kurzem Zögern hinterher.

Grigorij betrachtete diesen Auszug der Beleidigten mit unbeweglichem Gesicht; nur seine Augen funkelten amüsiert. Er hatte mit zwei knappen Sätzen ganze Arbeit geleistet. Er durfte, wenigstens doch für diesen Augenblick, zufrieden mit sich sein.

Der Kommissar wandte sich nunmehr Wolfgang Grunert zu und sagte: »Ich habe dich suchen lassen. Du wirst jetzt sagen: davon weiß ich nichts. Ich könnte morgen nachprüfen lassen, ob du die Wahrheit sagst — und du weißt, daß ich Methoden habe, das herauszubekommen. Aber ich glaube, daß ich mir diese Mühe ersparen kann. Denn ich weiß ja schon bereits, was mit dir los ist.«

»Und wenn Sie sich irren, Herr Kommissar?«

»Ich irre mich nie«, versicherte Grigorij; er schien mäßig belustigt. »Meine Stellung schließt jeden Irrtum, zumindest dir und deinesgleichen gegenüber, von vornherein aus. Aber da du mich mehrere Male amüsiert hast, Grunert, will ich großzügig sein und dir die Möglichkeit zu einem Geständnis geben. Ein aufrichtiges und rechtzeitiges Geständnis verführt immer zu einer gewissen Milde.«

»Und was wohl sollte ich, Ihrer Ansicht nach, zu gestehen haben?«

»Mein lieber Grunert«, sagte der Kommissar und setzte sich auf den Operationstisch. Zu seinen Füßen klirrte Glas. Er bückte sich und hob jetzt die leere, aber immer noch ein wenig grünlich schimmernde Medizinflasche auf, die er umgestoßen hatte. Er roch daran und stellte sie mit einem geringschätzigen Lächeln zur Seite. »Dein Repertoire reicht ziemlich weit – vom Eisenbahnunfall bis zur Frühgeburt, vom Denunziantentum dem eigenen Lehrer gegenüber bis zur Eulenspiegelei mit der Sowjetunion.«

»Wie bedauerlich«, sagte Grunert, »daß Sie mir das alles zutrauen.«

»Ich habe im Grunde gar nichts dagegen«, sagte Grigorij langsam. »Mich stört dabei nur eins, und zwar das Wichtigste; du fährst nicht auf meinen Geleisen! Und selbst wenn du das gelegentlich tust, erzwungenermaßen, dann beachtest du weder meine Fahrpläne noch meine Signale. Das aber kannst du mir nicht bieten. Und schon gar nicht bieten lasse ich mir von dir, Grunert, daß du deine dreckigen Finger selbst in meine ureigensten Bereiche hineinzustecken versuchst.«

Grigorij hatte seinen letzten Satz mit einer derartig unerwarteten Heftigkeit hervorgestoßen, daß Grunert erschrak. Anfänglich hatte er sich zwar bedroht, dennoch aber einigermaßen sicher gefühlt – er spürte genau, daß Grigorij bluffte; wohl hatte der Material gegen ihn, aber nur unvollkommenes, unzureichendes oder unzutreffendes Material.

Dieser letzte Satz aber machte die Gefährlichkeit der Situation überdeutlich: Der Kommissar persönlich, der Mensch Grigorij, war getroffen und schwer verletzt worden. Grunert schwieg.

Und Grigorij fühlte sich versucht, noch mehr zu sagen: daß Katerina ihm das Armband ohne ein Wort des Bedauerns zurückgeschickt hatte. Und daß Grunert daran schuld war ... Aber er sprach es nicht aus. Es war auch nicht nötig. Grunert spürte es: Nichts mehr war gutzumachen, nichts konnte aus der Welt geschafft werden, Grigorij war nicht mehr zu versöhnen.

»Ich schlage den Kerl tot«, sagte Wilhelm, und er sagte das, als gelte es festzustellen, daß ein sanfter Abendwind wehe. »Ich habe nur noch den einen Wunsch, daß Krieger den morgigen Tag nicht mehr erlebt.«

»Unsinn«, sagte Grunert unruhig.

Sie standen vor ihrer Baracke und starrten in die Nacht, zu den grellen Scheinwerfern hin, die bemüht zu sein schienen, den dunkelblauen Himmel auszulöschen. Aber sie sahen weder das kalkweiße Licht noch das matte Leuchten dahinter – sie horchten in die Dunkelheit hinein. Aber außer ihrem Atem hörten sie nichts; sie waren allein.

»Du hast es mir versprochen.«

»Wie stellst du dir das eigentlich vor?« wollte Grunert wissen. »Soll ich den Kerl festhalten, während du ihm den Schädel spaltest?«

»Nein, das tue ich ganz allein«, sagte Wilhelm. »Das bin ich meinem toten Freund schuldig.«

»Ach was«, sagte Grunert rauh. »Du wirst doch hier nicht etwa die Blutrache einführen, den Nibelungen ins Handwerk pfuschen oder dem germanischen Totenkult huldigen wollen. Auch die Lebenden haben einigen Anspruch auf dich – auch ihnen bist du einiges schuldig. Denn schuldig sind wir immer, ob wir davon wissen oder nicht. Überall liegen die Fußangeln der Mitverantwortung. Du kannst mitschuldig an einer schlechten Straße sein, auf der sich ein Radfahrer das Genick bricht, oder an einem Krieg, in dem Millionen sterben.«

»Du kannst mir meinen Entschluß nicht ausreden«, sagte Wilhelm unbeirrt.

Grunert zog seinen Mitgefangenen von der Baracke weg, weiter in die Dunkelheit hinein. Er konnte das Gesicht des Mannes, der ihm gegenüberstand, nicht sehen, aber er wußte genau, wie es aussah; er kannte jede Spur der Erregung darin und wußte um die Blässe der würgenden Entschlossenheit.

»Wilhelm«, sagte er gedehnt, »ich an deiner Stelle hätte Angst — Angst davor, ein Verbrechen durch ein Verbrechen zu erwidern. Das schafft eine Kette brutalster Gewalt. Das ist der direkte Weg, der ins Verderben führt. Wäre es nicht besser, diese Kette zu unterbrechen?«

»Hier handelt es sich um Gerechtigkeit«, sagte Wilhelm.

»Viele sagen Gerechtigkeit und meinen Vergeltung oder Rache! Ich meine, daß es Größe sein kann, und außerdem auch noch Klugheit, Einhalt zu gebieten, einen Strich zu ziehen, die Kette zu unterbrechen.«

»Du bist müde geworden, Grunert.«

»Todmüde.«

»Du hast Angst bekommen, Grunert.«

»Vielleicht.«

»Oder das, was dich beherrscht, ist Feigheit!«

»Es kann Feigheit sein — wenn das Gegenteil davon die rauschhafte Bereitschaft zum Tode ist.«

»Für mich«, sagte Wilhelm, »ist alles ganz einfach: Ich will nicht mehr leben — aber vor mir wird dieser Krieger sterben.«

»Selbst für diesen Krieger«, sagte Grunert mit kalter Leidenschaft, »gibt es hundert Gründe, die ihn erklären, ihn entschuldigen, ihn verständlich machen. Fange bei seiner Jugend an, nimm jenes Deutschland hinzu, vergiß die Sowjets nicht, denk an den Krieg, rechne mit irgendeiner Frau, glaube sogar an guten Willen und ehrliches Bemühen, setze ferner die Notlage in Rechnung und eine völlig aus den Fugen geratene Zeit. Wenn du das alles tust, wirst du finden, daß er nur ein Schuldiger unter tausend anderen ist. Und am Ende bin sogar ich selbst nicht schuldlos am Tod deines Freundes.«

»Wenn du wirklich das denkst, was du sagst«, erklärte Wilhelm gedehnt, »woher willst du dann den Mut und die Kraft nehmen, dein Spiel zu beenden?«

»Das frage ich mich auch«, sagte Grunert.

»Du willst aufgeben?«

»Vielleicht ist jetzt, in diesem Augenblick, mein Spiel bereits beendet — vielleicht das Urteil schon gesprochen, und ich stehe auf einer Liste, die den Vermerk trägt: erledigt! Und das alles vielleicht nur deshalb, weil der Verstand nicht stark genug war, die Gefühle zu beherrschen. Wilhelm – jeder Mensch ist verwundbar, jeder, ohne Ausnahme. Jeder hat eine Stelle, an der er tödlich getroffen werden kann! Und wer diese Stelle herausfindet, kann jeden Menschen in eine Marionette verwandeln.«

»Wem sagst du das?«

»Und deshalb, mein Freund, sollten wir uns zurückziehen, wenn wir nicht verbluten wollen. Wer auch nur einigermaßen anständig leben will, sollte allein und einsam leben. Ein enger Kreis um uns – eine Mauer darum, die niemand übersteigen darf und die auch wir nicht übersteigen wollen. Denn die Berührung mit dem Dreck macht dreckig, die Liebe zerstört, und die ständige Aktion saugt dir das Mark aus den Knochen.«

Wilhelm schwieg. Das grelle Licht der Scheinwerfer schien wie durch Schleier abgedeckt, und der sternenlose Himmel hatte sich weit von ihnen entfernt. Lauernde Stille umgab sie.

»Es ist alles vergeblich«, sagte Wilhelm schließlich. »Du glaubst nicht an das, was du sagst. Und ich tue das auch nicht. Es wird dir nicht gelingen, mir meinen Entschluß auszureden. Ich werde Krieger töten.«

»Nur Krieger?« fragte Grunert heftig. »Oder auch Pratzke? Und die Lagerpolizisten? Und alle anderen, die deinen Freund verbluten ließen, weil es ihnen wichtiger war, Kartoffeln aufzusammeln, als Sterbende zu versorgen? Nur Krieger – mich nicht auch?«

»Nur Krieger«, sagte Wilhelm. »Er hat den Befehl gegeben. Und selbst wenn er leugnet, einen direkten Befehl gegeben zu haben, so hat er den Mord geduldet. Schließlich steht fest: Er hätte verhindern können, was geschah. Er ist der Verantwortliche – er, nicht seine Handlanger und Helfershelfer. Krieger muß zahlen!«

»Und wenn ich versuche, dich daran zu hindern?«

»Wie willst du das anfangen?« fragte Wilhelm.

»Ich könnte dich zusammenschlagen.«

Jetzt lachte Wilhelm auf; und sein Lachen klang hastig und heftig durch die Dunkelheit, es war voll zitternder Qual. Es erstarb plötzlich. Und nur noch sein gepreßtes Atmen war zu vernehmen.

»Du müßtest mich totschlagen, Grunert, wenn du den Tod von Krieger verhindern willst.«

»Vielleicht sollte ich sogar das in Erwägung ziehen«, sagte

Grunert gequält. »Denn dein Tod würde für die anderen keine schlimmeren Folgen haben als der Tod irgendeines anderen in diesem Lager, um es ganz hart und nüchtern zu sehen – der von Krieger jedoch könnte zu unübersehbaren Konsequenzen führen.«

»Wenn er zu einem ungünstigen Zeitpunkt erfolgt«, ergänzte Wilhelm.

Grunert schien über dieses Wort zu erschrecken. Er schwieg viele Sekunden lang, als habe er die Sprache verloren. »Warum sagst du das?« verlangte er schließlich zu wissen.

»Weil ich mit dir ein Geschäft machen will«, sagte Wilhelm.

»Du bist verrückt.«

»Kann sein«, gab Wilhelm freundlich zu. Und nach geringer Pause sagte er: »Aber so verrückt, daß ich nicht weiß, was ich von dir zu halten habe, bin ich nicht. Gewiß, du würdest es fertig bekommen, mich irgendwie auszuschalten – aber du würdest auch nicht zögern, wenn du Krieger ausschalten könntest, zu gegebener Zeit, zum günstigsten Zeitpunkt. Nun gut – bestimme diesen Zeitpunkt. Aber garantiere mir, daß ich es bin, der Krieger ausschaltet – endgültig.«

»Wahnsinn«, sagte Grunert tonlos.

»Ich habe dich durchschaut«, sagte Wilhelm mit beängstigenden Untertönen. »Ich habe erkannt, worauf du hinauswillst. Du bleibst nur ein paar Minuten lang schwach, und ich vermute, daß dich vor den letzten Entscheidungen noch einmal die nackte Angst gepackt hat. Aber du kannst nicht mehr ausweichen, wenn du nicht ganz einfach deinen Kopf hinlegen willst – du siehst dich vielmehr gezwungen, um dein Leben zu kämpfen. Jetzt geht es für dich um alles! Genauso, wie es für mich um Krieger geht. Stelle jetzt beide Dinge in Rechnung – und sieh zu, wie du mit ihnen fertig wirst.«

»Hau ab!« brüllte Grunert auf.

Wilhelm blieb. Er sagte: »In dieser Erde werden wir alle einmal liegen, früher oder später. Warum sollen wir das sinnlos hinauszögern?«

»Mein Gott«, sagte Grunert leise, »wohin ist es mit uns gekommen?«

»Grunert«, sagte der Major und beugte sich fordernd vor, »verteidige dich! Versuche mir zu erklären, was los ist.«

Grunert sah den sowjetischen Kommandanten an und zuckte, nahezu gleichgültig, mit den Schultern. Er stand mitten im Raum, vor dem großen Schreibtisch; er sah über die neuen, funkelnden, farbenprächtigen Möbel – dem forschenden Blick des Majors wich er aus.

»Wenn du mir nicht endlich eine vernünftige Antwort gibst«, brüllte der Major auf, »dann lasse ich dir aus einem Hanfstrick eine Krawatte drehen! Wenn du nicht gleich etwas sagst, wirst du nie mehr etwas sagen! Und wenn nicht das, was du sagst, Hand und Fuß hat, dann werden das deine letzten Worte gewesen sein. Also?«

»Wie kann ich antworten«, sagte Grunert schließlich, »wenn ich nicht weiß, was man von mir wissen will? Wie kann ich mich verteidigen, wenn ich die Anklage nicht kenne? Ich weiß nicht einmal, gegen wen ich mich wehren muß.«

»Du hast kein schlechtes Gewissen?« fragte der Major nahezu erstaunt.

»Wer hat denn ein gutes Gewissen?« fragte Grunert zurück.

Der Major öffnete den Mund weit, und ein mächtiges Gebrüll schien sich anzukündigen; doch er klappte seinen Mund nußknackerartig wieder zu: Maria hatte den Raum betreten. Sie schritt mit demonstrativ hochgetragenem Kopf an Grunert vorbei, ohne ihn auch nur eines Blickes zu würdigen. Sie ging auf den Major zu, lächelte ihn an und legte einen Zettel auf seinen Tisch.

»Danke, meine Liebe«, sagte der Kommandant überraschend sanft. Er nickte Maria zu, die sich wieder entfernte. Dann warf er einen kurzen Blick auf den Zettel, der ihn nicht sonderlich zu interessieren schien. Hierauf fragte er: »Wo waren wir doch gleich stehengeblieben?«

»Bei unserem schlechten Gewissen«, sagte Grunert.

Der Major stutzte kurz; und fast schien es, als gedenke er in ein lautes Gelächter auszubrechen. Aber er beherrschte sich schnell und rief: »Du mußt ein Gewissen wie ein Abfalleimer haben, wie ein Aufwischlappen, wie ein Scheißhaus! Wie kannst du es wagen, mir in die Augen zu sehen? Warum zitterst du nicht, wenn du dich hier blicken läßt? Wie kommt es, daß dir nicht die Sprache wegbleibt, wenn du auch nur ein Wort Russisch hörst? Was bist du nur für ein Mensch – ein Idiot oder ein Verbrecher, ein verkommener Gangster oder ein ganz und gar verruchter Kapitalist? Und völlig ohne Kultur!«

»Herr Major«, glaubte Grunert bemerken zu können, »manchmal glaube ich fast, daß ich die Kultur hier sozusagen erfunden habe – gemeinsam mit Ihnen, selbstverständlich.«

»Grunert, Grunert«, sagte der Major, jetzt tiefbetrübt und wie von einem schweren Schlag getroffen. »Wie konnten Sie mir das antun! Wie lohnen Sie meine Güte? Wie erwidern Sie meine Freundschaft?«

Grunert erhob sich vorsichtig auf Zehenspitzen, um das Aktenstück sehen zu können, auf das der Major mit schwerer Hand schlug. Es war nicht sonderlich dick, aber von alarmierend roter Farbe, mit wichtigen Lettern quergestempelt, was auf geheimnisvolle Art gefährlich aussah.

»Nazistische Umtriebe, Anstiftung zur Meuterei, Versuch der Sabotage, Schmähung der Sowjetunion!« rief der Major. »Und alles das amtlich, offiziell gemeldet, zum Teil mit Zeugenaussagen belegt. Verantworte dich doch, Mensch!«

»Lüge, Mißverständnis oder Irrtum«, sagte Grunert ohne zu zögern. »Geben Sie mir Gelegenheit, mich zu rechtfertigen und meine Zeugen aufmarschieren zu lassen.« Und obgleich Grunert die Antwort hierauf genau zu wissen glaubte, fragte er dennoch: »Und sagen Sie mir, bitte, wer derartige Anschuldigungen glaubt gegen mich vorbringen zu können.«

»Der Kommissar«, sagte der Major.

Grunert nickte. »Ich habe es gewußt«, behauptete er. »Und ich wundere mich eigentlich, daß noch eine Anschuldigung fehlt – eine von ganz besonderer Art und nicht minder schwerwiegend.«

»Welche?« fragte der Major lauernd.

»Verbotener Umgang mit sowjetischen Staatsbürgern«, sagte Grunert offen.

»Steht drin!« sagte der Major.

»Dann«, sagte Grunert unverzüglich, »bitte ich zu diesem Punkt die Ärztin zu vernehmen.«

»Du schreckst wohl vor nichts zurück!« brüllte der Major auf. »Du bekommst es glatt fertig, dir an der Genossin Katerina deine schmutzigen Hände abwischen zu wollen! Hast du denn noch niemals etwas von einem Kavalier gehört? Ich persönlich habe niemals behauptet, einer zu sein — aber ich bin einer! Ich genieße gerne — aber ich schweige immer! Ich habe so manche Frau beglückt, aber ich habe nie daran gedacht, politische Vorteile dabei herauszuschlagen! Das sollte dir zu denken geben und dich daran erinnern, daß auch du ein Mann bist — und hoffentlich auch ein Kavalier!«

»Eine Vernehmung der Ärztin . . .«, begann Grunert vorsichtig.

»Freundchen!« warf der Major ein. »Wenn du mich in diesem speziellen Punkt auch noch enttäuschen solltest, werde ich selbst noch den letzten Rest an Wohlwollen verlieren und meine schützende Hand ganz von dir abziehen. Was das bedeutet, kannst du dir wohl ausmalen; Phantasie hast du ja genug. Eine Dummheit macht ja schließlich jeder — aber sie auch noch ausposaunen wollen, heißt Selbstmord begehen. Ist das klar?«

Grunert nickte leicht verwirrt. Wie fast immer, so vermochte er auch diesmal den Major nicht ganz zu durchschauen. Es blieb unklar, was Wohlwollen und was Berechnung war, wo die Großzügigkeit aufhörte und die Zweckmäßigkeit begann. »Wer aber nicht genießt«, sagte er schließlich, »braucht auch nicht zu schweigen.«

»Nicht einmal das«, brummte der Major vor sich hin. Er schien nahezu enttäuscht.

»Eine Vernehmung der Ärztin Katerina«, sagte Grunert nunmehr, »würde vermutlich Resultate zeitigen, die alle anderen Vorwürfe gegen mich als persönliche Angriffe erweisen. Ich will damit sagen: Ich vermute, daß rein menschliche Gründe zu meiner politischen Ausschaltung führen sollen.«

Der Major dachte angestrengt nach. Er griff erneut den Zettel auf, den Maria hereingebracht hatte; er las ihn abermals durch. Dann sagte er: »Komme niemals auf die Idee, Grunert, mich gegen meine Mitarbeiter ausspielen zu wollen. Wir wissen, was wir wollen; wir sind eine Einheit, zusammengehalten von der besten und sichersten Klammer, die es auf dieser Erde gibt — von unserer gemeinsamen Weltanschauung. Das ist, wie wenn Felsen neben Felsen stehen — dabei ein Hund, der sie anpinkelt und damit glaubt, sie unterhöhlen zu können.« Der Major produzierte eine große, wegwerfende Geste, als sei der Rest der Welt für ihn lediglich ein Schutthaufen. Er ließ, wie als Schlußpunkt, ein kräftiges, knurrendes, kurzes Geräusch ertönen. Dann rief er: »Die Ärztin zu mir!«

Hierauf sprach er lange Zeit nichts. Er betrachtete den Zettel, den ihm Maria gebracht hatte, anscheinend mit Widerwillen. Dann sah er Grunert schweigend und mit Ausdauer an, als gedenke er, ihn zu porträtieren.

Schließlich erschien Katerina. Sie schien es zu vermeiden, Grunert anzusehen. Sie ging auf den Major zu, und der begrüßte sie mit gemessener Herzlichkeit. »Wir haben auf Sie gewartet, Genossin«, sagte er bedeutsam. »Ich brauche Ihre Stellungnahme.«

»Als Ärztin?« wollte Katerina wissen.

»Als Genossin«, sagte der Major. »Schließlich waren Sie ja auch in Abwesenheit von Kommissar Grigorij sein Stellvertreter.«

Er griff das blutrote, aufreizend gestempelte Aktenstück auf und gab es Katerina. Die nahm es mit wortloser Selbstverständlichkeit entgegen und begann darin zu blättern. Grunert beobachtete sie erregt; und er glaubte, sie erröten zu sehen. Der Major hatte sich tief in seinen neuen Ledersessel gelümmelt und betrachtete sie mit sichtlichem Genuß.

»Nun, Genossin«, wollte er schließlich wissen, »was sagen Sie dazu?«

»Herr Major«, sagte Katerina, mit überraschend fester Stimme, »einige dieser Vorgänge sind mir bekannt – aber ich stimme mit den Schlußfolgerungen des Genossen Grigorij nicht überein. Ganz im Gegenteil: Bei einem Fall – dem des Lehrers Hegner –, den ich eingehend bearbeitet habe, bin ich zu einem völlig entgegengesetzten Urteil gekommen. Ich bin überzeugt, daß Grunert ein Antifaschist ist.«

»Sollte mich freuen«, sagte der Major mit unerwartetem Wohlwollen. »Aber nun mit der gebotenen Deutlichkeit eine Frage: Glauben auch Sie, Genossin, daß die bemerkenswert stark ausgeprägte Antipathie des Genossen Grigorij auf ganz persönlichen, um nicht zu sagen: auf intimen Beweggründen beruht?«

»Ja«, sagte Katerina, ohne auch nur im geringsten zu zögern, »das glaube ich!«

»Was habe ich gesagt!« rief Grunert spontan. »Persönliche Gründe! Und völlig unberechtigt!«

»Berechtigt!« sagte Katerina einfach.

Grunert verschluckte sich heftig. Der Major saß wie ein Standbild bewegungslos in seinem Sessel. Katerina schien zu lächeln. Es wurde so still, daß der Lärm der Fabrik mitten im Raum zu sein schien.

»Raus!« brüllte der Major. »Grunert raus!«

Grunert entfernte sich derartig schnell, als müsse er fliehen. Er stürzte in das Vorzimmer hinein. Und hier sagte er zum Schreiber des Majors: »Einen Wodka!«

Der Schreiber grinste Grunert an. Dann grinste er zu Maria hinüber. Er füllte ein Wasserglas randvoll mit Wodka und schob es Grunert zu. Dabei sagte er: »Mensch, du hast mehr Schwein als Verstand. Normalerweise müßtest du jetzt baumeln. Aber diesen Luxus können wir uns leider zur Zeit nicht leisten. Du wirst hier nämlich wieder einmal ganz dringend gebraucht: Der General hat sich angemeldet — er will die neuesten Errungenschaften der sowjetischen Kultur besichtigen.«

Der General war ein stattlicher Mann; es war sogar nicht unberechtigt, ihn als elegant zu bezeichnen. Die Kriegsgefangenen nannten ihn spontan »die Sektflasche«.

Des Generals Begleiter war ein Oberst, ein schweigsamer, finster und forschend um sich blickender Mann; selbst die Farbe seiner Uniform schien um mindestens einen Grad dunkler als gewöhnlich zu sein. Er erhielt unverzüglich die Bezeichnung »Sargdeckel«. Wie ein Bluthund folgte er seinem General, der sich auf das Lagertor zubewegte.

Der General hatte einen sicheren Blick für Gefangenenlager — ihm unterstanden einige Dutzend davon. Er sah auf den ersten Blick, ob die Kommandanten scharf durchgriffen oder mit der sanften Methode Arbeitseifer hervorlockten — er sah das an der Sauberkeit der Lagerstraße, an der Haltung der Kriegsgefangenen und an der Zahl der Spruchbänder. Der Anblick dieses Lagers war fast dazu geeignet, sein Herz höherschlagen zu lassen — sofern das überhaupt möglich war.

Zur Linken der »Sektflasche« schritt der »Sargdeckel«, rechts neben ihm stolzierte der Major. Hinter ihm bewegten sich gemessen ein Wachoffizier, Direktor Grünbaum und Katerina, die Ärztin. Grigorij, der Kommissar der Fabrik und des Lagers, war nicht anwesend; er besprach mit dem Kommissar des Generals neuartige Sicherheitsmaßnahmen.

Je näher sie alle dem Lagertor kamen, um so mehr erhellten sich die Mienen des Generals und damit auch automatisch die seiner Umgebung. Denn das Lagertor war mit frischem Grün geschmückt. Hammer, Sichel und Sowjetstern funkelten, als wären sie aus purem Gold. Und überall hingen Spruchbänder. Die deutsche Lagerkommandantur und die Spitzenfunktionäre der Gruppe K 5 waren angetreten. Ein Chor sang mit rührender Herzlichkeit und in russischer Sprache:

Wir grüßen dich, du unsere Sonne.

Der General verhielt, denn auch er war ein musischer Mensch; zumindest legte er Wert darauf, für einen solchen gehalten zu werden. Einer der letzten Befehle aus Moskau hatte die Kultur als förderungswürdig bezeichnet. So lauschte er denn mit seiner Umgebung dem frohen Liede und betrachtete dabei das Lager; er erblickte Ordnung und Sauberkeit; und er vermeinte, guten Willen zu verspüren. Das erfreute ihn; er schien wohlwollend zu lächeln.

Dann jedoch, nach einigen Minuten, verfinsterte sich sein Gesicht. Da das Lied fünf Strophen besaß, hatte er nicht nur die Gelegenheit, sich an dem Anblick der zahlreichen Spruchbänder zu erfreuen, sondern auch die Zeit, sie zu lesen. Und was er dort las, schien ihm arg zu mißfallen.

Denn er las nicht nur: Arbeit macht frei, nicht nur: Lernt Russisch und ihr habt mehr vom Leben, nicht nur: Wir danken der Sowjetunion für alles – Worte, die noch einigermaßen verständlich waren, wenn sie auch nicht gerade als ideal bezeichnet werden konnten. Er las aber auch: Rußland erwache, Deutschland verrecke.

Als der Chor geendet hatte, fragte der General eisgekühlt und mit spürbarem Druck, wie es sich für eine »Sektflasche« geziemte: »Wer hat diesen hochverräterischen Mist zusammengeschmiert?«

Krieger, der deutsche Lagerkommandant, trat vor und erklärte: »Bitte, melden zu dürfen, daß diese Spruchbänder nicht in meinen Zuständigkeitsbereich fallen.« Und nachdem er das gesagt hatte, trat er zurück und blickte Grunert an.

Grunert lächelte angestrengt: »Wir haben diese Parolen aufgeschrieben, Herr General – aber verfaßt hat sie unser Kommissar Grigorij.«

Der General stand starr und wie in den Boden gerammt. Der »Sargdeckel«, der Oberst also, hatte sich ein wenig vorgebeugt. Eine leichte Röte bedeckte das Gesicht des Majors. Katerina schien kreidebleich geworden zu sein. Direktor Grünbaum lächelte dünn.

»Jawohl«, sagte Wollmann lautstark und bieder, »das sind so die Parolen, die uns Kommissar Grigorij beibringt.«

Und nachdem er das gesagt hatte, nickte Pratzke unübersehbar heftig – durch einen Blick Grunerts dazu aufgefordert. Er zögerte keinen Augenblick, gegen Grigorij Stimmung zu machen, der da höhnisch seine Vaterschaft angezweifelt und damit seine Ehre verletzt hatte. Und Pratzke war ein ehrenwerter Mann!

Der Oberst musterte die deutschen Kriegsgefangenen, die ihm fast vertrauensvoll in die Augen blickten. Dann drehte er sich zu seiner Begleitung herum und sagte verhalten und mit Schärfe: »Was habe ich davon zu halten! Der äußere Eindruck ist überaus erfreulich. Ich spüre den guten Willen und sogar freundschaftliche Gefühle. Ich bemerke eine gewisse Disziplinfreudigkeit und eine beinahe schon als sowjetisch zu bezeichnende Sauberkeit und Ordnungsliebe. Aber mich irritieren diese gefährlich dummen, hochverräterischen Parolen. Und ich frage Sie, Herr Major: Halten Sie es für möglich, daß Grigorij derartiges inspiriert hat?«

»Möglich ist schließlich alles«, sagte der Major ausweichend. Der General ging mit der Gruppe ein wenig beiseite und dämpfte die Stimme, damit die Kriegsgefangenen, die Russisch konnten, ihn nicht verstanden.

»Herr Leutnant, Ihre Meinung, bitte.«

Der Wachoffizier kam sich unerhört wichtig vor. Er fühlte Stolz in sich aufsteigen. Er sagte, ebenfalls leise, nahezu stotternd vor Erregung: »Ein deutscher Kriegsgefangener, der in Gegenwart eines sowjetischen Offiziers lügt, spielt mit seinem Leben – und weil er das weiß, wird er sich hüten, zu lügen.«

»Doktor?« fragte der General nunmehr, sich an Katerina wendend.

Katerina sah den General offen an und sagte: »Kommissar

Grigorij hat gelegentlich Ansichten geäußert, die als außerordentlich befremdend, wenn nicht als bedenklich bezeichnet werden müssen – ich habe pflichtgemäß dem Genossen Major darüber Mitteilung gemacht.«

»Stimmt«, sagte der Major unter den forschenden Blicken des Generals.

»Das«, sagte nunmehr der General, »ist außerordentlich interessant.« Und er nickte seinem Oberst, dem »Sargdeckel«, zu; und der nickte ebenfalls bedächtig. »Unterhalten Sie sich sofort mit Herrn Grigorij«, sagte er, nahezu flüsternd.

»Soll ich ihn gleich abtransportieren lassen«, flüsterte der Oberst zurück, »oder soll ich ihn zunächst nur in Verwahrung nehmen?«

»Was Sie für richtig halten«, sagte der General. Seine Stimme gewann ihre normale Lautstärke zurück.

Der Oberst »Sargdeckel« salutierte und zog ab. »Sektflasche« General setzte sich mit ernstem Gesicht in Bewegung und begann mit der Besichtigung des Lagers. Und was er hier sah, schien ihm zu gefallen: Die Wege waren sauber abgegrenzt, die Baracken wirkten weniger verfallen, als in anderen Lagern üblich; und hier und dort funkelte frische Farbe auf, rote zumeist, was sehr vertrauenerweckend aussah. Der gute Ruf, den der *Rote Morgen* besaß, schien sich erneut zu bestätigen. Der General lächelte dem Major zu, und der atmete befreit auf.

Grunert bekam hierauf frischen Mut und drängte sich vor. Er gab sich freundlich-dienstwillig und sagte: »Wenn Sie erlauben, Herr General, so würden es sich die künstlerischen Kräfte des Lagers zur Ehre anrechnen, ein Theaterstück aufzuführen.«

»So«, sagte der General überlegend, »ein ganzes Theaterstück?«

»In russischer Sprache selbstverständlich«, beeilte sich Grunert zu versichern.

»Einen sogenannten Klassiker?« fragte der General mißtrauisch.

»Ein Lustspiel«, sagte Grunert mit Eifer. »Es heißt *Charleys Tante.*«

»Aha«, sagte der General, der immer noch zögerte, sich einem allzu ausgedehnten Kunstgenuß hinzugeben. »Ein kapitalistischer Autor vermutlich.«

»Linientreu bearbeitet«, behauptete Grunert kühn. »Mit Ballett- und Gesangseinlagen.«

»Warum nicht!« sagte der General. Und er wandte sich an seine Umgebung und fragte: »Nun – was meinen Sie dazu?«

»Durchaus sehenswert«, empfahl der Major unverzüglich. Zwei Stunden Theater waren gleichbedeutend mit einer Verkürzung der Inspektion um zwei Stunden. Und Mädchenbeine pflegten angenehmere Eindrücke zu vermitteln als Barackenpritschen und Massenlatrinen, mochten sie auch noch so sorgfältig hergerichtet sein.

Nach einer kurzen Pause, die mit einer flüchtig-wohlwollenden Küchenbesichtigung ausgefüllt wurde, fand die Theateraufführung statt: Der große Heinrich Wagner spielte *Charleys Tante* mit umwerfender Komik. Als er zum erstenmal in Frauenkleidern erschien, drohte der General vom Stuhl zu fallen; und er erstickte fast, als Wagner die Frauenröcke hob, um an seine Hosentaschen zu gelangen. Der Major schlug dem General hilfsbereit auf die Schultern und strahlte dabei vor Zufriedenheit. Er war so zufrieden, daß er sogar Grunert zunickte, was Krieger mit einigem Entsetzen sah.

Und während auf der Kommandantur der »Sargnagel« befehlsgemäß Grigorij nach allen Regeln seiner Kunst bearbeitete, lauschte der General den Musikeinlagen von *Charleys Tante* mit Anteilnahme. Und die Vorführungen des Balletts hatten mehr als nur sein Interesse. Er applaudierte lebhaft, was seine Umgebung veranlaßte, ein Gleiches zu tun. Und er rief zweimal: »Bravo!«

Die Schlacht, so glaubte nunmehr der Major, war gewonnen. Der General erhob sich sichtlich gut gelaunt und sprach Worte der Anerkennung an den Major. Hierauf äußerte er seine Zufriedenheit Grunert und Krieger gegenüber. Und dann erklärte er mit großer Geste: »Und jetzt möchte ich gerne persönlich den Künstlern meinen Dank ausdrücken.«

Als Krieger diese Worte hörte, begann er mit alarmierender Zufriedenheit zu lächeln. Grunert erkannte sofort, was diese jäh hervorbrechende Freude seines Freundes zu bedeuten hatte: Wenn sich der General hinter die Bühne begab, würde er die Werkstätten sehen – diese heimliche Fabrik des Lagers, in der private Möbel am laufenden Band hergestellt wurden. Und bei diesem Anblick würde es dem General wie Schuppen von den Augen fallen. Ein drakonisches Strafgericht müßte die Folge sein.

»Mensch!« sagte Wollmann und verschwand.

Auch der Major schien zu ahnen, was kommen konnte; er machte ein außerordentlich besorgtes Gesicht und blickte nahezu hilfesuchend zu Grunert hinüber. Selbst Direktor Grünbaum hatte aufgehört zu lächeln – auch sein Kopf saß jetzt lokker.

Der General setzte sich ahnungslos in Bewegung und begab sich hinter die Bühne. Er drückte Wagner die Hand und sagte: »ungewöhnlich« und »bemerkenswert« und »sehr ordentlich«. Dabei sah er auf Mädchenbeine, auf Busen und Rückenpartien – und dann sah er die geheimen Werkstätten des Lagers.

»Verflucht«, murmelte der Major. Grunert ließ den Kopf hängen, und Wollmann lehnte sich wie erschöpft gegen die Wand. Krieger grinste ungeniert.

Der General betrat die Schneiderwerkstatt, ging in die Tischlerei, in die Schlosserei, in die Malerei – und das tat er wortlos. Er sah Anzüge, Bilder und diverse Möbelstücke wie Betten, Sessel, ein Sofa, ein Regal, einen Schrank. Und alles war gediegen, großzügig, reich verziert; es roch nach Ölfarbe, Lack und Firnis.

Schließlich blieb der General stehen und sagte: »So etwas habe ich noch niemals gesehen.«

Um ihn war Schweigen. Wollmann wünschte sich tickende Würmer in sein Holz, um wenigstens ein Geräusch zu hören. Der Major hatte seine Mütze abgenommen und wischte sich mit einem farbenfrohen Tuch über den Schädel.

»Wer ist dafür verantwortlich?« fragte der General. Grunert trat vor.

Der General sah ihn an. »Können Sie«, fragte er dann, »für mich einen Konferenztisch anfertigen – etwa zwei mal sechs Meter?«

»Jawohl«, sagte Grunert verstört.

»Und dazu acht Stühle?«

»Jawohl«, sagte Grunert.

»Mein lieber Major«, sagte der General tönend. »Sie haben ganz ausgezeichnete Arbeit geleistet. Ich kann Ihnen gar nicht sagen, wie zufrieden ich bin. Ich werde höheren Orts entsprechend berichten – eine Beförderung ist Ihnen sicher. Nur weiter so!«

In dieser Nacht des vermeintlichen Triumphes waren auch die Lagerstraßen hell erleuchtet. Und in den Baracken brannten die nackten Glühbirnen eine Stunde länger als gewöhnlich: Der Major hatte eine Sonderration ausgeben lassen, zu der auch Tee mit Wodka gehörte. Die Küchenmannschaft, die das Getränk mit Vorsicht gemischt hatte, soff sich jetzt an den stattlichen Resten halbtot. Und das sowjetische Aufsichtspersonal half ihr dabei.

In der Gemeinschaftsscheune fand ein heimliches Tänzchen im Halbdunkel statt. Wilhelm saß in einer Ecke, die er gegen Liebespaare und Pfarrer Matthäus beharrlich zu verteidigen wußte. Während der Geistliche betete, ein Frau aufkreischte, auf dem Klavier *Kleine Möve, flieg nach Helgoland* geklimpert wurde, starrte Wilhelm düster vor sich hin.

Diese behutsame Orgie konnte nur stattfinden, weil Grunert anderweitig intensiv beschäftigt war. Und Wollmann hatte sich mit seinem engeren Stab zu einem Festessen fahren lassen. Diese unternehmungslustige, siegesfreudige Gruppe hatte für sich, nach bewährter Methode, den Schreiber des Kommandanten mobilisiert und sich von ihm einen Personenwagen besorgen lassen, und zwar den des Majors. Auch solches war nur möglich, weil der Major ebenfalls anderweitig beschäftigt war.

Wollmann saß mit seinen bewährten Mitarbeitern im vornehmsten Lokal der Stadt, das nur für örtliche Würdenträger und bedeutende Besucher gedacht war. Und er war ein »Besucher aus dem Ausland«, bemerkenswert gut gekleidet und auf landesübliche Weise gut gelaunt. Noch ehe er sich hinsetzte, verlangte er: »Kaviar und Krimsekt – vorher ein Gläschen Wodka!«

Der Schreiber der Kommandantur saß bleichen Gesichts dabei. Er stotterte etwas von einem Besuch aus Deutschland – aus dem sowjetisch besetzten Deutschland natürlich. »Die neuen Genossen«, sagte er, »sind studienhalber hier.«

»So ist es!« dröhnte Wollmann. »Und wir beginnen selbstverständlich mit dem Studium der Speisekarte.«

In dieser Nacht saß Grunert in Direktor Grünbaums Wohnung, genauer: in dem Zimmer, das der Direktor bewohnte – ein kleiner Raum, mit Postkarten aus dem Louvre an den Wänden, mit einigen wenigen Büchern und Werkzeichnungen. Grünbaum packte seinen Koffer.

»Ich fahre noch heute nacht«, sagte er.

»Sie werden mir fehlen«, behauptete Grunert. »Wo wollen Sie hin?«

»Ich falle die Treppe hinauf«, sagte Grünbaum. »Und das wohl nicht zuletzt dank Ihrer Hilfe. Die ständig wachsenden Produktionsziffern des *Roten Morgens,* die glänzenden Berichte und nicht zuletzt die erfolgreiche Besichtigung durch den General haben mir erneut einen Ruf nach Leningrad eingebracht, an die dortige Technische Hochschule. Ich zögere jetzt keine Sekunde mehr, diesem Ruf zu folgen — denn morgen schon, so will es mir scheinen, kann es zu spät sein.«

»Das kann sein«, sagte Grunert offen.

»Ich liebe meine Arbeit«, sagte Grünbaum, über seinen Koffer gebeugt. »Und in diesem Lande ist es mir fast gleichgültig, wo ich arbeite — wenn ich damit nur einen Zipfel persönlicher Freiheit erreichen kann. Sie aber, lieber Grunert, haben eine heimliche Fahne aufgerollt und versuchen, Ihre Gegner mit ihren Methoden zu schlagen. Wie soll das weitergehen? Wie stellen Sie sich eine Lösung vor? Soll denn immer eine Auseinandersetzung der anderen folgen? Und sollen Opfer nur durch neue Opfer abgelöst werden? Glauben Sie, daß auch der Weg zum Guten über Leichen führt?«

»Was aber, wenn es keinen anderen Weg gibt —?«

»Grunert«, sagte Grünbaum eindringlich, »es muß einen anderen Weg geben — und Sie müssen ihn suchen. Versprechen Sie mir das! Wir werden uns wahrscheinlich nie mehr begegnen — aber ich habe den ehrlichen Wunsch, gut von Ihnen zu denken und Sie nie zu vergessen. Finden Sie keinen anderen Weg als den durch den Dschungel der Mörder, dann müßte ich glauben, daß Sie nicht zögern würden, auch mich, Ihren Freund, zu opfern, nur um Ihre Ziele zu erreichen.«

»Das könnten Sie von mir glauben?«

»Ich halte es nicht für ganz ausgeschlossen — würde ich wohl sonst dem ausweichen, was sich hier anzubahnen droht?«

Der Major saß mitten in seinem Zimmer, tief in seinem prunkvollen Lehnstuhl. Neben sich hatte er roten, schweren, süßlichen

Wein stehen, den das »Brudervolk« Ungarn in die Sowjetunion geschickt hatte. Er trank ihn mit nahezu andächtigem Genuß und dachte dabei: Sie lieben uns alle — sie müssen uns nur erst kennenlernen.

»Komm zu mir, Maria«, sagte er.

Maria erhob sich gehorsam, fast selbstverständlich, von ihrem Schemel, auf dem sie am Ofen gesessen hatte. Sie nahm ihr Glas und die Sitzgelegenheit mit sich und ließ sich zu Füßen des Majors nieder. Und sie zuckte nicht, als sie seine schwere Hand auf ihrer Schulter spürte.

Er roch am Wein und trank dann davon — er schlürfte die rotschimmernde Flüssigkeit, er spülte sie im Munde, ehe er sie hinunterrinnen ließ. »Wir sind ein Volk von Kultur«, sagte er. »Aber wir kommen nicht dazu, unseren Neigungen nachzugehen, denn jeder, der gut und groß ist, hat Feinde. Wir würden gerne speisen wie die Franzosen, unbekümmert leben wie die Italiener und uns lässig geben wie die Engländer — aber wir sind dazu verdammt, in großen Punkten euch Deutschen gleichen zu müssen, eurer verfluchten Tüchtigkeit, eurer erbarmungslosen Organisationsbesessenheit, euren blöden Idealen: Leistung, Arbeit und Einsatz. Das macht mich manchmal so traurig.«

»Vielleicht«, sagte Maria behutsam, »sollte das ein Grund sein, die Deutschen zu verstehen?«

»Verdammt«, sagte der Major schwer, »genau das ist es ja. Wir lieben die Deutschen! Wir lieben auch die Franzosen, auch die Italiener und sogar die Amerikaner — wir lieben die ganze Welt! Aber die ganze Welt stößt uns zurück! Für diese Welt sind wir Barbaren, Bluthunde, dumpfe Bestien! Niemand liebt uns!«

Der Major ließ den weinschweren Kopf sinken. Sein Hand lag in Marias Nacken und tastete, nahezu mechanisch, nach dem Ansatz ihrer Haare.

»Sie sollten nicht gleich nach den Sternen greifen«, sagte Maria. »Sie dürfen nicht so maßlos sein — fangen Sie in engeren Grenzen an, Ihre Liebe zu zeigen. Und durch sie werden Sie dann Gegenliebe erwecken.«

»Könntest du mich lieben?« fragte der Major, und seine Hand, die bisher spielerisch in ihrem Nacken lag, schien zu erstarren.

»Lieben Sie mich?« fragte Maria und sah mit angespannter Aufmerksamkeit zu ihm hoch.

»Ja«, sagte er mühsam.

»Und Sie lieben auch in mir die Deutsche?« wollte sie wissen.

Der Major sah dunkel und bewegungslos vor sich hin. Der Wein rauschte in seinem Kopf. Er beugte sich vor und atmete tief.

»Sie sind ein guter Mensch«, sagte Maria. »Sie hätten mit mir machen können, was Sie wollten — Sie hätten mich schlagen, mich zwingen können. Sie könnten mich jeden Tag gegen eine andere austauschen. Aber sie tun es nicht.«

»Weil ich lieben will«, sagte er. Und kaum vernehmlich fügte er hinzu: »Weil ich geliebt werden will!«

Krieger hatte seine Clique um sich versammelt. Seine Getreuen starrten ihn entschlossen an. Zu seiner Seite saßen Pratzke, der Polizeichef, und der sogenannte Arbeitsminister. Wodkaflaschen kreisten.

»Wir haben keine andere Wahl mehr«, sagte Krieger. »Wir werden mit diesem Burschen Grunert und mit seinem Verein Schluß machen.«

»Morgen schon kann es zu spät sein«, sagte der Arbeitsgewaltige. »Denn morgen werden die Spezialschrauben vom Typ M siebzehn ausgehen — und damit wird die gesamte Produktion unterbrochen und der *Rote Morgen* so gut wie stillgelegt sein.«

»Durch Grunerts Schuld!«

»Kann sein«, sagte der Organisator der Arbeitssklaven sachlich. »Wird vermutlich so sein! Aber das ändert gar nichts daran, daß wir Grunert nichts beweisen können — es sei denn mit Gewalt. Aber selbst das schafft noch keine Spezialschrauben herbei. Und feststeht, daß wir allein für den Arbeitsverlauf verantwortlich sind — wir: ich, Krieger und alle Vorarbeiter. Denn es sind ausschließlich unsere Leute, die in den Schlüsselpositionen sitzen. Wir alle, die wir uns hier anglotzen, werden zur Verantwortung gezogen.«

Die Wodkaflasche kreiste schneller. Die Kerzen beleuchteten ratlose und wütende Gesichter. Krieger sah finster vor sich hin. Nur Pratzke lächelte; er hatte eine seiner genialen Ideen.

»Also Freunde«, sagte er, »denken wir doch mal scharf nach!

Erstens: Die Spezialschrauben M siebzehn fehlen bei der Montage. Zweitens: Ohne Spezialschrauben M siebzehn steht der *Rote Morgen* still, und wir können einpacken – denn Schuldige muß es geben, und diesmal werden wir es sein. Außerdem können wir uns in diesem entscheidenden Augenblick keinen Versager leisten. Drittens: Mithin müssen Spezialschrauben M siebzehn her, und wenn wir sie dem Teufel aus dem Hintern ziehen müssen. Viertens: Wo gibt es diese Spezialschrauben? Doch nur bei den bereits fertigen, in den Schuppen am Verladebahnhof lagernden Traktoren! Fünftens: Daraus ergibt sich nur eine Schlußfolgerung: Wir montieren heute nacht die Spezialschrauben aus den fertigen Traktoren und bringen sie in die Halle, so daß sie morgen in ausreichender Zahl zur Verfügung stehen. Nur so können wir den laufenden Betrieb aufrechterhalten.«

»Verdammt«, sagte der sogenannte Arbeitsminister. »Das ist die verrückteste Idee, die ich jemals gehört habe – aber sie ist brauchbar. Sie ist sogar die einzige, die in Frage kommt.«

Krieger gab nach kurzem Nachdenken seine Zustimmung. Er dankte Pratzke für seine hervorragende Idee und ließ unverzüglich einen Demontagetrupp aufstellen. Er bewilligte zur allgemeinen Stärkung fünf weitere Flaschen Wodka.

»Freunde«, sagte er dann zuversichtlich, »spätestens morgen abend existiert Grunert und seine Abteilung K fünf nicht mehr. Wir werden ihm ein Ultimatum stellen und fordern, daß er seine Werkstätten der deutschen Lagerkommandantur, also uns, unterstellt. Geschieht das nicht, wird es rauchen. Dann hauen wir ihn und seinen Laden zusammen. Ohne Rücksicht auf Verlust. Und den Rest kassieren wir dann ein.«

»Was soll aus uns werden?« sagte Katerina und sah Grunert mit großen Augen fragend an.

Sie saßen auf dem Bett, das in Katerinas Zimmer stand. Die Ärztin hatte ihren Uniformrock ausgezogen und sah in ihrer weißen Bluse ungewohnt fraulich und fast beunruhigend zierlich aus. »Was soll aus uns werden?« fragte sie abermals.

»Ich weiß es nicht«, sagte Grunert wahrheitsgemäß.

»Du mußt dir doch irgend etwas vorgestellt haben – irgend etwas!«

»Meine Gedanken reichen nicht weiter als bis zu diesem

Augenblick«, sagte Grunert. »Ich wage nicht einmal, an diese Nacht zu denken und schon gar nicht an das, was morgen passieren kann. Grigorij wird nicht Ruhe geben, ehe ich erledigt bin.«

»Grigorij wird nichts mehr tun«, sagte Katerina einfach.

»Und warum nicht?« begehrte Grunert auf. »Und womit ist das erkauft worden?«

»Ich habe gegen ihn ausgesagt« erklärte Katerina.

»Du hast ihn belastet und damit ausgeliefert?« fragte Grunert ungläubig. Und er wußte nicht recht, ob er nun dankbar, erstaunt oder empört zu sein hatte. »Du hast mitgeholfen, ihn zu erledigen — und das am Ende gegen dein Gewissen?«

»Ich habe mich entschieden — zwischen ihm und zwischen dir.« Katerina ließ Grunert nicht aus den Augen. »Es blieb mir keine andere Wahl.«

»Warum«, sagte Grunert und senkte den Kopf, »gibt es immer nur dieses Entweder-Oder? Warum dürfen wir nicht menschlich denken und vernünftig handeln?«

»Ich fühle nur Liebe«, sagte Katerina.

Die Nacht endete mit einem großen Gesang. Wollmann und seine engsten Mitarbeiter waren am Lagertor angekommen. Der Schreiber der Kommandantur gab ihnen gezwungenermaßen das Ehrengeleit; er stand mit nahezu verstörten Gesichtszügen vor dem Wachtposten und meldete: »Ein Sonderkommando zurück.«

Wollmann und die Seinen, randgefüllt mit edelstem Krimsekt, erhoben ihre Stimmen. Sehr lautstark und überaus innig sangen sie die Internationale. Aber sie hatten dieser Melodie einen neuartigen, eigenwilligen deutschen Text hinterlegt; und der war zwar friedfertig, aber leider auch ziemlich schweinisch.

Der Schreiber der Kommandantur krümmte sich nahezu vor Scham, da er ja Deutsch verstand. Der Wachtposten aber, des Deutschen zu Wollmanns Glück nicht mächtig, grinste freudig und klatschte Beifall.

»Es lebe!« brüllte Wollmann. »Es lebe!« Er ließ offen, was er leben ließ.

Der Tag, der folgte, fand schwere Köpfe vor, müde Körper und lauerndes Unbehagen. Es war zunächst, als geschehe nichts von Bedeutung: Die arbeitende Schicht im *Roten Morgen* quälte sich über die Stunden hinweg, die andere Hälfte der Kriegsgefangenen lag zumeist in hoffnungsträchtiger Erwartung auf den Pritschen. Und selbst die sowjetischen Bewacher schienen ihre Tätigkeit lediglich mit müdem Widerwillen auszuführen.

Krieger aber drillte in seiner Baracke die Verläßlichsten seiner Clique. Er hatte auf dem Bretterfußboden einen Umriß der Gemeinschaftsscheune aufgezeichnet. Anhand dieser Skizze sprach er zum drittenmal seinen exakt entworfenen Plan durch: an drei Stellen abriegeln, Einbruch mit minderen Kräften vom Friedhof her, was als Täuschungsmanöver gedacht war, sodann Durchbruch beim Sarglager. Erstes Ziel: Räumung des Lagers von Grunerts Leuten. Zweites Ziel: Sicherstellung und Verwahrung von Grunert, Wollmann und Wilhelm – mit allen Mitteln. Drittes Ziel: Übernahme der Gewalt in den Werkstätten und im Lagertheater durch die dafür vorgesehenen und besonders geschulten eigenen Leute.

»Und wenn Grunert klug genug ist und der Gewalt ausweicht?« wollte Pratzke wissen.

»Er hat nur zwei Möglichkeiten: entweder er übergibt mir bis zwanzig Uhr die gesamte Gruppe K fünf, oder wir vereinnahmen ihn und seinen Verein mit Gewalt.« Krieger war überzeugt, absolut klarzusehen. »Und der Major wird sich nicht einmischen – der hat andere Dinge zu tun. Und Grigorij scheint verreist zu sein.«

Pratzke nickte. Er sah noch ein wenig den planvollen und zielstrebigen Vorbereitungen zu; dann verließ er, pfeifend, die Baracke der deutschen Lagerkommandantur. Er begab sich ohne größeren Umweg zur Gemeinschaftsscheune und fahndete nach Grunert.

Er fand Grunert in der Nähe der Bühne, auf der für den Abend *Wallensteins Tod* geprobt wurde, V. Aufzug, 2. Auftritt:

Macdonald: Und bist ihm ja hierher gefolgt nach Eger.
Buttler: Ich tat's, ihn desto sicherer zu verderben.
Deveroux: Ja so!
Macdonald: Das ist etwas anderes!

»Krieger«, sagte Pratzke ohne Umschweife, »wird dich fertigmachen — heute abend, während der Aufführung des *Wallenstein*. Und ich werde meine Pflicht tun müssen und mich daran beteiligen. Ich sage dir das, weil du mein Freund bist.«

Auf der Bühne schrie der Darsteller des Deveroux:

Wir sind Soldaten der Fortuna, wer
das meiste bietet, hat uns.

»Pratze«, sagte Grunert kameradschaftlich, »da du mein Freund bist und außerdem gewissermaßen Familienvater, muß ich dich warnen: Grigorij ist nicht verreist, sondern verhaftet worden. Der Major steht meinen Bestrebungen mit Sympathie gegenüber, weil er auf Maria hört, die wiederum auf mich hört. Die Ärztin Katerina, die im Augenblick wieder die Geschäfte des Kommissars führt, gehört ganz eindeutig zu uns. Der Nachfolger von Direktor Grünbaum wird spätestens morgen restlos auf uns angewiesen sein, denn wir allein können dafür sorgen, daß der *Rote Morgen* nicht lahmgelegt wird. Ist das klar?«

Und während Pratzke überlegte und sein Hirn strapazierte, ging oben auf der Bühne die Probe zu *Wallensteins Tod* weiter. Es war immer noch der 2. Auftritt des V. Aufzuges, an dem gearbeitet wurde:

Deveroux: Ist's vorbei mit seinem Glück!
Buttler: Vorbei auf immerdar. Er ist so arm wie wir.
Macdonald: So arm wie wir?
Deveroux: Ja, Macdonald, da muß man ihn verlassen.

»Wenn das so ist«, sagte Pratzke schließlich, »dann ist das wohl nur noch eine Frage der Ehre.«

»Genau das«, sagte Grunert.

Pratzke nickte schwer. Dann teilte er Grunert den Plan Kriegers in allen Einzelheiten mit, gab seinerseits nähere Erklärungen und sachverständige Ratschläge. »Ich hoffe«, sagte er dann, »du wirst mein Vertrauen zu würdigen wissen — aber so bin ich nun einmal: ich setze mich immer für die bessere Sache ein.«

Hierauf pendelte Pratzke zur deutschen Lagerkommandantur zurück. Krieger war dabei, seine Instruktionen zu beenden. Die Clique war genau eingeteilt und mit Knüppeln ausgerüstet worden; Sonderrationen schienen sicher — außerdem winkten neue und erfreulich ergiebige Posten.

»Meine lieben Kameraden«, sagte Krieger nunmehr, »wir stehen vor einer wichtigen Entscheidung. In wenigen Stunden wird erwiesen sein, wer der wahre Herr in diesem Lager ist. Und ich weiß, daß ihr alle nicht länger zögern werdet, eure Pflicht zu tun, zumal ich nicht zögere, als euren Führer für diesen Kampf unseren besten und verläßlichsten Mann zu benennen: Pratzke!«

Alle Augen richteten sich auf Pratzke, der sich leicht überrumpelt fühlte. Höchste Zeit, sagte er sich, diesen Krieger abzuschaffen — er wurde von Tag zu Tag gefährlicher, denn was er mit diesem Einfall bezweckte, war ganz eindeutig: Er mißtraute ihm und wollte ihn festlegen!

»Mein lieber Kamerad«, sagte Pratzke nunmehr, »dein Auftrag ehrt mich, aber ich kann ihn leider nicht annehmen.«

»Du weigerst dich?« fragte Krieger angespannt.

»Tut mir aufrichtig leid«, versicherte Pratzke mit freundschaftlichsten Untertönen. »Aber schließlich bin ich ja Familienvater — und meine Verpflichtungen Mutter und Kind gegenüber gedenke ich nicht zu vergessen.«

»Ist das dein letztes Wort?« fragte Krieger schneidend.

»Mein vorletztes«, sagte Pratzke unbeirrt, und er gab sich überaus harmlos. Er blickte Krieger strahlend an. »Im übrigen weiß ich natürlich, was sich gehört — denn in puncto Kameradschaft lasse ich mich von niemandem übertreffen. Ich bekomme es nicht fertig, dir den Ruhm streitig zu machen. Ich trete zurück, damit du persönlich die Aktion führen kannst.«

Krieger war bleich geworden. Er starrte Pratzke an, als gedenke er über ihn herzufallen. Die Clique verfolgte diese seltsame Auseinandersetzung mit gemischten Gefühlen.

»Willst du etwa nicht?« fragte Pratzke mit sanftem Hohn.

Und Krieger sagte mit dumpfer Entschlossenheit: »Nun gut —! Ich werde diese Aktion persönlich leiten!«

Wilhelm betrachtete nahezu liebevoll seinen kantigen Buchenknüppel, dessen Griffende er mit Hingebung handlich geschnitzt hatte.

Die Rollen waren endgültig verteilt worden. Hierbei hatte Pratzke beratend zur Seite gestanden, bevor er sich, wie er sagte,

»seiner lieben Familie« widmete. Die Artisten, voran die *Lebende Kanonenkugel,* lagen im Sargmagazin auf der Lauer. Das Opernensemble war aufgeboten, die Türen von der Garderobe her zu blockieren. Auf dem Friedhof kauerten die Angehörigen der Tanzkapelle, mit Wurfgeschossen aller Art bewaffnet.

Die Werkstätten waren verdunkelt. Wilhelm schlich lauernd von einem Fenster zum anderen, um nach Krieger Ausschau zu halten. Wollmann hatte sich einen Morgenstern und als Ersatzwaffe einen Dreschflegel zimmern lassen — seine Idee allerdings, Pfarrer Matthäus um den Waffensegen zu bitten, war aus Geheimhaltungsgründen abgelehnt worden.

Und während so die Verteidiger wohlvorbereitet auf die Angreifer lauerten, wurde auf der Bühne, vor einer ahnungslosen Zuschauermenge *Wallensteins Tod* gespielt. Der alte große Wagner schien sich selbst zu übertreffen; seine Stimme schien Tumult, Verderben und Tod zu wittern. Wäre die ganze Gemeinschaftsscheune zusammengekracht, die Besucher hätten das für einen großartigen Regieeinfall gehalten.

Und auf den Brettern schrie der Darsteller des Buttler:

Hier stehet still, bis ich das Zeichen gebe.

»Sie kommen«, sagte Wilhelm gepreßt. Er starrte durch ein Fenster in die Dunkelheit und sah die Schatten der Clique, die sich teilten und sich dann den einzelnen Ausgangspositionen zuschoben.

Auf der Bühne aber rief Gordon:

Er ist's, er bringt die Mörder schon!

Lauernde Spannung überall. Wollmann, der den ersten Stoß auffangen sollte, duckte sich zum Sprung. Die Clique stand angriffsbereit da. Die Beleuchter, die das Kampfgelände erhellen sollten, lagen schwer atmend auf dem Barackendach.

Auf der Bühne schrie Buttler:

Sprengt die Türen!

Und im gleichen Augenblick entstand hinter der Bühne ein überaus heftiger Tumult: Holz krachte, Scheiben zersplitterten, dumpfe Schläge prasselten; gurgelnde, kreischende, erstickte Schreie und Rufe klangen durch die Nacht. Die Holzhacker der Gerechtigkeit waren am Werk.

Wilhelm war der letzte, der in diesen kurzen, wilden Kampf eingriff; und er tat das erst, als er Krieger erkannte. Er schrie auf und stürzte sich in die Menge, auf seinen Todfeind zu.

»Du Hund!« schrie er.

Und dann schrie er nichts mehr. Er keuchte nur noch bei jedem Schlag, den er Krieger versetzte, er stöhnte bei jedem, den er empfing. Und er hörte erst auf zu schlagen, als Krieger am Boden lag. Und er brach erst zusammen, als er sicher war, daß er erreicht hatte, was das letzte Ziel seines Lebens gewesen war.

Diese hemmungslose, wilde Vernichtung, mitten im grellen Scheinwerferlicht, ließ die Prügler erstarren. Sie wichen entsetzt zurück. Und dann flohen die Angreifer in die Dunkelheit.

Die Verteidiger glaubten, einen strahlenden Sieg errungen zu haben. Und die Zuschauer im Lagertheater neigten der Ansicht zu, Zeuge einer einzigartigen Regieleistung geworden zu sein; nach geringem Zögern klatschten sie heftigen Beifall.

Geraume Zeit später erschien Pratzke und besichtigte, recht befriedigt, das Kampffeld. Er nickte Grunert zu und machte mit der rechten Hand eine Geste, die Gratulation und Anerkennung ausdrücken sollte. Einige wenige fragende, vorwurfsvolle Blicke übersah er mit gewohnter Großzügigkeit.

Und in diesem Augenblick sprach auf der Bühne der Darsteller des Buttler:

Was scheltet ihr mich? Was ist mein Verbrechen?
Ich habe eine gute Tat getan,
ich habe das Reich von einem furchtbaren Feinde
befreit und mache Anspruch auf Belohnung.

»Das alles«, sagte Pratzke, »ist bedauerlich, aber nicht zu ändern. Der gute Krieger ist tot. Friede seiner Asche. Und damit dieses Lager nicht ohne deutschen Kommandanten bleibt, werde ich mich opfern und seine Geschäfte übernehmen. Das Leben muß ja schließlich weitergehen.«

Der Major hatte alle Veranlassung, sich zu fühlen wie Hiob. Jedenfalls schien der Lagergewaltige verstummt zu sein. Und das war ein geradezu sensationelles Ereignis, das die Anwesenden, die um seinen Schreibtisch herumsaßen, mit Scheu betrachteten. Noch ahnte niemand, wie diese Besprechung ausgehen würde, aber jeder war auf das Schlimmste gefaßt.

»Wie die Mörder!« sagte der Major schließlich gepreßt.

»Krieger war eindeutig der Angreifer«, sagte Grunert. »Meinen Leuten blieb gar nichts anderes übrig, als sich zu wehren.«

»Wenn ich hier rechtzeitig deutscher Lagerkommandant geworden wäre, hätte das alles nicht passieren können«, versicherte Pratzke.

»Kriegers Tod muß auf der Stelle eingetreten sein«, berichtete Katerina. »Daß Wilhelm überleben wird, ist nicht sicher. Im ganzen habe ich siebzehn Leute behandeln müssen; davon waren neun schwerer verwundet.«

»Wie die Mörder«, sagte der Major abermals und brütete weiter an seinen dumpfen Gedanken. Schließlich sagte er: »Ich habe gute Lust, Truppenverstärkungen anzufordern, das ganze Lager durchzukämmen, Teile davon aufzulösen und weit hinter den Ural zu verfrachten.«

»Wo Sie dann vermutlich auch anzutreffen sein würden, Herr Major«, sagte Grunert leise.

»Was!« brüllte der Major in seiner alten, fanfarenhaften Lautstärke. Er knallte seine Faust auf den Tisch und sprang dann hoch. »Was heißt das? Was soll das bedeuten? Was wagst du mir zu sagen, du Strolch, du Lümmel, du Lump, du Schakal!«

Grunert gelang es, Gelassenheit vorzutäuschen. »Herr Major«, sagte er, »ich wollte damit lediglich andeuten, daß es klug wäre, kein unnötiges Aufsehen zu erregen. Die Auflösung eines Lagers pflegt zwangsläufig auch die Versetzung seines Kommandanten zur Folge zu haben. Wenn sich aber das eine wie das andere vermeiden läßt — warum sollten wir es nicht tun? Mit einigem guten Willen und einer ausreichenden Portion Klugheit läßt sich alles arrangieren.«

»Und es gibt noch allerhand«, sagte Pratzke, »das so schnell und so gründlich wie möglich bereinigt werden sollte.«

»Was denn noch?« fragte der Major.

»Seit gestern«, sagte Pratzke, »fehlt die Spezialschraube M siebzehn.«

»Quatsch«, sagte der Major sofort. »Ersatzteile sind in ausreichender Menge vorhanden. Und wenn wir keine Spezialschrauben M siebzehn mehr hätten, würde der Betrieb stillstehen.«

»Er wird stillstehen«, sagte Pratzke, »spätestens heute mittag.«

Der Major ließ sich fast kraftlos nach rückwärts fallen, als brauche sein Körper dringend einen Halt an der großen, mit verpunztem Leder bezogenenen Lehne. Maria stellte ihm ein Wasserglas mit Wodka hin. Der Major dankte. Dann sagte er: »Quatschen Sie weiter, Mann! Packen Sie endlich alles aus, was Sie wissen!«

»Der Vorrat an Spezialschrauben M siebzehn«, sagte Pratzke, »ging gestern zu Ende. Um nicht die Fabrikation lahmlegen zu müssen, haben Kriegers Leute von den fertigen Traktoren die Spezialschraube M siebzehn abmontiert und sie in die zu produzierenden Traktoren eingebaut.«

»Das«, sagte der Major, »kann doch nicht wahr sein.«

Der Schreiber legte ihm eine Meldung vor. Der Major griff sie mit unruhigen Händen auf, las sie, ließ sie fallen. »Das«, sagte er dann dumpf, »ist Sabotage, und zwar Sabotage großen Stils. Darauf steht die Todesstrafe. Wer das getan hat, wer das direkt oder indirekt unterstützt hat, wer davon gewußt und es nicht gemeldet hat, wer seine Aufsichtspflicht vernachlässigt hat — der wird erschossen. Der ist ein toter Mann. Und auch ich bin dann . . .«

Der Major verstummte mitten im Satz. Er war nahe daran gewesen, sein eigenes, das einzig mögliche Urteil zu sprechen. Er blickte verstört und wie hilfesuchend um sich. Er sah in freundliche, erwartungsvolle Gesichter — nur Maria reagierte anders: Sie schien ihn, so glaubte er, mit Erschrecken anzusehen.

»Das kann sein«, sagte Grunert nach einer würgenden, wohlberechneten Pause, »das muß aber nicht sein. Warum sollte sich diese Panne nicht beheben lassen?«

»Glauben Sie denn etwa, Grunert«, sagte der Major lauernd, »daß sich diese fehlenden Spezialschrauben M siebzehn in kürzester Zeit auftreiben lassen — in ausreichender Menge, ohne Schiebung, ohne Gewalt, ohne Sabotage? Glauben Sie das?«

»Ich weiß es«, sagte Grunert einfach.

»Schweinekerl«, murmelte der Major, aber es lag sehr viel

Respekt in diesem Wort. Und dann brüllte er auf: »Also los! Schleime dich aus, Grunert. Was willst du dafür haben?«

»Wir alle«, sagte Grunert, »haben ein gemeinsames Interesse: das ist der geordnete Ablauf im Lager und Werk. Ein erträglicher Lebensstandard und eine solide Produktionssteigerung. Reibungslose Zusammenarbeit und gutes Verständnis.«

»Menschenskind, Grunert!« rief der Major. »Was soll dieser pathetische Bockmist! Komm doch endlich zur Sache!«

»Ich sehe, daß wir uns verstehen«, versicherte Grunert höflich. Und nach wie vor vermied er, deutliche Zuversicht oder gar freudige Überlegenheit auch nur anzudeuten. Er blieb vielmehr bescheiden, wie ein Bürger vor einem Schalter, hinter dem ein Beamter saß, der nicht eine Sekunde zögern würde, seine Briefmarken zu verkaufen.

»Aber«, sagte Grunert nunmehr, »da eine Organisation mit ihren Organisatoren steht und fällt, ist es nur notwendig, die rechten Leute an die richtigen Stellen zu setzen. Und deshalb schlage ich vor: Pratzke wird deutscher Lagerkommandant und Wollmann wird Leiter des Arbeitseinsatzes.«

»Und?« fragte der Major.

»Das ist alles«, sagte Grunert.

»Genehmigt«, sagte der Major einfach.

Und dann brüllte er in alter Lautstärke auf. »Und jetzt raus mit euch! Aus meinen Augen, Gesindel! Nur Grunert bleibt hier.«

Die Anwesenden erhoben sich bereitwillig und verließen zufrieden das Dienstzimmer des Kommandanten. Der Major und Grunert aber blieben sitzen. Sie regten sich nicht, sie blickten sich nur an, bis hinter dem letzten Besucher die Tür zugefallen war.

»Warum das alles?« fragte der Major schließlich.

»Ich glaube, Herr Major«, sagte Grunert unvermittelt, »daß alle Menschen aufeinander angewiesen sind – sie wissen es nur nicht immer.«

»Mein Junge«, sagte der Major, »du kennst die Menschen nicht. Die Menschen sind Rindviecher.«

»Deshalb versuche ich«, sagte Grunert, »auf meine Weise und in meinem bescheidenen Rahmen, sie ein wenig zu verändern – ein bißchen wenigstens – oder zumindest einige von ihnen. Muß man nicht immer wieder den Versuch machen, die Dummheit zu dezimieren? Damit es weniger menschliche Rindviecher gibt — und weniger Schlächter?«

»Tu das, mein Junge«, sagte der Major mit skeptischem Lächeln. »Und laß dich dabei durch ein paar Morde und den einen oder anderen Krieg nicht stören. Und sage mir noch eins, ehe du es vergessen solltest: Was forderst du für dich?«

»Nichts«, sagte Grunert.

»Und warum nicht?«

»Weil ich müde bin. Und weil ich Angst habe.« Er schien kaum zu wissen, mit wem er sprach, während er fortfuhr: »Es gibt Augenblicke, in denen ich wie ein Tier fernes Feuer wittere. Und ich frage mich: Wird Gottes Geduld wirklich endlos sein?«

»Mein lieber Grunert«, sagte der Major und schien halb erheitert und halb mitleidig, »du scheinst wirklich krank zu sein. Wie wäre es, wenn du für vierzehn Tage ins Lazarett ziehen würdest — um dort bei liebevoller Pflege zu gesunden?«

»Keine schlechte Idee«, sagte Grunert mit schwachem Lächeln.

»Doch zunächst einmal«, sagte der Major, »wollen wir uns stärken, damit wir den kommenden Dingen getrost ins Auge sehen können.«

Während sie tranken, betrat ein Mann den Raum. Er sah aus wie Grigorij. »Ich bin der neue Kommissar«, sagte er. »Ich komme mit Sondervollmachten. Ich gedenke mit meiner Arbeit sofort zu beginnen.«